HET INTIEME LEVEN

Niccolò Ammaniti

Het intieme leven

Roman

Vertaald door Etta Maris

LEBOWSKI PUBLISHERS
AMSTERDAM 2023

Dit boek is fictie. Namen, personages, plaatsen en gebeurtenissen komen voort uit de verbeelding van de schrijver, of zijn met enkel een verhalend doel opgenomen in de tekst. Elke gelijkenis met bestaande plaatsen, met gebeurtenissen, met levende en/of dode personen, berust op louter toeval.

Oorspronkelijke titel: *La vita intima*
Oorspronkelijk uitgegeven door: Einaudi, 2023

Omslagontwerp: Studio Rubio
Auteursfoto: © Greta De Lazzaris
Typografie: Crius Group, Hulshout

ISBN 978 90 488 6834 6
ISBN 978 90 488 6835 3 (e-book)
NUR 302

www.lebowskipublishers.nl
www.overamstel.com

OVERAMSTEL
uitgevers

Lebowski Publishers is een imprint van Overamstel uitgevers bv.

Als je een vriend wilt, maak mij dan tam!

Antoine de Saint-Exupéry, *De kleine prins*

Ontbloot mij niet zonder reden.
Hanteer mij niet zonder moed.

Inscriptie op het zwaard van
het standbeeld van Giovanni de' Medici
door Temistocle Guerrazzi

Inhoud

I

Woensdag 21 februari

1

Dit verhaal begint op een woensdag in het afgelopen decennium, het is kwart over negen in de ochtend en Maria Cristina Palma doet haar work-out. Ze is bezig met een Bulgaarse *split* squat, een oefening waarmee de quadriceps en bilspieren worden getraind. Ze heeft één been naar achteren gestrekt, het andere naar voren en ze buigt haar voorste knie, terwijl ze door de ramen van de serre naar de grijze deken staart. Het fijnstof dat de Romeinen wekenlang heeft genoodzaakt tot een rijverbod dat afwisselend geldt voor auto's met even en oneven kentekens is samen met de regen neergedaald. In huis is het warm, maar aan de andere kant van het dubbele glas heeft de nachtelijke vrieskou de varenpalmen en de kale pergola op het terras bedekt met rijp. Tussen de zuiltjes van de balustrade door is de verkeersopstopping op de Lungotevere te zien, en verderop het plompe silhouet van de Engelenburcht dat langzaam vervaagt in de ongezonde nevel van de hoofdstad. Het penthouse waar Maria Cristina woont is zo'n paradijs waarvan de meeste mensen niet eens durven dromen, zo onbereikbaar is het. Meer dan driehonderd vierkante meter, op een steenworp afstand van het Piazza Navona, in een neoklassiek stadspaleis dat dag en nacht wordt bewaakt door politiebusjes.

Haar personal trainer, Mirco Tonik, een grote kerel uit Francavilla al Mare, vertelt dat hij de verjaardag van zijn verloofde, Michael Carmichael, een Ier die handleidingen van printers en routers vertaalt, heeft gevierd in een vegan restaurant in de wijk Pigneto. Terwijl de trainer smakelijk vertelt over de heerlijke parmigiana di melanzane haalt hij een schijf van de halter af, waardoor het gewicht aan het andere uiteinde van de stang, vijf kilo puur gietijzer, eraf glijdt en op de rechter grote teen van de vrouw terechtkomt, die zo'n harde kreet slaakt dat het koppeltje dwergpapegaaien in de geëmailleerde kooi boven de varens er stil van is. De serre, met olifantsoren in azuurblauwe potten, de Kentia-palm en de uitlopers van de drakenklimop die neerbuigen vanaf de boekenkasten, pulseert om haar heen als een special effect in een slechte film.

Mirco Tonik, die de enorme omvang van zijn stommiteit inziet, brengt zijn handen naar zijn hoofd, knielt neer en roept de schepper aan: 'O god! O god! O mijn god. Wat heb ik gedaan?'

Maria Cristina trilt van de pijn. Ze moet alleen maar ademhalen en het laten stromen.

Anders dan herinneringen aan pijn van de ziel verdwijnt de herinnering aan lichamelijke pijntjes na verloop van tijd en zijn we na een paar jaar vergeten hoeveel we moesten lijden om een kies die werd getrokken of een blindedarmontsteking. Het is vijftien jaar geleden dat de voormalig echtgenoot van Maria Cristina, de bekende schrijver Andrea Cerri, voor Hotel Locarno het portier van een Golf cabriolet dichtsloeg met haar vinger ertussen. Ze was naar de spoedeisende hulp van het Fatebenefratelli-ziekenhuis gesneld, waar ze het laatste lapje huid dat nog een brokje vlees, nagel en bloed bijeenhield hadden gehecht. Vandaag is de klap gelukkig opgevangen door de bovenkant van haar schoen.

'Gaat het? Doet het pijn?' stamelt de personal trainer met zijn hand tegen zijn borst gedrukt.

Maria Cristina gebaart ademloos dat hij kalm moet blijven.

Op dat moment is er op de hele wereld (of misschien wel ergens op de wereld, maar beslist niet in het oude centrum van Rome) niemand die verder verwijderd is van kalmte dan Mirco Tonik. De grote teen die hij heeft geplet is een van de kostbaarste van alle zestien miljard grote tenen die de planeet plattrappen.

De voeten van Maria Cristina, maatje negenendertig, de maat van de harmonie volgens de Yajoerveda, zijn zogenoemde Griekse voeten, dat wil zeggen dat de tweede teen langer is dan de grote teen, net als bij de Venus van Milo. In de geneeskunde wordt dat een 'Mortonteen' genoemd, naar Dudley D. Morton, een Amerikaanse orthopeed die het verschijnsel als eerste heeft beschreven. Het komt voor bij slechts tien procent van de wereldbevolking en de verspreiding ervan is onregelmatig. Bij Scandinaviërs komt het niet voor, maar wel bij bijna negentig procent van de Aino die op de Japanse eilanden leven. Haar voetboog lijkt op die van Barbie en is zo volmaakt dat de huid, die nooit de grond raakt, altijd glad en zacht blijft. Volgens de podomantie, de kunst van het voetlezen, duiden lange, smalle tenen op ambitie en vastberadenheid. Als je op Google 'voeten van Maria Cristina Palma' intikt, krijg je duizenden foto's te zien. Details en uitvergrotingen, met en zonder schoenen. Maria Cristina is, samen met Selena Gomez, de koningin van WikiFeet, voor voetfetisjisten.

Bovendien vergeet Mirco Tonik niet wie de echtgenoot is van de vrouw wier teen hij net heeft vermorzeld: Domenico Mascagni, de huidige minister-president van Italië. De weinige keren dat hij hem in huis is tegengekomen, was hij zo bang dat hij hem niet eens aan durfde te kijken. Mascagni is een machtig man, telg uit een oud geslacht van advocaten die industrieën hebben gered en landen en internationale holdings hebben vertegenwoordigd. Het verhaal gaat dat een voorvader van hem, ene Tancredi Mascagni, nog heeft bijgedragen aan het opstellen van de *Magna Carta* toen hij op doorreis was in Engeland.

De personal trainer ziet al voor zich hoe hij armlastig voor een paar centen op een panfluit moet blazen (het enige andere wat hij kan behalve trainen) op de stoep voor de pizzeria's in het centrum. Michael heeft het al honderd keer tegen hem gezegd: 'Als je nu een beetje geld uitgeeft, hoef je later niet heel veel uit te geven. Neem een verzekering.' Maar Mirco is een krent en nu zal hij het weinige dat hij bezit (een eenkamerstudio in Pigneto, een kwart *dammuso* op Pantelleria en een gammele motor) moeten verkopen om de reconstructie van die prachtige grote teen te betalen. En dan zullen de mensen zich Mirco 'Tonik' Belluccio herinneren als die man die de voet van Maria Cristina Palma heeft gesloopt. Hij heeft frisse lucht nodig. Hij gooit de terrasdeur open en loopt naar de balustrade, terwijl hij steeds met zijn scherpe Abruzzese tongval herhaalt: 'Ik maak er een einde aan. Ik maak er een einde aan.'

Onder het terras van de Mascagni's is een ander terras, waar een Duitse herder met een weinig vriendelijk voorkomen rondloopt. Mirco draait zich om, duwt zijn hoofd in het papyrusvijvertje, strijkt zijn haar naar achteren en loopt weer naar binnen.

Maria Cristina zit op de bank. Ze heeft haar schoen uitgetrokken en bekijkt haar rode, gezwollen grote teen.

De trainer knielt op de fitnessmat neer voor zijn koningin. 'Ik ben bereid om elke straf te ondergaan. Zo mogelijk een lijfstraf. Laatste wens: een paar druppels Xanax.'

'In de badkamer.'

De smekeling heft zijn blik op. 'Spaar je me? Als je me vergeeft, krijg je een gratis jaarabonnement.'

'Op het plankje onder de spiegel.'

Mirco Tonik, die nog steeds niet kan geloven dat hij gratie heeft gekregen, rent weg om een forse dosis Alprazolam-moleculen op te zuigen.

Professor Angelo Zurlo, orthopedisch chirurg en afdelingshoofd in het Gemelli-ziekenhuis, is telefonisch geraadpleegd door Caterina Gamberini, de personal assistant van Maria Cristina Palma, en heeft haar verzekerd dat op grond van de resultaten van nieuwe klinische onderzoeken het advies luidt om het getraumatiseerde lichaamsdeel te belasten, want 'stimulatie van de subungiale bloedtoevoer bevordert de vorming van hematomen die resulteren in het afvallen van de nagel'. Dus geen ziekenhuis, maar wel een forse dosis ontstekingsremmers en zo mogelijk alleen maar platte open schoenen dragen.

De vrouw van de premier leeft op van dit bericht, want ze was al bang dat ze het feest van de voormalige elitaire roeivereniging, tegenwoordig de high society club Circolo Canottieri Aniene, zou moeten overslaan. Ze heeft een nieuwe jurk gekregen van Dior en wil daarmee pronken op de verjaardag van Igor Rossi Brogi, de voorzitter van de Nationale Vereniging van Italiaanse Hotelhouders.

Als de professor had voorgeschreven dat haar voet rust moest hebben en zij thuis was gebleven, had ik dit verhaal nooit kunnen vertellen. Hoewel ik daar niet eens zo zeker van ben. Want verhalen, belangrijke verhalen, verhalen die het lot een wending geven, zijn moeilijk te bedwingen, als onstuimige rivieren. Zet er een obstakel voor en ze gaan eromheen, vinden een andere weg om verder te stromen. En ik vind het leuk dat dit verhaal zo begint, met een kreet van pijn.

Het incident dat net heeft plaatsgevonden kan ons helpen een beter beeld te krijgen van Maria Cristina Palma, de hoofdpersoon van deze roman.

Als haar onrecht wordt aangedaan, is ze bezorgd voor degene die het heeft gedaan. Het leed bagatelliseren dat het leven haar met gulle hand heeft toebedeeld door haar naaste gerust te stellen is een van haar specialiteiten. Toen ze elf was, had ze een keer in de villa in Mondello geprobeerd een ruzie te sussen tussen Nello, de huistijgerkat, en Tolo, de poedel van tante Vittoria. De kat, die als een getijgerde duivel door de kamer stuiterde, had haar besprongen alsof ze een boomstam was en zijn klauwen in haar kindervlees geslagen, waarna hij door de gang was weggeschoten. Het kleine meisje was de tuin in gelopen. Daar waren haar moeder en tante, de dienstmeisjes in hun witte uniformen, de nichtjes en neefjes met zwembandjes en haar broer op de trampoline. Het zwembad golfde verblindend hemelsblauw, de krekels tjirpten tussen de pijnbomen en zij, onbeholpen op haar lange veulenbenen en met twee nutteloze driehoekjes van donkerblauwe stof over haar magere borstkas gespannen, was gevild als Sint-Bartholomeus aan tafel gaan zitten voor een bord met mozzarella en tomaat, had een servetje op haar knieën neergelegd, een glas water ingeschonken en was dat tussen het geschreeuw van de anderen gaan drinken.

2

Twaalf uur na het incident is Maria Cristina Palma bij de Circolo Canottieri Aniene om de verjaardag van Igor Rossi Brogi te vieren.

Wat een onvergeeflijke fout dat ze niet thuis is gebleven. Haar grote teen heeft haar de hele dag gekweld en klopt nu, samen met de andere tenen ingeklemd in de Tom Ford-schoen, als een tweede hart. Wat een zinloos lijden. Als ze platte sandalen had aangetrokken, zoals professor Zurlo haar wijselijk had geadviseerd, had ze zichzelf het leed bespaard, maar dat zou ook hebben betekend dat ze haar hele outfit voor die avond had moeten aanpassen.

Gelukkig is het feest al een tijd bezig. De zaal krioelt van hotelhouders die allemaal heel dicht bij elkaar en over elkaar praten in een kakofonie van stemmen, kletterende vorkjes en schaterlachen. Een gedeprimeerde pianist speelt timide jazznoten.

'Doe iets,' mompelt Maria Cristina tegen zichzelf. Ze drinkt haar glas Ribolla Gialla in één teug leeg, zet het glas neer op de armleuning van de stoel, staat op en loopt tussen de dienbladen van de obers door langs een menigte vrouwen die in de rij staan voor de traditionele artisjokken op Joodse wijze. Als ze hun blikken op zich gericht voelt, draait ze een pirouetje. Ze is betoverend in haar Dior die haar schouders en rug onbedekt laat, met de zijsplit die net onder haar slipje begint en breder uitloopt in een klokkende rok van rood en poederroze.

Waar zou haar man zijn?

Beveiligers bewaken de deuren. De assistenten van de minister-president, van wie er geen ouder is dan dertig, zitten samengepakt op een bankje met hun bordje rigatoni all'amatriciana op de knie als pubers op een feest van hun ouders.

Daar is hij.

Hij staat aan de andere kant van de zaal, omringd door de hotelhouders, handen in de broekzakken, de gefronste blik die hij altijd heeft wanneer hij luistert naar heel belangrijke of heel saaie dingen.

Met haar één meter negentig inclusief hakken doorklieft Maria

Cristina de klokkende rok, ze steekt haar arm uit en legt een hand op zijn schouder.

De premier kijkt haar onderzoekend aan in een poging te zien of er iets ernstigs aan de hand is. Hij leeft voortdurend met de verwachting dat er iets ernstigs aan de hand is. Maar zijn vrouw is een sfinx. 'Excuseer me een momentje,' zegt hij tegen het groepje. Met de kanttekening: 'Hoe dan ook is het een deugdelijk voorstel, we mogen het niet onderschatten...'

'Ik pak hem heel even van jullie af,' voegt zij er glimlachend aan toe.

De zestigers, sommige kaal, andere geverfd, geperst in hun strakke donkerblauwe pakken, strikt zonder sokken, de van ouderdom onbehaarde enkels die onder de strakke pantalons uitsteken, de schoenen met dikke zolen, glimlachen terug en tonen daarbij palissades van facings bezaaid met peperkorreltjes van de amatriciana op de bordjes die ze vasthouden. Synchroon als in een Tiroolse dans doen ze allemaal een stap achteruit en staren ze haar aan alsof ze een slangenmens een koffer in zien kruipen. Ze zijn druk bezig de levende Maria Cristina Palma te vergelijken met het iconisch erfgoed (video's, modebladen, paparazzifoto's, familiekiekjes, enzovoort) dat ze hebben opgeslagen in hun hippocampus, het hersengedeelte waar het geheugen zetelt. Met hun blikken tasten ze haar mond af, haar hals, haar heupen, haar borsten (honderd procent fake), de onmetelijke benen die uit de jurk steken en die eindigen in een paar schoenen met duizelingwekkende hakken. En ze beamen in zichzelf: ja, ze is mooi, geef den keizer wat des keizers is, maar niet zo mooi als de legende wil. Niets vergeleken met een Monica Bellucci of een Emily Ratajkowski of duizenden andere vrouwen. Natuurlijk, ze is verfijnd en elegant, ze heeft een uitzonderlijk lichaam voor haar tweeënveertig jaar, echt waar, eens een stoot altijd een stoot, maar om daar nou hoteldebotel van te raken, nee, dat niet. Echt onbegrijpelijk hoe die verwaande Mascagni haar in hemelsnaam aan de haak heeft kunnen slaan.

Het antwoord is er.

Op de aloude manier.

Geld en Macht.

Op dit punt is het belangrijk om uit te leggen dat Maria Cristina Palma een jaar voor het begin van dit verhaal op grond van een belangrijk onderzoek van een universiteit in Louisiana in samenwerking met het Center of Advanced Study of Body and Facial Plastic Surgery in Carmel (CA) is uitgeroepen tot de mooiste vrouw van de wereld.

Aanvankelijk maakte het onderzoek niet veel reacties los. Er zijn dagelijks honderden van zulke berichten, die net goed genoeg zijn om aan de onderkant van de homepages naast de advertenties voor voedingssupplementen en gunstige leningen te worden geplaatst. Maar beetje bij beetje werd het bericht opgeblazen, dankzij stochastische mechanismen die alleen meteorologen en wiskundigen begrijpen, en ging het viral. Gevoed door social media heeft het een patriottistisch gejuich losgemaakt dat normaal gesproken alleen is voorbehouden aan het nationale voetbalteam wanneer dat de belangrijkste trofeeën wint. Vanuit Italië is het bericht over zee teruggereisd naar het startpunt en vandaar heeft het zich over de aardbol verspreid en zo de superioriteit bekrachtigd van de Mediterrane schoonheid, en daarmee van onze keuken, onze panorama's en onze cultuur.

De afmetingen van Maria Cristina Palma's ovale gezicht zijn die van de goddelijke proportie, de verhoudingen tussen verticale, horizontale en schuine lijnen komen overeen met de wiskundige formule van de gulden snede. De hoge jukbeenderen, de neus die er van voren zo anders uitziet dan van opzij, zijn in volmaakte harmonie met de smalle lippen die haar witte, rechte gebit omlijsten. De wenkbrauwen, vanzelfsprekend vol, zijn perfecte parabolen die de weg wijzen naar de ogen waarvan de kleur een mysterie is, afhankelijk van het licht zijn ze grijs, groen of gestippeld met korreltjes goud of geel waardoor ze van een vos gestolen lijken. De statige houding, de proporties van de ledematen, de smalle enkels, de voeten waarover we het al hebben gehad, de huid zo glad als de bloemblaadjes van hondsroos, belichamen de eeuwige schoonheid die kunstenaars van alle tijden, van Phidias tot Picasso, heeft geïnspireerd.

Maar al snel veranderde de blijdschap om de triomf in een nachtmerrie voor onze hoofdpersoon. Maandenlang moest ze zich verschansen in haar buitenhuis, belegerd door journalisten, omringd door fans, gevraagd voor allerlei tv-programma's, achtervolgd door filmagenten en bespot, beledigd en veracht door haters. Elke foto van haar werd gepubliceerd: tijdens het polsstokspringen op de Europese atletiekkampioenschappen voor junioren, lopend op de catwalks in Parijs, op het moment dat ze uit de brandende auto werd gesleurd waarin haar eerste echtgenoot omkwam.

Domenico Mascagni werd eerst door de rechtse partijen en later ook door coalitiegenoten, die geïrriteerd waren door de spotlights die plotseling op het stel schenen, ervan beschuldigd dat hij zijn vrouw gebruikt als een vergulde kandelaar die zijn eigen onbeduidende politieke karaat, zijn dilettantisme, moet verdoezelen. Dat vertoon van schoonheid is een belediging voor lelijke vrouwen, voor werkende vrouwen, voor zieke vrouwen. Maria Cristina Palma is een hol vat, gevuld met niets, een pathetisch, armzalig middel om gunsten te winnen.

Het verhaal dat het vaakst wordt gedeeld, is dat de vrouw een paar miljoen euro (zwart partijgeld) krijgt om een afgeschreven echtgenoot op de been te houden. Dat het echtpaar in werkelijkheid helemaal niet bestaat. Irene, hun tienjarige dochter, is de vrucht van kille berekening, misschien uit een reageerbuis, aangezien de twee beslist geen seksuele relatie hebben en thuis niet eens met elkaar praten. Er zijn verificaties, documenten, oude interviews. Basisschoolvriendinnetjes, nichten en neven, exen, advocaten, zogenaamde vrienden staan klaar om te bevestigen dat mevrouw Palma alles doet om maar hogerop te komen. Ze is een golem, gebouwd achter het bureau van een team van deskundigen, geprogrammeerd door Bruco, de socialmediamanager van Mascagni, om de volmaakte premiersvrouw te belichamen. Mooi en monddood. Haar verlegenheid, de schuchtere manier waarop ze zich uitdrukt, haar gefluisterde ja, nee, ik weet niet, zijn allemaal onweerlegbare bewijzen dat ze verdrietig en ongelukkig is, een triest slachtoffer van haar echtgenoot. Maar er zijn ook mensen die beweren dat zíj het criminele brein van de clan is, een vrouw die met het hele universum heeft geneukt om te komen waar ze nu is. Er zijn tv-uitzendingen en radioprogramma's gemaakt, er zijn onderzoeksjournalisten op pad gestuurd om meer te weten te komen over het leven van 'Maria Triestina', het voormalig model uit Palermo wier bestaan hinkt op schoonheid en tragedie.

In de boekhandels circuleert een ongeautoriseerde biografie van haar, getiteld *Verhaal van een Zuidster*. In amper honderd pagina's, inclusief illustraties, geeft de beroemde journalist Manlio Calzini een complete samenvatting van haar leven. Maria Cristina's moeder, Teresa Sangermano, telg uit een rijke Siciliaanse familie, trouwt na een nacht in een berghut op de Tofana met Bebo Palma, een alpinist uit Friuli. Ze zetten een kind op de wereld, Alessio, en vijf jaar later komt Maria Cristina. Als Teresa een agressieve vorm van kanker krijgt en ziek wordt, verlaat haar man haar en het gezin voor een Franse documentairemaakster en gaat hij in Nepal wonen. Maria Cristina is twaalf wanneer Teresa doodgaat. Acht jaar later komt Alessio om het leven bij een duikongeluk in Griekenland. Geruime tijd houdt het onheil zich afzijdig van het leven van de jonge vrouw, die inmiddels na een ongeval de sport heeft verruild voor de mode. Ze wordt het gezicht van een bekend lingeriemerk. Op haar zevenentwintigste trouwt ze met de schrijver Andrea Cerri (volgens goed ingelichte bronnen de enige ware liefde van haar leven), die twintig jaar ouder is dan zij. Na twee jaar huwelijk komt hij om bij een auto-ongeluk waarbij haar lichaam gedeeltelijk verbrand raakt. Op haar tweeëndertigste hertrouwt ze met Domenico Mascagni en nog datzelfde jaar wordt er een dochtertje geboren, Irene.

Maar die blije gebeurtenis is niet voldoende om een door tegenslagen geteisterd leven te doen vergeten en zo krijgt ze de bijnaam Maria Triestina.

Met de blikken van de hotelhouders nog aan haar billen gekleefd sleept Maria Cristina haar echtgenoot mee naar de terrasdeuren. De bewakers vormen een schild om ze aan het zicht van de genodigden te onttrekken.

'Laten we alsjeblieft even naar buiten gaan...' zegt zij, en ze probeert de terrasdeur te openen. 'Je had gezegd dat het een leuk feest zou worden en dat er vuurwerk zou zijn.'

'Het schijnt dat de gemeente daar geen vergunning voor heeft afgegeven.'

'Mijn teen doet pijn. Ik wil naar huis.'

'Nu?'

'Ja. Nu.' Ze slaat haar armen om hem heen en fluistert in zijn oor: 'Ik heb gedronken.'

Hij kijkt haar bezorgd aan. 'Hoeveel?'

'Een beetje. Ik hoopte dat de pijn dan over zou gaan.'

Maria Cristina is geen geheelonthouder, zo nu en dan drinkt ze een glas, meer niet, als ze die grens overschrijdt wordt ze dronken. God heeft haar gezegend met veel schoonheid, maar is vergeten haar te voorzien van alcoholdehydrogenase, de groep enzymen die alcohol afbreken.

Domenico gebaart naar een bewaker dat de terrasdeur geopend moet worden, pakt zijn vrouw bij haar pols en neemt haar mee naar buiten.

Het is koud op het terras. De geur van de regen die die middag is gevallen, hangt nog in de lucht en in haar jurk van tule voelt Maria Cristina de kou op haar huid prikken. Domenico trekt zijn jasje uit en legt dat over haar schouders, terwijl ze met wankele stappen naar de balustrade loopt. Het tapijt van bladeren vormt meertjes van turquoise tegels op de terrasvloer. In een hoek staan de tafeltjes, de opgestapelde stoelen en een paar terrasverwarmers waarvan het staal de lichten van Noord-Rome weerkaatst. De premier loopt naar zijn vrouw toe, onder zijn oksels zitten twee donkere kringen in zijn lichtblauwe overhemd. Zij probeert hem te omhelzen, maar hij steekt zijn hand uit en zoekt in de zak van zijn jasje naar zijn sigaretten, terwijl hij twee stappen achteruit zet, en steekt er een op. 'Waarom?' vraagt hij.

Maria Cristina schudt haar hoofd alsof ze hooi uit haar haren wil schudden. 'Waarom wat?'

'Waarom heb je gedronken? Was een ontstekingsremmer niet beter geweest?'

'Ik heb er al twee genomen.' Ze wendt zich van hem af en staart naar de boten van de roeiers en de gezwollen Tiber die tegen de naargeestige oevers duwt. Een bruine soep beweegt langzaam voort in grote glimmende spiralen die takken, plastic zakken en eilandjes van donker materiaal met zich meesleuren.

'Heb je iets gegeten?'

'Nee, alleen salade. Het is allemaal vet. Ze bakken zelfs de gorgonzola. En trouwens, voor de goede orde, ik ben niet dronken, ik ben aangeschoten. Ik wil mijn teen in koud water stoppen.'

Domenico loopt naar haar toe, neemt een lange trek van zijn sigaret, de gloed van de as kleurt zijn glimmende voorhoofd paars, zijn wenkbrauwen liggen als bosjes boven de oogholten. Hij staart als verdoofd naar de rivier, terwijl hij de rook binnenhoudt en denkt aan wie weet wat.

Maria Cristina is het gewend. Zo is hij sinds hij minister-president werd.

Zagen ze elkaar daarvoor al weinig, nu zien ze elkaar nooit. Hij komt laat thuis, als zij al naar bed is. Bovendien is hij sinds een paar weken nog nachtelijker dan anders en praat hij alleen nog maar in woorden van één lettergreep. De peilingen. Zijn persoonlijke waarderingscijfer en dat van de regering zijn nog nooit zo laag geweest sinds het begin van het mandaat. Maar misschien is er iets anders aan de hand.

Eerlijk gezegd interesseert het Maria Cristina niet zo heel veel. Ze verafschuwt de politiek. En de dag dat Domenico de baan van premier accepteerde, heeft ze hem slechts om één gunst gevraagd: er niet met haar over praten. Ze zal hem steunen als dat noodzakelijk of vermakelijk is. En vanavond is het niet noodzakelijk en ook niet vermakelijk.

'Hou nog even vol,' zegt hij, terugkerend naar de realiteit. Hij neemt nog een laatste trek, drukt de peuk met zijn voet uit, draait zich om om er zeker van te zijn dat er niemand naar hem kijkt en schiet de peuk met duim en wijsvinger naar beneden.

Maria Cristina wrijft spinnend als een poes met haar neus tegen zijn nek, verbaasd over het ontremmende effect van alcohol.

'Toe, ik wacht thuis op je.' Maar ze voelt dat zijn lichaam verstart, dat zijn spieren zich aanspannen, en ze trekt zich gekwetst terug.

Domenico pakt zijn jasje van haar schouders. 'Nee. Ze moeten foto's van ons bij de verjaardagstaart maken. Dat heb ik aan Brogi beloofd.'

Maria Cristina probeert het met een ernstigere toon. 'Kun je dat niet alleen doen?'

'Nee, hij wil een foto met jou en zijn vrouw.'

'Pff... Ik haat je.'

'Luister, zoek jij nu even een rustig plekje, dan zeggen we tegen Caterina dat ze de mensen uit je buurt moet houden, we maken die foto en dan gaan we naar huis,' zegt Domenico, en hij loopt terug naar de zaal.

'Wat een gezeik.' Maria Cristina spreidt haar benen, twee voeten stevig op de vloer, ze kromt haar bovenlichaam, klemt haar handen om de balustrade, opent haar mond en werpt haar hoofd naar achteren: haar haren vallen recht neer als een waterval van bruine zijde, terwijl de Circolo Canottieri Aniene, de Nationale Vereniging van Italiaanse Hotelhouders, de artisjokken op Joodse wijze en Noord-Rome om haar heen draaien.

Ja, ze is dronken.

Caterina verschijnt op het terras met een jas in haar handen.

Een van de voordelen van de rol van vrouw van de premier is dat haar een beschermengel is toegewezen die ze niet meer kan missen. Caterina Gamberini uit Turijn, dertig jaar, met een bos rood kroeshaar en een rond gezicht vol sproeten. Ze heeft alleen één groot probleem, en dat is dat ze zich slecht kleedt. Vanavond draagt ze een donkerblauw mannenpak met een wit verpleegkundigenbloesje zonder kraag.

Maria Cristina grijpt haar vast. 'Cate, omhels me.'

Stomverbaasd laat de assistente zich vastpakken.

In het algemeen vermijdt Maria Cristina de nabijheid van haar naaste, is ze spaarzaam met handdrukken, houdt ze als ze kust een centimeter afstand tussen hun wangen, maar de Ribolla die in haar bloed circuleert heeft de poorten van het fort wijd opengezet en nu zoekt ze, als een pup die liefde nodig heeft, het lichamelijke contact om er een voorraadje van aan te leggen voor tijden van schaarste.

Caterina probeert haar mee naar binnen te nemen. 'Kom, je bevriest hierbuiten.' Ze wil haar de jas laten aantrekken, maar Maria Cristina schudt haar hoofd en waggelt terug naar de zaal.

Een stagiair met een ravenzwarte pony en een kardinaalrode trui met ronde hals vraagt of ze iets nodig heeft.

'Een glas witte wijn, schat,' antwoordt Maria Cristina, en ze gaat, beledigd door haar man, met haar handen op haar knieën in een donker hoekje zitten.

De stagiair geeft haar de wijn.

'Dank je.' Ze glimlacht naar hem. 'Ik weet niet meer hoe je heet.'

'Maurilio.'

'Maurilio? Wat een zeldzame naam. Waar komt die vandaan?' En met één slok drinkt ze het halve glas leeg.

De jongeman legt haar uit dat dat in het Grieks 'donker' betekent en is afgeleid van het oude Mauritanië, dat nu Marokko is.

'Maar jij bent niet donker. Sterker nog, je bent vrij bleek.'

'Ja, ik heb een lichte huidskleur...' antwoordt Maurilio. En hij voegt eraan toe: 'Maar als iemand bijvoorbeeld Serena heet, dan betekent dat nog niet dat ze sereen is. Toch?'

'En als iemand Romano heet, dan betekent dat nog niet dat hij een Romein is.'

Maria Cristina barst uit in een lage, mannelijke lach die weinig met haar te maken heeft. Ze drinkt het glas leeg, veegt met de rug van haar hand haar mond af en kijkt de stagiair aan.

'Haal je er nog een voor me?'

Charles Darwin, de grote Britse natuurwetenschapper, schetste in zijn aantekenboek een stamboom om voor zichzelf de relaties duidelijk te maken tussen de diersoorten die de aarde bevolken. Bovenaan, op de hoogste tak, staan de mensen in al hun arrogantie. Vlak daaronder de apen, dan de overige land-, water- en luchtzoogdieren. Aan de zijkant, op hun eigen takken, vogels, reptielen en amfibieën. En zo gaat het in een verticale val door naar de eenvoudigste organismen. Onder aan de boomstam, tussen de wortels die wegzakken in de oorsprong van het leven, bevinden zich de sponzen. Die zeewezens hebben een nogal saai bestaan. Ze zitten vast aan rotsen en brengen de tijd door met water filteren, op zoek naar voedingsstoffen en zuurstof. Min of meer zoals hun verre neven, de mosselen, maar anders dan die schelpdieren wijden sponzen er geen gedachten aan, want ze hebben geen zenuwstelsel. De ware triomf van de sponzen komt na hun dood. Hun rekbare skeletten, die vloeistoffen kunnen absorberen, hebben de mensen al eeuwenlang geholpen bij hun lichaamsverzorging en bij de afwas. Geluk of pech voor de sponzen dat ze door de komst van synthetische materialen vergeten zijn. Nu zijn ze synoniem voor een stuk schuimrubber.

Maria Cristina, die is verankerd aan een fauteuil van scharlakenrood velours, is langs de evolutieladder omlaag gerold tot ver onder de gewervelden en de weekdieren, daar waar elke gedachte ontbreekt, en is getransformeerd in een met alcohol doordrenkte spons. Ze staart verdoofd naar een olieverfschilderij van een vossenjacht, terwijl ze de bedorven lucht absorbeert die naar frituur en speenvarken in zoetzure saus ruikt.

Aan de andere kant van een loopgraaf van banken die dient als versperring zijn de leden van de staf onder leiding van Caterina in de weer om iedereen tegen te houden die een selfie wil maken met het #exmodel, de #vrouwvandepremier, de #beautybitch. De stemmen van de gasten bereiken haar in vlagen, elkaar overlappend, door elkaar geroerd tot in een misselijkmakende vruchtensalade. De enige die er duidelijk bovenuit klinkt is de schelle stem van haar assistente. 'Het kan nu niet. Ze is moe. Noem alstublieft uw naam... Stuur maar een mailtje. Nee... Nee... Excuseer me, alstublieft.'

In zo'n alcoholische flits waarin we waarheden ontdekken die even onthutsend als vluchtig zijn, realiseert Maria Cristina zich dat ze overdreven dol is op die Turijnse buldog die haar beschermt tegen de slechteriken. Ze moet haar een cadeau geven. Een mooie reis naar een exotisch oord waar ze kan uitrusten. Met wie? Ze weet niet eens of ze verloofd is. Hoe kan zij nou iemand hebben, haar leven is gevuld met het organiseren van de dagen van haar, Maria Cristina, met aan haar uitleggen wat ze moet doen, en er bestaan geen zondagen, geen Kerstmis of Pasen. En dan toch ook de jongens van de beveiliging? De stagiairs? Marina, de secretaresse van Domenico? Ze loopt over van dankbaarheid voor die fantastische mensheid die zich om haar bekommert. Het zou mooi zijn om ze allemaal samen met hun gezinnen uit te nodigen voor een picknick buiten de stad. Op Tweede Paasdag. Maar wie zegt dat Domenico op Tweede Paasdag nog steeds premier is?

'Sorry... Sorry... Waar gaat u heen? Ik zei nee!' De kreten van Caterina brengen haar terug naar de werkelijkheid. De assistente is bezig een Indiase vrouw te tackelen die door de versperring heen heeft weten te breken.

Maria Cristina bestudeert de schoen waarin haar teen gevangenzit. Wat zou ze die graag willen bevrijden. En bovendien plast ze bijna in haar broek. Maar er is beweging in de zaal. Ze hebben de lichten gedempt en de pianist is vervangen door een grijzende dj die het onvermijdelijke jarentachtig-gejengel afspeelt.

Een goed moment om snel even naar de wc te gaan. Ze staat op en glipt zonder tegen iemand iets te zeggen langs de muur, weg van Caterina, de beveiliging en de meute bewonderaars. Met gebogen hoofd loopt ze langs de dj-opstelling, terwijl de hotelhouders uit hun dak gaan op de dansvloer: de vrouwen in het midden, daaromheen de mannen, vuistjes in de lucht en rondjes draaien voor een luidsprekertoren die laat horen dat Howard Jones zich afvraagt wat liefde is.

Voor de deur naar de gang staat een bewaker te telefoneren. 'Maar vertel nog even: is de dimsum van de plaat of gestoomd? Heel goed. Dan graag zes stuks. Ja, die met groente. En verder kroepoek, maar niet zulke oude als vorige keer...'

Maria Cristina werpt hem een blik van verstandhouding toe die hij beantwoordt met een opgestoken hand. Ze loopt door de lange, schemerige gang, haar hakken tikken op de glanzende marmertegels in de kleur van nat zand. Aan de muren hangen, verlicht door graflampjes, zwart-witfoto's van roeiers die naast hun boten poseren. In een vitrine staan bekers, medailles en bronzen beeldjes uitgestald.

Drie genodigden, twee mannen en een vrouw, de kraag van hun jassen omhoog en met die paarse wangen van iemand die heeft staan roken in de kou, kijken haar onderzoekend aan. Ze tovert een soort glimlach tevoorschijn.

'Mevrouw Palma, mogen we met u op de foto?' vraagt een magere vent met een bos grijze haren die anarchistisch ontploft op zijn hoofd.

Ze probeert op zijn gevoel te spelen. 'Ik moet echt heel nodig...'

'Heel even maar. Heel snel.' De man haalt zijn telefoon tevoorschijn en het drietal kleeft aan haar vast. Onder een spervuur van foto's blijft Maria Cristina stokstijf staan met de glimlach waarvan ze zich niet heeft bevrijd sinds ze hier binnen is gekomen. Ze slaagt erin zich los te maken en vindt eindelijk de toiletten. Mannen links. Vrouwen rechts. Ze duwt de zware mahoniehouten deur open en zodra die weer dichtvalt, wordt het feest weggezogen en vervangen door het geluid van een doorlopende spoelbak. Ze balt triomfantelijk haar vuist.

Het is een grote, schone ruimte, het ruikt er naar lavendel. Je krijgt bijna zin om daar te blijven overwinteren. In de spiegel boven een zwart marmeren blad met wasbakken en gouden kraantjes kun je drie donkere wc-hokjes zien. Ze doet het eerste open en sluit zichzelf op. Zelfs de bril is brandschoon. Ze hijst haar rok omhoog en gaat zitten zonder zich verder om de jurk te bekommeren. De wijn heeft haar geen energie gegeven, alleen maar een lamlendigheid die grenst aan droefheid. Haar hoofd is van graniet en zodra ze haar ogen sluit, begint alles te draaien. De urinestraal harmonieert met het geluid van de spoelbak. Ze trekt haar rechterschoen uit. Om zich beter te voelen, zou ze twee vingers in haar keel moeten steken om zich zo te verlossen van de in wijn drijvende venkel-sinaasappelsalade.

'Hier is ze niet,' zegt een jonge stem die de toiletruimte binnenkomt.

'Ze is verdwenen, ik zei het je toch? Ze heeft niets tegen me gezegd. En ik stond daar maar als een sukkel.' De tweede stem is van Caterina. Ze herkent haar Piemontese accent.

'Maar ze kan toch niet alleen weggaan?'

'Welnee, geen sprake van. Ze zal wel ergens zijn. Ze is dronken.'

Een van de twee vrouwen draait een kraan open.

‘Maar leg me dan eens beter uit… Hoe maak jij pizza?’ vraagt de jonge stem.

‘Met biergist en bloem die geschikt is voor langdurig rijzen.’

‘Hoe langdurig?’

Dat zal wel een stagiaire zijn.

‘Minimaal achtenveertig uur. Soms wel achtenzestig.’

‘Drie dagen?’

‘Ja! Mijn pizza marinara is superlekker.’

Bij de gedachte aan knoflook vertrekt Maria Cristina’s gezicht van walging. Ze had nooit gedacht dat Caterina ook pizza’s kon bakken. Misschien moet ze haar een pizzaoven cadeau doen.

‘Die moet je me eens laten proeven.’

‘Natuurlijk. Maar eerst moet jij mij een kus geven.’

Maria Cristina’s mond valt open, als bij een klein kind, en ze slaat haar hand ervoor.

‘Wanneer?’

‘Nu. Niet pas als ik die pizza heb gemaakt.’

Er klinkt gesmak en daarna gezuig van lippen.

Neeee! Caterina Gamberini is lesbisch! Wie had dat ooit kunnen denken? Maria Cristina trekt haar schoen weer aan, sjort haar jurk omlaag en klimt op de wc-pot, waarbij ze wankelend steun zoekt bij de wanden. Ze kan de vrouwen niet zien en gaat op haar tenen staan: vanuit haar grote teen schiet een vlammende pijnscheut naar haar kuit en ze valt bijna flauw. Terwijl ze een kreet inslikt gaat ze weer op de pot zitten, waar ze hijgend blijft wachten tot de pijn overgaat.

‘Kom, we gaan haar zoeken,’ zegt de onbekende stem.

‘Ja. Wacht, ik moet me even fatsoeneren, ik zie er niet uit,’ antwoordt Caterina.

‘Hé, maar vertel, heeft zij die van jou weleens geproefd?’

‘Wáááát?’

De andere vrouw barst in lachen uit. 'Je pizza, gek. Wat dacht je dan?'

'Vergeet het maar. Die heeft alle koolhydraten uit het huis verbannen. Alleen maar groente en thee. Als je haar een stuk brood laat zien, wordt ze al gek. Ik denk dat ze in haar hele leven nog nooit pizza heeft geproefd.'

'Dus je bedoelt dat ze een rotleven heeft?'

'Zo rot als het leven kan zijn voor iemand die álles heeft en door de natuur beloond is met zó'n lichaam.'

'En dan te bedenken dat haar man... Maar weet ze het?'

'Volgens mij wel. Maar ze zou het nooit toegeven.'

'En zijzelf?'

'Nee joh. Ze is altijd alleen. Ze ziet niemand. Haar beste vriend is een soort onwaarschijnlijke klusjesman die in huis rondscharrelt. Maar weet je, eigenlijk vind ik haar zielig. Ze is niet slecht. Maar het is triest om dingen niet door te hebben. Ze is zo ongeschikt, zo dom.' Ze zwijgt even om een nog passender adjectief te zoeken. 'Ze is frivool.'

'Frivool?'

'Ja. Maar laten we nu gaan, kom mee.'

De twee vrouwen lopen de toiletruimte uit en Maria Cristina blijft zitten met haar voet in haar handen.

Vijf minuten later komt Maria Cristina uit het wc-hokje, waar ze aan één stuk door heeft gehuild, haar lippenstift is uitgeveegd en haar make-up is vervaagd, ze spoelt haar rode ogen uit en probeert haar haren in model te brengen.

De deur van de toiletruimte gaat open en de Indiase dame van net in de zaal stapt binnen, die vrouw die had geprobeerd bij haar te komen. Ze heeft een smaragdgroene zijden sari over een geel shirtje gewikkeld. Aan een schouder bungelt een rode tas van

Bottega Veneta aan een enorme vergulde ketting. Op haar hoofd rust een panettone van haar in verschillende kleurschakeringen. Ze is van een ondefinieerbare leeftijd en heel klein.

'Mevrouw Palma. Wat een eer u te ontmoeten. Ik ben Stefania Subramaniam. Ik probeerde u al eerder te begroeten, maar ze lieten me er niet door.' Ze heeft het lijzige accent van Zuid-Rome.

Maria Cristina stamelt iets, maar ze heeft een brok in haar keel.

Het vrouwtje loopt naar haar toe. 'Verft u uw haar?'

Het is zo'n directe en ongepaste vraag dat Maria Cristina knikt.

'Weet u dat het heel slecht is gedaan?' De Indiase zet een bril met rood montuur op en bestudeert met levendige ogen haar kapsel. 'Welke kleuring gebruikt u?'

Dat is dus wat er gebeurt als je je niet laat vergezellen door de bewaking. Eerst ontdek je dat je assistente medelijden met je heeft, en vervolgens word je op een toilet afgemaakt door een krankzinnige die misschien de zware ketting van haar tas om je hals trekt.

'Ik heb geen idee... Dat kiest de kapper.' Ze deinst achteruit, naar de deur.

De Indiase zwaait met een klein, vet wijsvingertje heen en weer. 'Dat is fout.'

Maria Cristina wringt haar handen. 'Wat?'

'Alle toxines, atmosferische gifstoffen en de chemicaliën die op het land worden gebruikt, komen via de haren in het lichaam. U moet niet vergeten dat u de mooiste vrouw van de wereld bent, u moet uw haar goed verzorgen.' Ze heeft de welwillende toon van een moeder. 'Bovendien zie ik een beetje uitgroei.'

Maria Cristina loopt naar de spiegel. Een heel dun, bijna onzichtbaar streepje grijs tekent zich af aan de basis van haar haren achter haar slapen. Als er iets is waar ze absoluut niet tegen kan is het wel een uitgroei, een onacceptabele slonzigheid. '*Mamma mia*, wat verschrikkelijk. Ik zweer het, ik laat het morgen verven. Gelukkig is het donker, ik hoop dat niemand het ziet.'

'O jawel, ze zullen het zien.' De Indiase kent geen greintje medelijden. Ze opent haar tas en steekt haar hand erin. 'En ze zullen zeggen dat u zichzelf verwaarloost.'

Maria Cristina sluit haar ogen, ze weet zeker dat ze nu wordt neergeschoten, maar als ze ze weer opent zwaait de vrouw met een mascaraborsteltje alsof het een toverstaf is. 'Mag ik? Ik laat het grijs in één tel verdwijnen.'

Maria Cristina moet even nadenken. 'Goed.'

'Nee, niet hier.' De Indiase wijst naar de wc-hokjes. 'Daar. Dan zien ze ons niet als er iemand binnenkomt.'

'Dat is zo.'

De twee vrouwen, die plotseling samenzweerders zijn, sluiten zich op in een hokje. Maar er is een probleem met het lengteverschil. Óf Maria Cristina moet bukken, óf de andere vrouw moet op de pot gaan staan. Uiteindelijk gaat de vrouw van de premier op haar knieën zitten, een beetje walgend van het contact met de vloer. Nu ze op gelijke hoogte zijn, valt haar op dat de vrouw de kogelronde ogen en het vaalgele oogwit van een nachtroofvogel heeft, en dat die ogen te groot en niet in verhouding met de rest van haar gezicht zijn. De pupillen in het midden, zwart als toermalijn, stralen de oeroude gelukzaligheid van goeroes uit. Ze doet haar denken aan Amma, de beroemde heilige die haar volgelingen omarmt. Elk jaar reizen duizenden mensen van over de hele wereld naar India om zich te laten meeslepen door de stroom van liefde die Amma uitstort over ieder die daar behoefte aan heeft. Ook Maria Cristina is na het overlijden van Andrea helemaal naar Chennai gegaan om zich te laten omarmen door de heilige.

‘Doe je kin eens omhoog,’ zegt Stefania Subramaniam, en alsof ze wordt ontkurkt begint Maria Cristina met samengeknepen lippen te snikken.

‘Wat is er, schat?’ vraagt de Indiase.

Maria Cristina schudt haar hoofd. ‘Niets.’

De vrouw streelt haar voorhoofd. ‘Waarom huil je dan?’

Maria Cristina buigt haar hoofd en haalt haar neus op. ‘Omdat ik medelijden opwek bij mijn assistente, ze zei dat ik frivool ben. En ik geloof dat mijn man vreemdgaat met de staatssecretaris voor Openbaar Bestuur.’

‘Doe je ogen dicht.’

Maria Cristina gehoorzaamt en voelt de punt van het borsteltje op haar hoofdhuid. ‘Dan gaan we ons nu bezighouden met de lippenstift en de make-up en borstelen we de haren,’ zegt Stefania Subramaniam opbeurend, terwijl ze een tasje tevoorschijn haalt met alles wat nodig is. ‘Klaar is Kees. Perfect. De mannen en de assistentes begrijpen er niets van.’

Maria Cristina omhelst haar met een hart vol dankbaarheid. Ze staat op en trekt haar jurk recht.

De Indiase haalt uit haar tas een glazen flesje met daarin een dikke, donkere vloeistof. ‘Dit is een natuurlijke verfstof, er zit niets giftigs in. Ik heb het zelf gemaakt. Je moet er weinig van gebruiken.’ Ze geeft het aan Maria Cristina. ‘Ik heb een kapperszaak in de Via di Casal Bertone. Als je een keer zin hebt...’

De vrouw van de premier legt haar hand op haar hart.

‘Ik zal het proberen. Ik beloof het. Dank, dank, dank.’ En tegen al haar gewoonten in kust ze de Indiase op de wangen.

Met het potje haarverf in de hand loopt Maria Cristina terug naar de zaal, die bonkt van muziek en lichten.

Plotseling hoort ze een stem achter zich.

'Bonenstaak. Bonenstaak. Hé, Bonenstaak, blijf eens staan.'

Ze draait zich om, er loopt een man op haar af.

'Wacht even.'

Ze wijst op zichzelf. 'Hebt u het tegen mij?'

'Tegen wie anders? Er is maar één Bonenstaak. Ik weet dat je nu belangrijk bent, maar voor mij blijf je altijd dezelfde Bonenstaak.'

Het is waarschijnlijk iemand van vroeger, van het Lycée Chateaubriand, daar noemde iedereen haar zo. Ze kreeg die bijnaam omdat ze het langste en magerste meisje van de school was, en eerlijk gezegd vond ze het niet eens zo erg. In Rome wordt zowat iedereen zo genoemd, daar hoef je niet per se mager voor te zijn. Bonenstaak, heb je een sigaret voor me? En dan kun je net zo goed obees zijn.

Met de tijd zijn de jaren van de middelbare school, het Piazza Euclide, het strand van Circeo, de ijsjes in Villa Balestra, de krengige vriendinnetjes, de veel te rijke kutjochies die in Porsches rondreden, vervaagd zonder dat zij iets heeft gedaan om ze vast te houden. Maar zoals iedereen weet kun jij wel het verleden vergeten, maar het verleden vergeet jou niet. Haar oude schoolvrienden zijn een kwelling, ze schieten als paddenstoelen uit de grond en klagen allemaal dat ze, nu ze beroemd is, maling aan hen heeft.

Maar niet nu, nu heeft ze geen zin om te doen alsof ze het zich herinnert, om te luisteren naar anekdotes over skivakanties en schorsingen, nu wil ze alleen maar naar huis.

De man staat intussen bij haar. Ze bekijkt hem beter. Totaal onbekend. Ze ontmoet trouwens zo verschrikkelijk veel mensen dat haar brein uit ruimtegebrek een wekelijkse schoonmaakroutine hanteert.

En toch is er iets...

Maar wat ongebruikelijk is: hij is langer dan zij en heeft de bouw van een volleybalspeler. Zijn askleurige, wijkende haar komt tot iets boven zijn schouders, een teken dat hij het niet prettig vindt om oud te worden. Het intrigerendst is de witte lok die over één oog valt, wat hem een grimmig voorkomen geeft, als Captain Harlock. Zijn gezicht loopt langwerpig uit in een puntige kin die bedekt is met een stoppelbaardje dat naar blond neigt, met een klein beetje grijs aan weerszijden van zijn volle, iets bleke mond. Hij draagt een verschoten blauw linnen overhemd en een donkerblauwe jersey stropdas met witte strepen die losjes om zijn losgeknoopte boordje hangt. Het donkerblauwe colbert van grof katoen maakt het plaatje van de jeugdige man die het leven niet al te serieus neemt compleet. Grof geschat een jaar of vijftig. Alles bij elkaar een knappe vent. Zijn hoofd blijft maar heen en weer deinen, alsof ze twee vrienden zijn die elkaar na jaren tegenkomen op het vliegveld.

'Ik zal eerlijk zijn,' zegt Maria Cristina. 'Ik heb geheugenproblemen en ik heb ook gedronken, dus trek het je niet persoonlijk aan, maar ik kan me je niet herinneren. Het spijt me. Ik heb geen fucking idee wie je bent.'

Zei ze nou echt 'fucking'?

Hij moet lachen. 'Ik wist het wel, je bent niks veranderd. Ik weet het goedgemaakt, ik geef je een paar hints.'

'Nee, alsjeblieft niet. Geen hints. Het was een zware dag. Ik moet naar mijn man om samen met de vrouw van de baas van de hotelhouders de taart aan te snijden. Sorry. Andere keer.' Ze draait zich om en terwijl ze wegloopt voelt ze zich een trut, maar wel in haar gelijk, twee sensaties die ze heeft leren combineren sinds ze zich in de wereld van de politiek beweegt.

'Nasquira.'

Ze houdt haar pas in.

'Nasquira.'

Ze blijft staan.

'Nasquira. Dat herinner je je toch nog wel?'

Uit een aantal onderzoeken is gebleken dat de geest ons bestaan op twee banden registreert. De eerste, die van het kortetermijngeheugen, bewaart de dingen die ons helpen ons te redden in het heden (waar zijn de sleutels, in welke la liggen de aspirines, wat is het huisnummer van de tandarts) en die verdwijnen meteen weer. De tweede band, die van het langetermijngeheugen, bewaart de diepe, wezenlijke dingen die ons raken en ons vormen als individu, en die te maken hebben met emoties: het blije kwispelen van onze hond, de dood van een dierbare. Deze twee categorieën van herinneringen worden verwerkt in twee verschillende hersendelen. In de hippocampus slaan we onze wachtwoorden op, in de cortex staat onze eerste kus geprent.

De naam Nasquira staat haarscherp in de cortex van Maria Cristina gegrift. Het is de naam van een Swan 60, een schitterende zeilboot waarop ze samen met haar broer een tocht heeft gemaakt, kort voordat hij overleed.

Ze weet wie die man is.

'Nicola Sarti,' zegt ze, en ze draait zich om.

'Hoi, Bonenstaak.'

In de laatste zomer van zijn leven had Alessio Maria Cristina meegenomen voor een zeiltocht met zijn vrienden. Acht oudere jongens, gefixeerd op zeilen en mooi als goden. De afspraak was: geen vrouwen aan boord. Versieren doen we onderweg. Enige uitzondering: Bonenstaak, door allemaal beschermd en het hof gemaakt.

Na drie weken was ze op Lipari aan land gegaan om zich bij haar grootouders in Courmayeur te voegen. De jongens waren doorgevaren naar de Egeïsche Zee, waar haar broer was omgekomen bij een duikongeluk.

'Goh, wat leuk om jou weer te zien,' zegt ze geëmotioneerd. 'Hoe is het met je?'

Ze had tijdens die vakantie een kortstondig avontuur gehad met Nicola Sarti, maar na de tragedie had ze hem niet meer gezien of gehoord.

Hij loopt dichter naar haar toe en zegt zachtjes: 'Nu heel goed.'

Maria Cristina omhelst hem en sluit haar ogen. Het is alsof ze in een bol van energie worden ingesloten en het feest, de mensen en de geluiden op slag verdwijnen. 'Sorry, maar na Alessio's dood wilde ik zijn vrienden niet meer zien, ik was te verdrietig.'

Hij drukt haar stevig en lang tegen zich aan met de intensiteit van iemand die zich heel vertrouwd weet. 'Natuurlijk. Dat is heel begrijpelijk.'

'Het doet me goed om je terug te zien, Nicola.'

'Mij ook.'

De wijn in haar lichaam helpt haar de moed te vinden om hem te vragen: 'Was jij eigenlijk bij Alessio in de boot...?'

Nicola Sarti drukt haar nog steeds tegen zich aan. 'Ja.'

Maria Cristina slaakt een zucht. 'Ik ben niet naar de begrafenis gegaan. Mijn opa...'

'Zeg maar niets. Laten we ons de mooie dingen herinneren. Laten we denken aan hoe leuk we het daarvoor hadden.'

Maria Cristina maakt zich los uit de omhelzing en prutst wat aan haar haar. 'Je hebt gelijk. Weet je dat ik je toen heel leuk vond?'

'Hier hetzelfde. Ik was zo verliefd op je. Het kostte me moeite om je te vergeten.'

Ze tovert een vrolijke toon tevoorschijn. 'Ik had al vanaf de eerste dag een oogje op je.'

Dat is niet waar. Ze vond Gian Marco Meroldi leuk, maar die

eikel had zodra ze aanlegden bij Panarea een Zweeds meisje aan de haak geslagen. Maar nu is Meroldi een dikbuikige bestuurder bij Italiaanse publieke omroep en Nicola Sarti een stuk. Soms is het leven rechtvaardig.

Hij doet twee stappen achteruit om haar nog eens goed te bekijken. 'En nu? Moet je eens zien!'

Maria Cristina tilt haar armen op en draait een rondje. 'De vrouw van de premier. Had je dat ooit kunnen denken?'

'Nee. Als ik bedenk hoe je vroeger was.'

Ze trekt één wenkbrauw op. 'Hoe was ik vroeger?'

'Nou, lekker wild.'

Maria Cristina begrijpt niet wat hij bedoelt. 'We waren allemaal wild. En jong. Wat doe jij hier?'

'Ik heb een keten van vijfsterrenhotels. Op Sardinië en in de Trentino. En binnenkort open ik een resort, Le Cupole, bij Pomezia. Spa. Eten voor fijnproevers. Het hele pakket dat nu in de mode is.'

Zwijgend kijken ze elkaar aan, in hun hoofd terug naar de dagen van de zeiltocht. Maria Cristina denkt aan 's nachts op het dek naar de sterren staren, aan het sleepvissen, aan de Stromboli beklimmen.

Het volume van de muziek in de zaal daalt en de lichten gaan weer aan, waardoor de betovering wordt verbroken.

'We moeten elkaar nog een keer zien,' oppert ze.

'Wanneer je maar wilt.' Nicola Sarti wijst op het potje dat Maria Cristina in haar hand heeft. 'Wat is dat? Bramenjam?'

Ze moet lachen. 'Nee, haarverf. Dat kreeg ik van een soort goeroekapster.'

'Die lach van jou. Nog precies hetzelfde als vroeger.'

Een stem door de microfoon vraagt om aandacht. De taart is in aantocht.

'Sorry, ik moet gaan, ik moet in actie komen.'

Hij haalt zijn schouders op. 'Ga maar. Geen probleem. Maar als je kunt, kom dan naar mijn resort... Neem gerust je man mee. Beloof het me.'

'Met mijn man lijkt me ingewikkeld. Maar ikzelf, ja, zeker.'

Nu zou ze hem haar telefoonnummer moeten geven, maar dat is niet zo eenvoudig, dat moet ze eerst aan de beveiliging laten weten.

Zo irritant.

Niet wetend wat ze moet doen kust ze hem niet, maar schudt ze hem de hand, terwijl Caterina buiten adem op haar af snelt en haar meesleurt naar Igor Rossi Brogi, die zijn zeventig klotekaarsjes aan het uitblazen is.

3

Er leek geen einde aan te komen, maar nu zit Maria Cristina in de auto op weg naar huis. Ze voelt zich belabberd. De slagroom en de meringues van de taart verzuren in de wijn. Ze zou het liefst in slaap vallen, maar als ze haar ogen sluit valt ze in een draaikolk. De lantaarns langs de Via Olimpica trekken gele strepen op de raampjes, die nat zijn van de regen. Ze trekt haar schoen uit en masseert haar voet, terwijl de chauffeur vlot doorrijdt achter de rode knipperlichten van de escorte.

Domenico, nek tegen de hoofdsteun, zit te dommelen. Het is verschrikkelijk, hij kan overal slapen, hij heeft aan een paar minuutjes genoeg om uitgerust te zijn. Ooit was hij tijdens een G8-top opeens verdwenen. Momenten van doodsangst. Koppen van de veiligheidsdienst die op het punt stonden te rollen. Uiteindelijk werd hij gevonden in een bezemkast, waar hij op een stoel zat te dutten. Maria Cristina moet om te kunnen slapen oordopjes indoen, een slaapmasker opzetten, de luiken sluiten en haar tong verdoven met benzodiazepinen.

'Doet het pijn?' vraagt hij.

'Een beetje. Maar je had gelijk, ik heb me geamuseerd.' Ze laat de episode met Caterina in de toiletten achterwege. 'Eerst ontmoette ik een vrouw die een Indiase goeroe leek... Maar in werkelijkheid is ze kapster in Casal Bertone en ze heeft mijn uitgroei weggewerkt. En daarna kwam ik Nicola tegen, die ik niet meer had gezien sinds de zeiltocht met Alessio. Nicola Sarti. Ken je hem?'

Domenico trekt ongeïnteresseerd één ooglid op. 'Nooit van gehoord.'

'Hij heeft een hotelketen. Ik had hem helemaal gewist, terwijl ik nota bene iets met hem heb gehad. Ik geloof dat ik echt ernstige geheugenproblemen heb.'

Hij schudt met een spottende uitdrukking zijn hoofd. 'Het is niet je geheugen. Er zijn gewoon te veel mannen met wie jij iets hebt gehad.'

Ze geeft hem een zachte schop tegen zijn onderbeen. 'Sukkel. Hij is heel aardig. Alessio was degene die me erop wees dat hij me leuk vond.'

'Was Alessio niet jaloers? Je was zijn kleine zusje.'

'Nee. Helemaal niet. Net als jij, trouwens. Andrea was wél jaloers. Hij kon het goed verbergen, maar ik merkte het toch.' Maria Cristina's gezicht ontspant en ze staart naar de verlichte ellips van het Olympisch Stadion. 'Ik betrapte hem erop dat hij me observeerde wanneer ik met andere mannen praatte...'

'Niets erger dan jaloerse mannen,' onderbreekt Domenico haar. 'Weet je hoeveel vrouwen de jaloezie van hun partner met de dood hebben moeten bekopen?'

Maria Cristina zucht. 'Wat overdrijf je.'

'Jaloezie is dwang. Sterker nog, ik zou een campagne op poten moeten zetten om het probleem meer onder de aandacht te brengen.'

Pavlovreactie. Zodra zij Andrea noemt, gaat hij los. Hij kan zich niet beheersen. Is dat soms geen jaloezie?

'Ik zei dat hij het niet toonde,' verduidelijkt Maria Cristina. 'Maar dat ik het vermoedde omdat ik hem ken.'

'Nou, als jij het merkte, dan was het zo.' Domenico pakt zijn telefoon uit zijn zak. 'Ik vertrek morgenochtend vroeg. Ik moet naar Straatsburg en daarna naar Turijn, naar de begrafenis van die omgekomen bouwvakker. Over een paar dagen ben ik weer terug. Zaterdag komt Wim Claes dineren, de Belgische minister van Handel.'

'Dan ben ik er niet, ik ga naar het buitenhuis.'

'Dat weet ik. Ik heb hem daar uitgenodigd. Hij is aardig. Hij schijnt een fervent fan van jou te zijn. Hij vertelde me dat jullie elkaar hebben ontmoet in Parijs, toen je nog model was.'

'O, dat kan.'

'Hij was te gast bij een diner bij jou thuis en jij had pizza gemaakt.'

'Hij verwart me vast met iemand anders. Ik heb nog nooit in mijn leven pizza gemaakt. En al helemaal niet in Parijs, daar at ik alleen maar wortels.'

'Hij beweert dat je toen een pizza beneventana hebt gemaakt. Ik heb hem beloofd dat je die voor hem zult maken in het buitenhuis, hij was helemaal blij.'

'Ik?' Ondanks de alcohol die haar emoties dempt, kijkt Maria Cristina op. 'Pizza beneventana?'

'Ja. Hij is er dol op. Hij bleef er maar over doorzeuren…'

'Waarom heb je hem die onzin verkondigd?'

'Een smoesje. Ik heb zijn steun nodig voor een stemming over spumante in Brussel. En aangezien hij het over niets anders heeft dan die pizza beneventana, en over hoe mooi jij bent, heb ik gezegd dat jij pizza's kunt bakken.' Zijn stem klinkt vlak, en als hij een grapje maakt is dat niet te merken.

Maria Cristina is misselijk, ze probeert het raampje te openen, en vergeet dat die in gepantserde auto's zijn geblokkeerd. 'We halen wel pizza's bij Il Barilotto del Nonno, dan eet hij die maar.'

Domenico beweegt zijn wijsvinger heen en weer. 'Hij zei dat hij die pizza's samen met jou wil maken. We moeten de houtoven aansteken. Probeer jij uit te zoeken hoe een pizza beneventana wordt gemaakt, dan bakken jullie die samen.'

Maria Cristina hapt naar adem als een katvis in een moddersloot. 'Moeten "we" dat doen? Waarom zei je niet "jij moet"? Die oven is al dertig jaar niet meer gebruikt. En bovendien heeft het deeg tijd nodig, dat moet –' Ze weet zelf ook niet wat.

'Wil je me deze gunst bewijzen?'

Ze is niet helder en ze weet niet of haar man haar voor de gek houdt. 'Ik zei toch dat ik geen pizza kan maken! Als hij van paragliden zou houden, zou ik me dan van een berg moeten storten?'

'Maria Cristina, alsjeblieft, ik heb geen zin in discussies,' verzucht hij geërgerd. 'Als je het wilt doen, doe het dan. Kijk online, vraag of Caterina je helpt. Als je het niet wilt doen, ook goed, dan halen we pizza bij de pizzeria. Maar verdorie, één gunst… Moet je jezelf zien, je kunt niet eens je hoofd recht houden.'

Maria Cristina tilt haar hoofd op. 'Hoe weet jij dat Caterina goed is in pizza's bakken? Heeft ze je dat verteld? Of heb je dat geproefd?'

'Weet ik veel. Ze is altijd samen met jou.'

'Nou, als je het weten wilt, ze kan het heel goed. Laat haar ze maar maken.'

Domenico leest iets op zijn telefoon. 'Ah, je zou met de leraren van Irene moeten gaan praten, om te horen hoe het met wiskunde gaat. En dan zou je ook op de foto moeten met hen en de andere ouders terwijl jullie uit school komen.'

'Waarom?'

'Dat vroeg Bruco.'

'Hij had toch gezegd dat ik me koest moest houden?'

'Ik weet het niet. Misschien wil hij niet meer dat je je koest houdt.'

Walter Bernulli, ook wel bekend als Bruco, staat aan het hoofd van het AP Team, een obscure sekte van jonge media-experts die verantwoordelijk zijn voor de communicatie van de minister-president. Bruco is afgestudeerd in de theoretische filosofie, en is beroemd geworden onder gamers over de hele wereld omdat hij in zijn eentje Ragnaros, de onoverwinnelijke *endboss* in *World of Warcraft*, heeft verslagen. Toen hij zich daarna op het bestuderen van willekeurige koersschommelingen toelegde, heeft hij bakken met geld verdiend met tutorials voor online trading. Vervolgens heeft hij social media, de content flows en opiniepolarisaties geanalyseerd en listening-tools ontworpen die het gevoel online onderzoeken en de gedragingen ervan interpreteren met als doel die voor te zijn.

Bruco was de eerste die door Domenico werd gevraagd om toe te treden tot het beroemde team van deskundigen, hij is zijn orakel, hoewel Domenico's positie al maandenlang bezig is met een duikvlucht.

Maria Cristina weet zeker dat hij en Bruco een geheime deal hebben, want haar man is bereid iedereen ter discussie te stellen behalve Bruco, Bruco is een verdomd genie. En het bijzondere is dat ze elkaar nooit in levenden lijve hebben gezien, en ook nog nooit met elkaar hebben gebeld. Dat was de voorwaarde die de socialmediamanager stelde om de opdracht aan te nemen.

Het gerucht gaat dat Bruco als een kluizenaar in de Monti Simbruini leeft, sommigen beweren in een grot, anderen in een ontwijde kerk, weer anderen in een verbouwde trullo in een bos vanwaaruit hij heel ingewikkelde mailtjes verstuurt, onvervalste sociologie-essays, waarin hij de communicatiestrategieën dicteert. Of hij stuurt spraakberichten van een paar woorden waarin hij bijvoorbeeld Maria Cristina beveelt dat ze zich koest moet houden, zonder de moeite te nemen om uit te leggen waarom. En alsof dat nog niet genoeg is, wil hij ook beslissen over alles wat de vrouw van de premier betreft, hoe ze zich kleedt, waar ze zit tijdens diners, welke foto's in de kranten mogen, en op social media post hij berichten in haar naam.

Maria Cristina weet niet eens zeker of Bruco wel echt bestaat, online is er maar één foto van hem te vinden, in een pub met een glas bier in zijn hand. Een dikkig type, in de dertig, blonde baard, blond haar, in een T-shirt van ZZ Top.

Toen het verhaal over de mooiste vrouw van de wereld naar buiten was gekomen, was Bruco euforisch en vastbesloten om mee te liften op de plotselinge gratis populariteit. Het doel was om zo mogelijk nóg meer afstand tussen het presidentiële paar en de gewone mensen te creëren. De rijke advocaat die aan de politiek werd uitgeleend en het ex-model uit een gegoede familie en tevens icoon van elegantie met een door rouw geteisterd verleden. Feitelijk twee kutmensen. Het idee was gebaseerd op een algoritme dat was ontwikkeld door Olsson en Lindberg, twee gedragswetenschappers die onderzoek hebben gedaan naar de gedragsdynamiek bij meerkatten. De leider van een groep, het dominante mannetje, kiest het wijfje dat het best presteert met het afdwingen van respect en onderwerping in de groep.

Bruco was er zeker van dat het apenmodel zou functioneren. De kiezers, zo beweerde hij, hadden genoeg van leiders die zich op social media onsterfelijk maken in onderbroek en hemd, in kinderkamers, met rozenkransen aan Ikea-lampen, die vloekend voetbal kijken en er prat op gaan nooit een boek te hebben gelezen. De volksleiders, zei hij, hadden hun tijd gehad. Het verfijnde echtpaar Mascagni was exact het tegenovergestelde, de boodschap die moest worden overgebracht was dat zij voor Italië zorgden vanuit een belangeloze humanitaire geest. Naar het voorbeeld van Kennedy. En wie hebben de geest van een natie beter belichaamd dan Jackie en John?

En dus had Bruco bepaald dat er op Maria Cristina's socialmediaprofielen uitsluitend zwart-witfoto's werden gepost. Bovendien moesten de beelden artistiek zijn vastgelegd, bijvoorbeeld terwijl ze in het bos wandelde, schilderijen op een tentoonstelling bekeek of eenzaam in gedachten verzonken op het fietspad langs de Tiber liep. Met als resultaat dat Maria Cristina de haat van een woedende mensheid over zich heen had gekregen. Ze schreven dat ze een kutwijf is, een hoer die niet meer dan harde lullen en harde klappen verdient, een verachtelijk wezen dat bergamotthee drinkt terwijl mensen sterven van de honger en er rivieren overstromen. Polarisatie van het internetvolk was precies wat Bruco wilde bereiken: hoe groter de groep die haar dood wilde, hoe meer de andere, de democratische, hoogopgeleide groep die gaat stemmen in de Mascagni's figuren zou zien met wie zij zich solidair voelen en in wie zij zich konden herkennen.

Gelukkig voor Maria Cristina heeft de socialmediamanager zijn mening herzien en in een raadselachtig mailtje toegegeven dat de strategie niet werkte. Sindsdien heeft de vrouw van de premier ervoor gekozen zich op de achtergrond te houden. Ze heeft haar posts gereduceerd tot officiële mededelingen. Tegenwoordig beperkt ze zich alleen nog tot kerstwensen, blije berichten bij overwinningen van de Italiaanse atleten op de Olympische Spelen en oproepen aan de bevolking om toch vooral te gaan stemmen.

'En wil hij dan soms weer foto's? Daar heb ik geen zin in,' stamelt Maria Cristina, en ze hapt met haar hand op haar buik naar adem. 'Ik moet overgeven.'

Domenico kijkt haar bezorgd aan. 'Nu?'

'Ja. Nu.'

'Kun je het niet inhouden?'

'Kun jij het inhouden als je moet overgeven?'

Hij rolt met zijn ogen en buigt zich naar de chauffeur toe. 'Michele, mevrouw voelt zich niet goed. Ze moet...'

'Overgeven,' voegt zij eraan toe.

De chauffeur kijkt in het achteruitkijkspiegeltje. 'Nu?'

'Ja. Nu. Zet de auto stil,' zegt Maria Cristina kokhalzend.

'Een moment. Ik bel de beveiliging.' Michele smoest wat met de mannen van de beveiliging. 'Ze zeggen dat het onmogelijk is. Te gevaarlijk. Het spijt me, meneer. Nog heel even. We zullen harder rijden.'

'Hoorde je dat? Het kan niet,' zegt Domenico tegen haar op de toon van een pedante leraar. 'Hou het maar in.'

Maria Cristina leunt met haar hoofd tegen het raampje en begint diep in te ademen. Ze is bedekt met koud zweet. 'Als ze harder rijden is het nog erger. Geef me je jasje. Snel.'

'Wat ga je daarmee doen?'

'Erin overgeven. Ik voel me niet goed.' Ze begint bijna te huilen. 'Hoe moet ik het nog duidelijker zeggen?'

'In mijn jasje? Maar dit is het jasje dat voor mij op maat is gemaakt door Davies!' Hij buigt zich weer naar de chauffeur toe. 'Sorry, Michele, mag ik even jouw jasje gebruiken? Ik koop later wel een nieuwe voor je. Het is een...'

Een stomp van zijn vrouw midden tussen zijn schouderbladen verhindert hem de zin af te maken.

'Wat voor lul ben jij?!'

Hij draait zich om en kijkt haar met een paars aangelopen gezicht en woeste blik aan. 'Ben je gek geworden?'

'Niet in jouw jasje, maar wel in dat van Michele?' Vergezeld door een keelklank gutst er uit Maria Cristina's mond als vuur uit de muil van een draak een gele, warme, dikke stroom die overal terechtkomt. Op de Dior-jurk, op de leren bekleding en op de vloermatjes van de Mercedes, op de in Savile Row op maat gemaakte flanellen pantalon van haar man.

II

Donderdag 22 februari

1

De oogleden van de vrouw van de premier trillen, ze droomt van een vos die Carlina heet en die in plaats van ogen twee gebakken eieren heeft, de dooiers zijn gele pupillen en de neus is een gehaakt balletje.

De droom wordt onderbroken door een stem uit het hiernamaals. 'Mevrouw...'

Hoewel het baasje zegt dat ze braaf is, hapt Carlina in haar kuiten.

'Mevrouw, u moet wakker worden, het is al laat.'

'Ja? Wat is er?' vraagt Maria Cristina hijgend, terwijl ze uit de droom probeert te ontwaken.

'Caterina is er.' zegt de huishoudster.

'Caterina?'

'Ja. Ze zei dat jullie een call hebben.'

'Hoe laat is het?'

'Halftien.'

Gapend opent Maria Cristina één oog. 'Daisy, doe alsjeblieft de ramen voor me open.'

Een zonnestraal komt regelrecht haar netvlies binnen en

ze drukt haar gezicht in het kussen.

'Mirco Tonik is er ook,' brengt de Filipijnse haar in herinnering.

Maria Cristina haalt een hand over haar gezicht. 'Zeg maar tegen hem dat we vandaag overslaan.'

'En tegen Caterina?'

'Niks. Breng me het ontbijt maar, dank je.'

'Goed, mevrouw.'

Langzaam, als een libelle die zich uit zijn exuvium bevrijdt, strekt Maria Cristina haar benen uit boven het dekbed en spreidt ze haar armen in een poging haar fysieke toestand te peilen. Haar maag is niet meer van streek, maar in haar slapen zijn de elektroden van Frankenstein geschroefd. Als ze haar hoofd optilt ziet ze dat ze haar onderbroek, beha en panty nog aanheeft, op de grond ligt de jurk van Dior, bedekt met aangekoekt braaksel.

Heeft ze die jurk zelf uitgetrokken? Wie heeft haar naar haar kamer gebracht? Ze kan zich niets meer herinneren.

Domenico zal wel pisnijdig zijn. Gelukkig verblijft hij sinds hij minister-president is vaak in het appartement in Palazzo Chigi, en als hij thuiskomt slapen ze in aparte slaapkamers. Maria Cristina heeft de smoes dat hij altijd laat thuiskomt en vroeg opstaat gebruikt om de schaamtevolle droom van elk stel in vervulling te laten gaan.

Voorzichtig raakt ze haar teennagel aan, die blauwachtig verkleurt en pijn doet. Ze staat op en rekt zich uit onder de vale muurschilderingen van het koepelplafond van de slaapkamer. Ze loopt naar de badkamer en kijkt in de spiegel. Kijk, dat zijn de effecten van de vorige avond. Haar gezicht is gezwollen alsof het is opgevuld met cortisonen, het kussen heeft strepen op haar voorhoofd getrokken, haar haren zijn dof en pluizig. Ze tilt de lokken naast haar oren op: ze moet heel snel naar de kapper.

Ze heeft de ogen van een pad en een witte tong. Alleen haar borsten zijn hetzelfde, door niets en niemand aan te tasten. Tot de zwangerschap had ze maat s en heeft ze nooit een beha gedragen. Toen ze borstvoeding ging geven zijn ze geëxplodeerd, om vervolgens leeg te lopen tot twee slappe zakjes. Domenico was degene die suggereerde dat ze zich zou laten opereren. Niet dat zij ertegen was, maar het idee dat ze de rest van haar leven twee synthetische dingen onder haar huid zou dragen, vond ze niet prettig. De operatie is niet heel goed gelukt, zij wilde natuurlijke, druppelvormige borsten, maar nu lijken ze op grote soezen met wit glazuur en een gekonfijte kers erop. Haar tepels zijn vanwege een postoperatieve complicatie opgezwollen gebleven, zodat ze geen blouses en truitjes kan dragen zonder beha.

Ze neemt twee pijnstillers, poetst haar tanden en stapt onder de hete douche.

Daisy komt terug met het ontbijt: een halve avocado, een bekertje magere yoghurt en een kopje koffie.

Maria Cristina trekt een hemdje aan. 'Hebben Irene en de president samen ontbeten?'

'Ja.'

'En waar hadden ze het over?'

'Ik luister niet,' antwoordt de huishoudster samenzweerderig discreet.

'Ik beschuldig je niet van luisteren, ik wil alleen weten of ze tevreden leken.'

'Gewoon, mevrouw. Ze hadden haast, ze hebben gegeten.'

Glimlachend stuurt Maria Cristina haar weg. 'Je kunt gaan. Dank je.'

Haar dochter wordt steeds onafhankelijker. Ze is bang dat ze haar kwijtraakt, met alle passies die haar in beslag nemen. Sinds een tijdje speelt ze viool en rijdt ze paard op de manege.

Een paar dagen geleden keken ze tv en zei Irene tegen haar: 'Jij bent anders dan andere moeders.'

'In welk opzicht?'

'Andere moeders controleren hun dochters. Die zitten erbovenop. De moeder van Gabriella is altijd bij haar.'

'En vertel eens, wil jij dat ik ook vaker bij jou ben?'

'Nee,' antwoordde het meisje laconiek.

'Dus het is goed zoals het is?'

'Ja.'

Maar Maria Cristina twijfelt of het misschien niet toch een verkapt verwijt was.

Misschien heeft Domenico aan Irene verteld wat haar moeder gisteravond heeft uitgespookt. Niets voor hem, maar je weet maar nooit. Ze heeft sinds een tijdje de indruk dat haar man hun dochter aan zijn kant probeert te krijgen.

Er wordt aangeklopt.

'Wie is daar?'

'Luciano. Mag ik binnenkomen?'

Ze kijkt snel of ze toonbaar is. 'Ja, kom maar.'

In de deuropening verschijnt een eivormig wezen. Schouders die zó afhangen dat het lijkt of zijn hoofd rechtstreeks op zijn schouderbladen is geschroefd. Haar als een krop andijvie. Een baard zo stug als nylon klimt omhoog over zijn jukbeenderen. Hazelnootbruine ogen liggen op zakjes van donker leer waarboven zware, volle wenkbrauwen rusten op een voorhoofd dat zo hoog en vlak is als een muur. Hij draagt een smoezelige trui in een ondefinieerbare kleur, een mengeling van lichtblauw, purperrood en zwart. Aan een riem hangt een te wijde, verschoten spijkerbroek die in duizend vouwen neervalt op de met verf besmeurde werkschoenen. Maria Cristina kent hem niet anders. Nooit een jas, zelfs niet als het vriest. Met Kerstmis en voor zijn verjaardag geeft ze hem altijd donzen jacks, truien, overhemden, maar die heeft ze hem nooit zien dragen.

'Goedemorgen, Cri. Laat gemaakt?'

'Ja. En ik ben ook dronken geworden.'

'Goed zo. Dat moet af en toe gebeuren. Sorry dat ik je stoor, maar ik heb de douchekop voor de douche van je man gevonden.' Hij houdt een zak omhoog en laat haar de inhoud zien. De pink en ringvinger van zijn rechterhand ontbreken, het lijkt of hij altijd een pistool vasthoudt. 'De oude zat vol kalk en de rubbertjes waren uitgedroogd. Ik heb deze kunnen ritselen, hij is anders maar beter. Duits.' Hij hijst zijn broek op. Zijn ouder wordende billen hebben zich verplaatst naar zijn buik, die als een heuptas op zijn schaambeen rust. Hij heeft diabetes maar propt zich vol met kebab en alle mogelijke rommel die hij maar kan vinden in snackbars. Maria Cristina heeft hem naar de endocrinoloog gestuurd, maar hem op dieet zetten is een illusie.

Luciano pakt een groot voorwerp van verchroomd staal uit de zak. 'Een koopje. Ik heb 'm voor een drol gekocht en 'm in orde gemaakt. De nieuwprijs is vierhonderd euro. Ziet eruit als nieuw, toch?'

'Prachtig. Dank je, Luciano.' Maria Cristina neemt een hapje yoghurt. 'Waar wacht je op? Ga hem maar monteren.'

'Kan ik in de badkamer? Zeker weten?'

Luciano heeft een heilige angst voor Domenico, vooral sinds die minister-president is.

'Hij is er niet. Maak je geen zorgen, ga maar.'

Hij schuifelt achteruit naar de deur, maar loopt dan weer terug. 'O ja, ik heb nog een briefje voor je.' Uit zijn zak pakt hij een opgevouwen blaadje uit een schrift. 'Van Irene. Dat gaf ze me voordat ze wegging.'

Hoi mama. Je hoeft me vandaag niet van school te halen. Greta komt en die neemt me mee om te kijken naar een paard dat een veulen heeft gekregen. We zien elkaar thuis. ♡

Er valt een last van Maria Cristina's schouders. Wat een liefhebbende dochter heeft ze toch.

'Kom hier,' beveelt ze Luciano.

'Wat is er?'

'Laat me je een kus geven.'

Half verbaasd, half achterdochtig strijkt hij langs zijn hals. 'Nee, Cri, beter van niet, ik ben walgelijk.'

'Ik zei: kom hier.' Ze geeft hem een kus op de wangen en ruikt de geur van inferieure zeep en bezwete oksels. 'Je hebt gelijk, je stinkt een beetje, maar ik hou toch van je. Dank je.'

'Waarvoor?'

'Dat je er bent.'

Sprakeloos loopt hij achteruit naar de deur, maakt een paar pirouetjes en verdwijnt zwaaiend met zijn stompje uit de kamer.

2

Om te begrijpen wat het belang van Luciano Vasile in dit verhaal is, moeten we beginnen bij de dood van Maria Cristina's moeder. Toen Teresa Sangermano was overleden, zat de familie met het probleem wat er met de twee weeskinderen moest gebeuren. Maria Cristina was twaalf en Alessio zeventien. Hun onverantwoordelijke vader was verdwenen, volgens de laatste berichten zat hij in een Tibetaans klooster met een longontsteking die hij bij een beklimming van de Annapurna had opgelopen. De ooms en tantes in Palermo hadden geen zin om die kinderen in huis te nemen. Daarom moesten de grootouders van moeders zijde er maar voor zorgen. Die woonden al jaren niet meer op Sicilië. Oma Irene Salimbene, een Toscaanse, beheerde de landerijen in de Maremma en opa Roberto Sangermano, Palermitaan, was nadat hij was gestopt als vertegenwoordiger voor Europa van een bekend Amerikaans cosmeticamerk verhuisd naar een villa in de luxe wijk Olgiata, voor de poorten van Rome, waar hij golf speelde. Het oudere echtpaar leidde gescheiden levens, behalve in de weekends, dan speelden ze samen bridge op toernooien in heel Italië. Roberto Sangermano had ook een officiële minnares, Liliana Miconi Lombardelli, zijn voormalig secretaresse. Irene Salimbene, een schuwe vrouw met een historie van depressies en alcoholisme, keerde alleen naar de hoofdstad terug voor haar heupinjecties.

Er werd besloten dat Alessio naar een prestigieuze kostschool in Rome zou gaan, het Convitto Nazionale, en dat Maria Cristina in Olgiata zou gaan wonen en naar school zou gaan in het naburige dorp Formello.

De grootouders wisten niet wat ze met het meisje aan moesten, óf ze verwenden haar óf ze vergaten haar. En dus zorgden de huishoudsters voor haar, Maria en Tonino Vasile, die afkomstig waren uit Termini Imerese en met hun zoon Luciano in een dépendance van de villa woonden.

Het weesmeisje veroverde onmiddellijk de harten van het stel, ze was een engel, ze was braaf en mooi, ze was om op te vreten. Wanneer Maria haar meenam om boodschappen te doen, deed ze net alsof het haar dochter was en nam ze complimentjes in ontvangst die ze nooit kreeg voor Luciano, die op een voorstudie van een lusteloze beeldhouwer leek.

Het klikte meteen tussen de twee kinderen, die een dag na elkaar jarig waren. Ze zochten elkaar op zodra ze wakker waren, en als ze naar bed moesten waren ze ontroostbaar omdat de slaap hun een paar uur samenzijn zou ontnemen. Toen ze ouder werden, kwamen ze in dezelfde klas van het lyceum terecht. Ze deden hun huiswerk in het huisje van de Vasiles aan de keukentafel waar een plastic zeil overheen lag, met de tv die altijd aanstond, reclame, terwijl er een pan op het vuur pruttelde, waardoor de schriften en boeken naar uien gingen stinken.

Op het eenpersoonszadel van een rode Ciao reden Maria Cristina en Luciano over de lommerrijke weggetjes van die buurt, een soort exclusief reservaat. Zij hing schriel en benig als een veulen aan hem, hij was rond en behaard als een panda. Ze ontweken de patrouilles van de bewakers door zich tussen de bunkers van de golfbaan te verstoppen om de balletjes te stelen en die op school te verkopen. Of ze zaten in bar Tramonto vlinderkoekjes te eten en te kijken naar de auto's die op de Via Cassia Bis voorbijstoven.

Luciano was voor Maria Cristina een halfbroer, een vertrouweling, een dikbuikige tovenaar die pizza's liet verdwijnen door ze in één hap op te slokken, en een genereuze dienaar die de schuld op zich nam als ze werden gesnapt bij het stelen van gummetjes en pennen in de supermarkt.

Hun vriendschap was speciaal, maar gedoemd om te eindigen. Een beetje zoals in die filmpjes waarin een tijgerwelpje schattig met een gans speelt, totdat er op een ochtend niets meer van de gans over is dan een bloederige vleugel.

In de zomervakantie van de derde naar de vierde klas van het lyceum veranderden de dingen, toen Maria Cristina door haar verlate puberteit uit de kinderbetovering werd weggerukt. In die drie maanden werd het meisje langer, alsof ze mest had gekregen, haar kuiten werden bijgevijld, haar billen kregen vorm en er was zelfs een begin van borsten te zien. De zon deed de rest en kleurde haar huid donkerder en maakte haar haren lichter, die kort geknipt waren, waardoor haar lange hals opviel. Toen ze in september weer naar school ging, merkte ze tot haar verbazing dat haar plaats in de leerlingengemeenschap was veranderd. De jongens die haar eerst uitlachten (moet je die giraf zien!) fladderden nu om haar heen, en wie het meeste lef had deed toenaderingspogingen door haar uit te nodigen voor pizza op zaterdagavond. Haar vriendinnen werkten haar tegen óf probeerden haar juist in hun kliekje te krijgen.

Op een dag stuitte ze, toen ze terugkeerde van atletiektraining, koptelefoon op, sporttas over haar schouder, op Diana Brinzaglia, de dochter van de bloemist in La Storta, een gehucht daar in de buurt. Blond, volle lippen, vol hormonen als een Argentijns rund, een triomf van tieten, billen, dijen die ze in minirokjes en korte, kleurrijke body's perste. Ze zat rokend op haar rode Vespa in het gezelschap van haar dienaressen, Silvietta Carnesecchi, Sofia D'Amico en Emma Tarantini. Maria Cristina wierp het groepje een glimlach toe en stak over naar het andere trottoir. Maar Sofia D'Amico, een meisje dat bierflesjes opende met haar tanden, versperde haar de weg. 'Waar denk jij dat je heen gaat?'

'Naar huis.' Haar stem trilde.

Diana Brinzaglia liep om haar heen, peuk tussen duim in wijsvinger, nam een trekje en blies een rookwolk in haar gezicht. 'Ze zeggen dat je in de smaak valt.'

Maria Cristina haalde niet-begrijpend haar schouders op.

'Op de ranglijst in de jongenstoiletten ben jij de een-na-lekkerste, na Diana,' verduidelijkte Emma Tarantini, een krullenbol met een groot voorhoofd bezaaid met acne, die de hele dag op Big Babol-kauwgom kauwde.

'En jij?' vroeg Maria Cristina spontaan. Er klonk geen enkele spot door in haar vraag, daar beschikte ze in die tijd nog niet over.

Tarantini was van haar stuk gebracht. 'Wat heb ik daarmee te maken? Ik sta niet op die ranglijst en bovendien hebben we het nu niet over mij.'

Diana Brinzaglia bestudeerde haar met het air van iemand die aandachtig kijkt naar een vaas en twijfelt of ze hem kapot zal schoppen.

Maria Cristina was nog nooit zo bang geweest. Van nature bezat ze al geen leeuwenhart, en die meiden wilden haar te grazen nemen. Bij die arme Sara Sapegno, een meisje uit de tweede, hadden ze in de kleedkamer het haar afgeknipt omdat ze een onderbroek met roze figuurtjes erop aanhad.

'Weet je waarom ik nummer een sta en jij nummer twee?' vroeg Diana Brinzaglia.

Maria Cristina schudde haar hoofd.

'Omdat jij een bezemsteel in je reet hebt. Dat zie je zelf niet, je bent zo geboren, maar hij is zó groot.' En ze stak haar middelvinger op. 'Jij denkt dat je beter bent dan wij, een godin die op aarde is neergedaald, maar je bent net een krop sla, je smaakt nergens naar.'

Maria Cristina had willen antwoorden dat ze zich niet beter voelde dan wie dan ook, en dat ze het prima vond om net een krop sla te zijn, maar ze was haar spraakvermogen verloren.

Het koninginnetje van La Storta besnuffelde haar om erachter te komen wat voor exotisch beest ze was. 'Je bent rijk, je praat met een maffia-accent, je ziet eruit als een fotomodel, maar als iemand moet kiezen met wie hij wil neuken, wie denk je dan dat hij kiest?'

Wie was die iemand die moest kiezen met wie hij zou neuken? Maria Cristina was in de war, maar ze vermoedde wel wat het gewenste antwoord was en wees naar Diana Brinzaglia.

'Precies. Jou breken ze doormidden als een soepstengel, bij mij vallen ze in katzwijm als ze in me zijn.' De meeloopsters slaakten instemmende gilletjes. 'Met jou zijn ze overdag verloofd, met mij neuken ze 's nachts. Snap je dat, mooie giraf?'

Er ontsnapte haar een 'ja'. Leeg en dom.

Sofia D'Amico gaf haar een duw, waardoor ze op de grond terechtkwam, naast de afvalbakken. De andere twee sprongen boven op haar, klaar om haar een lesje te leren, maar de koningin gebaarde dat het zo wel genoeg was. 'Ga maar terug naar je villa. En ik raad je aan om je volgend jaar in te schrijven op een middelbare school in Rome, waar je soortgenoten ook zijn. Laat Formello met rust.'

Maria Cristina raapte snikkend haar tas op en snelde zonder te stoppen met giraffensprongen naar huis.

Het advies van Diana Brinzaglia stond luid en duidelijk in het hoofd van onze heldin geprent en het jaar daarop schreef haar grootvader haar in bij het Chateaubriand, het Franse lyceum vlak bij Villa Borghese, waar ze mensen van haar eigen soort trof. Het was wel onhandig dat de chauffeur haar elke dag moest brengen en halen.

Het gekke was dat Diana Brinzaglia, met haar peuk tussen duim en wijsvinger en haar zonnebankgebruinde huid, niet in de buitenwijken van Formello verdween, maar in Maria Cristina's hoofd meeverhuisde en een geheime vriendin werd, een kritische stem met wie ze op moeilijke momenten in haar leven kon praten. Nu nog steeds herinnert Maria Cristina zich de meedogenloze les die ze leerde naast de afvalbakken: 'Jou breken ze doormidden als een soepstengel, bij mij vallen ze in katzwijm als ze in me zijn.' Ze beschouwt dat nog steeds als een absolute waarheid, een baken op een met mannenleugens bezaaid pad, want hoe meer ze haar versierden en gouden bergen beloofden, hoe meer ze haar bedrogen.

Maar toen ze naar de nieuwe school ging, was Maria Cristina haar trouwe schildknaap kwijt. Luciano, die inmiddels obees was, raakte steeds meer uit beeld: het zijden nest dat hen als spinneneitjes had omhuld was gescheurd en er waren wezens met verschillende lotsbestemmingen uit gekropen. Ze zat nog steeds bij hem achter op de brommer, maar hij ging niet meer mee naar het zwembad, en als ze in gezelschap van anderen waren zei hij niets, dan verstarde hij en werd hij een blok aan haar been.

De jongen begon na school te werken bij een oom die een bouwbedrijfje had. Zijn studie had eronder te lijden, hij was toch al nooit een studiebol geweest, en hij bleef zitten. Maria Cristina slaagde wel voor haar eindexamen en ging bij haar broer in Rome wonen. Vijftien jaar lang hadden zij en Luciano geen contact. Maria Cristina hoorde vage berichten dat het goed met hem ging en dat hij in het noorden, in de buurt van Bergamo, een baan had als lasser bij de elektriciteitscentrale. Elk jaar stuurde hij haar plichtsgetrouw een verjaardagskaartje ('Van harte gefeliciteerd, Cri. Een dikke kus aan jou en je familie. Luciano') dat hij bij obscure cadeautjes voegde (inferieure parfums, kistjes supermarktwijn, zakjes gekleurde pasta, reusachtige kurkentrekkers). Soms antwoordde ze. Later hoorde ze over het ongeluk. Luciano had twee vingers verloren bij een bedrijfsongeval. Hij was ontslagen en had het bedrijf waarvoor hij werkte aangeklaagd, maar het proces dreigde de verkeerde kant op te gaan. Maria Cristina, die toen al getrouwd was met Domenico, smeekte hem zich ermee te bemoeien en hij besteedde de zaak uit aan een van de jongens van zijn advocatenkantoor. De zaak werd afgesloten met een schadevergoeding, maar door zijn handicap kon Luciano zijn vroegere beroep niet meer uitoefenen. Werkloos keerde hij terug naar Rome, waar hij zijn weinige spaargeld investeerde in een klein appartement in Cesano. Maria Cristina begon hem voor klusjes te vragen. Het ontbreken van een pink en ringvinger belette hem niet een koelkast te repareren, een parketvloer te leggen, het terras netjes te houden of boodschappen te doen en in de rij te staan bij het postkantoor. Ook de vrienden van de Mascagni's begonnen van zijn diensten gebruik te maken.

Toen Domenico de politiek in ging en Luciano niet langer zwart betaald kon worden, besloot Maria Cristina hem in dienst te nemen, tot ergernis van haar man. 'Hoeveel mensen staan er bij ons op de loonlijst? Zijn we soms een bedrijf? Een liefdadigheidsinstelling?'

3

Nadat ze alle tijd en nog wat extra heeft genomen om zich voor te bereiden, gaat Maria Cristina naar de woonkamer, waar Caterina Gamberini op haar zit te wachten. Ze moet steeds denken aan wat haar assistente zei in de damestoiletten van de Circolo. Dom. Frivool. Ongeschikt. Ze zou haar graag op haar plaats zetten, maar ze is genetisch niet in staat om de vijand met open vizier tegemoet te treden, confrontaties brengen haar van haar stuk en ze kan Caterina niet ontslaan, want zij is niet degene die haar heeft aangenomen. Ze zal het met Domenico bespreken. Maar ze heeft wel besloten dat ze om haar te irriteren zo mogelijk nóg frivoler zal zijn dan normaal.

Ze haalt diep adem en doet de deur open.

De jonge vrouw zit met haar laptop op schoot in het midden van een bank van geel en azuur brokaat. 'Goedemorgen.'

'Goedemorgen,' antwoordt Maria Cristina, terwijl ze haar onderzoekend aankijkt. 'Niet goed geslapen?'

Anders dan zij, die opgemaakt en gekapt is en straalt, ziet Caterina Gamberini er mat uit, met holle ogen.

'Niet echt.' De vingers van de assistente vliegen over het toetsenbord, terwijl ze nauwelijks opkijkt van het scherm.

'Koffie?'

'Nee, dank je. Al gehad. En jij? Uitgerust?'

'Hadden we een videocall?'

'Om kwart over negen met de jongens van de marathon van het Sacro Convento in Assisi. Je zou ze voor de start groeten.'

'Kan ik dat dan bij de finish doen?'

'Bij marathons finishen ze in verspreide groepjes. Hoe dan ook, het is niet belangrijk. Ik heb het al geregeld,' zegt Caterina, en ze gaat op het randje van het kussen zitten, haar voeten naast elkaar.

Maria Cristina voelt een plotselinge fysieke afkeer van die witte, sproetige huid die makkelijk rood wordt en die onder het bloesje van slechte kwaliteit tevoorschijn komt. Ze loopt naar het raam. Zelfs door de dubbele glazen dringt het geluid van de herstelwerkzaamheden aan het wegdek door.

'Vandaag wil ik niets doen,' zegt ze, starend naar de werklui die de kasseien in keurige bogen rangschikken en met een hamer in het zand slaan. 'Ik ga een massage nemen. Maak jij voor vanmiddag een afspraak bij de kapper voor me.'

'Prima.' Caterina werpt een blik op het scherm. 'We hebben niet zoveel te doen. Mariella Reitner wil je in haar programma *Man en paard*. Het is een delicate kwestie, de minister-president is daar over twee weken te gast, de dag vóór de vertrouwensstemming. Gek genoeg steunt mevrouw Reitner ons de laatste tijd. Ze heeft zelf gevraagd om een interview met jou, waarbij ze verzekerde dat het een face-to-facegesprek wordt over maatschappelijke thema's. Vooraf bepaalde vragen. Dat wordt het natuurlijk niet. Ze zal je over politiek en over jezelf laten praten. We kennen haar goed. Bruco zegt dat je moet weigeren.'

Man en paard is een praatprogramma dat elke avond na het journaal wordt uitgezonden. Het wordt gepresenteerd door Mariella Reitner, een journaliste die als een strenge koordirigent de stem van het gehele spectrum van de Italiaanse politiek laat klinken waarbij ze iedereen, zonder uitzondering, in het gareel krijgt. Soms laat ze zich daarbij helpen door opinieleiders, maar als het gaat om belangrijke personen pakt ze die in haar eentje aan.

Met haar wijsvinger gebaart Maria Cristina 'nee'. 'Wacht even, ík ben zelf degene die daar niet heen wil, het is niet aan Bruco om daarover te beslissen. Ik heb altijd gezegd dat ik niet op de televisie ga,' preciseert ze, en ze realiseert zich dat ze te snel de toon van grillig meisje heeft bereikt.

'Vanzelfsprekend,' haast Caterina zich te beamen. 'Het probleem is dat Reitner je graag persoonlijk wil ontmoeten om te proberen je over te halen. Ik heb gezegd dat je geen tijd hebt, maar ze geeft niet op. Als we haar niet haar zin geven, zou ze het interview met de premier kunnen verplaatsen naar ná de stemming. En je snapt dat dat niet goed is.'

Alleen al bij gedachte dat ze tegenover die veel te intelligente en veel te lelijke vrouw moet zitten krijgt Maria Cristina knikkende knieën. 'Dus, wat stel je voor?'

'Spreek met haar af en zeg haar dat je het niet doet.'

Maria Cristina slaat haar armen over elkaar. 'Maar neemt u me niet kwalijk.' Opeens gaat ze over van 'jij' op 'u'. 'Dat moet u zelf maar afhandelen. Wat heb ik daarmee te maken? Mijn man heeft ervoor gekozen om in de politiek te gaan. Ik niet.'

Er tekent zich een glimlachje af op Caterina's lippen.

Maria Cristina gaat op de stoel zitten, slaat haar benen over elkaar en roept: 'Daisy! Daisy! Breng nog een koffie.' Haar blik valt op de donkerblauwe ballerina's en de roomwitte pantykousjes die onder de broek met Schotse ruit tevoorschijn komen en om de plompe enkels van Caterina Gamberini knellen.

'Ballerina's staan je niet goed,' zegt ze met vlakke stem. 'Zou je alsjeblieft voortaan schoenen met iets van een hak willen dragen?'

De assistente stopt met op het toetsenbord tikken. 'Sorry?'

Maria Cristina wijst naar haar voeten. 'Die daar. Niet meer aantrekken. Ik draag hakken en als ze ons samen zien lijken we net...' Sneeuwwitje en Dommel van de zeven dwergen. 'Dan lijk ik te lang.'

Caterina slikt voordat ze reageert. 'Goed, wat jij wilt.'

Maria Cristina staat op en gaapt. 'En wat moet ik tegen haar zeggen? Waarom wil ik het interview niet doen?'

De assistente klapt de laptop dicht. 'Ik heb je een mail gestuurd met een aantal smoesjes. Je mag er zelf een kiezen. Maar als je haar niet wilt ontmoeten, schrijf ik haar een vriendelijke maar duidelijke brief. Jij bepaalt. Je weet dat ik hier ben om jou te helpen.'

Maria Cristina springt op en loopt heen en weer door de woonkamer. Ze blijft staan bij de boekenkast, laat haar blik over de smetteloze Treccani-encyclopedie glijden en zet de grote muziekinstallatie aan, waarna 'Yes Sir, I Can Boogie' klinkt.

O god, ze is gék op dat liedje, ze heeft het honderd jaar niet gehoord, het doet haar denken aan dansen in discotheken vol lichten, zeezout en visnetten aan de kust bij Amalfi. Ze balt haar handen tot vuisten, zwaait met haar armen, pasje naar links, pasje naar rechts, en zingt: 'I can boogie, boogie woogie all night long.' Met uitnodigend uitgestoken hand huppelt ze naar haar assistente. Maar die blijft stokstijf zitten, glimlacht en beweegt haar hoofd als een duif die graankorrels oppikt.

Daisy komt binnen. Maria Cristina staat stil, loopt op de Filipijnse af en drinkt de koffie in één teug op. 'Dank je.' Dan wendt ze zich op verstrooide toon tot Caterina. 'Ik zal het met Reitner bespreken. Vraag jij haar alsjeblieft of ze om één uur bij Kaw kan zijn, ik ben daar dan ook.'

'Oké. Prima.'

'Oké. Prima?' papegaait Maria Cristina.

'Oké. Prima.'

De vrouw van de premier loopt de woonkamer uit en maakt

haar benen nog langer op de marmeren gangvloer. Het catwalkloopje.

'Sorry... Sorry. Maria Cristina...'

Ze draait zich om.

Caterina holt haar achterna. 'Neem me niet kwalijk. De minister-president schreef me dat hij Wim Claes dit weekend heeft uitgenodigd in het buitenhuis...'

'Wie?'

'De Belgische minister van Handel. Hij zegt dat jullie pizza voor hem moeten maken...'

Als wrakstukken bij eb komen in Maria Cristina's geest flarden bovendrijven van het gesprek met Domenico in de auto. Die man die pizza beneventana wil.

'Niet *jullie* moeten, maar *ik* moet,' verduidelijkt Maria Cristina. 'Wat een gezeur.'

Caterina schudt haar krullenkopje en zegt op een hartsvriendinnentoon: 'Nou, ik zat te denken, als je wilt kom ik ook. Dan maken we die pizza samen. Wat vind je daarvan?'

Maria Cristina kijkt naar haar. 'Ik wed dat jij heel goed bent in pizza bakken.'

'Het kan ermee door,' antwoordt de assistente, heen en weer geslingerd tussen bescheidenheid en trots.

'Ook pizza marinara?'

'Ja. Met knoflook en oregano. Mijn specialiteit.'

De premiersvrouw glimlacht. 'Dank je, het is niet nodig.'

4

Volgens de traditionele Thaise geneeskunde stromen er door het menselijk lichaam tweeënzeventigduizend energiebanen. Tien daarvan zijn kanalen, de Sen, vanwaaruit de andere vertrekken en die door de masseur worden bewerkt met gebruikmaking van vingers, ellebogen, knieën en voeten. De Thaise massage is belastend en pijnlijk, maar heeft belangrijke therapeutische eigenschappen.

In een elegant negentiende-eeuws stadspaleis in de Via Borgognona, op twee passen afstand van het Piazza di Spagna, zit Spa Kaw, het beste Thaise massagecentrum van de hoofdstad. Het beschikt over drie kleine zwembaden met verschillende zoutgehalten, een hamam, twee sauna's, een zaal voor yoga, een ruimte waar je kleine hapjes fusion cuisine kunt eten en een heleboel kamertjes die met exotische essences zijn geparfumeerd en waar in een eeuwig halfduister fluiten en Eolische harpen klinken. Hier laten de rijke Romeinen zich hardhandig betasten.

Maria Cristina Palma vindt het fijn om daar haar tijd te verspillen en geniet er als vrouw van de premier exclusieve privileges. In het bijzonder een speciaal voor haar gereserveerd gedeelte waar de discretie van de hostesses die zich aan haar lichaam wijden grenst aan mutisme.

Nu ligt ze languit op een chaise longue en drinkt kurkumathee in afwachting van de komst van Mariella Reitner. De ruimte is een en al pasteltinten en spots. In een hoek probeert een bamboebosje onder koperen lampen en omringd door rivierkiezels het beste ervan te maken naast een bassin waarin de goudvissen zwemmen.

Ze moet ferm en vastberaden zijn tegen de journaliste. Nee is nee.

Ze drukt op de bel en een van de hostesses verschijnt.

'Is Bussaba beschikbaar?'

'Ja, mevrouw.'

'Heel goed. Er komt over een paar minuten een gast. We nemen samen een massage. Mevrouw Reitner wordt behandeld door Bussaba. Voor mij een derdegraads light. Dank je.' Een vals glimlachje glijdt over haar lippen.

De massages van Kaw worden ingedeeld naar wreedheidsgraad. Met de eerste en tweede graad, voor beginnelingen, zijn ze je ter wille door je met oosterse specerijen en plantaardige oliën te besprenkelen en dan laten ze je een uur lang marineren als een kipcurry. Al bij de derde graad, de *rough*, worden de oliën weggelaten en beginnen de handen die je masseren de oorsprong van de pijn op te sporen tussen de spierbundels, die pijn die we bij ons dragen sinds de evolutie ons heeft voorzien van een skelet. Bij de vierde graad, de *extremely rough*, komen er tracties aan te pas, ellebogen tussen je schouderbladen, harde klappen, gekraakte halswervels. De newagemuziek verandert in een hardcoremantra. De vijfde graad, de *heavy explosion*, is voor goeroes of verstokte masochisten. Maria Cristina heeft het één keer geprobeerd en moest op een gegeven moment het *safe signal* gebruiken (driemaal met je handpalm op de massagetafel slaan ten teken van overgave). Er bestaat ook een *safe word*: ความเหนื่อยเหนื่อใจ ('genade' in het Thais), maar dat is moeilijk uit te spreken. Bussaba is van de buitencategorie. Haar massage heeft geen graad, heeft geen naam, heeft geen safe signal. Het verhaal gaat dat Bussaba in haar jeugd heeft gewerkt in Haspel, een geheime gevangenis in Thailand, en met uitsluitend gebruikmaking van haar duimen leden van Al Qaida tot bekentenissen heeft gedwongen. Ze kent de tweehonderdvierendertig drukpunten van het menselijk lichaam waaruit de pijn ontspringt uit haar hoofd en steekt dáár haar vingers in om de pijn eruit te laten spuiten. Ze kan met één druk van haar pink je schouder uit de kom laten schieten en weer terugzetten. Wie door haar wordt behandeld is niet in staat samenhangende zinnen uit te brengen, bromt woorden van spijt en smeekt om medelijden. Overgeleverd aan

Bussaba zal Reitner onmogelijk nog kunnen blijven zeuren over het interview.

Tevreden over haar eigen plan laat Maria Cristina zich naar het behandelkamertje brengen. Ze draagt een pak van luchtig katoen, strekt zich uit op de massagetafel en legt haar gezicht in het ronde gat, terwijl delicate handen haar rug beginnen te betasten.

'Mag ik?' vraagt een hese, holle stem, resultaat van een leven lang zware tabak roken. Vervolgens korte klappen op de vloer.

Maria Cristina tilt haar hoofd op. Tegenover haar staat Mariella Reitner, de grote journaliste die iedereen heeft geïnterviewd, van de Dalai Lama tot de kannibalistische dictator Bokassa. De vrouw die aan de frontlinie verslag heeft gedaan van de Golfoorlog en Afghanistan. Hoe waar is het dat lampen, make-up en een pruik in staat zijn tot wonderen, want in het echt ziet ze eruit als een levende Apulische stenen kruik. Ze is niet langer dan één meter zestig, haar rug en armen zijn bedekt met seborroïsche dermatitis en zestig jaren van overtollig gebruik van verzadigde vetzuren, suiker en alcohol hebben haar geërodeerd als de pijlers van een pier, haar huid heeft een ongezonde teint. Ze heeft talloze heupoperaties ondergaan en kan alleen rechtop staan dankzij een wandelstok en twee taps toelopende benen die rechtstreeks aan de thorax geschroefd lijken, waarbij schaambeen en buik in één klap worden overgeslagen. Het bloesje dat ze haar hebben gegeven kan niet dicht en het vlees blubbert uit de beha met lila bloemetjes die zo groot is als de spinnaker van het jacht Il Moro di Venezia. Haar armen steken als de vinnen van een lamantijn uit de mouwen. Haar voorhoofd gaat schuil achter een indianenpony. Smalle wenkbrauwen omlijsten ogen van grijze steen waar een levendige spotgeest in huist. Vanaf de neusvleugels dalen twee groeven af die de mond en de kin omvatten. Kortom, ze lijkt geschikter voor het waterleven dan voor het landleven.

'Nou, wat een enig idee,' zegt de journaliste. 'Het is honderd jaar geleden dat ik me heb laten masseren. De laatste keer was geloof ik in Beijing, toen ik voor de *Messaggero* verslag deed op het Tiananmenplein. Ik heb altijd gezegd dat jij een superieure vrouw bent, ook al ken ik je niet.' Haar toon is joviaal en aan de vleierige kant, en ze kijkt tevreden vanwege dit onverwachte verzetje om zich heen.

'Fijn om kennis met je te maken.' Maria Cristina steekt een hand uit. 'Ik weet dat het een beetje intiem is, maar ik dacht dat het een leuke verrassing voor je zou zijn. Als je het eenmaal hebt geprobeerd, kun je niet meer zonder.'

De journaliste schudt haar de hand en strompelt naar haar massagetafel. 'Moet ik hier gaan liggen?'

'Ja.'

'En hoe kom ik daarop? Is er geen trapje?'

'Bussaba zal je wel even helpen.' Zodra Maria Cristina de naam noemt komt de masseuse in een kobaltblauwe tuniek tevoorschijn als een geest uit een lamp.

Ze zeggen dat Bussaba al vijf jaar in een kelder onder het wellnesscenter woont. Ze komt nooit buiten en heeft niets van Rome gezien, behalve de Sedia del Diavolo. Haar leeftijd is onmogelijk te definiëren. Haar witte haren, strak in een knot, trekken haar slapen glad. In plaats van ogen heeft ze twee spleetjes zonder iets erin. Ze is ongeveer van dezelfde tonnage als Reitner, maar dan een agglomeraat van spieren. Zonder een woord te zeggen omvat ze de borstkas van de journaliste en met een sprongetje legt ze haar op de massagetafel, alsof het een finale gewichtheffen is.

'Grote god. Hoe heeft ze dat voor elkaar gekregen? Ongelooflijk. Ze weegt zeker twee ton,' mompelt Maria Cristina. Als een zeeleeuw op het pakijs die zijn kop in het gat probeert te steken, ligt Mariella Reitner op de massagetafel te spartelen.

De massage begint langzaam, Thaise masseuses inspecteren eerst het lichaam met lichte drukbewegingen, ze winnen vertrouwen voor ze toeslaan.

De stem van de journaliste klinkt ingeblikt en volgt het ritme van de bewegingen. 'Maria Cristina, ik ben heel blij dat je me hebt toegestaan je te ontmoeten. Ik weet hoe terughoudend je bent en hoezeer je eraan hecht je privéleven niet te vermengen met het werk van je man. En ik weet dat je niet op de televisie komt, en daar doe je heel goed aan. Maar ik... Aaahhh!' De journaliste slaakt een kreet. 'O god... Wat doet dat pijn.'

Maria Cristina draait zich om en ziet dat Bussaba genadeloos aan een arm van de journaliste trekt, met de uitdrukkingsloosheid van een krokodil die een achterpoot van een gazelle rukt.

'Hoe gaat het?' vraagt Maria Cristina met een deels verhuld glimlachje.

'Wat zal ik zeggen? Krachtig, dat is het,' kreunt Mariella Reitner. 'Sommigen beweren dat het heilzaam is.' Dan komt ze weer ter zake. 'Ik zou vooral willen praten over jou, over Maria Cristina als moeder en echtgenote. En daarbij ken ik jouw maatschappelijk engagement.'

'Denk je? Ik heb niet zo heel veel maatschappelijke engagement.'

'Zie je wel? Je bent bescheiden. Ik heb foto's van je gezien met je voeten in de modder tijdens de overstroming in Molise. En ik weet wat je hebt gedaan voor de islamitische tienermoeders.'

'In Molise ben ik er vanwege die foto van beschuldigd dat ik reclame maakte voor de kaplaarzen die ik droeg. En de islamitische moeders wilden graag een fotoreportage in *Vogue*. Dat is allemaal niet belangrijk...'

De journaliste hijgt, maar geeft niet op. 'Je maakt jezelf klein en hoe dan ook, ahhh... kan iemand niet veranderen in Moeder Theresa alleen maar omdat ze, ahhh... de vrouw van de premier is. Dat vind ik een grove leugen. Jij bent… Jij bent zo, je bent…' Ze kan haar zin niet afmaken, want Bussaba wringt haar schouder uit als een natte dweil. Ze komt weer op adem. 'Een eerlijk interview, zonder addertjes onder het gras, in een kalme sfeer. Ik zweer je op het hoofd van…' Mariella slaakt een kreet van pijn. 'Als ik dat tenminste nog meemaak, dat interview. Deze vrouw vermoordt me.'

'Zo zijn Thaise massages. Energiek. Nu doet het pijn, maar je zult zien hoe goed je je straks voelt.'

'Als karton,' brult de journaliste, terwijl ze het uitschreeuwt van pijn. 'T4 en T5, o god, precies waar ik ben geopereerd. O god! Ahhhhh!!!'

Bussaba heeft zichzelf op de massagetafel gehesen en terwijl ze zich vasthoudt aan touwen die aan het plafond hangen, loopt ze in ganzenpas over de rug van Reitner, die kronkelt als een drachtige zeeleeuw.

Maria Cristina staat op en pakt de masseuse bij haar enkels. 'Kom eraf! Kom er nú af! Je doet haar pijn!'

'Help… Help… Help…' schreeuwt Mariella. 'Stop! Stop!'

Maar de masseuse, die als een orang-oetan in zijn kooi aan de touwen hangt, weet niet van wijken. 'Nee, mevrouw. Dit is normaal. Dit is Ashiatsu, goed voor rug. Geen pijn, geen genezing.'

'Alsjeblieft, kom eraf,' smeekt Maria Cristina.

Bussaba springt met haar enkels bij elkaar op een bil van Reitner, die inmiddels niet meer reageert en buiten westen lijkt. 'Nee. De behandeling is niet klaar.'

'Kom eraf, zei ik!' zegt Maria Cristina gebiedend. 'Nu is het genoeg, Bussaba. ERAF!'

Beledigd springt de onbarmhartige van de massagetafel en verdwijnt.

Maria Cristina en de andere masseuse slepen de journaliste

als dood gewicht naar de relaxruimte en leggen haar daar als een slapende Boeddha neer onder het bamboebosje.

'Wil je dat ik een dokter bel?' vraagt Maria Cristina, en ze sproeit wat Evian op Reitners gezicht.

Zwakjes en met gesloten ogen schudt de journaliste haar hoofd.

'Het spijt me verschrikkelijk,' zegt de vrouw van de premier. 'Echt heel vervelend. Wat kan ik voor je doen?'

'Niets. Ik knap zo wel weer op. Blijf alsjeblieft bij me.' Reitner steekt met gesloten ogen een hand uit, pakt die van Maria Cristina vast en vervolgt jammerend: 'Luister. Ik beloof je een interview waar je geen spijt van zult krijgen. Ik wil dat je over jezelf vertelt zoals je bent. We praten niet over je verdriet. Ik stel je duidelijke vragen, zonder aarzelen, zonder drammen, zonder gossip, in mijn stijl, en jij antwoordt zoals jij wilt.' Ze pauzeert even om op adem te komen. 'Een spontaan gesprek tussen vriendinnen. Je zult zien dat je de camera's vergeet en dat de mensen van je houden.' Ze glimlacht gekweld. 'Wat vind je daarvan?'

En hoe kan ze dit nou weigeren? 'Helaas heb ik het deze periode heel druk en het wordt lastig, anders...'

De stem van Reitner leeft weer op. 'Maar dat geeft niets. Wanneer jij wilt. We komen er wel uit. Anderhalf uur is genoeg.'

Maria Cristina vervloekt zichzelf. Ze heeft een beginnersfout gemaakt: verplichtingen gebruiken als smoes. Caterina heeft nog speciaal een memo geschreven om haar op het hart te drukken niet in die val te trappen. Al werp je journalisten een muur van verplichtingen tegen, dan nog zullen ze als koppige muizen een spleetje vinden waar ze in kruipen om erdoorheen te glippen. Hoe kan ze dit gesprek beëindigen? 'Weet je, ik moet veel bij mijn dochter Irene zijn...' flapt ze eruit. 'Het gaat niet zo goed met haar.'

'O, wat vervelend. Wat heeft ze?'

'Ze heeft... het *alien hand*-syndroom.'

Als een pad opent de journaliste één enorm, rond, grijs oog. 'Dat ken ik niet. Wat is dat precies?'

'Dat is een heel zeldzame aandoening,' zegt Maria Cristina, terwijl ze terugdenkt aan de aflevering van een serie over de vreemdste ziekten ter wereld. 'Het is alsof haar linkerhand een eigen leven leidt. Irene is ervan overtuigd dat die niet van haar is en niet bij haar lichaam hoort. Ze noemt de hand Camilla en behandelt haar als een persoon. Ze neemt haar mee naar het strand. Irene moet onder voortdurende controle van de artsen blijven. Ik kan haar nooit alleen laten. Soms keert Camilla zich tegen haar met een vork of andere scherpe voorwerpen.'

'Ach, wat vreselijk. Ik had geen idee dat die ziekte bestond. Is het te genezen?' Reitner opent haar andere oog, ze klinkt nu ernstiger en droeviger. 'Ik denk dat jij dat interview echt moet doen. Wil je weten waarom?'

'Omdat je anders aangifte tegen me doet wegens mishandeling?'

'Ik zal eerlijk tegen je zijn, lieverd. Dat verhaal van de mooiste vrouw van de wereld heeft jou geen dienst bewezen. Je bent een accessoire van je echtgenoot geworden. Het popje dat nooit praat.'

'Ik ben zelf degene die niet wil praten. Niemand verhindert mij dat.'

'Maar de mensen weten niets, ze weten niet wie je bent, ze kennen je niet. Je geeft ze niet de mogelijkheid om je echt te leren kennen. Er is een wereld die je verborgen houdt.' De journaliste tikt even op Maria Cristina's borstbeen. 'Ik weet het, wij zijn nog op de ouderwetse manier opgevoed, we moeten onze emoties voor onszelf houden, we mogen nooit over onszelf praten, maar jij hebt zonder dat je dat wilt een publieke rol en mensen beoordelen je zonder iets van je te weten. Je moet jouw waarheid, jouw intiemste waarheid, tevoorschijn halen om te laten zien dat je een onafhankelijk, zelfstandig denkend wezen bent. Wie iets gevoeliger is ziet jouw diepe verlegenheid, anders zouden ze je niet Maria Triestina noemen. Maar de rest?'

'De rest noemt me Maria Dommetriena.'

'En dat mag niet gebeuren.'

'Ik ben het gewend. Ik word er niet eens meer verdrietig van.'

Reitner streelt de rug van haar hand. 'Het is niet eerlijk.'

Maria Cristina kijkt haar aan, buigt haar hoofd omdat ze merkt dat haar wilskracht afbrokkelt. De journaliste heeft gelijk, het moment is gekomen om te zeggen wie ze is.

'Ik ben bang voor de tv. Mijn hoofd is dan leeg, ik kan geen woord uitbrengen. En het is juist zo belangrijk dat ik niet overkom als Maria Dommetriena.'

'Dat zal niet gebeuren. Het wordt een rustig, ontspannen interview, als ik jou de juiste vragen stel en jij geen intelligente dingen probeert te zeggen... Bedenk goed dat niemand intelligente dingen zegt, alleen maar ware of onware dingen... Jij zult laten zien wie je bent en dat zal een geschenk zijn voor de Italianen. Jouw schoonheid mag niet de persoon daarachter verbergen, je gevoeligheid, je vriendelijkheid, de eenvoud die jou anders maakt. In een wereld waar iedereen voordringt om maar gezien te worden, ben jij een uitzonderlijk schepsel.' Mariella Reitner zet de slaapverwekkende stem van een hypnotiseur op.

Maria Cristina ademt diep in en haalt een hand door haar haren.

Reitner legt een haarlokje recht. 'Nou? Zullen we het doen? Je zult zien dat je man ook blij zal zijn. Hij heeft jouw hulp op dit moment harder dan ooit nodig.' En daarna, op zachtere toon:

'Schat, jij kunt het lot van de regering veranderen. Begrijp je dat?'

Maria Cristina knikt. 'Maar zul je me netjes behandelen?'

'Erewoord.'

Maria Cristina kijkt naar de goudvissen die in het vijvertje rondzwemmen. 'Goed. Laten we het doen.'

'Laten we het doen.'

5

Met een muts over haar voorhoofd, een zonnebril die haar gezicht grotendeels bedekt en een zwarte donsjas tot de enkels verlaat de vrouw van de premier haastig de spa.

De zon komt op tussen de gebouwen en trekt gouden strepen over de Via Borgognona. In de straat krioelt het van bestelbusjes en scooters die pakketjes bezorgen, tafeltjes afgeladen met toeristen die genieten van druipend vette amatriciana's en overgare carbonara's.

Maria Cristina is opgewonden over haar toezegging aan Reitner en heeft geen zin om naar huis te gaan, ze wil zich onderdompelen in het leven van het centrum. Er is uitverkoop. Ze zou zo graag als een gewone vrouw willen winkelen. Ze steekt over terwijl ze een paar scooters ontwijkt die slingerend tegen het verkeer in rijden en blijft staan voor een etalage met een mooie donkerblauwe leren rolkoffer voor de helft van de prijs, perfect voor korte reisjes. Ze raakt in de verleiding om de winkel binnen te gaan, maar durft niet. Zelfs vermomd als ze nu is zou ze worden herkend. Dat ze alleen rondloopt wordt door de beveiliging getolereerd, maar ze mag nergens stoppen en ze moet altijd laten weten waar ze heen gaat.

Caterina belt haar. Die zal wel willen weten hoe het is gegaan met Reitner. Het zal een megaverrassing voor haar zijn.

Terwijl ze naar de volgende etalage loopt, waar rode leren laarzen staan, ziet ze dat ze wordt aangestaard door een Chinese vrouw aan een tafeltje in een bar naast de winkel. Ze kan niet anders dan de blik beantwoorden. De vrouw is knap en elegant. Haar haren vallen glad neer, als zwarte spaghetti. Ze heeft grote ogen en draagt paarse lippenstift, ze lijkt een *droid* van de laatste generatie, gecreëerd om mannen te amuseren in een sciencefictionfilm. Ze draagt een grijze coljurk van ruwe wol. Naast haar zitten twee mannen, Chinese, gekleed in jasje en stropdas, die in gesprek zijn met een derde man die met zijn rug naar haar toe zit.

Zou ze een zangeres zijn, of een actrice, een beroemd model?

Maria Cristina draait zich om naar de etalage, maar blijft vanuit haar ooghoeken gluren naar de oosterse vrouw. Die blijft ook naar haar kijken, ze zal haar wel herkend hebben, ze zegt iets tegen de mannen, een van hen maakt een aantekening op een tablet en intussen komt de bediende met de koffie, de man die met zijn rug naar het raam had gezeten draait zich nu om en neemt een kop koffie aan.

Het is Nicola Sarti.

Maria Cristina schuift haar zonnebril omhoog om zeker te zijn. Hij is het echt, Alessio's vriend die ze gisteravond op het feest is tegengekomen. Bang dat hij haar misschien herkent verstopt de vrouw van de premier zich achter een auto om hem te kunnen bespieden terwijl hij met een lepeltje in zijn koffie roert. Hij draagt zijn haar in een staartje en is nog steeds ongeschoren, uit zijn mond hangt een brandende sigaret en met zijn benen over elkaar geslagen babbelt hij met de Chinezen.

Ze zijn elkaar twintig jaar niet tegengekomen en nu ontmoeten ze elkaar twee keer in nog geen vierentwintig uur. Wat een toeval. *Het Chinese model zal wel zijn verloofde zijn*, fluistert het innerlijke stemmetje van Diana Brinzaglia, de dochter van de bloemist in La Storta, die bepaalde dingen goed aanvoelt.

Maria Cristina komt in de verleiding er dichter naartoe te lopen, maar ingepakt als ze is en met haar vette haren vol Thaise massageolie is dat geen goed idee. En de knappe Chinese maakt haar bang. Dus genoeg. Ze wil net weglopen als hij zich omdraait, alsof hij voelt dat er iemand naar hem kijkt, en hun blikken botsen een seconde. Nicola Sarti heeft even nodig om goed naar haar te kijken en te besluiten of ze het wel of niet is. Maria Cristina maakt daar gebruik van, ze draait haar rug naar hem toe, nee, dat is niet goed, dan lijkt het net of ze vlucht, dus ze kijkt om terwijl ze wegloopt, hij is opgestaan, onzeker, dus draait zij zich ook om tot ze een stijve nek heeft, haar mond valt open alsof ze hem nu pas herkent, hij staat midden op de straat met achter hem een toeterend wit bestelbusje, hij steekt zijn hand uit, wijst naar haar, alsof hij zegt: maar kijk nou toch wie we daar hebben? Hij stapt opzij, laat het bestelbusje voorbijgaan en loopt naar haar toe, eerst langzaam, dan steeds sneller, en zij blijft stokstijf staan.

'Bonenstaak?' Nicola Sarti twijfelt nog steeds een beetje. 'Bonenstaak, ben jij het?'

Maria Cristina glimlacht naar hem. 'Hoi.'

'Wat doe jij hier?'

'Ik was daar...' Ze wijst naar de ingang van de spa. 'Voor een massage. En jij?'

'Ik? Een koffietje. Ik heb hiernaast een hotel dat ik aan het verbouwen ben.'

'Je meent het...'

Nicola schudt zijn hoofd. 'Ongelooflijk. We zien elkaar twintig jaar niet en dan komen we elkaar twee keer achter elkaar tegen.'

'Ik dacht precies hetzelfde.'

Een lange stilte tussen hen, terwijl ze tegenover elkaar staan. In de bars om hen heen worden smoothies en porties witte rijst met gekookte sperzieboontjes bereid en rood-witte pizzastukken uit de oven gehaald en zij kijken elkaar aan. In zijn openvallende groene stoffen winterjas lijkt hij net een *bounty killer*.

'Is het een teken?' vraagt hij aan haar, en hij gooit zijn peuk op de grond.

'Waarvan?'

'Ik weet niet... Een teken.' Nicola Sarti draait zich om naar de Chinezen en gebaart dat ze even moeten wachten.

Daar maakt zij gebruik van. 'Luister, ga maar. Je kunt gewoon gaan. Je bent samen met die mensen.'

'Nee. We zijn klaar. Ik heb alle tijd.' Nicola Sarti werpt een blik op zijn Rolex. 'Zullen we samen lunchen?'

Ze schudt haar hoofd. 'Nee, ik kan niet.'

'Waarom niet?'

'Ik kan niet zomaar naar een restaurant gaan. Hoe zou ik dat moeten doen?'

'Maar dat hoeft niet. We eten in mijn hotel. Jij en ik. Alleen. Een snel hapje. We lopen erheen. Het is hier vlakbij.' Het lijkt of hij alles helder voor ogen heeft, zo zelfverzekerd praat hij.

'Ik heb mijn beveiligers niet gewaarschuwd.'

'Waarschuw ze dan nu.'

'Dat wordt gedoe,' verdedigt Maria Cristina zich. 'Ik zou graag willen, maar zo, op het laatste moment...'

Nicola Sarti gaat dichter bij haar staan. 'Nou, als je het leuk zou vinden, doe het dan. Het is geen toeval dat we elkaar twee keer tegenkomen, dat hebben we net allebei gezegd.'

Die man hoort waarschijnlijk heel weinig 'nee' in zijn leven, denkt Maria Cristina. 'Maar hoe doe ik dat dan?' piept ze, en ze kijkt om zich heen alsof ze hulp zoekt.

'Doe je best, Bonenstaak. Ben jij nou Maria Cristina Palma of niet?'

Hotel Piccola Britannia is, zoals Nicola Sarti al had beloofd, vlak bij de Thaise spa. Pal achter de Via dei Condotti in een donker steegje waarop de achterkamers onder straatniveau van restaurants en antiekwinkeltjes uitkijken. Nicola Sarti vertelt haar dat het hotel twintig jaar geleden was opgedoekt en hij onmiddellijk heeft toegeslagen toen de erfgenamen besloten het te verkopen. Hij is het nu aan het verbouwen om het om te toveren tot een boetiekhotel, iets wat erg in de mode is maar waarvan Maria Cristina niet begrijpt wat het precies betekent.

De voorgevel van het gebouw is bedekt met steigers en afgeschermd met groene doeken. Ze gaan naar binnen door een bouwvallige ingang vol cementzakken en komen in de foyer die is blijven stilstaan in de jaren veertig, met stoffige draperieën en verschoten behang. Een pretentieuze trap krult zich om een buitenproportionele kristallen kroonluchter die op een rolsteiger ligt. De inrichting doet denken aan een bordeel in een oude Amerikaanse film. De metselaars hebben lunchpauze en alleen een zwijgzame opzichter, die geen teken geeft dat hij haar heeft herkend, begeleidt hen door donkere gangen naar de bar.

'Had ik gelijk of niet?' Nicola Sarti legt zijn jas neer. 'Hier ben je veilig, er zijn geen paparazzi, geen journalisten, geen fans. Je kunt je verkleedspullen uittrekken.'

Maria Cristina heeft de beveiliging geïnformeerd over de wijzigingen in haar programma en buiten staat nu een auto op haar te wachten. Ze durft niet zo goed haar zonnebril af te zetten: ze heeft geen blush, geen lippenstift en geen mascara op. Ze is op een leeftijd gekomen dat ze zich weerloos voelt zonder make-up. En ze voelt zich nog steeds niet op haar gemak vanwege de perfectie van het Chinese model, van wie ze de relatie tot Nicola Sarti niet kent.

Ze zet haar muts en bril af.

De bar is een kleine vierkante ruimte zonder ramen. De koperen lampen met groene stoffen kappen schilderen slierten licht op de mahoniehouten lambrisering en de gladde leren banken bij de ronde tafeltjes. Eén wand wordt in beslag genomen door een massief houten toog met marmeren blad. Daarachter hangt een salonspiegel, afgedekt door een piramide van stoffige flessen sterkedrank. Aan weerszijden staan op zwart marmeren halve zuilen twee bronzen pauwen met een pluimenkroon op de kop en een lange, goudkleurige staart.

'Het is prachtig, Nicola,' zegt ze. 'We zouden zo in de jaren veertig in Londen kunnen zijn, of in een koloniaal hotel in Hongkong.'

'Deze bar was voor mij de reden om het hotel te kopen.' Nicola Sarti kijkt voldaan om zich heen. 'Het kan een speciale plek worden waar je een goede cocktail kunt drinken.'

'Ja, maar je mag er niets aan veranderen, denk eraan.'

'Natuurlijk blijft het zoals het nu is.' Nicola Sarti loopt achter de bar, doet een lamp aan en begroet haar op de toon van een barkeeper. 'Mevrouw Palma, van harte welkom in hotel Piccola Britannia, wij zijn vereerd met uw aanwezigheid, wat mogen wij u aanbieden?' Hij draait zich om naar de stoffige flessen waarin alleen maar droesem en aankoeksels zitten. 'Mag ik u misschien vergiftigen? U zou kunnen schreeuwen, kronkelen en sterven zonder dat iemand het merkt.'

Maria Cristina kijkt hem stomverbaasd aan, ze weet niet of hij een grapje maakt. 'En wie bent u? De barkeeper uit...' Ze had willen zeggen 'uit *The Shining*', maar ze komt niet op de naam en houdt het bij: '... uit een horrorfilm?'

Nicola Sarti trekt een koelkastje open. 'Ik denk dat ik wel iets heb wat geschikt is voor de dame.' Met een poeslief sluw glimlachje pakt hij een fles ijskoude champagne. 'Louis Roederer Cristal Rosé Brut 2013.'

Met een lenig sprongetje gaat Maria Cristina op de barkruk zitten, en ze realiseert zich dat dit ongeplande uitje haar opwindt. 'Toe maar. Die ziet eruit alsof hij heel duur is.'

In het leven van de vrouw van de premier is alles gepland en wordt alles gedeeld, en deze onverwachte lunch in dit vervallen hotel, in het gezelschap van een ex met een buikje die haar het hof maakt, doet haar trillen als een jong meisje op haar eerste date.

'Wat het eten betreft zijn we helaas minder goed geoutilleerd,' vervolgt Nicola Sarti. 'We hebben een zak gemengde sla, een zachte tomaat en een blikje mais. We kunnen iets laten bezorgen door de Japanner hiernaast en intussen de champagne drinken. Wat vind je ervan?'

Ze legt haar elleboog op de bar. 'Sla. Perfect. Dat eet ik elke dag.'

Hij laat haar een vleestomaat zien. 'Met slappe tomaten?'

'Met slappe tomaten. Laat mij het maar maken, want volgens mij ben jij niet zo handig.' Maria Cristina is van plan hem te laten zien dat ze niet is veranderd, dat ze dezelfde Bonenstaak van vroeger is.

'Een first lady maakt de sla niet aan.'

'Ik ben geen first lady. De first lady is de vrouw van de president van de Republiek. Ik ben de vrouw van de premier en ik maak heerlijke salades.' Ze trekt de zak open. De slablaadjes zijn een beetje verlept.

'Nou, het verhaal gaat dat de Mascagni's hele legers bedienden en overal huizen hebben, en dat er bij hun buitenhuis uitgestorven dieren leven.'

'Ja, *Jurassic Park*. We fokken dinosaurussen.'

Nicola Sarti ontkurkt de champagne, de kurk ontploft in zijn hand, Maria Cristina vindt in een kastje borden en bestek en maakt de salade aan met olie en zout.

Hij schenkt twee glazen in en geeft er een aan Maria Cristina. 'Op ons en op dit ongelooflijke... Ik weet niet eens hoe ik het moet noemen. Toeval? Lot? Geluk?'

'*Reunion*?'

Ze turen in elkaars pupillen terwijl de glazen rinkelen.

'Ik moet toegeven dat je met de jaren intenser bent geworden,' zegt Nicola Sarti, die zijn glas in één teug leegdrinkt.

'Dus als meisje was ik onbeduidend?' vraagt zij op zogenaamd beledigde toon.

'Nee. Maar het leven tekent ons, waardoor we interessanter worden.'

Maria Cristina maakt heel even haar lippen vochtig. 'Hou me niet voor de gek. Ik zie er niet uit. Ik ben niet eens opgemaakt.'

'Stop daarmee. Je hebt de ogen van een kat. Die ogen waren het, die mij beheksten.' Nicola Sarti kijkt bedroefd naar de slablaadjes. 'Zodra het minder koud is, nodig ik je uit voor een lunch in een gelegenheid die een first lady... sorry, die de vrouw van een premier waardig is. In mijn resort in Pomezia komt binnenkort een Braziliaanse chef. Een genie. Dan eten we op het strand.'

'Als je indruk op me wilde maken, heb je dat al gedaan met dit Piccola Britannia.' En met de punt van een schoen wipt ze de andere schoen uit om haar gammele grote teen een beetje ruimte te gunnen.

Perfect. Hij houdt van kletsen en zij van zwijgen.

Nicola Sarti is aan het vertellen over een zeiltocht om de wereld die hij heeft gemaakt op een catamaran waarvan de mast afbrak en dat hij toen bijna het loodje legde. Hij is vol van zichzelf, opgewonden over de successen die hij in zijn werk heeft geboekt, hij danst door het leven alsof het Disneyland is. Of misschien is het een houding en is hij aan het baltsen voor het wijfje. Hij is blijkbaar veel buiten, hij heeft een zongebruinde huid en een spinnenweb van rimpeltjes naast zijn ogen. Zijn handen zijn groot, om zijn pols armbandjes van stof en een Rolex. Maria Cristina complimenteert zichzelf, toen had ze ook al een goede smaak. Ze vraagt zich af of hij single is of iemand heeft. Het Chinese model is onschuldig, zij is een investeerder met wie hij een zaak aan het Comomeer doet.

Caterina blijft maar trillen in haar zak en zij wil het liefst alleen maar dingen over Nicola Sarti opzoeken om meer over hem te weten te komen.

Hij begint herinneringen op te halen. Het zeiljacht. Bij Panarea hadden ze een motorboot die het anker was verloren gered van de rotsen. De eigenaar had hen uitgenodigd om mee uit eten te gaan en Alessio had een poging gewaagd bij de dochter. Maria Cristina lacht, maar kan het zich nauwelijks herinneren, van die reis zijn haar alleen nog beelden bijgebleven, gebroken schakels van een roestige ketting op de bodem van de zee.

'Maar Alessio,' onderbreekt ze hem. 'Hoe was die? Voor jou, als vriend? Als jonger zusje zag ik hem als een god.'

'Compleet gestoord. Aardig,' zegt hij, terwijl hij een slablaadje in zijn mond stopt. 'En je herinnert je dus ook niets over ons tweeën?'

'Eerlijk gezegd heel weinig,' moet ze toegeven.

'We hebben elkaar voor het eerst gekust op Stromboli. Het was 10 augustus, de nacht van San Lorenzo, en we telden vallende sterren.'

'Ja, en als excuus om me te kussen zei je dat je zo naar me verlangde.'

'Ha, dat ben je dus niet vergeten.'

Maria Cristina's uitdrukking verandert en ze zucht. 'Jarenlang heb ik me schuldig gevoeld omdat ik halverwege de reis ben weggegaan. Als ik was gebleven, was Alessio misschien niet doodgegaan.'

'Dat moet je niet zeggen. Je wilde helemaal niet weg. Op Lipari huilde je. En bovendien had je je broer toch nooit kunnen tegenhouden.' De man schudt zijn hoofd en neemt een slok champagne. 'Niemand kon Alessio stoppen. En hoe dan ook gaat het lot rond, maar komt het uiteindelijk waar het moet komen.'

Ze kijkt hem niet-begrijpend aan.

'Je broer zocht het zelf op. Hij moest zichzelf altijd tot het uiterste pushen en als hij daar voorbij was waagde hij nóg een beetje meer, dan ging hij een stap verder dan hij eigenlijk kon. Hij was altijd degene die van de hoogste rots dook, die het langst zijn adem kon inhouden onder water, met duikflessen moest hij de dieptemeter laten exploderen. Idem met skiën, of bergbeklimmen zonder touw.' Zijn ogen dwalen af en staren in het niets. 'Ik mis hem.'

'Ik ook.'

'Op zijn nagedachtenis,' zegt Nicola Sarti, en hij vult het glas opnieuw.

'Ik kan niet meer. Mijn maag trekt het niet. Je hebt geen idee wat een puinhoop ik er gisteravond van heb gemaakt nadat wij elkaar hadden gezien. Zweer op wie je het dierbaarst is dat je het aan niemand zult vertellen.'

Plechtig legt hij een hand op zijn borst.

Maria Cristina vertelt hem met plotseling hervonden verve hoe verschrikkelijk dronken ze was en dat ze heeft overgegeven in de auto omdat de beveiliging niet kon stoppen. 'Ik weet niet eens meer hoe ik het huis binnen ben gekomen.' Ze verbergt haar gezicht in haar handen. 'Wat een afgang.' Plotseling, zonder het zelf te willen, pakt ze zijn hand vast. 'En vandaag heb ik een heel belangrijke beslissing genomen die niets voor mij is. Ik kom op tv, in *Man en paard*. Ik ga me laten interviewen. Ik moet alleen mijn angst overwinnen. Ik ben heel bang voor tv. En ik zweet heel veel. Een keer was ik aan het praten, ik had een groen shirtje aan, en toen plakte dat helemaal aan me en de zweetplekken onder mijn oksels werden rechtstreeks uitgezonden. Ik moet iets wits aantrekken.'

'Hoe kan dat nou? Ben jij nou Alessio's zus of niet?'

'Je hebt gelijk, ik moet aan hem denken. Ik wil Domenico graag helpen met de peilingen. Voor de mensen zijn hij en ik één geheel.'

'Vertel over dat overgeven in de auto en je wint.'

'Denk je?' Eigenlijk is het helemaal niet zo gek wat Nicola Sarti zegt. Ze moet de vaste routines doorbreken. Zichzelf zijn, niets verbergen.

'Tegenwoordig is een grappig kletsverhaaltje al genoeg om een verkiezing te winnen. De mensen stemmen, maar hebben geen idee op wie.'

Maria Cristina's telefoon blijft maar trillen. Ze haalt hem tevoorschijn. 'Sorry.' Ze verandert van toon. 'Caterina. Hier ben ik. Nee, nu kan ik niet. Ik bel je later terug.' Ze knikt. 'Ja, ik weet het. Tot later.' Ze verbreekt de verbinding.

'Moet je gaan?'

'Helaas. De kapper verwacht me. Dank voor het romantische etentje.' Ze haalt met een spijtige grimas haar schouders op. 'Ik vond het leuk je weer te zien. Het wordt een topper, dit hotel.' Ze trekt haar donsjas aan.

Met een galant gebaar schuift hij het tafeltje opzij om haar uitgeleide te doen. 'Zullen we elkaar omhelzen?'

'Natuurlijk.' Ze drukt hem amper tegen zich aan, uit angst dat hij de kunstmatige stevigheid van haar borsten zal voelen. 'Laten we elkaar nog eens zien.'

'Absoluut. Aan zee. Je zult het leuk vinden,' zegt hij met een intense blik.

'Dat zou mooi zijn.'

'Toe.'

Maria Cristina glimlacht naar hem. 'Goed... Laten we het proberen.'

'Beloof het,' fluistert hij zonder haar los te laten.

'Ik beloof het,' fluistert zij op haar beurt, zonder overtuiging.

'Ik heb foto's en filmpjes van de zeilboot. Kan ik je die sturen?'

'Stuur maar. Stuur maar.' En deze keer geeft ze hem haar nummer.

6

Nicola Sarti heeft gelijk. Ze moet weer worden wie ze was. Die wilde meid van vroeger. En haar haren kort laten knippen is een goed begin.

Verborgen achter haar zonnebril steekt de vrouw van de premier snel de Via dei Condotti over. Tassen, jassen en rokken roepen als sirenes naar haar vanuit de etalages, ze biedt weerstand maar ze is vastbesloten, zodra Domenico niet meer in de regering zit trekt ze haar creditcard en kent ze geen genade. Ze is al twee jaar niet in een winkel geweest, ze begint ontwenningsverschijnselen te vertonen.

Een persoonlijke beveiliger volgt haar op afstand. Ze steken het Piazza di Spagna over tussen hordes Aziatische toeristen die bij de fontein van de lekkende boot samendrommen. Er is leven.

Rolschaatsen. Jongens en meisjes op skates. Dames met ruwharige teckels. Rijen taxi's.

Maria Cristina loopt vlug de Spaanse Trappen op, ze draait zich om en kijkt naar de stad, die zich aan haar voeten uitstrekt als een tapijt van daken, terrassen, lofts en penthouses, fonkelende koepels. Rome lijdt aan een bipolaire stoornis en slaagt erin de onaangenaamste en schitterendste stad ter wereld te zijn.

Op de Via Sistina duwen auto's en bussen elkaar weg om zich te bevrijden uit de trechter van wegwerkzaamheden.

De vrouw van de premier schiet het Grand Hotel Battistoni binnen, waarbij ze de portiers bij de draaideur ontwijkt, ze blijft uit de buurt van de balie van de lobby waar hotelgasten samenpakken en propt zichzelf in een hoekje van de lift, die gevuld is met Japanners. Als ze op de vijfde verdieping uit de lift stapt, treft ze tegenover zich een zilverkleurige deur met daarop een grote gouden schaar. Daaronder staat: HAIR STUDIO DIEGO MALARA.

Hair sculptor Diego Malara is een bonk van een kerel van meer dan twee meter lang. Met zijn lange, grijze baard die golft als gierst en zijn compleet kaalgeschoren eivormige schedel lijkt hij net een Russische mysticus. Hij draagt een beige kaftan met goudborduursel op de mouwen. In zijn jeugd speelde hij basketbal bij Planet Sport Catanzaro. Toen Maria Cristina hem leerde kennen, was hij een ontheemde knul en de koffieassistent van een modieuze kapper. Nu, twintig jaar later, is hij een televisiester en heeft hij een eigen cosmeticalijn. Onder zijn gouden messen (hij gebruikt alleen scharen van massief goud) belanden actrices, presentatrices, modellen en ieder ander die het zich kan veroorloven.

Hij omhelst Maria Cristina met de gebruikelijke bestudeerde ruwheid. 'Hoezo ga jij gekleed als een oude aardappel?' Hij zet een zware, ouderwetse bril op.

'Ik ben incognito. Ik heb door het hele centrum gelopen. Niemand heeft me herkend.'

'Fantastisch.'

Maria Cristina merkt op dat er iets vreemds is met de mond van de kapper. Waarschijnlijk heeft hij zijn gebit laten doen, hij heeft twee bogen die net zo wit en geëmailleerd zijn als een bidet van Richard Ginori.

'Goed, schat, wat gaan we doen?'

'Ik heb uitgroei. Stel je voor, gisteravond heeft een Indiase vrouw die in een toilet met mascara voor me weggewerkt.'

'Maar schat, hoe vaak heb ik je nou al gezegd dat haar anderhalve centimeter per maand groeit. En hoelang hebben wij elkaar al niet gezien?'

'Ik weet het niet... Drie weken.'

'Reken even uit, schat. Zodra Chantal klaar is met mevrouw Naselli, gaat zij je verven.'

Maria Cristina kijkt in zijn Arabische ogen zonder oogwit, diep verzonken in de paarsige oogholten. 'Ik heb vandaag een grote beslissing genomen. Ik ga naar *Man en paard*. Dus ik weet niet, misschien zou een nieuwe coupe leuk zijn. Iets heel anders. Wat denk jij?'

Maria Cristina heeft al eeuwen een kapsel à la Kate Middleton, zeg maar, perfect voor elke openbare gelegenheid. Scheiding in het midden en v-vormig in laagjes. De kleur is kastanjebruin met karamelkleurige highlights die uitlopen in de punten.

Diego verschuift zijn onderkaak. 'Schat, zeg me dat je dit serieus meent.'

'Ik zweer het.'

'You made my day,' jubelt Diego en hij klapt in zijn handen. Hij pakt haar vast, zet haar als een paspop neer onder een spotlight, woelt door haar haren, draait haar om, hand op zijn kin, fronsend, net Michelangelo bij een blok marmer. Hij haalt een kleine tablet uit zijn zak en begint te zoeken. 'Dit is het.'

Hij laat haar een foto zien van de actrice Rosamund Pike in *Gone Girl*, met een platinablonde bob die maar net tot onder de onderkaak komt en de punten in lijn met de kin. De scheiding is links en een lange blonde golf omlijst het gezicht, waarbij één oor zichtbaar blijft.

'Met dit kapsel ben je een killer, schat,' zegt Diego Malara verrukt. 'Dit is een meteoriet die inslaat op aarde, geloof me.'

'Blond. Weet je 't zeker?'

De kapper haalt zijn schouders op. 'Laten we verven, schat.'

'Laten we verven, schat,' herhaalt de zus van Alessio.

En zo is onze heldin een uur later al ontkleurd en zit ze met aluminiumfolie op haar hoofd klaar om even kil en meedogenloos te worden als de femme fatale in *Gone Girl*. Naast haar zit Miriam Naselli, bekend door haar rol in de tv-serie *De riskante gok*, waarin ze vijf seizoenen lang de dove inspecteur Rina Romolo speelde. Vanwege de dalende kijkcijfers is de serie geschrapt en nu heeft ze moeite om nieuwe rollen te krijgen. Maria Cristina volgt haar op Instagram, waar de actrice zichzelf opnieuw heeft uitgevonden als gids op spirituele paden, yogales geeft vanuit het slaapkamertje van de kinderen en reclame maakt voor kruidenthee, barbecues en pacemakers.

De twee vrouwen kennen elkaar nauwelijks maar doen alsof ze vriendinnen zijn, want de dames in het *gynaikeion* van Diego Malara zijn allemaal vriendinnen omdat ze rijk en beroemd zijn en in het algemeen een aantrekkelijk uiterlijk hebben.

Mevrouw Naselli heeft opgebiecht dat ze inmiddels in de overgang is en dat ze kleurenblind is geworden, en ze begrijpt niet of er een verband is tussen die twee dingen. Nu praat ze over haar volgers. 'Moet je je voorstellen, ik heb een heel banale vraag gesteld: is het goed om tegen degene van wie je houdt te zeggen "ik hou van je"? Ik heb duizenden superinteressante antwoorden gekregen. Sommigen schreven superpoëtische dingen, ongelooflijk hoeveel warmte er online is, het zou mooi zijn die op de een of andere manier te kanaliseren, er een boek van te maken. Jij kent misschien...'

Maria Cristina luistert amper naar haar, ze probeert zichzelf ervan te overtuigen dat ze geen stommiteit heeft begaan door zich blond te laten verven. Zou ze niet veel ouder lijken? Hoe zou het worden ontvangen op social media?

Een volgende wervelwind van Miriams woorden dringt haar brein binnen. 'Volgens mij moet het luid en duidelijk worden gezegd. Wanneer we het woord liefde uitspreken, veranderen de moleculen van het universum. Wij hebben deze angstaanjagende macht in onze handen.'

Opnieuw dwaalt Maria Cristina af. Zodra ze thuiskomt, moet ze laten weten dat ze heeft besloten het interview te doen. Ze zullen proberen haar ervan af te brengen. Maar ze mag niet toegeven. Ze moet hen ervan overtuigen dat dit een kans is voor de regering.

Opnieuw dringt de nasale stem van Miriam Naselli zich aan haar op, irritant als een horzel. 'Spirulina zit vol goede stoffen. Eiwitten, aminozuren en allerlei soorten omega's. Het is een alg die je ook thuis kunt kweken. Heel makkelijk: je koopt een aquarium, dat vul je met water en sporen van spirulina, die gaan groeien en dan krijg je heel veel van zulke kleine balletjes... Maar sorry, wat doe jij met je huid? Die straalt zó.'

'Ik smeer er crème op,' antwoordt Maria Cristina afwezig, terwijl er een berichtje binnenkomt.

CATERINA

Reitner zegt dat je het interview hebt geaccepteerd. Is dat waar? Zuigt ze het uit haar duim? Bel je me even als je een moment hebt?

Ze wil net antwoorden als er nog een berichtje binnenkomt.

Wat een fijne lunch. Volgende keer op het strand. Ook zonder anderen natuurlijk. Dikke kus. Nic.

Onbekend nummer. Haar mond krult in een golfje en glimlachend slaat ze het nummer van Nicola Sarti op.

Diana Brinzaglia, punctueel als altijd, ziet haar kans schoon. *Je vriendje heeft zeker iets van je nodig. Vergeet niet dat je een tussenpersoon bent om in contact te komen met de minister-president.*

Nee, zo is Nicola Sarti niet. Als hij iets nodig had gehad, had hij dat wel gezegd. Eindelijk heeft ze iemand ontmoet die anders is dan die gebruikelijke miezerige ministers met hun rolkoffertjes en een echtgenote in Macerata.

MARIA CRISTINA

Ik hou van oude sla. Jij bedankt. 😘

NICOLA SARTI

Zoals beloofd hier wat herinneringen.

Er komen twee foto's binnen.

Op de eerste zit de hele bemanning van de Nasquira in de kuip. Haar broer, Davide, Filippo, Mao, nog een jongen wiens naam ze niet meer weet en zijzelf, broodmager en bruin van de zon. In het midden op tafel resten van een watermeloen en een pan met daarin een droge brij die eruitziet als pasta met bonen. Allemaal met blikjes in hun handen, ze toosten naar de camera. Op de tweede foto zit Alessio in zijn eentje schrijlings op de giek het grootzeil te repareren.

MARIA CRISTINA
Mamma mia wat waren we toen nog jong en gelukkig. Heimwee! En wat was Alessio mooi!! 😱😱😱

NICOLA SARTI
Altijd de knapste van allemaal geweest.

MARIA CRISTINA
♡♡♡♡

Nog meer foto's. Op een daarvan spelen ze met een bal in het water. De foto is genomen vanaf de boot en tussen de spetters door is weinig te zien, behalve dat ze lol hadden. Op een andere zijn ze in een haventje, op blote voeten, beladen met boodschappentassen, zij houdt een enorm ijsje vast. Dan een donkere foto, 's nachts genomen, op de achtergrond roodachtige schijnsels. Met flitslicht in zijn ogen lijkt Nicola Sarti net een konijn dat wordt verblind door koplampen. Maria Cristina zit met een strohoed op aan een tafel voor een bord pasta, aan haar voeten een bastaardhondje dat op een hapje wacht. Alessio op de surfplank samen met Mao. Haar keel wordt dichtgeknepen door een golf van emotie en ze ziet zichzelf terug met haar broer, twee gelukkige weeskinderen. Bevrijd van hun grootouders, met het hele leven nog voor zich.

MARIA CRISTINA

Echt prachtig. Dank je wel! Je weet niet half hoe blij ik hiermee ben. Ze ontroeren me.

'En, schone dames, hoe gaat het hier?'

Maria Cristina kijkt op van haar telefoon en staart naar de kapper, die een stuk pizza met ham zo groot als een stoeptegel vasthoudt. 'Tussendoortje. De bar hierbeneden maakt me gék met deze heerlijkheid.' Hij parkeert zijn achterste op een stoel met wieltjes en maakt daarmee een pirouetje. 'Ik zat te denken, lieve Maria Cristina, dat jij me een handje kunt helpen bij de IVH.'

'Wat is dat?' vraagt Miriam Naselli.

'De kappersvereniging. Maar ze laten zich liever hairstylisten noemen, wat belachelijk is, maar goed… Ik zat te denken dat het mooi zou zijn om ons werk te promoten op vervallen locaties. Denk aan gevangenissen of de opvangcentra op Lampedusa, of plekken waar prostituees staan, je wilt niet weten hoeveel hoeren ik langs de Via Salaria zie staan wanneer ik naar Todi rij… Lang verhaal kort, daar zouden we dan heen kunnen gaan en de haren van die stakkers knippen en ze opmaken. En daar dan wat foto's van maken en die rondsturen. Ik weet niet… Het lijkt me, nou ja…' Hij trekt een nadenkend gezicht. 'Het lijkt me gewoon héél mooi.'

'Supermooi! Wat een geniaal idee.' Miriam Naselli klapt blij in haar handen.

Maria Cristina prutst even aan de kapmantel die haar keel dichtknijpt. 'Ja. Zeker. Mooi initiatief,' zegt ze weinig overtuigd en met één oog op haar telefoon. Ze krijgt een video binnen.

'De regering zou het kunnen sponsoren,' voegt Diego Malara eraan toe. 'Ik bedoel niet qua geld. Maar nou ja, je weet wel, onder auspiciën enzovoort… Van die dingen die ze dan schrijven…'

Het cirkeltje van het downloaden raakt langzaam vol. Er is slecht bereik.

'Volgens mij moeten jullie dan ook acteurs inschakelen,' zegt Miriam, waarmee ze zichzelf bedoelt. 'Beroemde kappers, acteurs en zwervers. Je wilt niet weten hoeveel zwervers er bij mij in de straat slapen. Ik heb ze zelfs in het trappenhuis gevonden. Een fantastische, superelegante vrouw...'

Het cirkeltje is gesloten.

Maria Cristina speelt de video af. Weinig licht. Een beetje korrelig. Voor de lens de blote mannenborst van degene die de camera heeft aangezet. Zodra hij iets wegloopt, herkent ze in het tegenlicht het profiel van Nicola Sarti. Hij is in de grote kajuit. De patrijspoort staat wijd open en verlicht het tweepersoonsbed met daarop Maria Cristina in kleermakerszit. Ze is topless, o nee, ze is naakt, met een bierflesje in haar hand. Ze glimlacht en gaat op haar knieën zitten. Ze gebaart met haar wijsvinger naar Nicola Sarti dat hij bij haar moet komen.

Hij trekt zijn zwembroek uit en laat zijn witte billen zien.

'Maar wat vind jij, Maria Cristina, zullen we dat doen?'

De vrouw van de premier plet de telefoon op haar schoot. Het is alsof er een ezel tegen haar borstbeen heeft getrapt, duizenden naalden prikken in haar benen en stijgen langs haar rug op tot in haar nek. Ze knippert met haar ogen, de lampen in de salon flikkeren, en ze fluistert heel zachtjes: 'Wat? Sorry, ik heb niet opgelet.'

Diego Malara staat op en gooit het servetje in de prullenbak. 'We hadden het erover dat jij met Domenico moet praten. Dat lijkt mij het beste idee.'

'Ik moet naar de wc.' Maria Cristina loopt naar de uitgang met de kapmantel nog om en haar haren in folies.

'Die is de andere kant op!' roept de kapper haar na.

Maar ze hoort het niet, in haar trommelvliezen zwelt een metalen gebulder aan terwijl de salon met de rode leren stoelen, de spiegels met de spots, de op de consoles van geslepen glas uitgestalde producten, het dikke tapijt onder haar schoenen, de amberkleurige lampenkappen, verdwijnt en verschijnt alsof haar gezichtsvermogen het niet allemaal kan omvatten. Maria Cristina bereikt de deur, die dankzij de optische sensor voor haar opengaat, en staat op de gang. De telefoon brandt in haar hand. Ze loopt naar de lift. Ze drukt op het knopje. De blauwe cijfers van de verdiepingen gaan omhoog en omlaag, er blijft er niet één stilstaan. De nooduitgang is verstopt achter de wandbekleding van donkerblauw velours, ze duwt tegen de stang en rent de diensttrap af. Onder de neonlampen raakt ze verblind door de kanariegele muren, ze struikelt, valt bijna maar snelt dan verder de trap af.

'Vluchtreactie' noemen neurobiologen dat. De bijnierschors scheidt allerlei hormonen uit: catecholaminen, testosteron en cortisol, dopamine en serotonine. Dieren vertonen deze reactie op externe bedreigingen door endogene stoffen te produceren die hen helpen om reactiever te zijn.

Een paar verdiepingen lager wordt Maria Cristina's vlucht geblokkeerd door een karretje vol badkamerproducten, haarspelden en handdoeken. Ze probeert het weg te duwen, dat lukt niet, erlangs lopen is onmogelijk, er is geen ruimte, dus probeert ze eroverheen te klimmen, tubes haarbalsem en shampoo en badstoffen pantoffels vallen van de kar.

'Kom eraf! Wat bent u aan het doen?' klinkt door de kier van de deur de stem van een Russische of Poolse vrouw, in ieder geval ergens uit Oost-Europa. 'Kom eraf!' De kar staat dwars voor de deur en de vrouw staat daarachter, in de gang. Ze begint te vloeken in haar moedertaal.

'Sorry… Het spijt me.' Maria Cristina probeert de rommel op te rapen. 'Ik wil er graag langs.'

'Waarom hebt u niet de lift genomen?' De schoonmaakster doet vergeefse pogingen zich door de kier van de deur te persen.

Maria Cristina probeert de kar te verplaatsen. 'Oké. Ik ga terug naar boven. Geen probleem. Nogmaals sorry. Ik heb me vergist.'

'Halt!' beveelt de vrouw en met een schouderstoot lukt het haar de deur verder open te krijgen. 'Heilige Jezus Christus. U bent Pamela.'

'Pamela?'

'Pamela, de zangeres.'

'Nee, ik ben niet Pamela de zangeres.' Maria Cristina schudt heftig haar hoofd.

De schoonmaakster is niet overtuigd. 'Zeker weten?'

'Ik zweer het.' Maria Cristina loopt achteruit om de trap weer op te gaan.

'Maar u bent wél beroemd.' De schoonmaakster verspert de doorgang.

'Ik ben…' Maria Cristina staat op het punt in huilen uit te barsten. 'Ik ben een…'

'Ik weet wie u bent.' Het gezicht klaart op. 'U bent de vrouw van de premier. En zeg niet dat het niet waar is.'

Maria Cristina zakt neer op een traptrede en kijkt haar smekend om een beetje christelijk mededogen aan. 'Laat me alstublieft alleen. Vijf minuten. Vijf minuten maar.'

'Goed. Ik wilde u niet storen.' De vrouw is van toon veranderd. 'Zou ik u om een handtekening mogen vragen voor mijn zoon? Hij heet Andrej, hij is tweeëntwintig en hij is verliefd op u. Hij heeft een foto van u naast zijn bed hangen.' Ze pakt een blocnote en een pen uit haar zak en legt die op de trap. 'Ik kom het straks wel ophalen. Dank u en nogmaals mijn excuses.'

Maria Cristina veegt met haar hand langs haar hals. De haarverf is gaan druipen en zit overal.

Ze haalt diep adem en start het filmpje.

Nicola Sarti ligt tussen vieze lakens, rollen koekjes, verfrommelde T-shirtjes, natte zwembroeken, pizzapapier en ijsbakjes. Hij kijkt in de lens, hij weet niet zeker of hij goed in beeld is, hij staat op, draait de camera iets en loopt terug naar het opklapbed, hij pakt een halfvol flesje bier van het nachtkastje, neemt er een slok uit en geeft het aan Maria Cristina, die naakt is en plat als een dubbeltje. Gekleurde armbanden om haar polsen. Ze geven elkaar beurtelings het bier door alsof ze zichzelf moed indrinken. Maria Cristina zit op haar knieën, ze drinkt het flesje leeg. Ze bolt haar wangen en spuugt Nicola Sarti nat, waarna ze in een gegeneerd lachen uitbarst en met haar handen voor haar gezicht haar hoofd schudt.

Nicola Sarti gaat op zijn knieën zitten, zoent haar lang en trekt haar neer, zoenend rollen ze in dat bedompte halfdonker tussen de lakens, zij woelt door zijn haren en hij duwt met een blik op de camera haastig haar hand naar zijn kruis. Even laat ze die hand daar liggen, alsof ze hem vergeten is, maar dan pakt ze zijn pik vast en begint hem af te trekken. Hij wordt met moeite stijf en het gezicht van Nicola Sarti verschijnt en verdwijnt achter de magere schouders van Maria Cristina, die haar rug en intieme delen naar de lens keert.

Hij fluistert iets onverstaanbaars tegen haar, terwijl hij naar de camera wijst en gebaart dat ze zich moet omdraaien. Maria Cristina slaakt een nerveus lachje, alsof ze twijfelt, dan gaat ze op het matras staan, haar hoofd gebogen om zich niet tegen het dekhuis te stoten, ze draait zich om, kijkt heel even recht in de camera, hurkt op hem neer en verbergt hem voor het zicht. Nu zie je alleen nog Nicola Sarti's voetzolen met kruimels erop, zijn dijen en zijn – eindelijk – harde penis. Maria Cristina strijkt haar haren achter haar oor om zichtbaar te blijven voor de camera, en terwijl ze in de lens kijkt neemt ze hem in haar mond.

De vrouw van de premier zit met het aluminiumfolie op haar hoofd op de noodtrap van het Grand Hotel Battistoni, ze zet haar scherm uit en brengt een hand naar haar gezicht. Ze probeert zich los te maken van de muur waartegen ze is weggezakt, maar heeft de kracht niet. Ze duwt met haar vingertoppen op de rand van de traptrede om te controleren of haar zintuigen nog functioneren, of ze niet midden in een nachtmerrie zit, of in een grap van een of ander wreed televisieprogramma. Ze dwingt zichzelf om de video weer aan te zetten. De hele neukpartij staat erop, er komt geen einde aan, maar wanneer hij haar van achteren neemt, kan ze het niet meer aanzien en pauzeert ze het filmpje.

Ze is het echt. Geen twijfel mogelijk. Maar verdomme, hoezo herinnert ze zich niet meer dat ze een seksfilmpje hebben opgenomen? Geheugenverlies? Dat kan toch niet? Ze was twintig, ze was een andere persoon toen, 'een wilde meid', zoals Nicola Sarti gisteravond nog had gezegd. Nu begrijpt ze wat hij bedoelde. Ze herinnert zich dat ze het fijn vond om met Nicola Sarti te neuken en dat hij altijd wel wilde, een chronisch geil joch, maar zichzelf kennende, preuts als ze is, zou ze zich nooit hebben laten filmen. Dat is niets voor haar, ze is nooit exhibitionistisch geweest.

Ze legt haar voorhoofd op haar knieën, terwijl een zure oprisping in haar keel brandt.

Ze moet stoned zijn geweest. Maar ze heeft drugs altijd gehaat, ze heeft in haar hele leven misschien drie joints gerookt. Misschien had Nicola Sarti haar zo'n verkrachtingsdrug gegeven.

Maar voor zover ze weet maakt die je bewusteloos, dan doe je wat de anderen willen, en zij was juist actief, ze leek uit vrije wil te handelen. Ze keek recht in de camera.

'Ik trek dit niet,' verzucht ze.

De telefoon zwijgt. Na de video heeft Nicola Sarti geen berichten meer gestuurd.

Maar ze heeft hier geen bereik.

'O mijn god,' zegt ze met een stem die niet van haar lijkt.

Dit is zo onmetelijk, zo totaal, dat ze niet eens een woord kan vinden voor wat ze voelt, ze is verdoofd, haar hoofd kookt als een pan op het vuur, de haarverf brandt op haar huid.

Haar dochter. Haar man. Italië. De wereld. Het einde.

Ze staart naar de witte vlek van het papiertje dat de vrouw haar had gegeven. Ze pakt het op en schrijft: VOOR ANDREJ, LIEFS, MARIA CRISTINA.

Ze loopt de noodtrap weer op.

Een kwartier later zit Maria Cristina naast een motor van de airconditioning op een dakterras van het Grand Hotel Battistoni. Ze houdt haar vermorzelde grote teen vast en streelt die, terwijl ze naar de veel te blauwe lucht staart. Vlak naast de balustrade tekent een kluwen van antennes en satellietschotels die aan een rooster hangen zijn schaduw op de vieze steengruisvloer. Links van haar staat een bruin metalen deurtje open, daarachter stonden ooit de watertanks maar nu ligt het er bezaaid met duivenpoep.

Caterina blijft haar maar bellen.

Nicola Sarti heeft niets meer geappt, maar hij is wel online, alsof hij afwacht.

Waarom zou hij haar zo'n video hebben gestuurd? Nu? Na twintig jaar? Ze is de vrouw van de premier, verdomme. Die gast duikt heel toevallig gisteren én vandaag op en bovendien komt ze hem precies voor het massagecentrum tegen?

Nee, daar klopt niets van.

Toen haar man zijn intrek nam in Palazzo Chigi, hebben ze haar grondig geïndoctrineerd over het gebruik van telefoons en computers, over cyberaanvallen, verdachte mailtjes, hackers en al dat soort dingen. Een video als deze zou door Filippo Pottino, het hoofd van de beveiliging, worden behandeld als een aanval op de Staat. Ze moet hem waarschuwen. En alles aan hem laten zien. Bij de gedachte alleen al sterft ze van schaamte. Wanhopig laat ze zich op haar knieën vallen.

Ze draaft door. Ze moet eerst met Nicola Sarti praten, horen wat hij te zeggen heeft, hem begrijpen.

'Nu meteen.' Maar kalm, alsof er niets aan de hand is. Ze staat op en draait drie keer rond terwijl ze in- en uitademt. Ze belt hem. De beltoon gaat over, maar hij neemt niet op. Ze blijft aan de lijn tot ze de voicemail hoort. Dan verbreekt ze de verbinding. Ze slaakt een kreet, ze zou zich het liefst de haren uit het hoofd trekken, haar nagels in haar nek steken, de antennes losrukken. Ze belt nog een keer. Voicemail. Nog een keer. Voicemail. Ze begint rondjes te lopen, haarverf die over haar gezicht druipt, op haar hals, haar telefoon. Ze loopt naar de balustrade. De Via Sistina beneden is een tapijt van toeterend plaatstaal.

Ze wordt gebeld.

Zonder te kijken beantwoordt ze de oproep. 'Hallo!'

'Hallo!' Caterina barst los. 'Eindelijk. Waar hang jij in hemelsnaam uit?' Ze houdt zich niet in. 'Ben je gek geworden, Maria Cristina?'

Hij is het niet. Ze wil ophangen, maar bedenkt zich. 'Ik zit bij de kapper. Mijn haar wordt geverfd.'

'De beveiliging is je aan het zoeken.'

'Ik ben op het dak. Ik voelde me niet lekker.'

'Wat heb je?' vraagt de assistente bezorgd.

De vrouw van de premier pakt een antennekabel vast en trekt eraan. 'Niks, ik had het benauwd. Het is al over.' Het verbaast haar dat ze zich nog normaal kan verhouden tot haar naaste, dat ze nog kan liegen, een teken dat niet alle hersencircuits zijn geknapt.

'Weet je het zeker?'

'Ja. Ik ga nu naar beneden.'

'Ik heb ze al gewaarschuwd. Ze komen eraan. Luister, Reitner heeft net getwitterd dat je in haar uitzending van aanstaande dinsdag te gast bent. Is dat waar?'

'Ja.' Op de achtergrond klinkt het geluid van een binnenkomende oproep. 'Sorry, we hebben het er later over.' Ze beëindigt het gesprek en antwoordt. 'Hallo!'

'Daar ben ik. Ik had m'n geluid uit,' zegt Nicola Sarti.

'Hoi.' Maria Cristina stamelt de eerste woorden die in haar opkomen. 'Hoe gaat het met je?'

'Goed. En met jou?'

'Goed. Alles in orde. Luister...' Ze kiest de luchtigst mogelijke toon, pure nieuwsgierigheid. 'Wat was dat nou voor een video?'

'Hoezo? De laatste dag. Voordat jij vertrok. Wacht...' Hij dempt zijn stem, alsof hij een plekje zoekt waar hij kan praten zonder dat iemand hem hoort. 'Weet je dat niet meer? Dat van dat pornofilmpje...'

Maria Cristina gaat op de grond zitten met haar rug tegen de balustrade en rukt de antennekabel hardhandig los. 'Nee. Wat van dat pornofilmpje?'

'We zouden een pornofilm maken en rijk worden. Een stomme bootgrap. Maar toen gingen de anderen aan wal en hebben wij dat filmpje echt gemaakt. Maria Pijpina, kom óp!'

Zonder lucht in haar longen klinkt haar vraag schor. 'Maria Pijpina?'

'Je artiestennaam! Dat zou jouw pornosternaam worden, zei je.'

De vrouw van de premier moet bijna overgeven. 'Nee, ik zweer op God dat ik me dat niet kan herinneren.'

Nicola Sarti lacht nogal theatraal. 'Daar was ik al vrij zeker van. We waren dronken.'

'En hoe heb je dat filmpje dan gemaakt?' vraagt ze verstrooid, blootsvoets en geblinddoekt schuifelend over glasscherven. 'Bestonden er in die tijd al mobiele telefoons? Hadden die al een camera? Ik dacht het niet...'

'Ik heb toen een professionele Sony gebruikt. Mijn droom, weet je nog? Regisseur worden. Ik heb alle filmpjes van de boot bewaard. Ook van toen we tonijn visten tijdens de overtocht. Die is prachtig. Ik zal 'm je sturen.'

'Dat herinner ik me nog wel. Maar dat andere niet.' Al haar ergernis komt nu naar boven. Diana Brinzaglia maant haar tot kalmte. 'En waarom heb je dat filmpje op je telefoon? Dat begrijp ik niet.'

Er volgt een stilte voordat hij antwoord geeft. 'Ik heb alle banden gedigitaliseerd. Jammer genoeg is er bijna niks op te zien.'

Maria Cristina staat op en begint rondjes te lopen, als een oud paard aan een paal. Ze kan moeilijk praten, ze heeft een brok in haar keel. 'En leg me eens uit, waarom heb je dat filmpje op je telefoon?'

'Ik heb dat filmpje vlak na onze lunch op mijn telefoon gezet. Ze staan er allemaal op.' Hij stopt even als hij de gejaagde ademhaling van Maria Cristina hoort. 'Wat is er? Heeft het je van streek gemaakt? Wij zijn het samen, jij en ik...'

Ze rolt met haar ogen. 'Of het me van streek heeft gemaakt?'

'Vond je het niet leuk?'

'Nee, helemaal niet.' Haar stem trilt. 'Sterker nog, als je het echt wilt weten, ik ben doodsbang, ik val bijna flauw.' Ze buigt haar hoofd en barst in snikken uit, terwijl ze Nicola Sarti hoort zeggen: 'Maria Cristina? Maria Cristina, wat is er aan de hand?'

Ze haalt haar neus op. 'Niets. Sorry.'

'O, verdomme. Sorry. Het spijt me. Dat was niet mijn bedoeling. Sorry,' stamelt hij beschaamd.

'Hoezo was dat niet jouw bedoeling? Realiseer je je wat er gebeurt als iemand die video ziet? Ik ben de vrouw van de premier.'

'Ik weet wie je bent. Maar waarom zou iemand dat filmpje moeten zien?' Maria Cristina weet niet zeker of hij een act opvoert of dat hij heeft begrepen dat hij over de schreef is gegaan. En hij is sowieso óf heel dom, óf een grote klootzak. 'En trouwens, sorry hoor,' ze schraapt haar keel, 'maar wie verzekert mij dat je het aan niemand laat zien? Stel je voor dat het online komt.'

'Ik herinner je eraan dat ik er zelf ook op sta. Ik heb een ex die me haat en twee jonge kinderen. Het was tweeëntwintig jaar geleden en het is nog nooit ergens vertoond. Waarom zou ik er nu opeens mee naar buiten willen komen?'

Maria Cristina blijft staan, kijkt naar de meeuwen die boven de daken vliegen, ze is sprakeloos.

'Het spijt me echt,' herhaalt hij, milder nu. 'Ik schaam me. Serieus. Ik had niet gedacht dat je het zo zou opvatten.'

'Wis het, alsjeblieft.'

'Ik zal het wissen. Ik zweer het.'

'Alles moet verdwijnen. Ook de cassette. Vernietig alles. Ik smeek het je, Nicola.'

'Ik wis het nu van mijn telefoon én van de computer en vanavond zal ik de videoband verbranden. Je hebt gelijk, het was een kutstreek van me. Ik begon je die foto's te sturen, toen vond ik dat filmpje en dacht ik bij mezelf: kijken hoe ze daarop reageert.'

Maria Cristina staart naar de straat. 'Wat dacht je, dat ik er opgewonden van zou worden?'

'Ja, misschien, ik weet niet...'

'Ik ben halfdood.'

'Vergeef je me?'

'Ja. We hebben het er niet meer over. Verwijder het filmpje.'

'Ik zweer het. Maar ik wil niet dat deze stommiteit alles kapotmaakt. We hadden het zo fijn vandaag.'

Maria Cristina voelt een tomeloze vermoeidheid opkomen, de kou is binnengedrongen in haar botten. Ze verzucht: 'Ja.'

'Beloof me dat we elkaar weer zien. Stel me niet teleur.'

Ze is uitgeput. 'Ik beloof het. Het is alleen dat ik nu...' Ze weet niet wat ze verder nog moet zeggen en bovendien is er geen haar op haar hoofd die die eikel ooit nog wil zien.

De mannen van de beveiliging verschijnen in de deuropening van het trappenhuis. Ze kijken om zich heen en doen wat Maria Cristina de chimpanseedans noemt. Een van hen heeft zelfs zijn pistool in de hand. Ze gebaart met opgestoken duim dat alles in orde is en dat ze aan de telefoon zit. De drie mannen blijven een paar meter van haar vandaan staan en wachten.

'Ik moet nu gaan,' sluit Maria Cristina af.

7

Irene Mascagni drentelt om haar moeder heen terwijl die de wiskundesom probeert op te lossen. 'Dus hoeveel schroeven heeft de timmerman gekocht...? Ga alsjeblieft zitten. Ik ben moe.'

'Mama, ik zweer je, je doet zó raar. Je bent jezelf niet.' Ze raakt haar moeders haar aan om zeker te weten dat het geen pruik is. ‘Superblond. Waarom heb je dat gedaan?’

‘Dat is nou al de tiende keer dat je me dat vraagt,’ antwoordt Maria Cristina geërgerd.

‘Je wilde iets anders. Maar waarom?’

‘Ga zitten. Maak me niet kwaad.’

‘Omdat we dan allebei blond zijn?’

‘Alsjeblieft,’ smeekt Maria Cristina haar. ‘Maar wat móét die timmerman met al die schroeven?’

Irene gaat eindelijk zitten. Ze is lang voor haar tien jaren, net als Maria Cristina op die leeftijd is ze de langste van de klas, haar haren, gladder en dunner dan die van haar moeder, komen tot halverwege haar rug. Haar teint is iets lichter en ze heeft blauwe ogen. Ze zou haar noordelijke versie kunnen zijn.

Maria Cristina wrijft in haar ogen. ‘Kom, maak die breukopgaven nu.’ Ze wil alleen nog maar in bed kruipen en deze verschrikkelijke dag afsluiten.

‘En waarom heb je het ook kort laten knippen? Was blonderen niet genoeg? Je lijkt veel ouder.’

‘Luister eens, dametje, ik heb er genoeg van.’ Maria Cristina legt de pen neer en bekijkt zichzelf in het glas dat de wereldkaart aan de muur van Irenes kamer beschermt. Diego Malara is er op een of andere manier in geslaagd de ramp goed te maken die zij heeft veroorzaakt door de verf op haar hoofd te laten opdrogen, maar hij was wel heel boos op haar. Hij zei dat hij dodelijk ongerust was geweest en dat ze zijn werk heeft verpest. Maar Irene heeft gelijk, ze lijkt veel ouder. De lijnen zijn scherper en worden harder, bijna zo erg dat ze er iets aan zou moeten laten doen.

‘Volgens mij gaat iedereen zeggen dat je gek bent,’ vervolgt Irene genadeloos, terwijl ze tekeningetjes in haar schrift krabbelt.

'Omdat ik mijn haar kort heb laten knippen? En wie is eigenlijk iedereen?'

'De mensen die online over je schrijven.'

'En wat weet jij daarvan?'

'Clara heeft een smartphone en ze laat me Instagram zien. Waar al jouw foto's op staan van mensen die jou bewonderen,' vertelt het meisje wijsneuzerig.

Daar heb je het al: ze is haar dochter kwijt. Vroeg of laat moest het gebeuren, maar juist niet nu. Ze hebben haar verboden televisie te kijken, behalve één film per week en nooit alleen. Geen internet. Geen telefoon. Greta, de Duitse au pair, controleert haar, maar op school is ze ten prooi aan vriendjes en vriendinnetjes die allemaal een telefoon en social media hebben. Tot gisteren was ze nog een meisje uit de vorige eeuw dat graag fantasyboeken las en dieren verzorgde. Haar vader had haar voor haar verjaardag een microscoop gegeven, en ze zat dagenlang naar mieren en pekelkreeftjes in een bakje te kijken en maakte er foto's van met haar Polaroidcamera. Om Maria Cristina te sarren noemt Domenico haar Kasparina, naar Kaspar Hauser, de jongeman die begin negentiende eeuw vertelde dat hij was opgegroeid in een stal zonder ooit één mens te hebben gezien tot hij meerderjarig was.

Irene is de laatste tijd veranderd, ze vraagt om een telefoon, ze wil series kijken, ze is lastig. De puber maakt zich los. En ze is pas tien, hoe zal het zijn als ze straks zestien is?

'Goed. Genoeg. Maak je huiswerk maar op school af.'

Maria Cristina staat op en pakt haar telefoon van de tafel.

De video staat er nog steeds op.

Toen ze na de kapper naar huis ging, verborgen achter de donkere raampjes van de dienstauto, stond ze op het punt het filmpje te verwijderen, maar toen bedacht ze dat ze dat niet moest doen.

Het is een test.

Ze zou het aan Domenico moeten vertellen, maar de schaamte is te groot. Bovendien kent ze zijn angst voor schandalen, hij zou uit het raam springen.

Hoe dan ook heeft Nicola Sarti het filmpje niet gewist, daar durft ze haar hand voor in het vuur te steken. Maar welk belang zou hij erbij hebben om het openbaar te maken? Ze heeft hem online opgezocht, hij is een succesvolle ondernemer. Hij heeft alles te verliezen. En hij kwam aan de telefoon oprecht beschaamd over.

Diana Brinzaglia is minder optimistisch. *Dit is niet bepaald iets om je geen zorgen over te maken. Die opgeblazen uitslover neukt de mooiste vrouw van de wereld, die ook nog de vrouw van de premier is, en gaat dat aan niemand vertellen? Hij zal het echt wel aan iemand hebben laten zien. Zeker weten.*

Ze stelt zich voor hoe hij in de kleedkamer van zaalvoetbal de video aan zijn teamgenoten laat zien. Nee, dat is niks voor hem. Zo'n lul is hij niet. Maar het feit dat hij die video naar haar stuurde, samen met de vakantiefoto's, de foto's van haar overleden broer, toont aan dat hij een gevoelloze hufter is.

Met die gedachten in haar hoofd loopt de vrouw van de premier door de lange gang die de mastervleugel verbindt met die van de bedienden. Op de vloer liggen wit geglazuurde plavuizen waarin ruitvormige gebloemde Vietri-tegeltjes zijn ingelegd. Aan de wanden wisselen schilderijen van de Macchiaioli en grote azuurblauwe terracotta lampenkappen elkaar af. Daisy staat in de keuken aan het zwart marmeren kookeiland bloemkool schoon te maken. Buiten, voorbij het terras, houdt de hemel nog een laatste beetje daglicht vast en worden de gevels van de stadspaleizen purper gekleurd. Nog hoger maken kwikzilverkleurige wolken zich los van de lichtere achtergrond van de hemel. Het is het moment dat de meeuwen, de roofdieren van de stad, met honderden in wijde cirkels rondvliegen, en daarbij bestoken ze de stad met hun schrille kreten en hun uitwerpselen.

Maria Cristina opent de koelkast op zoek naar iets om haar frustratie op te botvieren, maar er valt niet veel te beleven. Behalve wat magere ricotta, een paar sojayoghurtjes, twee onrijpe avocado's en wat gestoofde cichorei liggen er restjes gekookte kip weg te rotten. Ze vindt een potje onguur ogende lupinebonen en begint die te pellen, waarbij ze de schilletjes in haar hand opvangt. 'Daisy, ik eet vanavond niet mee. Zorg jij ervoor dat Irene te eten krijgt en breng haar alsjeblieft naar bed. Greta is er vandaag niet.'

Ze pakt haar laptop. Over een paar minuten heeft ze een videomeeting met Domenico, Caterina en Dino Berti, een van de verantwoordelijken voor de communicatie. Niemand was er blij mee dat ze het interview heeft geaccepteerd.

Ze drukt op het lichtknopje in de werkkamer en een langgerekte, met lambriseringen en boekenkasten beklede ruimte met twee grote ramen die uitkijken op het terras wordt verlicht. Eén muur is een soort bioscoop inclusief scherm en geluidsboxen. Een pruimkleurige fluwelen bank en een houten tafel die doet denken aan de commandobrug van een vliegdekschip vervolmaken de inrichting. Sinds Domenico premier is, is hij hier niet meer binnen geweest. Hij had deze prachtige werkkamer, een prachtig leven, alle tijd om samen te zijn met zijn dochter en hij verdiende veel geld. Eén gesprekje met de president van de Republiek en hij verwoestte zijn leven.

Maria Cristina gaat aan het bureau zitten en zoekt online naar meer informatie over Nicola Sarti, terwijl ze wacht tot de call begint. De Wikipediapagina is magertjes. Ondernemer, zoon van een aannemer uit Como en een basisschoolleerkracht uit Pescara. Heeft aan het hoofd gestaan van een internationale luxe hospitalitygroep met hoofdvestiging in Singapore. Heeft een paar jaar geleden een nieuwe hotelketen opgezet. En om niets te hoeven missen is hij een groot liefhebber van golf, auto's en zeilboten. Heeft meegedaan aan de Global Ocean Racer, maar zijn boot is in de buurt van Kaap Hoorn gezonken. Zou talloze relaties met actrices en modellen hebben gehad. Is getrouwd geweest met Domitilla Dentini, met wie hij twee kinderen heeft (ze googelt Domitilla Dentini: dom, grote tieten, vulgair, eigenares van een wijngoed in Cividale del Friuli). Nog wat informatie en foto's. Een paar foto's van de hotels, een met de burgemeester van Rome, een paar op een zeilboot in een kardinaalrode overall tijdens een race. Op social media komt hij niet voor. Dat is tenminste iets.

Haar zoektocht wordt onderbroken door het geluidje van Skype.

Ze gebruikt het scherm om haar haar nog wat te schikken en accepteert de call. De monitor wordt in vieren verdeeld. Domenico zit in een hotelkamer. Caterina is in de keuken. Witte formica keukenkastjes, de gele koelkast vol magneten en het boodschappenlijstje op een klein krijtbord. Dino Berti, een jaar of dertig, rond, brilletje zonder montuur en een bos krullen, zit in een onbekende vergaderzaal.

Iedereen kijkt haar zwijgend aan. Ze draait haar hoofd naar links en naar rechts om haar nieuwe kapsel te tonen aan de camera.

'Wat vinden jullie ervan?'

Caterina is de eerste die de ongemakkelijke situatie doorbreekt. 'Ik vind het leuk. Het staat je heel goed,' zegt ze overdreven enthousiast, daarmee de judas tonend die ze is. En ze legt Domenico de woorden in de mond. 'Wat vindt u ervan, meneer? Is ze niet mooi?'

De premier wrijft over zijn kin.

Maria Cristina haalt haar schouders op. 'Je vindt het verschrikkelijk.'

'Nee,' antwoordt Domenico met zo'n doffe stem dat het weinig geloofwaardig overkomt.

'Zeg het maar gewoon. Het is niet erg.'

'Nee, ik begrijp het alleen niet.' Hij schudt wrevelig zijn hoofd, alsof hij er niets over wil zeggen.

'Wat begrijp je niet?'

Ze dringt aan, dus besluit hij te praten. 'Waarom zo'n radicale verandering? Is dat niet een beetje overdreven? Kort. Blond. Ik wil niet zeggen dat het je slecht staat, maar...' Hij houdt zich in. 'Hoe dan ook, dit is niet het moment om erover te praten.'

'Maar we praten er nu wel over,' houdt Maria Cristina vol. Een vlaag van ergernis duwt de lupinebonen terug naar haar maagopening, maar toch lukt het haar om een acceptabele toon te vinden. 'Sorry, je medewerkers en communicatie-experts zijn erbij. Want ik geloof niet dat jij naar me kijkt als naar je vrouw die haar haren heeft afgeknipt, maar als de minister-president die zich zorgen maakt dat mijn haar misschien weleens zou kunnen betekenen dat zijn populariteit een half punt daalt.'

Domenico is te slim om op de provocatie in te gaan. 'Alsjeblieft, ik ben doodmoe. Ik heb een helse dag gehad. Kunnen we verstandige dingen zeggen?'

Maria Cristina verplaatst haar billen naar het randje van de stoel en wendt zich tot de anderen. 'Wat vinden jullie, jongens? Is mijn haar een gevaar voor de stabiliteit van de regering? Maar jij, Caterina, telt niet mee.'

De assistente brengt een hand naar haar hart. 'Ik?'

'Nee. Jij niet.'

'Waarom niet?'

'Omdat jij te veel van me houdt. Jij bent mijn vriendin.'

Caterina haalt automatisch haar schouders op en kijkt om zich heen.

Maria Cristina glimlacht breed. 'En jij, Dino, wat vind jij ervan? Is mijn haar niet geschikt? Wees jij ten minste wél eerlijk.'

Dino Berti staart haar zwijgend aan van achter zijn ronde brilletje, zijn mond hangt omlaag als bij een Franse buldog die zit opgesloten in een bench. 'Van dat soort dingen heb ik...' Hij stamelt wat woorden. 'Ik ben geen expert. Nou, ja, misschien was je haar eerst ook mooi. Het is gewoon even wennen. Een grote verandering.'

'Ik vind dat je over bepaalde zaken niet gekscherend moet doen,' onderbreekt Domenico hem. 'Hoe je haar is geknipt kan een signaal afgeven. Vooral als je dat interview moet geven, zoals jij zonder met iemand te overleggen hebt besloten. Als je je in die tv-studio presenteert met geel haar, maak je een heel duidelijk statement.'

'Waarover? Over mijn vrouwelijke bekoorlijkheid?' vraagt Maria Cristina sarrend. Bij het grote paranoïde moeras van de consensuspolitiek waarin haar echtgenoot rondspartelt verflauwt zelfs haar woede.

Domenica kijkt haar aan en beweegt zijn mond alsof hij op het punt staat een grote waarheid te onthullen, en vraagt dan aan de anderen: 'Welk signaal geeft ze af met dit kapsel?'

De twee zwijgen, ze weten niet wat ze moeten antwoorden. Uiteindelijk schiet Berti zijn leidinggevende te hulp. 'Nou, blond is het traditionele erfgoed van rechtse vrouwen, dus het zou verkeerd geïnterpreteerd kunnen worden als een handreiking aan de soevereinen.'

'Inderdaad,' voegt Caterina eraan toe, en ze zegt wat ze allemaal graag willen horen. 'We zouden het aan Bruco moeten vragen.'

Bruco. De man die aan de knoppen van de wereld draait. Hij is de enige die de betekenis van dit nieuwe kapsel kan bevatten en de gevolgen ervan op de korte, middellange en lange termijn kan overzien.

‘Heel goed. Vraag het aan Bruco. Laat me maar weten als het niet goed is, dan zet ik een pruik op,’ antwoordt Maria Cristina bits. ‘En dat interview doe ik hoe dan ook. Punt uit.’

‘Jij vond het toch eng om op tv te komen?’ vraagt Domenico. ‘Wat is er gebeurd?’

‘Ik zorg er wel voor dat die angst verdwijnt. We mochten elkaar. Ze was aardig.’

‘Dat moet ik nog zien,’ zegt hij grijnzend. ‘Ze wilde je alleen maar overhalen.’

‘Ze zei dat ze het met mij anders zal doen, persoonlijker, een gesprek tussen vriendinnen...’

‘Maar jullie zijn geen vriendinnen,’ onderbreekt haar echtgenoot haar met gespreide armen. ‘Tenminste, die indruk heb ik niet.’

Maria Cristina zwijgt.

‘Luister, die vrouw is zelfs geen vriendin van haar kat. Ze heeft je om de tuin geleid. Je had haar zonder nadere uitleg kunnen zeggen dat je niet kon en dan was het daarbij gebleven.’ Domenico staat abrupt op en pakt een glas bier van een dienblad. ‘Caterina, sorry, maar ik begrijp niet waarom je Maria Cristina haar hebt laten ontmoeten. Kon het niet via de mail afgehandeld worden? En nu zitten we behoorlijk in de shit, als jullie het willen weten.’

Maria Cristina buigt het hoofd, haar keel gesnoerd door frustratie.

Caterina Gamberini gaat in de verdediging. ‘We waren bang dat een rechtstreeks “nee” zijn weerslag zou hebben op Siniscalchi, die morgen gaat. Ze dreigde al dat ze Motica zou bellen om als aangever te fungeren. En vergeet het andere interview niet.’

De premier blijft door de kamer lopen. 'Andere interview? Van wie dan?'

'Van u, meneer.'

Hij gaat weer op het bed zitten en snuit zijn neus in een witte katoenen zakdoek.

Maria Cristina steekt haar wijsvinger op. 'Mag ik iets zeggen?'

Domenico knikt, voorovergebogen over zijn telefoon.

'Nou…' Ze schraapt haar keel. 'Ik denk juist dat mijn interview nuttig kan zijn. Je bent steun aan het verliezen, dat weet ik zelfs. Als ik rustig blijf, als ik…' Ze zoekt naar het goede woord. 'Als ik aimabel ben, dan kan dat jou helpen. Ik zal vertellen over mijn pijnlijke verleden en over de vreugde die jij en Irene me verschaffen. Ik zal zeggen hoezeer jij je inspant voor Italië. Ik zal me richten tot de vrouwen die gedwongen worden om te werken én moeder te zijn, te zorgen voor de kinderen in deze wereld.' Ze zegt wat er in haar opkomt, maar mag nu niet stoppen. 'Kortom, ik zal proberen ervoor te zorgen dat de mensen me leren kennen. Ik heb nog nooit iets over mezelf verteld. Ik stond altijd als een schaduw naast jou. De mensen zijn nieuwsgierig naar wat ik denk. Ik zal ongetwijfeld een stortvloed aan beledigingen over me heen krijgen, zoals altijd, maar ik zal ook door velen worden beschermd. In de afgelopen twee jaar heb ik mijn deel gehad in het goede en in het kwade. Ik heb je gesteund omdat ik zie dat jij je dag en nacht voor dit land inzet en dat je daaronder lijdt.' Maria Cristina kijkt met een droge mond om zich heen op zoek naar een glas water, dat er niet is. 'Ik zal mijn angsten overwinnen.'

'En de zwaartekrachtstromingen*,' mompelt Domenico binnensmonds.

Maria Cristina doet alsof ze hem niet heeft gehoord. 'Dat gaat me lukken.'

De drie zwijgen.

'Ik begrijp wat je wilt doen.' Domenico is nu inschikkelijker. 'En ik ben je dankbaar. Ik weet zeker dat je je volledig zult inzetten. Maar er is één "maar". Als ze je vraagt over maatschappelijke politieke vraagstukken of de hervormingen van het gezondheidsstelsel? Over de migrantenstroom? Wat antwoord je dan? Speel je dan stommetje? Om op tv te gaan hoef je geen dingen te weten, maar moet je de vragen kunnen omzeilen.'

'Ze zal me dat soort dingen niet vragen.'

'Wie verzekert jou dat?'

'Dat heeft ze me beloofd.'

'Jij vertrouwt haar,' zegt Domenico glimlachend en met zijn hoofd weggedoken tussen zijn schouders. 'Geweldig.'

'Ja, ik vertrouw haar. En als ze me iets vraagt wat ik niet weet, zeg ik dat ik het niet weet, dat dat niet mijn taak is, mijn taak is jou helpen om je goed te voelen, om gelukkig te zijn, zodat jij beter over Italië kunt regeren.'

'Eigenlijk een Rode Kruis-verpleegkundige dus. Ze zullen je nooit geloven. En stel dat ze blijft aandringen? Dino, sorry...' Hij richt zich tot zijn assistent. 'Stel haar een vraag die Reitner ook zou kunnen stellen.'

De jongeman schraapt zijn keel en wiegt zijn hoofd. 'Oké, zoiets als... Bijvoorbeeld...' Hij zet een journalistentoon op. 'De situatie van de stijgende prijzen van energie en grondstoffen is, zoals u weet, een probleem voor de Italiaanse gezinnen. Volgens veel analisten zou uw man belastingverlaging moeten invoeren voor werknemers en gepensioneerden, hij zou de wig en de belastingtarieven voor de inkomstenbelasting moeten verlagen tot onder de dertigduizend euro en de verlaging van arbeidsproductiviteitloon structureel maken. Er wordt nu echter gesproken over een mogelijke vermogensbelasting, waar een grote meerderheid van de regeringscoalitie tegen is. Misschien zou het wenselijker zijn om wat bescheidener stappen te zetten, gezien de interne conflicten bij de meerderheid.'

De drie kijken elkaar aan en staren vervolgens naar het vierkantje waarin Maria Cristina even slikt.

'Ik weet die dingen natuurlijk niet. Ik zou antwoorden dat dat vragen zijn die ze aan jou moeten stellen. Maar ze zal die vragen niet stellen.'

'Lieve schat, daarover heb je geen enkele zekerheid.' Domenico buigt zich naar de camera toe. 'Ik wil eenvoudigweg niet dat jij in moeilijkheden komt, bedenk goed dat het een live-uitzending is, je kunt het niet overdoen. En als je je niet goed gaat voelen, als je begint te zweten? Ik wil niet dat je daarna verdrietig wordt door wat ze over je zullen schrijven, ik weet dat het een verschrikkelijke inspanning voor je is om op tv te gaan. En als je me zo graag wilt helpen, vinden we wel een geschikter programma voor je.'

'Zoals *Fijne middag*,' suggereert Caterina. 'Laten we dat meteen gaan regelen. Girardi staat aan onze kant.'

Mino Girardi, de presentator, is een dienstbare hielenlikker en *Fijne middag* een oersaai praatprogramma met kopstukken uit realityshows, oude acteurs en zangers van het Festival van San Remo. Maria Cristina houdt zich in terwijl er een sluier van droefheid over haar heen valt. Maar je kunt ze geen ongelijk geven, het is waar, het is te riskant, waarom zou ze haar leven ingewikkelder willen maken? Ze vindt het wel een beetje vervelend dat ze dan zo'n rotindruk zal achterlaten bij Reitner. Ze had het haar beloofd. Maar vooruit. Ze past. 'Oké. Stop maar. Ik begrijp het,' probeert ze af te sluiten.

'Lieverd, als je naar zó'n programma gaat ben je vrij om te zeggen wat je wilt, je kunt jezelf terugzien en de momenten uitkiezen waar jij jezelf het best vindt uitkomen. Daar zou ik wél mee geholpen zijn.' Domenico gebruikt nu dezelfde toon die hij tegen Irene gebruikt als hij haar wil overtuigen om naar de tandarts te gaan.

'Dan ga ik helemaal nergens heen.'

Netjes en meegaand knikt het drietal. Instemmend.

'En wat doen we nu met Reitner?' vraagt de premier zakelijk.

'Neem uw vrouw mee naar Londen voor de ontmoeting met Meyer,' oppert Berti, die iets in zijn agenda noteert.

'Heel goed idee. Heb je zin om mee te gaan naar Londen?' vraagt Domenico. 'Dan nemen we Irene ook mee.'

Maria Cristina is uitgeput. 'Ik weet het niet. Laten we het op een ander moment in alle rust bespreken. Sorry, ik ben moe. Tot ziens.'

Een halfuur later belt Domenico haar terug. 'Ik bedacht nog: als je spontaan bent, als je vertelt hoe ongeschikt je je voelt in deze rol, als je dingen zegt die het publiek op het verkeerde been zetten en verdeeldheid zaaien, dan zou het kunnen werken met Reitner.'

Maria Cristina is verrast. 'Ben je van gedachten veranderd?'

'Ja. Ik denk dat het goed is dat je gaat en je inzet in de frontlinie.'

'Heb je met Bruco gepraat?'

Domenico zwijgt heel even. 'Ja.' Weer een stilte. 'Hij zegt dat het een verrassingsaanval zou kunnen zijn. Zo hebben we een paar dagen de aandacht van de media en de socials. Het kan werken. Maar je moet je goed voorbereiden. Je zult zien dat het een succes wordt. Als je wilt, praat ik met Reitner.'

'Nee. Dat is niet nodig.'

De macht van Bruco is immens. Domenico is aan zijn genade

overgeleverd en heeft niet eens meer de discretie om dat te verbergen.

Als hij hoort dat ze stil blijft, begint hij te drammen. 'Tevreden? Ik heel erg.'

'Ja.'

Eerlijk gezegd heeft ze er geen zin meer in. Na de call veranderde de teleurstelling in opluchting. Ze voelde zich lichter. En het idee om naar Londen te gaan met Irene, haar mee te nemen naar het British Museum en in vrijheid te shoppen stond haar beslist niet tegen. Maar na alles wat ze heeft gezegd, kan ze zich nu niet terugtrekken. In wat voor *shithole* is ze terechtgekomen?

Domenico's toon is nu positief. 'O ja, ik kom morgen nog niet terug. Het gaat in Turijn lang duren. Wat is jouw programma?'

'Weet ik niet,' zegt Maria Cristina gapend. 'Ik wil slapen. Mijn teen doet pijn.'

'Wat zegt de dokter?'

'Die heb ik niet meer gesproken.'

'Luister, schat, weet je nog dat we morgenavond naar de première van *Tosca* zouden gaan? Ik kan niet. Jij moet alleen gaan. Het is belangrijk.' Hij zoekt naar woorden. 'Gilardoni zal er ook zijn. Die roddel dat zij mijn minnares is moet de wereld uitgeholpen worden. Ze blijven er maar over praten, en dat moet voor eens en voor altijd stoppen. Het is niet goed voor jou, het is niet goed voor mij en vooral niet voor onze dochter. Zorg ervoor dat jullie samen gezien worden, als vriendinnen. Zo kunnen we die onzin weerleggen.'

Maria Cristina gaat op het bed zitten en denkt aan de edele nonchalance waarmee haar oma overspel behandelde. De dagelijkse praktijk van het huwelijksleven, noemde ze het. 'Is dit jouw idee of dat van Bruco? En bovendien zou ik eigenlijk wel even willen weten: is Gilardoni je minnares? Zeg me alsjeblieft de waarheid.'

'Ben je gek? Hoe kom je erbij?'

'Lieg niet tegen me, dat verdien ik niet,' dringt ze aan. 'Als jij niet met dat nieuwtje was gekomen, had ik je niets gevraagd. Bedrogen, oké, maar niet beledigd.'

'Maria Cristina, luister naar me.' Domenico scandeert de woorden als bij de herdenking van de moordpartij in de Ardeatijnse grotten.

'Ik heb helemaal geen affaire. Hoe kun je dat denken? Ik ben met jou en verder niks.' Zijn stem glijdt soepel naar de klaagtoon van een Atlas met versleten nekwervels. 'En al zou ik willen, dan nog, ik heb niet eens tijd om te ademen. Zie je niet hoe het met me gaat? Jezus, er gaat de laatste tijd niks goed. Mijn partij valt uiteen. D'Antonio voert een onzinnige oorlog tegen me. De mensen...'

'Hou alsjeblieft op. Geen rampenlijst. Bedenk goed dat niemand een pistool tegen je hoofd heeft gehouden. Jij hebt zelf uit vrije wil geaccepteerd om minister-president te worden. Ik vroeg je alleen maar of Gilardoni je minnares is. Zodat ik weet hoe ik me moet gedragen.'

'Er is nooit iets geweest tussen Gilardoni en mij. Ik vind haar niet eens leuk. Wil je dat ik dat zweer op het hoofd van onze dochter?'

'Alsjeblieft, doe dat niet.'

'Luister, Maria Cristina. Zoals je uit eigen ervaring weet, komen de roddels in deze wereld vooral van wie er dicht bij je staat. Dit verhaal is afkomstig van Siniscalchi, die verrader, die ik zelfs minister heb gemaakt. Niets is ons bespaard gebleven. Er bestaan geen beschermde gebieden. We moeten ons verdedigen. Een ondoordringbaar schild bouwen. Net als egels.'

Maria Cristina trekt een wenkbrauw op. 'Egels? Wat voor egels? Zee-egels?'

'Nee, nee, landegels. Je maakt je klein en je zet je stekels op. Zelfs wolven kunnen niets beginnen tegen egels. Dat verhaal over Gilardoni is een bewuste aanval om mij in diskrediet te brengen. Ze zijn dol op het sprookje van Maria Triestina wier man vreemdgaat, het mooie bedrogen popje.'

'En precies daarover ga ik met Reitner praten. Ik zal uitleggen dat jij en ik twee verschillende personen zijn.' Maria Cristina heeft een licht dreigende toon die niet door haar man wordt opgepikt.

'Goed. Maar morgenavond moet je een superstuk zijn. Met je nieuwe haar en een overdreven jurk zal iedereen inzien hoe onbeduidend Gilardoni is vergeleken met jou.'

Maria Cristina wrijft in haar ogen, ze weet niet zeker of ze deze dag levend zal doorkomen. 'Je mag alle minnaressen hebben die je maar wilt. Het kan me niet schelen met welke sletten jij omgaat. Maar niemand hoeft het te weten. Vergeet niet dat je de premier bent, ze betrappen je meteen. En als ze je betrappen, dan verlaat ik je nog dezelfde dag. Dan weet je dat, ik heb je gewaarschuwd. En dat je de premier bent boeit me niets.'

'Ik zweer dat ik geen enkele affaire heb. En trouwens, hoe zou ik kunnen met zo'n echtgenote? Heel wat anders dan die protserige Gilardoni.' Nu Domenico geen wapens meer heeft, gooit hij het op gelul. 'En bovendien stinkt ze naar zweet.'

'Hou op.'

'Dus je gaat?'

Maria Cristina neemt een paar seconden de tijd voordat ze antwoordt. 'Oké.'

'En de pizza met de Belg? Ga je dat regelen?'

'Ja,' liegt ze.
'Dank je. Ik hou van je.'
'Ik ook van jou.'

III

Vrijdag 23 februari

1

Dat het leven en de mechanismen ervan zinloos zijn begreep Maria Cristina Palma na de dood van haar eerste man, Andrea Cerri. Niet dankzij een rationeel proces of filosofisch traject, maar als het natuurlijke gevolg van het zoveelste ondraaglijke verlies. Het verdriet in Maria Cristina's bestaan is cyclisch, het teert uit, verdwijnt en vernieuwt zich als een bloembol in het voorjaar. Voor en na het overlijden van haar moeder. Voor en na het overlijden van Andrea. Een liniaal met de doden in plaats van centimeters. Maria Cristina, die niet de gave van het geloof bezit, laat haar dagen voorbijglijden, ze beperkt zich ertoe ze te leven met de fataliteit van de libelle. Het leven bestaat zolang het er is en wie weet, misschien eindigt het niet maar verlaat het je en verplaatst het zich naar een ander organisme, in een estafette zonder finish. Een man gaat dood en er wordt een veulen geboren, een veulen gaat dood en er wordt een hertenkalf geboren en allemaal, van virussen tot de meest geëvolueerde primaten, zijn we maar een omhulsel, bekleding die uit een ontologische noodzaak tot voortplanting is geschapen door het DNA. Tot ze hertrouwde met Domenico Mascagni heeft Maria

Cristina een tijdlang haar heil gezocht in lessen van Indiase goeroes. De hindoeïstische reïncarnatie sprak haar aan, ze deed aan raja-yoga en werd vegetarisch, maar het bestaansongemak is gebleven, net als het gevoel niet helemaal aan te sluiten bij de werkelijkheid, het maakt niet uit hoe strak ze zichzelf eraan vastschroeft, het lijkt steeds alsof ze niet het materiaal heeft om zichzelf mee af te dichten. Ze wordt achtervolgd door een onbehagen dat te banaal of te complex is om uit te leggen. De psychotherapeuten tot wie ze zich heeft gewend hebben er een naam aan gegeven: depressie. Maria Cristina's enige zekerheid is dat het leven zinloos is. Als er een zin was, zou Andrea, een talentvol man, een kunstenaar die het verdiende om minstens honderd te worden, niet zijn omgekomen bij dat ongeluk. Hij was degene die uit die brandende auto had moeten komen, niet zij, die geen enkel talent heeft, en dan zou er geen verlies zijn geleden, integendeel, dan zou Maria Cristina zich bij haar moeder hebben gevoegd, bij Alessio, bij haar grootouders en bij Botolo en Pulce, haar geliefde honden die veel te kort hadden geleefd. Daarom trotseert onze heldin het leven met achteloze moed, behandelt ze haar droefheid als een wond die ze kan helen, en probeert ze het niet langer te begrijpen, dat leven. Voor haar gevoel is niets van wat ze tot nu toe heeft gedaan een handeling uit vrije wil, een reële behoefte, een nagestreefd doel, een vervuld verlangen. Mannen kiezen haar uit als een hazewindhond voor de hondenshow. Ze maken haar zwanger om een erfgenaam te hebben, om te zien of de chromosomenmix een genie zal voortbrengen dat niet alleen intelligent maar ook mooi is. Maar zij is altijd gelijk gebleven aan zichzelf. Van gelukkig, klein meisje tot wees, van puber in een residentiële compound tot atleet, van tutje uit Parioli tot model, tot echtgenote van, tot weduwe van, tot moeder van. Met het verstrijken van de seizoenen heeft ze haar look aangepast aan de laatste mode, heeft ze schoudervullingen toegevoegd, de taille van de broek verlaagd, bontjassen weggedaan, de kleur van haar blush veranderd, maar altijd is ze dezelfde Maria Cristina geweest: conformistisch, saai en weinig geneigd tot veranderingen.

Maar nu, met die video van Nicola Sarti die op haar telefoon is opgeslagen naast de foto's van Irene die paardrijdt, van kleren die ze wil dragen en zonsondergangen op het platteland, nu wordt haar luchtpijp dichtgeknepen door een fysiek angstgevoel.

Is het mogelijk dat zij dat écht is? Maar hoe kan het dat ze op haar twintigste een seksfilmpje maakte? Is zij dat meisje dat zo stompzinnig glimlachte en schaamteloos in de lens keek terwijl...? Of is het een dubbelgangster die is teruggekeerd uit het verleden om haar te vernietigen en haar met haar gezin en heel Italië door het slijk te halen?

Met haar hoofd op het kussen tuimelt Maria Cristina in een donkere spelonk, de illusie van de dag is vervaagd in de ontnuchtering van de nacht. Nu ziet ze duidelijk het destructieve potentieel van die video en ligt ze bevend in de armen van een duivel die zijn klauwen in haar borst drukt. Ze kan zich niet bewegen, haar ledematen zijn verdoofd en de dekens drukken op haar als een marmeren plaat.

'Stel me niet teleur,' had Nicola Sarti gezegd aan het eind van het telefoongesprek. 'Beloof het. Stel me niet teleur.'

Die Chinese vrouw buiten bij de spa stond op de uitkijk. Toen ze Maria Cristina naar buiten zag komen heeft ze Nicola Sarti gewaarschuwd, die vervolgens deed alsof hij daar toevallig ook was. Ze voelt de adem van de folteraar in haar hals. Als het geen chantage is, lijkt het er wel heel veel op. Wat wil hij? Geld? Seks? Of gaat het om Domenico, om de regering?

Ze trekt het slaapmasker van haar ogen, steekt een hand uit

en knipt de lamp aan. Zeven voor halfvier. Ze staat op maar kan amper op haar rechtervoet staan, haar grote teen is pijnlijk gezwollen. Ze hinkt naar de spiegel, haar blonde haren rechtop, haar gezicht verfrommeld door slaapgebrek, haar buik opgezet. Daar staat ze, krom en eenzaam als nooit tevoren.

Ze zou graag iemand in vertrouwen nemen, iemand die haar steunt en opbeurt. De paar vrienden die ze had is ze kwijtgeraakt toen ze met Domenico trouwde. Met Andrea ging ze om met schrijvers en uitgevers, maar die zijn na zijn dood verdwenen. Haar hartsvriendin, Emma Sallok, een Canadees model, zit in een ontwenningskliniek in Carolina om af te kicken van haar medicijnverslaving. Om over haar familie maar te zwijgen. Met die achterlijke vader van haar praat ze al vijftien jaar niet meer. Haar nicht Amparo, een halve non, pendelt heen en weer tussen Lourdes en Međugorje. Alle anderen, tantes en ooms, verafschuwen haar. Toen Domenico premier werd, stond hij opeens in de stadionspots en iedereen die dicht bij hem stond werd uit de schaduw van de anonimiteit gerukt. De media beten zich vast in oom Livio en nicht Raffaella en haar man, die dermatoloog is, en zij zijn het middelpunt van de onderzoeken geworden. Hun minnaars en minnaressen, hun belastingaangiften, hun Zwitserse bankrekeningen, alles werd openbaar gemaakt. Niet onterecht dat ze haar haten.

De waarheid is dat niemand, zelfs een priester niet, zo'n geheim zou kunnen bewaren.

Ze gaat terug naar bed en doet het licht uit.

Hoe kun je zo slapen? Jezelf blijven in de wetenschap dat je de hoofdpersoon bent van hardcore porno die iedereen zou kunnen zien? De portier van het appartementencomplex. De Duitse bondskanselier. De hele regering. Irene. Nee, de schaamte is zo groot dat je uiteindelijk zelfmoord pleegt, zoals zoveel vrouwen in dezelfde situatie is overkomen. Er is karakter voor nodig om je er niets van aan te trekken. En Maria Cristina weet al dat ze dat niet heeft.

Wat zou haar moeder in haar plaats hebben gedaan? Die vond alles wat een schandaal veroorzaakte opwindend. Ze ging naakt zonnebaden in Mondello. Ze dwaalde in piepkleine minirokken door de beruchte steegjes van de Palermitaanse wijk Kalsa, ze liep voorop bij charges van de studenten tegen de politie.

Maria Cristina herinnert zich nog goed, ze was nog geen tien jaar, dat haar moeder zei dat ze mee mocht naar een verkleedfeest bij haar neefje Edoardo.

In juni? Gemaskerde feesten zijn toch altijd met carnaval?

Mama had haar uitgelegd dat dat helemaal niet verplicht is, dat je verkleedfeesten kunt geven wanneer je daar zin in hebt. Maria Cristina had haar hartenkoninginjurkje aangetrokken dat ze ook in februari had gedragen. Het was al iets te kort. Maar het was mooi, met die rok van rood en zwart fluweel met rijen hartjes, en dat lijfje met blote schouders en een wijde kraag van de gemene koningin. Het kroontje had helaas een groot deel van zijn diamanten verloren.

In de auto op weg naar het feest in een modern gebouw aan de Via della Libertà had ze gevraagd waarom haar broer een spijkerbroek, gympen en een trui droeg.

'Hij gaat verkleed als Gnuzzo,' had mama geantwoord zonder er verder op in te gaan.

'Als Gnuzzo? Wie is dat?'

Teresa Sangermano had de Mini Minor geparkeerd. 'Een personage dat normale kleren draagt.'

'O. Ken ik niet.'

In de lift had Maria Cristina haar kroontje opgezet en met de scepter in haar hand keek ze in de spiegel. Perfect. Maar eenmaal in het appartement merkte ze dat zij als enige verkleed was, alle anderen droegen normale kleren.

'O, kijk! Ze hebben me allemaal nageaapt. Ze zijn allemaal verkleed als Gnuzzo,' had Alessio grijnzend gezegd.

Het meisje was in snikken uitgebarsten en weggerend.

Ze hadden haar een halfuur later teruggevonden op het Piazza Politeama, waar ze, nog steeds wanhopig huilend, op een bankje zat.

De moeder had achter haar dochter aan moeten rennen, die bleef schreeuwen: 'Je bent gemeen.' Pas toen ze haar een ijsje gaf, kon ze haar kalmeren. Ze waren aan een tafeltje van Caflisch gaan zitten.

'Waarom moest ik me verkleden?' Het meisje had haar tong in de slagroom geduwd.

Haar moeder had een sigaret opgestoken. 'Vertel eens, ben je gelukkig wanneer ze tegen je zeggen dat je mooi bent?'

Het meisje had geknikt.

'Onthou dat je die schoonheid niet hebt veroverd. Het is een geschenk dat ik en je vader aan jou hebben gegeven, en jij moet dat geschenk weten te dragen, net als het koninginnejurkje. Als jij vandaag scherp was geweest, had je lak gehad aan de anderen en had je iedereen laten zien wie de koningin van het feest was. Schoonheid zonder moed is verschrikkelijk. Juist omdat je mooi bent, zul je niet serieus genomen worden en altijd honderd keer meer dan de anderen je best moeten doen om te laten zien dat je slim en diepzinnig bent, en om niet door mannen te worden gebruikt en als een domkop te worden behandeld. Je grootvader was de eerste die uit Amerika reinigingslotion naar Italië bracht en je grootmoeder kan ossen vangen met een lasso. Je broer kan van de Zingaro duiken. En wat kun jij? Kun jij alleen maar huilen en wegrennen, net als Gina Mangano, de bakkersdochter? Wij met het bloed van de Sangermano's, wij moeten lak hebben aan het oordeel van anderen. Zelfs je vader, die een klootzak is, heeft de Mount Everest beklommen. Jij, liefje, jij blinkt niet uit in karakter, maar leer op z'n minst je schoonheid te dragen als een koningin. Begrepen, lieve schat?'

De vrouw van de premier doet haar slaapmasker op.

Geef haar wat chloroform.

Tien over halfvijf 's ochtends. Zevende versnelling. Hellingsgraad acht. Hartslag honderdvijftig. In een strak zwart fitnesspakje loopt de vrouw van de premier op de loopband in een poging brandstof te onttrekken aan de warmtekrachtcentrale die haar brein verslindt. Dolksteken van pijn schieten telkens door haar kuit wanneer ze haar grote teen neerzet op de rubberen band die zich onder haar voeten afrolt. Aan de andere kant van de serreramen racen de meeuwen door de Romeinse lucht, die lichtgevend is als plankton.

Maria Cristina bedenkt hoe weinig nut de woorden van haar moeder hebben gehad. Na haar moeders dood werd ze verwend door haar grootouders en bekommerde niemand zich om haar opleiding. Ze was zo dom als een gans, had geen interesses en ze was mooi, maar van een schoonheid zonder sensualiteit: smalle heupen, plat als een vent, goed voor modefoto's. Sport ging haar goed af, maar omdat ze niet fanatiek was deden overwinningen haar niets. Vlak na haar eindexamen had ze tijdens een wedstrijd haar kruisbanden gescheurd en was ze gestopt met atletiek. Na de revalidatie was ze in haar grootvaders appartement in de Via Barnaba Oriani getrokken, samen met haar broer, die rechten studeerde maar geen tentamens maakte. In het vrije koninkrijk van Alessio Palma werd er dag en nacht gefeest, er werd telefonisch risotto met scampi besteld bij de sterrenrestaurants in de

Via Denza, kratten bier en wodka werden bij de buurtsuper op rekening gekocht, terwijl de vloer werd gedweild door Filipijnen. De loft stond in Noord-Rome bekend als de uitvalsbasis van rijkeluisjongens en -meisjes uit het chique Parioli, die de Franse school bezochten. Bewoners van de volksbuurten werden alleen binnengelaten als ze wiet en coke bij zich hadden. Ze bivakkeerden allemaal op de banken van Gae Aulenti, sprongen in de jacuzzi op het terras met de gettoblaster aan, terwijl de politie, gewaarschuwd door de buren, bij de deur om persoonsbewijzen vroeg.

Maria Cristina had zich onmiddellijk aangepast aan de levensstijl van haar broer. Ze was gezakt voor het toelatingsexamen voor tandheelkunde en had vervolgens besloten dat studeren niets voor haar was. Voor de lolita van Parioli was alles saai, belastend, beangstigend. Niets ernstigs of zwaars mocht het gladde oppervlak waarop ze schaatste doen barsten. Onbezorgd zijn en van 's ochtends vroeg tot 's avonds laat niets uitvoeren was de welverdiende beloning voor de pijn die het lot haar had bezorgd. Het enige waarvoor ze moeite deed was haar grootvaders creditcard leegtrekken. De rest werd geregeld door Alessio, die dwaas die zich omlaagstortte met een paraglider en op de Corso Francia optrok naar tweehonderd kilometer per uur. De enige man van wie ze hield en die haar plezier liet hebben.

In de zomer van 1996 huurde Alessio een zeilboot, hij liet zijn zus en wat vrienden aan boord gaan en ze maakten een lange tocht. Van die reis heeft Maria Cristina meer gewaarwordingen overgehouden dan herinneringen. De verstikkende hitte in de hutten, de stank van diesel in het kielruim, Alessio in de met olie bedekte motorruimte en de walgelijke geur van het chemisch toilet. Het koor van de krekels in de dennenbomen die zich vastklampten aan de rotskusten van de Eolische Eilanden.

De wind in het grootzeil. De uitgedroogde mozzarella in het dikke witte papier, rood gekleurd door de tomaten. De haven van Lipari die kookte in de smerigheid van het stilstaande water, de vuilgroene algenbodem doorploegd door harders. De uren die ze doorbrachten in de bars, de witte plastic tafeltjes, het asfalt dat zo heet was dat je voetzolen verbrandden. De ranzige minipizza's en de oude rijstballetjes.

Nicola Sarti is onderdeel van dat plaatje, meer niet. Iemand van wie ze weet dat ze hem heeft gezoend onder de sterren van San Lorenzo.

'Kijk, daar. Die was heel groot,' zal hij wijzend naar het firmament hebben gezegd. 'Heb je die gezien?'

'Nee. Heb je een wens gedaan?' zal zij hebben gevraagd.

'Ja.'

'Niet zeggen, want anders komt-ie niet uit.'

'Oké. Dan moeten we maar zien of hij uitkomt.'

En ze zoenden elkaar. Puberdingen. Maar hoe is ze vervolgens in de hut terechtgekomen?

Maria Cristina zet de loopband af en loopt buiten adem door de stilte van het slapende huis naar de werkkamer.

Zittend op de bank, met haar bezwete, glimmende voorhoofd dat het scherm van de laptop die op haar knieën ligt reflecteert, tikt de vrouw van de premier 'porno' in op de zoekbalk. Ze opent de eerste link en ziet een schaakbord van kleurenframes. Op de meeste staan witte vrouwen met zwarte jongens, op andere willekeurige groepjes mensen, zweepjes en fallussen van aanzienlijke afmetingen. Duizenden seksuele handelingen, met precisie gecatalogiseerd naar etniciteit, leeftijd, geslacht, geaardheid, perversie, lichaamsdeel, plaats, beeldkwaliteit. De titels onder de video's zijn vertaald in een onwaarschijnlijk Italiaans: mijn stepsister in mijn kantoor wil alleen anale seks, verloofde met dikke tieten geeft je gekleurde handjob, geniet langzaam van de lul, enzovoort. Ze klikt op CELEBRITY. Een overvloed aan beroemde vrouwen. Scarlett Johansson, Eva Mendes, Madonna, Nicole Kidman. Veel fragmenten uit films waarin onschuldige naaktbeelden of seksscènes te zien zijn. Dan zijn er ook nog video's met dubbelgangsters van de actrices, sommige die goed lijken en andere totaal niet. Ze vindt er een paar waarbij het hoofd van de actrice digitaal op het lichaam van een pornoster is geplakt. Het effect is mechanisch, weinig realistisch, nep. Als dit het resultaat is, dan bestaat er geen enkele twijfel dat zij echt die vrouw met Nicola Sarti is. Ze tikt in de zoekbalk van de site haar eigen naam in en sluit haar ogen terwijl ze op ENTER drukt, en als ze haar ogen weer opent ziet ze een heleboel frames. De eerste is getiteld *Maria Cristina Palma sextape.*

Klaar voor de totale ondergang zet ze het aan. Het zwart van de eerste beelden verandert in een hotelgang. Twee jongens van kleur, versierd met tatoeages en teksten waar een metrowagon niet aan kan tippen, lopen al babbelend naar de camera, ze kloppen op een deur en grijnzen samenzweerderig als ze zien dat die op een kier staat. Op Maria Cristina's lippen ontvouwt zich een glimlach. In de kamer is het donker en de jongens zetten de zaklamp van hun telefoon aan. Ze worden opgewacht door een naakt meisje met laarzen tot aan de knieën dat een lang stokbrood eet. Ze lijkt inderdaad een beetje op haar. Ze is mager, lang, heeft wel iets van haar gezicht en ook het lange kastanjebruine haar doet denken aan haar eigen haar. Maria Cristina blijft gehypnotiseerd naar die mechanische omhelzing kijken. Ze vraagt zich af wat zo'n jong, mooi meisje ertoe kan hebben gebracht om de wereld van de porno in te gaan. Geld? Genot? Drugs? Ellende?

'Maria Cristina.'

Haar hart schiet in haar keel, ze springt op terwijl ze een gesmoorde kreet slaakt, de laptop valt, klapt op de rand van het tafeltje en belandt op de grond.

'O god... Sorry...' In de deuropening van de werkkamer staat Greta, de au pair, die haar aanstaart. 'Sorry. Ik hoorde stemmen. Ik dacht...'

'Wat? Wat dacht je?' antwoordt Maria Cristina blozend van gêne. 'Wil je me soms dood hebben?'

'Het spijt me. Sorry. Sorry,' herhaalt het meisje beschaamd. 'Ik dacht dat er inbrekers waren. Op dit tijdstip...' Ze heeft haar jas nog aan, een wollen muts die over haar voorhoofd is gezakt en een bos rode anjers in haar hand.

'Kom je op dit uur thuis? Je mag het niet zo laat maken, Greta. Je moet morgen werken. Waar ben je geweest?' Ze overlaadt het meisje met vragen terwijl ze probeert het idee te verwerken dat ze haar heeft betrapt bij het porno kijken. Hoewel de laptop is dichtgeklapt, blijft hij hijgen. Ze voelt de verleiding om erop te springen en hem zo tot zwijgen te brengen, maar beheerst zich.

'Ik ben uit geweest met een vriend. Hij heeft me meegenomen naar de pub. De anjers heb ik van hem gekregen. Daarna zijn we naar de Janiculum gegaan. Het is laat geworden, ik weet het,' antwoordt Greta met haar licht Duitse accent alsof ze een politieverhoor ondergaat.

'En nu gauw slapen,' beveelt Maria Cristina op moederlijke toon.

Het meisje verdwijnt in de gang. Ze denkt maar wat ze moet denken. De schaamte die haar gezicht in vuur en vlam zet is tenminste verborgen door de duisternis.

2

Met haar teen als excuus heeft ze opnieuw de training met Mirco Tonik afgezegd. Ze is helemaal gaar, ze kon niet meer in slaap komen en de doodsangst is niet vervaagd toen het licht werd.

Daisy dendert al met de straalmotor van een Boeing 747 over de tapijten in de woonkamer. In onderbroek en T-shirt en met een bonkende teen sleept Maria Cristina zich door het huis, niet wetend wat ze met zichzelf aan moet. Het wordt zwoegen om deze dag door te komen, net de Sinaïwoestijn. Ze zou zich moeten voorbereiden op het interview, maar ze heeft er geen zin in, ze kan maar beter nadenken over de pizza voor de Belgische minister en wat ze zal aantrekken naar de Opera.

Ze loopt het terras op. De kou snijdt in haar benen. De zon is in een grijze deken gewikkeld. Ze kijkt over de balustrade. Onverschillig krioelt het leven in de herrie van de auto's op de Lungotevere, van het gekreun van de stadsbussen, van de slijptollen die op de steigers staal doorslijpen en van de iets gedemptere trillingen van de wegwerkzaamheden.

'Cri. Sorry. Kun je me even helpen?'

Maria Cristina draait zich om en trekt haar shirtje omlaag om haar billen te bedekken.

Luciano zit op handen en knieën boven op de serre. 'Wil je de ladder alsjeblieft even voor me vasthouden? Ik heb hier een zak vol bladeren en ik ben bang dat die eruit vallen.'

Ze loopt naar de aluminium ladder en houdt die vast.

Luciano kruipt voorzichtig naar de dakrand. 'De goten moesten worden schoongemaakt, ze waren helemaal verstopt door de bladeren. En toen ik daar toch bezig was, heb ik meteen de dakpannen recht gelegd, er waren er heel wat verschoven, de meeuwen hè, altijd weer die meeuwen.' Hij draait zich om en toont een streep witte, harige billen. 'Hier moet ik voorzichtig zijn, want hier is de goot kwetsbaar.' Hij steekt op de tast een voet uit totdat de neus van zijn werkschoen de bovenste tree van de ladder heeft bereikt. 'Goed zo. Klaar. Wacht even.' En met de enorme zak in zijn armen klimt hij de ladder af. 'Ik zag op het dak een paar kapotte dakpannen. Ik ga straks even langs de bouwmarkt, kijken of ik ze daar kan vinden. Anders probeer ik het in Torvaianica, bij de Calabrees die antieke dakpannen en zelfs originele gebakken plavuizen verkoopt, van die negentiende-eeuwse, volgens mij haalt hij die uit kerken.' De woorden komen onstuimig in hem op, schuimen in zijn mond en borrelen als uit een bron naar buiten. Hij kan urenlang vertellen over slome Roemeense marmerwerkers, majolica met gebreken, gevelisolatie, milieusubsidies en vloerlak. Luciano's doe-het-zelf-universum wordt beheerst door groothandelprijzen, kwaliteit van de materialen en installatietijden. Al pratend verdwaalt hij in de grote bouwmarkt die zijn geest is en legt hij met kinderlijk enthousiasme uit dat pluggen voor gipsplaat anders zijn dan die voor een bakstenen muur, en dat ze bijna uitsluitend verkrijgbaar zijn bij de bouwmarkten aan de ringweg. Hij is een almanak van deursloten die met elektronische kaartjes geopend kunnen worden, van pakkingen voor defecte cv-ketels, van bepaalde crostini met mozzarella en ansjovis in de bar van een winkelcentrum aan de Via Ardeatina. Verhalen zonder einde, die samen de substantie vormen van deze man met afhangende schouders en dikke huid.

Hij staat nog steeds naast de ladder. 'Snap je? Je moet nooit vertrouwen op kleuren...'

Maria Cristina knikt, de ene voet op de andere, de armen over elkaar voor haar borst, haar blik afgedwaald.

'Moet je nagaan, ik vond een keer kaarsvet op de tegels, dus wat betekent dat? Kerk. Natuurlijk. De priesters hebben alles verkocht. Het probleem met antieke vloeren is dat de plavuizen tweeënhalve centimeter dik zijn, prachtig, maar dan moet je wel de deuren afzagen. En wil jij je deuren afzagen?'

Maria Cristina wijst naar de serre. 'Sorry, Luciano, ik heb het koud, ik ga weer naar binnen.'

'Sorry, je hebt gelijk. Het is ijskoud. Ga maar gauw naar binnen. Ik praat te veel.' Hij spoort haar aan. 'Hup, schiet op.'

Maria Cristina gaat terug naar de warmte van de serre, gevolgd door Luciano, die de glazen deuren sluit en met zijn grote handen over haar schouders wrijft alsof ze een kind is dat net uit het zwembad komt. 'Maar je moet toch zo ook niet naar buiten, Cri. Je lijkt wel gek.'

Ze geniet van die broederlijke omhelzing.

'Luister, Cri. Tati heeft een tas voor je gevuld met artisjokken, raapsteeltjes en cavolo nero en die aan Daisy gegeven. Je kunt alles samen in een pan koken, dan krijg je een groentesoep... Als je er dan nog wat spek bij doet, en die olie uit Fara Sabina die ik voor je heb meegenomen, vindt zelfs Irene het lekker.'

Tatiana Lomidze, de Georgische echtgenote van Luciano, is een spichtig, zwijgzaam elfje met oogjes die schitteren als petroleumdruppels. Maria Cristina heeft geprobeerd haar thuis uit te nodigen, maar Luciano zegt dat ze verlegen is en zich schaamt. Ze wonen in een tweekamerappartement in Cesano en huren een stukje grond waar ze een moestuintje onderhouden. Luciano heeft zich ooit laten ontvallen dat ze hebben geprobeerd een kind te krijgen, maar zonder resultaat. Zijn vrouw wil geen IVF en ze hebben het uit hun hoofd gezet.

'Kun jij pizza's bakken?' vraagt Maria Cristina aan hem.

'Ik kan Georgische pizza maken. Khachapuri.'

'Wat is dat?'

'Dat is een pizza met een speciale kaas, suluguni, wat eigenlijk een soort gerookte provola is. Daar doe je ei bij. Heel lekker. Ik zal het een keer voor je maken...'

'Nee. Ik moet pizza beneventana maken.'

Luciano is stomverbaasd. 'Beneventana?'

'Ken je die?'

'Nooit van gehoord. Ik ken wel de cosacca. Met pecorino en chili-olie. Heerlijk.'

'En de gewone pizza, de margherita, kun jij die maken?'

'Jazeker. Het kost wel tijd, acht uur als je zelfrijzend bakmeel gebruikt. Of anders koop je het pizzadeeg kant-en-klaar. Ik haal het altijd bij de Disco Volante, de pizzabakker daar is een vriend van me...'

Ze onderbreekt hem. 'Weet je hoe je die in een houtoven moet bakken?'

Hij zet zijn handen in zijn zij. 'Nou, ja, dan heb je sprokkelhout nodig. Goed hout. Beuken. Ik moet nog ergens een pizzaschep hebben liggen. Die ene van...'

Maria Cristina pakt zijn handen vast en kijkt hem aan met haar beste sexy weeskindjesblik, die zelfs de stenen beelden op Paaseiland kan laten omvallen. 'Zou je morgen naar het buitenhuis kunnen komen om me te helpen? De schoorsteen van de oven moet ook worden geveegd. Kun je?'

Luciano stamelt. 'Eh... Nou... Ik zou met een vriend van me gaan vissen in Bolsena... Oké, ik zal zeggen dat we volgend weekend gaan vissen. Ik zorg wel dat alles er zal zijn, morgen.'

'Echt waar?'

'Natuurlijk. Geen probleem.'

Maria Cristina legt haar voorhoofd op zijn schouder en voelt een brok in haar keel omlaagstorten als een steen die loslaat van een rotswand, onder haar voeten opent zich een draaikolk, en ze klampt zich vast aan de grote man terwijl ze haar nagels in zijn synthetische shirt drukt, en opeens wordt ze overweldigd door tranen en begint ze te snikken.

'Cri! Cri! Hé? Wat gebeurt er? Waarom huil je? Heb ik iets verkeerds gezegd?'

Ze verbergt haar betraande gezicht in haar handen. 'Niks. Er is niks. Je bent alleen zo lief. Je denkt altijd aan mij.'

'Maar je hoeft niet te huilen. Alsjeblieft, Cri...' Luciano zet zijn benen verder uit elkaar en duwt haar van zich af. 'Toe, je maakt mij ook aan het huilen. Wat is er aan de hand?'

Maria Cristina zet een stap achteruit, haar ogen nat van de tranen, en haalt haar neus op. 'Niks. Sorry.'

'Dat is niet waar. Wat is er?'

'Het is al over.' Ze veegt haar wangen droog.

Luciano zoekt haar blik. 'Kan ik iets voor je doen?'

'Nee, helaas niet.'

'O.' Hij slikt. 'Waarom niet?'

'Daarom niet. En bovendien schaam ik me te veel om erover te praten.'

'Cri, jij zou nooit iets kunnen doen waarvoor je je moet schamen.'

Ze ziet hem weer net als toen hij vijftien was, toen hij zich aftrok waar zij bij was en ze betrapt werden, en hij de klappen van haar vader opving om haar te beschermen.

'Ik heb een verschrikkelijk probleem.'

'Je hoeft het me niet te vertellen als je niet wilt, maar zeg me ten minste hoe ik je kan helpen.'

Maria Cristina loopt naar de terrasdeuren en vervolgens weer terug naar hem. 'Zweer het.'

'Wat?'

'Zweer dat je het aan niemand zult vertellen.'

Als een landschildpad trekt Luciano zijn hoofd terug tussen

zijn schouders. 'Aan wie zou ik het moeten vertellen? Ik ken niemand.'

'Dat maakt niet uit. Zweer het op mij, ik ben je zus.'

'Op jou?'

'Als je het aan iemand vertelt, zal ik sterven.'

Luciano knielt neer, hand op zijn hart. 'Ik zweer het. Ik zal het aan niemand vertellen. Dat ik dood mag vallen.'

Maria Cristina gaat zitten, schraapt haar keel en vertelt hem in één adem over Circolo Canottieri, de Chinese vrouw, de kapper, de video, dat ze op het dak van het hotel met hem belt en dat de beveiliging haar zoekt. 'Snap je?'

Luciano schudt zijn hoofd. Dus legt ze het hem nog beter uit, ditmaal gebruikmakend van onderwerp, werkwoord, meewerkend en lijdend voorwerp.

Luciano staart haar roerloos als een parelhoen aan. 'Maar waarom heb je die video gemaakt?'

'Voor de lol. Je weet hoe pubers zijn. Ik was dronken. Ik kon het me niet eens meer herinneren.' Zonder het te merken pakt ze een borst vast en ze voelt de harde prothese zitten. 'Ik ben verschrikkelijk bang.'

'Waarvoor?'

'Hoezo waarvoor, Luciano? Als hij dat filmpje aan iemand laat zien, als hij het online zet, dan is het afgelopen met me.'

'Maar wil hij dat dan doen?'

Maria Cristina haalt haar schouders op.

'Heeft hij dat gezegd?' vraagt Luciano.

'Hij heeft gezegd dat hij het zal verwijderen. Maar ik weet het niet, misschien gaat hij het gebruiken om me te chanteren. Je stuurt niet zo'n video naar de vrouw van de premier. Hij zou me alles kunnen vragen. Geld, gunsten...'

'Maar wat is erop te zien?'

'Alles, Luciano. Alles. Weet je wat porno is? Dát dus.' Het volume van Maria Cristina's stem daalt en ze vraagt zich af welke beelden er nu in het hoofd van de man opkomen.

'Je zult zien dat hij de video niet openbaar maakt. Het is iets van jullie. Hij zal zich zelf ook schamen.'

'Misschien. Maar hij heeft me nu wel in zijn macht. Weet je hoeveel vrouwen er geruïneerd zijn door filmpjes die op internet zijn gezet?'

Luciano veert op. 'We moeten naar de politie gaan.'

'Dat kan niet. Dan zou ik de video moeten laten zien. En ik vertrouw ze niet.'

Hij krabt zijn nek. 'Praat er dan over met Domenico.'

'Ben je gek? Die gaat dood van ellende.'

Luciano probeert haar gerust te stellen. 'Je zult zien dat hij de video verwijdert.'

'En wie garandeert me dat hij dat echt zal doen?' Maria Cristina begint haar geduld te verliezen.

Hij zwijgt, zich bewust van zijn grenzen. Hij voelt zich schuldig omdat hij niet weet hoe hij haar moet helpen, en zijn gewicht verplaatsend van het ene been op het andere zwalkt hij door de serre.

'Sorry, je hebt gelijk, het zal allemaal wel goedkomen, ik moet gewoon rustig blijven.' Maria Cristina leunt met haar ellebogen op haar knieën en bedekt haar gezicht met haar handen. Hoe heeft ze het in hemelsnaam in haar hoofd kunnen halen om Luciano in vertrouwen te nemen? Van alle mogelijke biechtvaders heeft ze de meest nutteloze uitgekozen. En ze heeft hem ook nog van streek en verdrietig gemaakt.

'Ik ga wel met die vent praten.'

Maria Cristina kijkt op. Luciano staat voor haar met gebalde vuisten en zó rood aangelopen dat het lijkt of hij zal ontploffen.

'Jij gaat met hem praten? En wat ga je dan zeggen?'

'Dat als hij het waagt om die video aan iemand te laten zien, ik hem vermoord. Zo waar als God bestaat, ik vermoord hem. Ik maak geen grapje. Niemand mag jou kwaad doen. Niemand kan zich dat veroorloven.'

Maria Cristina staat op en rekt haar rug. 'Nee. Dat kan niet. Wil je in de gevangenis belanden?' Ze pakt zijn wangen tussen haar handen. 'Help jij me maar met die pizza, want ik moet indruk maken op de Belgische minister. Ik hou van je.'

'Ik ook van jou,' antwoordt Luciano met verslagen stem.

3

Maria Cristina zit naast haar dochter in een Mercedes die ruikt naar een parfum dat speciaal voor haar huid is gemengd in een beroemd Frans laboratorium, en naar de kaneelsnoepjes van Irene. Het is noodweer en ze staan al een halfuur in de file te wachten tot ze aan de beurt zijn om naar binnen te mogen in de Opera. De harde regen valt wit en dicht neer onder de gevelschijnwerpers van het theater en vormt plassen op de straatkeien waarin de neonlichten van restaurant Matriciana en pizzeria Jerry I weerspiegeld worden. Een cordon van agenten in oproeruitrusting staat opgesteld tegenover een groep petrochemie-arbeiders die schreeuwend samendrommen tegen de dranghekken, maar binnen in de auto klinkt alleen het getik van de regen, de rest is een geluidloze animatie. Het verkeer. De uitgeputte gezichten van de arbeiders. De flitsen van de fotografen.

Uit de zwarte auto's die in de rij wachten worden de dames uitgeladen die, als lieveheersbeestjes, onder hun jas de vleugels van hun jurken verbergen en door echtgenoten en partners aan de arm worden meegesleurd over de drijfnatte rode loper. De hosts doen hun best om de genodigden te beschermen met gele paraplu's die gesponsord zijn door een pastamerk.

'We zijn bijna aan de beurt. Zorg dat je er klaar voor bent, schat.' Maria Cristina zet de kraag van haar jas op.

Irene, met paardenstaart, kauwgom in de mond en een zwart fluwelen jurkje aan, zit naast haar met *De kleine prins* in haar handen geklemd. Dat boekje neemt ze overal mee naartoe. Het is verkreukeld en het omslag is verbleekt. 'Ik wil liever met Davide in de auto op je wachten.'

'Dat wil je liever, maar dat kan niet. Trek je regenjas aan, kom. En pas op dat je voeten niet nat worden als je uitstapt. Caterina wacht op je. Ik kom later bij je in de loge.'

Irene stopt het boek in haar zak, terwijl haar moeder nog even haar make-up controleert in haar handspiegeltje. Ze kijkt of haar haar goed zit en checkt voor de zoveelste keer de berichten op haar telefoon voordat ze die in haar tas stopt.

Nicola Sarti is verdwenen. Hij is vaak online. Misschien is dat een goed teken, als hij iets had gewild had hij wel van zich laten horen.

De auto houdt stil voor de rode loper. Maria Cristina haalt diep adem en haar hartslag, gevoelig voor openbare gelegenheden, versnelt. Ze bedekt haar hoofd met een goudkleurige sjaal, het portier vliegt open en Caterina, onder een paraplu en gekleed in een groene Tiroler loden jas, pakt Irene snel bij de hand. 'Denk erom, niet antwoorden op vragen van journalisten,' fluistert ze tegen de moeder voordat ze de dochter meeneemt.

Zodra Maria Cristina Palma uit de auto stapt explodeert het plein: geschreeuw, gefluit, applaus, beledigingen aan het adres van de regering, van haar man, van de politici die vergroeid zijn met hun zetels en natuurlijk van haar, de koningin van alle klootzakken. Half verblind door de flitsen van de camera's ziet Maria

Cristina voorbij de protesterende menigte de onvermijdelijke meisjes die haar met hun telefoons overal volgen alsof ze een beroemde zangeres of een influencer is, ze zijn drijfnat maar laten niet los. Ze groet hen terwijl de hostesses en de beveiligingsmannen haar als twee vleugels tussen zich insluiten. Door de grote beslagen glazen entree ziet ze vaag het gedrang in de foyer. Het is bijna gebeurd. Ze hoeft alleen nog maar de horde journalisten zien te overleven die op haar afkomt.

'Maria Cristina, wat vindt u van de verklaring over de vermogenswet die uw man vandaag heeft afgelegd? Degenen die zullen gaan betalen zijn juist degenen met de grote vermogens, zoals u. Bent u bereid uzelf op te offeren voor de Italianen?' schreeuwt een klein koppig vrouwtje met krullen dat zich als een makaak aan twee mannelijke collega's vastklampt.

Maria Cristina slaagt erin zonder een woord te zeggen het theater in te vluchten, waar de warmte van al die mensen haar de adem beneemt. Ze heeft nog niet eens tijd om te zien waar ze is of er wordt een doorgang voor haar tussen de genodigden gecreëerd en ze wordt over een azuurblauw tapijt voortgeduwd dat haar naar de muur van fotografen voert. De assistentes trekken haar jas en sjaal uit en gooien haar met haar nieuwe blonde kapsel voor de camera's.

Deze avond is van fundamenteel belang. Ze moet stralen als een Byzantijnse madonna en de staatssecretaris voor Openbaar Bestuur zo'n schop onder haar kont geven dat ze helemaal in Fossanova Scalo in de Agro Pontino belandt en met gescheurde kleren de heilige Maria Goretti, patrones van Latina, om genade smeekt. Zelfs een blinde moet kunnen zien dat alleen een geesteszieke een nitwit als mevrouw Gilardoni prefereert boven hare majesteit Maria Cristina Palma, die bovendien vandaag een troef achter de hand heeft. Haar nieuwe kapsel. Alleen al daarmee heeft ze gewonnen. Wat de jurk betreft was er een tegenslag. Haar styliste, Amelianna Lo Sardo, is op de Malediven en nu heeft ze zelf een jurk moeten uitkiezen. Ze heeft al haar kleren uit de kast gehaald. Ze begon met een kasjmier truitje en een heel eenvoudige zwarte enkelbroek, vervolgens een jurk van Capucci die net een hedendaagse kunstinstallatie leek. Met duizend twijfels, na steeds weer van gedachten te zijn veranderd en foto's naar Bruco te hebben gestuurd, heeft ze een jurk gekozen die ze één keer eerder heeft gedragen, in Cannes, met Andrea, toen zijn roman *Het huis van de sterren* was verfilmd door een beroemde Franse regisseur. Er zal wel iemand zijn die dat merkt, maar wat kan het haar schelen. De jurk is gemaakt door Hiro Itoki, een Japanse ontwerper die zich tegenwoordig uitleeft op de inrichting van beplante aquaria, en is beslist veel te overdadig voor deze gelegenheid, daar is ze zich van bewust. De stof is goudkleurige transparante tule. De jurk heeft lange mouwen, de gewaagde v-hals verdeelt de borsten vlak langs de tepelhoven en nog dieper omlaag, voorbij het borstbeen, om als een tweede huid aan te sluiten op de taille, de heupen, de billen en de dijen tot aan de knieën, waar hij zich opent in een maalstroom van bloembladen die haar voeten bedekken. Alsof dat nog niet genoeg is, is de jurk bedekt met kleine goudkleurige sierknopjes, die vanaf de knieën naar beneden plaatsmaken voor een woud van goudkleurige lintjes. Om haar hals een snoer van kettinkjes en bolletjes, natuurlijk ook van goud.

De verschijning van de vrouw van de premier die zo opgedoft is, en met dat blonde bobkapsel, is de natte droom van de fotografen, die lichtgevend als glimwormen schreeuwen: hier, kijk naar mij, hier alstublieft, naar mij, kijk naar mij, kijk naar mij, Maria Cristina. Zij draait en keert, naar links, naar rechts, haar rug krommend. Haar natuur van paspop die wordt aangekleed neemt de overhand, maar in haar beroemde weemoedige blik blijft haar verlegenheid zilverkleurig opspringen als een school vissen.

Plotseling wordt ze door twee handen omgedraaid en staat ze recht tegenover de staatssecretaris voor Openbaar Bestuur, die haar ten gunste van de fotografen omhelst en kust alsof ze beste vriendinnen zijn. Het duurt even voor Maria Cristina beseft dat deze hele chaos georganiseerd is om daar, voor het oog van de pers, de ontmoeting tussen de echtgenote en de minnares te laten plaatsvinden.

Bruco. Die onbetrouwbare figuur heeft de vrouwen van de premier naast elkaar neergezet om te bedelen om wat aandacht.

Maria Cristina doet haar best om zo statig en elegant mogelijk te zijn, zich uit te rekken als een gazelle, ze beantwoordt de hartelijkheden van de staatssecretaris gracieus, haar spieren gespannen om het verschil in lengte en houding te benadrukken.

Helaas voor haar is Dani, zoals Domenico haar noemt, in het parlement ook wel bekend onder de naam Too Much, negenentwintig jaar en juist vanavond verbluffend goed in vorm.

Voor ieder van ons bestaat er in het leven een exact en uniek moment, dat weken, soms slechts dagen duurt, waarop we onze schoonheid optimaal aanbieden aan de wereld. Iedereen maakt dat ooit mee, zelfs de armste drommels, zelfs wie een ongeproportioneerd lichaam heeft, zelfs wie misvormd is, ook Ephialtes van Trachis en de klokkenluider van de Notre-Dame. Op een ochtend worden we wakker en zijn we mooi. Als door een wonder kruisen onze imperfecties elkaar en worden ze uitgewist, met een kortstondige staat van genade en harmonie tot gevolg. De schoonheid stroomt als een vloeistof door ons heen en bekleedt en parfumeert onze huid, nestelt zich in de wortels van onze gezonde, glanzende haren. Zelfs wie niet oplet, zelfs wie ons belastert merkt het en kijkt naar ons met de ogen van de liefde. Alle cellen waaruit wij bestaan, dertig biljoen, een heel universum, eren voor een oneindige tijd de volmaaktheid van de schepping en vertellen over de wonderbaarlijke evolutie die ons van eiwitten heeft gebracht tot, om met de allerhoogste Shakespeare te spreken, dat werkstuk dat we zijn, in doen gelijk een engel.

En juist vanavond verkeert de staatssecretaris voor Openbaar Bestuur dankzij een gril van het lot in die staat van genade. Ze is de ster die de foyer van de Opera verlicht en zelfs de oude fotografen uit hun lethargie wekt en hun het gevoel geeft dat ze worden teruggebracht naar de tijden van Sophia Loren en Silvana Mangano. Haar soepele huid, amberkleurig alsof ze net terug is uit de tropen, spant zich om haar borst die barst van gezondheid. Het dikke grafietkleurige kroeshaar, een Abessijnse prinses waardig, zweert samen met haar ogen, donker en onveilig als de bodem van een put vol modder waarin iedereen, man of vrouw, zich zou storten tot zijn of haar longen het zouden begeven. Dat aura dat haar omringt zal spoedig verzwakken, maar nu brengt het onze heldin nog in moeilijkheden. Goed, het ontbreekt haar aan elegantie, voorkomen, de hooghartige kilte van een topmodel, maar in een strijd tussen naakte vrouwen gewapend met schilden en speren zou de staatssecretaris triomferen, met haar volle kuiten en die billen die gemaakt lijken om te twerken. Ook de tatoeages die haar schouders en armen opsieren met klimop, kleine insecten en fladderende zwaluwen, boezemen haar tegenstander ontzag in.

Met een strakke glimlach op haar lippen realiseert Maria Cristina zich dat ze is verslagen. Gilardoni is zelfs goedgekleed. Een wit topje, een saffraankleurige zijden stola en een eenvoudige zwarte lange rok, waardoor de verpakking waarin de vrouw van de premier als een Sperlari-nogareep is gewikkeld nóg ongepaster en intenser wordt.

Het zijn deze spottende grillen van het bestaan die Maria Cristina Palma ongeschikt maken om de uitdagingen van deze tijd aan te kunnen. Ze heeft niet de sluwheid en de onverschilligheid die nodig zijn om je niet te laten breken door een plotselinge gedaanteverandering van een troonrivale. Waarbij ook nog haar aangeboren onvermogen komt om zich in een ander te verplaatsen en andermans manoeuvres door te hebben. Zij is als een dinosaurus en kan moeilijk van strategie veranderen, terwijl de anderen daarentegen slangen zijn die kunnen vervellen en transformeren van rechts tot links, van goed tot slecht, van lomp tot elegant. Dat is het mooie van het leven, veranderen.

Toegegeven, de staatssecretaris zal heus wel een proleet zijn, zoals Domenico zegt, met haar rare uitspraak in dat provinciaalse accent, een vrouw die in teenslippers en onderbroek gaat stemmen over de euthanasiewet en op Instagram claimt hoe heerlijk je kunt eten bij een bepaalde pizzeriaketen, maar die in de Opera verschijnt en met de onweerstaanbare frisheid van de debutante met één goed gemikte stoot de oude koningin van haar troon werpt.

In het besef dat ze de wedstrijd in de eerste ronde heeft verloren, en met het bloed onder haar nagels vandaan gehaald, laat Maria Cristina zich naar de barmhartige duisternis van de loges escorteren.

Eerste acte van *Tosca*. Het podium drijft in de duisternis van de zaal en Cavaradossi, een zwarte zanger met het lichaam van een honderdmeterloper, zet de beroemde aria 'Recondita armonia' in de Attavanti-kapel in.

Het publiek, opeengepakt in de zaal en op de balkons, is stil en geniet van de stem van de tenor. Het orkest in de orkestbak vult het theater met muziek.

De koninklijke loge is gereserveerd voor de vrouwen van de

premier, die daar zoutjes, gedroogde olijven en een inferieure spumante aantroffen. De staatssecretaris heeft niets aangeraakt omdat ze aan autofagie doet. 'Dat wil zeggen dat ik mezelf opeet. Mijn gezonde cellen eten mijn oude, beschadigde cellen op. Ik doe aan zelfkannibalisme. In een tijdvenster van zes uur voed ik mezelf. En een honger! Je wilt niet weten wat ik in die uren naar binnen kan werken. Maria Cristina, jij hebt geluk dat je zo mager bent. Ik barst aan alle kanten uit mijn voegen.'

De vrouw van de premier begrijpt niet waarom Gilardoni doet alsof ze een vriendin van haar is. Ze zijn elkaar vier keer in het voorbijgaan tegengekomen en steeds probeerde ze de intimiteit die ze met Domenico heeft zichtbaar te maken voor Maria Cristina. Fluisterwoordjes in zijn oor, schouderklopjes, lachjes.

Gelukkig houdt ze haar mond wanneer het doek opgaat en, bijgesneden door de caravaggistische theaterbelichting, de kerk van Sant'Andrea della Valle verschijnt.

Maria Cristina sluit haar ogen.

Een van de laatste herinneringen aan haar moeder is verbonden met *Tosca*. 's Zomers in de villa in Mondello ontbeten ze met brioches en cannoli op het terras met de blauwe majolicategels, de honden lagen languit te slapen in de zon. Mama was al haar haren verloren door de chemotherapie en er groeide een grijze borstel terug, zo vreemd, want eerst had ze een rossige bos die ze altijd in een rommelige staart samenbond. Haar lichaam, waar geen vlees meer aan zat, scheen door het dunne gaas van de perzikkleurige kimono. Op het terras was een fauteuil voor haar neergezet waarin ze was weggezakt. De grijze zuurstofcilinder op het bijbehorende karretje, het transparante buisje dat zich uitrolde tot aan de neusgaten, het glaasje waarin de zuurstof borrelde, de draagbare stereo op tafel met Callas die samen met de krekels zong, de uitlaten van de opgevoerde Vespa's aan de andere kant van het hek, het geklots van de zee in de verte en de kreten van de kinderen op het strand. Het lijkt of ze haar moeder uitgeput, waardig ziet glimlachen naar haar, klein meisje met zand in haar badpak, met die leren sandalen waarvan je blaren op je hielen krijgt en het door zeezout verbleekte luchtbed onder de arm, terwijl Cavaradossi zingt: '*Tosca ha l'occhio nero*. Tosca heeft donkere ogen. In haar mysterie versmelt de kunst de verschillende schoonheden.'

Wat zou ze het fijn hebben gevonden als haar moeder Irene had gekend. Ze zou haar hebben aanbeden, het is zo'n vriendelijk en speciaal meisje, zo dol op dieren. Ze draait zich om en kijkt naar haar dochter. Die is te moe om de opera te volgen en is op de grond gaan zitten en heeft van de stoelen en jassen een hut gebouwd waaruit het licht van haar onmisbare zaklampje schijnt, en met haar neus in *De kleine prins* leest ze met bewegende lippen. Ze moet haar dochter beschermen, ze moet er zeker van zijn dat zij die video nooit te zien krijgt. Dat er geen klasgenootje komt die haar laat zien hoe haar moeder plezier maakte. Nooit. Zelfs niet als ze groot is.

Maria Cristina brengt een hand naar haar mond en haar voorhoofd valt op de balustrade van de loge, terwijl Tosca zingt: '*Vissi d'arte. Vissi d'amore*. Ik leefde voor de kunst. Ik leefde voor de liefde. Nooit heb ik een levende ziel kwaad gedaan. Met heimelijke hand verlichtte ik zoveel ongeluk als ik kende.'

Gilardoni fluistert: 'Alles goed met je?'

Ze richt zich onmiddellijk weer op. 'Ik ben erg verknocht aan deze opera. En wanneer Tosca zingt "ik leefde voor de liefde" ontroert me dat.'

'Wat ben je lief,' zegt Gilardoni op een toon die je bij een puppy gebruikt. 'Ik was nog nooit in de Opera geweest en ik weet nog steeds niet of ik het leuk vind. De recitatieven vind ik het minst leuk.' Ze brengt haar gezicht dichterbij. 'Luister, ik wilde sorry zeggen voor dat gedoe met Domenico. Het spijt me echt verschrikkelijk, maar ik kan er niets aan doen.'

'Maak je geen zorgen. Ik weet het.' Maria Cristina probeert haar de mond te snoeren door haar erop te wijzen dat er een *Tosca* aan de gang is.

Daar heeft de staatssecretaris maling aan. 'Die roddel deed al meteen de ronde, zodra hij me had gekozen. Maar ik weet dat jij niet aan hem twijfelt, hij houdt zielsveel van je, dat heeft hij duizend keer tegen me gezegd, en vooràl moet je niet twijfelen aan mij, ik ben verre van perfect, maar ik ga geen affaires beginnen met mannen van anderen.' Ze schudt haar hoofd in een geamuseerde glimlach. 'Een affaire met de premier zou er nog maar aan ontbreken, met al die toestanden die ik op dit moment heb en Piperno die oorlog tegen me voert. Je moet weten dat ik heel veel plezier heb met jouw echtgenoot. Hij is een heel humoristische man, heerlijk ironisch.'

Maria Cristina trekt één wenkbrauw op. 'Echt waar?'

'Ik lig helemaal dubbel met hem. Hij is hilarisch.'

Domenico mag dan veel verdiensten hebben, je dubbel laten liggen van het lachen is er niet bepaald een van. Óf hij is een soort Jekyll en Hyde, óf Gilardoni heeft een vreemd gevoel voor humor.

'Gisteravond vertelde hij dat hij in Berlijn bij de Bondskanselier tempura at en toen aan de schijterij ging en het bijna in de samowar deed die een geschenk was geweest van tsaar Nicolaas II. Maar dat zal hij jou ook wel verteld hebben.'

'Nee.'

Gilardoni is verbaasd. 'Nee?'

'Nee.'

'Misschien schaamde hij zich ervoor. Jij bent…'

Maria Cristina begint haar geduld te verliezen. 'Ik ben wat?'

Het groen van de noodverlichting en het geel van de waskaarsen van het decor weerspiegelen in de grote donkere ogen van de staatssecretaris. 'Nou... Jij bent zo elegant, zo chic, jij bent, laten we dat niet vergeten, de mooiste vrouw van de wereld en het is niet gepast om het met jou over poepen te hebben. Ik weet niet, ik bedenk opeens, jouw man is...' Al kletsend komt haar oude accent tevoorschijn. 'Echt waar, hoe kun je nou praten over smerige dingen met iemand zoals jij? Jij bent goddelijk, volgens mij poep jij niet, jij produceert chocoladebonbons.'

Maria Cristina vindt het niet grappig. 'Wat een vreemd beeld heb jij van mij.'

'Niet alleen ik. Iedereen. Als ze het over jou hebben, is het net alsof het over een Griekse godin gaat, ik weet niet, Aphrodite of Helena.' Daniela Gilardoni ontvouwt een glimlach. 'Ik zal je iets zeggen. Ik heb erover nagedacht. Om met jou samen te zijn, moet een man oppervlakkig zijn. Domenico is – ik hoop dat je niet boos wordt – ook een beetje oppervlakkig.'

Nieuwsgierig spert Maria Cristina haar ogen open.

'Wacht even, dat is een theorie van mij persoonlijk. Het wil niet zeggen dat het allemaal klopt. Ik denk dat een schoonheid als de jouwe onderwerpt. Ik weet niet hoe ik het moet uitleggen. Er hangt iets absoluuts om jou heen en voor iemand die in jouw buurt is, is het moeilijk om zichzelf te zijn. Jij bevindt je niet op hetzelfde niveau als de rest van de mensheid. Naast jou voel ik me ongemakkelijk, beoordeeld, misplaatst, ja, het duizelt me als ik je in de ogen kijk.'

'Die indruk heb ik helemaal niet.'

'Ik zweer het. Het is net als dat syndroom, ik kan niet op de naam komen, dat je flauwvalt in een museum als je voor een Michelangelo of een Leonardo staat...'

'Stendhal?'

'Inderdaad, ja. Dat dus. Voor jou vluchten ze allemaal als vliegjes weg. Om je een voorbeeld te geven, toen de Poolse president hier op bezoek was wilde zijn vrouw, dat lieve dikkerdje, niet bij jou in de buurt komen omdat ze bang was.'

Maria Cristina reageert niet.

'Maar bij oppervlakkige mensen gebeurt dat niet,' vervolgt Gilardoni vol overtuiging. 'Nee, ik heb me vergist, niet bij oppervlakkige mensen, maar bij narcisten. Mensen bij wie alles om hen draait, mensen die vol zijn van zichzelf en hun eigen succes, mensen die vrouwen gebruiken als iets om mee te pronken, als een trofee of als de Ferrari om voor de deur te parkeren. Als je het echt weten wilt: anderen worden niet warm of koud van jouw schoonheid, ze zijn niet geïnteresseerd in wie je bent, niet in je gevoelens, ze gebruiken je om zelf stoerder te zijn, ze trekken je aan als merkkleding zolang ze je nodig hebben. Maar gevoelige mensen daarentegen komen niet bij je in de buurt, alsof... ze zich gebrekkig, klein voelen. Verlegenheid en intelligentie gaan vaak samen. Daarom zijn mooie, speciale vrouwen zoals jij de meest trieste vrouwen van de wereld en gaan ze gewoonlijk om met sukkels. Maar dat geldt niet voor jouw echtg–'

Precies op dat moment leidt een eenzame, weemoedige hobo Cavaradossi in, die 'E lucevan le stelle' begint te zingen.

Maria Cristina grijpt Gilardoni's hand terwijl ze naar het podium wijst. 'Luister. Dit is prachtig.'

Het hele theater houdt zijn adem in, verrukt door de zang van de tenor die vertelt dat hij wanhopig sterft en in zijn hele leven nooit zoveel heeft liefgehad.

Maria Cristina knijpt in de vingers van de staatssecretaris voor Openbaar Bestuur terwijl een scherpe scherf weemoed haar borst openscheurt.

Heel even dacht ze dat Diana Brinzaglia naast haar zat.

IV

Zaterdag 24 februari

1

Vannacht heeft de vrouw van de premier geslapen. Ze was zo moe dat ze Irene naar bed heeft gebracht, heeft gewacht tot die sliep (binnen anderhalve minuut), het licht heeft uitgedaan, haar een kus heeft gegeven en is weggezakt in een droomloze slaap, totdat Daisy haar kwam wekken.

Nu rijdt Davide, de chauffeur, haar zwijgend naar het buitenhuis. Maria Cristina heeft een volle dag voor de boeg. Ze moet samen met Luciano de schoorsteen controleren, de oven aansteken en het pizzadeeg maken. In de avond komen Irene, Greta en Domenico, en de Belgische minister komt rechtstreeks naar ze toe vanaf het vliegveld. Caterina wilde ze er niet bij hebben.

De assistente kon het niet geloven. 'Weet je het zeker? En de pizza voor de minister dan?'

'Is niet nodig. Luciano komt helpen.'

'En het interview? Dat is dinsdag.'

'We nemen even een pauze.'

Zeer gefrustreerd overhandigde Caterina haar een lijst met vragen die Reitner haar zou kunnen stellen en ze spraken af dat ze elkaar zondagavond zullen spreken op Skype en dan het interview zullen simuleren met de assistente in de rol van de journaliste.

Maria Cristina is niet van plan om mee te werken aan zo'n repetitie. Hoe meer ze erover nadenkt, hoe zekerder ze ervan is dat ze juist moet improviseren en zichzelf moet zijn.

Aan de andere kant van de vangrail glijdt het landschap voorbij. Op de omgeploegde velden, donker van de regen, zitten groepjes meeuwen te slapen. Daaronder strekt de kust zich uit langs de troebele zee die vervloeit in een vlakke, melkwitte hemel. De zon is de dooier van een gepocheerd ei. Maria Cristina kijkt in het autoraampje naar haar spiegelbeeld, ze begint haar nieuwe haar leuk te vinden. Ze draagt een petrolgroene jersey jurk, strak in de taille en met een hooggesloten halslijn, gecombineerd met een panty in een iets donkerdere tint. Een zwarte vierkante retrobril bedekt haar gezicht.

Er komt een bericht binnen op haar telefoon.

LUCIANO
Draai je om.

Een oude lichtblauwe Panda achtervolgt de sedan. Van achter de stoffige voorruit zwaait Luciano naar haar. Maria Cristina wappert met twee handen terug.

MARIA CRISTINA
Alles bij je?

Ze krijgt een spraakbericht terug. 'Cri, sorry, ik kan niet appen, ik ben aan het rijden. Ik heb alles bij me: bloem, gist, de pizzaschep voor de oven en voor de zekerheid ook nog kant-en-klaar deeg. Ik heb zelfs Fior di Latte Agerola-mozzarella gehaald. Ik heb navraag gedaan, de beneventana die de minister zo lekker vindt bestaat niet, dus ik heb pikante worst gehaald voor de diavola. Ik heb ooit een Belgische magazijnbediende gekend die altijd pizza diavola at, die eten ze veel in Brussel...' Ze drukt op pauze.

Ze controleert haar gesprek met Nicola Sarti.

Die lijkt van de aardbodem verdwenen.

Dat het zo moet aflopen vindt ze een beetje jammer. In wezen was hij aardig. Zonde dat hij alles heeft verpest door haar die video te sturen. Net als die jonge jongens. Die je denken te kunnen verleiden door een dickpic te sturen, en als je er niet op ingaat, sturen ze diezelfde foto naar een ander meisje.

Ze scrolt door de e-mail met de recensie van de avond in de Opera. Er zijn tientallen foto's van haar en Gilardoni. Een roddelsite die bekendstaat om de vele hatelijkheden kopt boven een recensie ECHTGENOTES & MINNARESSEN.

De staatssecretaris ziet er heel goed uit, maar zij is het, met haar nieuwe kapsel, die de aandacht heeft getrokken. Ze is trending op Twitter. #nieuwecoupe. Verhitte discussies tussen traditionalisten, enthousiaste fans en degenen die haar sowieso haten. Natuurlijk hebben ze meteen de link met *Gone Girl* gelegd en overal zie je foto's van Maria Cristina en Rosamund Pike. Op één foto staat ze bijzonder goed. Die slaat ze op. Dan gaat ze terug naar de chat met Nicola Sarti, ze staart ernaar en typt:

MARIA CRISTINA
Hi, goedemorgen. Hoe gaat het? Ik heb m'n haar geknipt. Wat vind je ervan?

Ze verandert het.

MARIA CRISTINA
Ik heb m'n haar geknipt. Wat vind je ervan?

Ze voegt de foto bij.

Weet je het zeker? vraagt ze aan zichzelf, zonder te antwoorden.

Het is stom en ze zal ervoor boeten, maar toch heeft ze zin om het te doen, ze wil erachter komen of ze deze affaire kan reduceren tot een geheim dat geen kwaad kan, zodat ze er niet meer aan hoeft te denken.

Versturen?

Verstuur maar, antwoordt het stemmetje van de haastige moed.

Twee grijze vinkjes. Hij heeft het ontvangen.

Ze heeft het warm gekregen. Ze vraagt aan de chauffeur of de temperatuur wat lager mag.

Na Montalto di Castro verlaat de auto de Via Aurelia en slaan ze de provinciale weg in die een vlakte van kleurloze akkers doorkruist en rechtstreeks naar een keten van lage, onbegroeide heuvels voert. Ze rijden langs een benzinestation waar gas en gasflessen worden verkocht, en langs een reeks aardbeienkassen die bedekt zijn met transparante PVC. Bij een vervallen boerderij worden aardappels en artisjokken verkocht. De maximumsnelheid is negentig kilometer per uur, maar niemand houdt zich daaraan en de gevolgen zijn zichtbaar op de rijbaan. Het asfalt is bezaaid met resten van katten, dassen en vossen. Na een bocht vanwaar je de wit-rode schoorsteen van de voormalige kernreactor kunt zien, draaien ze het binnenland in.

Vanaf dit punt begint Maria Cristina zich thuis te voelen, ze verlaten de kust met de zandstranden en de ondiepe zee, de strandpaviljoens van de Romeinse intellectuelen, de gefrituurde ansjovis, de Moscow Mules bij zonsondergang, Capalbio met zijn geriatrische sociale leven, de villa's van Ansedonia verscholen achter met bougainville begroeide muren.

De weg klimt nu tussen heuvels die bedekt zijn met eiken,

steeneiken en kurkeiken en de puntige grijze rotsen vormen kloven en dalen waarin everzwijnen, steenbokken, slangen en stekelvarkens goed gedijen. En waar de bossen eindigen strekken zich de graasweiden uit, het domein van de Maremmaanse koeien en ossen. Maria Cristina opent het raampje en vult haar longen met koude lucht die naar natte aarde, paddenstoelen en mos ruikt. Als de video ooit openbaar wordt gemaakt en de hele wereld de seksuele handelingen van Maria Cristina Palma kan bewonderen, zal ze zich op haar eigen land barricaderen en alle bruggen achter zich verbranden.

Na nog eens vijf kilometer met bochten, tussen zonnestralen en de halfschaduw van de moseiken die hun armen over de weg uitstrekken, slaan ze af bij een grijs ijzeren hek waarboven LANDGOED BASTONI staat en dat opengaat om de Mercedes en de Panda door te laten. Ze rijden verder door een bos van eeuwenoude eiken die tussen met mos bedekte bergen kiezelstenen groeien. Waar een beetje ruimte is hechten zich zeldzame, beschermde plantensoorten, waarvan vele met doornen, die het bos ondoordringbaar maken. Voorbij het bos van steen zijn er uitgestrekte hooivelden die tot aan een verblindend witte horizon reiken. In de verte leeft een kudde Maremmaanse ossen samen met reigers die om ze heen vliegen. Ze rijden verder over een rechte weg tussen twee rijen hoge, kromgegroeide Romeinse pijnbomen waarvan de wortels onder het witte steenslag hobbels en kuilen creëren. In een wolk van stof verschijnt een groengele tractor die een met hooi beladen kar voorttrekt. Met een slakkengangetje maakt de tractor ruimte voor de auto, aan het stuur zit Amidou, een boer uit Burkina Faso, die de klep van zijn gescheurde baseballpet aantikt.

Om een bedrijf van vijfhonderd hectare draaiende te houden, zijn er nog maar een stuk of vijftien mensen over, een paar jaar geleden waren het er bijna honderd. En toen grootmoeder nog leefde nog meer. Hele families vulden een gehuchtje niet ver van de hooischuren.

Het landgoed strekt zich uit tussen eeuwenoude bossen en spitse rotsen met ravijnen waarin vroeger 's winters, toen het nog regende, woeste rivieren stroomden. Een meertje houdt nog stand en daar planten zich tussen de rietstengels de zeldzame goudkleurige tritonshorens voort en huist een kolonie beverratten. Behalve graasweiden zijn er akkers waarop, in jaarlijkse afwisseling, tarwe, zonnebloemen en gerst worden verbouwd, en een olijfgaard van bijna duizend bomen groeit op de flank van een heuvel naast de wijngaarden die vroeger morellino, cabernet sauvignon en vermentino produceerden. Vlees, eieren, olijfolie, conserven, wijn en kazen van de hoogste kwaliteit verlieten elke dag landgoed Bastoni om de beste winkels van de hoofdstad te bevoorraden.

Toen Maria Cristina het bedrijf in handen kreeg, was de situatie al kritiek na een paar slechte oogstjaren en door toedoen van een frauduleuze beheerder, tegen wie ze een rechtszaak heeft aangespannen. Maar de genadeklap kwam toen Domenico de politiek in ging. Het landgoed kwam in het vizier van de belastingdienst, de arbeidsinspectie, ecologen, het Centraal Orgaan Echtheidscontrole, de Italiaanse Vereniging voor Recreatie en Cultuur, de verenigingen tegen de jacht, de verenigingen voor het vrijgeven van cannabis (ze wilden de akkers transformeren tot marihuanakwekerijen), een fundamentalistische neofrancescaner groep die vindt dat regeringsleiders van een land zich moeten ontdoen van hun persoonlijke bezittingen. Activisten van de groene partijen hebben voor het hek gebivakkeerd, twee Duitse activisten zijn in een eik geklommen en een van hen is 's nachts ingedommeld en uit de boom gevallen en heeft daarbij zijn dijbeen gebroken.

Twee advocatenkantoren hebben driehonderdvijfenzestig dagen per jaar gewerkt om het landgoed te verdedigen tegen rechtszaken, bezwaarschriften, geschillen en boetes. Het resultaat is dat het bedrijf nu een negatief saldo heeft en het merendeel van het personeel ontslagen is. Het bos rukt op en verslindt de akkers, het weinige vee is verwilderd en de befaamde wijngaarden zijn overwoekerd door onkruid.

De auto's passeren de lege schuren, de oude graansilo, vervaald door de tijd, de lege stallen en een kapelletje met een wit marmeren portaal, en houden stil voor een streng blok van grijze steen dat doet denken aan een middeleeuws klooster, met door korstmos verbleekte dakpannen. De grijze luiken van de ramen op de eerste en tweede verdieping zijn gesloten. Alleen de ramen op de begane grond staan wijd open.

Op uitdrukkelijk verzoek van Maria Cristina's overgrootmoeder zijn er rondom het huis nooit bomen geplant, misschien was ze bang voor een aanval van een buitenlands leger of van hordes woeste boeren. De andere façade van het huis kijkt uit over een vlakte die zich als een geel platform uitstrekt naar hellingen vol wilde kastanjebomen en door kou verdorde varens die in het voorjaar weer groen worden. Op heldere dagen kun je, nadat het heeft geregend, vanuit de ramen op de tweede verdieping de zee zien, met Isola del Giglio, en de weinigen die gezegend zijn met goede ogen en fantasie beweren dat ze in de verte Corsica zien liggen.

Maria Cristina stapt uit de auto met haar telefoon in haar hand. De vinkjes in het gesprek met Nicola Sarti zijn nog steeds grijs.

Uit de Panda komt Luciano, die in zijn ogen wrijft en om zich heen kijkt. 'Weet je hoeveel jaar ik hier niet meer ben geweest?'

Maria Cristina schudt haar hoofd, terwijl de chauffeur haar rolkoffer aanreikt.

'Sinds de doop van Irene. Bijna tien jaar. Het lijkt een beetje...' Hij kan niet op het goede woord komen.

'Vervallen?' suggereert zij. 'Als het zo doorgaat, zal ik het moeten verkopen.'

Emma en Italo, het echtpaar dat op het landgoed past en het huis op orde houdt, komen aanlopen. Zonder te groeten pakt hij de koffer en vraagt zij wat ze willen eten als lunch.

'Voor mij is een salade en wat kaas voldoende. Luciano, wil jij pasta?' vraagt Maria Cristina.

'Dat zou lekker zijn. Ik pak de spullen uit de auto en dan begin ik aan de voorbereidingen.'

'Ik ben over tien minuten bij je,' zegt ze, en ze loopt naar de villa.

Binnen is het koud. Maria Cristina voelt aan de radiatoren, die lauw zijn. Emma weet al drie dagen dat ze zaterdag zouden komen, maar om te treiteren of uit onverschilligheid heeft ze ze nauwelijks aangezet.

De vrouw van de premier loopt door een lange gang met tongewelf en saliekleurige muren waarop ongemeubileerde kamers uitkomen. In de slaapkamers alleen een bed in het midden en in de woonvertrekken een tafel met een paar stoelen eromheen. Verder niets.

2

Waarom de villa kaal is, zonder meubilair, verdient een eigen hoofdstuk.

Alle familiemeubels, het zilver, de tapijten en de schilderijenverzameling die door de jaren heen waren verzameld door de familie Salimbene, zijn verkocht in de tijd dat Maria Cristina nog getrouwd was met Andrea Cerri.

Na hun huwelijksreis naar het noordpoolgebied op de ijsbreker Fortitude was het paar verhuisd naar landgoed Bastoni, vastbesloten om de rest van hun leven door te brengen op het platteland. Hij had zijn pied-à-terre bij het Colosseum verhuurd en zij had het huis in Parioli verkocht.

De jonge bruid had zich in het hoofd gehaald dat haar man door het leven in de natuur de nodige rust en concentratie zou terugvinden om weer te gaan schrijven. Hij had al jaren niet meer gepubliceerd. Sinds ze met hem omging, had ze hem alleen maar stukjes voor kranten zien schrijven, wat hij haatte maar waartoe hij zichzelf verplichtte om niet helemaal te verdwijnen. Het overmatige succes van zijn roman *Het huis van de sterren*, met vertalingen over de hele wereld, en de verfilming en de literaire prijzen hadden hem traag en lusteloos gemaakt, hij twijfelde of hij nog iets te vertellen had. Soms maakte hij een opzet voor een verhaal en dan gooide hij dat weer weg omdat hij vond dat het heden het niet waard is om te worden verteld, het verleden al door veel grotere auteurs dan hij is verteld en de toekomst alleen maar goed is voor halfgare sukkels.

Maria Cristina was gefascineerd door en tegelijkertijd bang voor de supermacht van Andrea om uit het niets verhalen te verzinnen, mentale kastelen te bouwen vol denkbeeldige personages en die over te zetten op papier en ze tot leven te brengen en geliefd te laten worden door lezers. Een macht die zo zwak is als een vlammetje dat bij één keer blazen kan uitdoven. Al een tijd, zei hij, was het onmogelijk om dat vlammetje weer te laten branden. Hij probeerde het zonder overtuiging, de ene dag was hij gelukkig, waren de zes regels die hij had opgeschreven veelbelovend, maar de volgende dag vond hij ze bagger. Soms hoorde ze hem in de werkkamer vloekend op de tafel beuken. Ze durfde hem niet te vragen iets voor te lezen, erover te praten, wat kon zij ervan begrijpen? Ze had amper drie boeken gelezen (haar lievelingsboek was altijd *Madame Bovary* gebleven), ze wist niets van literatuur. Ze hoefde er alleen voor te zorgen dat hij rustig kon werken, met de honden kon wandelen, gezonde dingen at, veel kon slapen en niet het gewicht hoefde te voelen van de lezers die een nieuwe roman eisten. Ze was tot alles bereid om hem weer op het creatieve spoor te krijgen, ze had de catwalks verlaten, ze kon het toch al niet meer opbrengen om als een bezetene rond te reizen en ze was bang dat Andrea in zijn eentje in dat grote huis gedeprimeerd zou kunnen raken. Maria Cristina zou voor het landgoed zorgen en proberen zwanger te worden. Helaas lukte het allemaal niet. Andrea bleek vruchtbaarheidsproblemen te hebben en de opbrengsten van het bedrijf waren niet voldoende om hun levensstijl voort te zetten. Maria Cristina ging weer modellenwerk doen en werd ook het gezicht van een gezichtscrème en haarkleuring. Andrea, die zich in huis had opgesloten, waste zich niet, schoor zich niet en ging alleen de deur uit om naar restaurants te gaan waar hij dronk en dik werd. De depressie maakte een vampier van hem. 's Nachts sliep hij niet en overdag sloot hij zich versuft op in zijn werkkamer en speelde hij FIFA op de PlayStation.

Speurend naar een oplossing ontdekte Maria Cristina online dat er in de Verenigde Staten mensen zijn die kunstenaars in crisis kunnen helpen. De beroemde *exit counselors* of deprogrammeurs. Het was niet duidelijk wat ze deden. Een soort psychotherapeuten die stereotiepe mentale trajecten bij de depressieve kunstenaar doorbreken. Met speciale psychoanalytische sessies versterken ze het innerlijke conflict van de cliënt, waardoor de existentiële tegenstrijdigheden heviger worden en nieuwe waarden kunnen worden geïntegreerd. Dat alles om de kunstenaar te helpen opnieuw vertrouwen te krijgen in zichzelf en in zijn eigen middelen.

De beroemdste was een zekere Michael Mantler, die beweerde dat hij Mariah Carey, Metallica, David Foster Wallace (die, tussen haakjes, zelfmoord had gepleegd) en de rapper Sante Mariani had begeleid.

Het genezingstraject nam vijf weken in beslag en kostte een fortuin. Maria Cristina liet de counselor komen uit Taos, in New Mexico, waar hij met behulp van Pueblo-indianen een therapeutische commune leidde. Natuurlijk reisde de deprogrammeur uitsluitend eersteklas en liet hij zich vergezellen door zijn hele gezin, bestaande uit Angeni, zijn jonge Sioux-partner, en een drieling van negen, Akule, Elan en Milap.

Michael Mantler arriveerde eind januari in een T-shirt van Juventus dat strak over zijn dikke bierbuik spande, een korte strandbroek waaruit twee ronde, kale kuiten staken, en teenslippers. De woeste baard reikte tot op zijn borst en aan weerszijden van zijn kale, zongebruinde schedel hing wit haar waardoor hij op Osho leek, of op een dichter van de beatgeneratie. Hij had het nooit koud en was stapelgek op pappardelle met truffel en stoofpot van everzwijn. Meteen na aankomst sloot hij zich met Andrea op in de werkkamer om diens afwijkende gedrag te onderzoeken. Maria Cristina daarentegen moest elke dag het gezin van de Amerikaanse natives meenemen naar de thermen van Saturnia waar ze urenlang lagen te weken. Gaar gestoofd kwam ze 's avonds thuis, hopend dat haar offer ten minste de moeite waard was geweest.

Maar het enige resultaat was dat de deprogrammeur erin slaagde haar man te verslaan met *FIFA*. Het duurde twee weken tot het therapeutisch traject gereed was om de schrijver te laten terugkeren naar zijn oude glorie.

Allereerst moest Andrea zich ontdoen van alle meubels in het huis. Elk voorwerp in de villa was doordrenkt met de herinnering aan wie het had gemaakt, gebouwd, verkocht, gekozen en gekocht, en die opeenstapeling van herinneringen interfereerde met de artistieke capaciteiten van Andrea, die in een vrije, neutrale ruimte zonder geschiedenis moesten worden ingezet. Alles werd van de hand gedaan. In elke kamer mocht maar één meubelstuk staan, nieuw en monteerbaar zonder handleiding. Een bank in de woonkamer. Een matras in de slaapkamer. De tafel en stoelen in de eetkamer. De overige ruimten moesten helemaal leeg zijn. Enige uitzonderingen: badkamer en keuken. Wat de verlichting betrof, die moest rood zijn en van een exacte frequentie, namelijk 490 Herz, wat overeenstemt met het circadiaans slaapritme.

Met enige tegenzin liet Maria Cristina drie vrachtwagens vullen met meubels die allemaal geveild werden.

Ten tweede moest Andrea zijn eigen voedsel bemachtigen, net als een jonge Pueblo-indiaan in zijn overgangsritueel naar de volwassenheid. Met pijl-en-boog (vuurwapens waren niet toegestaan) moest hij 's zomers en 's winters jagen op de everzwijnen, reeën en fazanten die het landgoed bevolkten. Vervolgens moest hij die villen en de lever eten wanneer die nog warm was.

En zo dwaalde Andrea, nadat Michael Mantler naar Taos was teruggekeerd, in een piepklein broekje en gewapend met een technologische boog van koolstof tussen de bossen en steenhopen op jacht naar warme lever. 's Avonds kwam hij ijskoud terug met pijnlijke gewrichten en schaafwonden van de braamstruiken. De buit bestond uit een paar bramen en soms eekhoorntjesbrood en paardenbloemblad. Zijn humeur was verbeterd, hij schreef nog steeds niet, maar Maria Cristina rekende erop dat de oude Rambo snel weer de pen op zou nemen.

Opeens begon de schrijver besmeurd met bloed, bedekt met vet en met een verwilderde blik thuis te komen met halve everzwijnen en ingewanden en harten van reeën. Hij zei dat hij had ontdekt hoe hij zich moest vermommen, hoe hij één moest worden met de bossen, hij snoof de geur van zijn prooi op, meegedragen door de wind, en transformeerde zichzelf in de geest van de grote wolf, de jager bij uitstek volgens de oude krijgers.

Jammer dat Maria Cristina, argwanend geworden door de naar alcohol ruikende adem van haar man, ontdekte dat hij stiekem het wild kocht van de stropers in de omgeving en zich overdag verstopte in een vakantieboerderij om daar te drinken en te slapen. Maar ze had niet het hart om hem te ontmaskeren. En dus werd elke avond de farce van de terugkeer van de jager opgevoerd. Over schrijven werd niet meer gepraat, Andrea vertelde dat hij tijdens de lange uren in de jachthut had begrepen dat schrijven een groot misverstand was geweest, het wilde leven was het ware leven.

Vervolgens ontaardde de farce in een tragedie. Op weg naar Rome voor het zoveelste spermaonderzoek klapte het stel met honderdveertig kilometer per uur frontaal op een tankwagen die brandstof had verloren op de snelweg. De auto werd verkreukeld als een stukje aluminiumfolie, vatte vlam en Andrea Cerri verbrandde levend. Maria Cristina slaagde erin zich uit de veiligheidsgordel te bevrijden en overleefde het ongeluk met derdegraads brandwonden aan één zijde.

Tot zover de uitleg over de afwezigheid van meubels in de villa.

Alles is nog precies als toen, er is niets toegevoegd, maar er is wel iets verloren gegaan en dat zal niet meer terugkeren: de geest van de grote wolf.

3

Maria Cristina loopt door de kamers naar de badkamer, gaat op de ijskoude wc-bril zitten en plast. Ze is woedend op Emma en Italo. Ze hebben haar amper begroet. Ze eisen voortdurend loonsverhoging, maar lopen er geen stap harder voor. En ze gedragen zich alsof ze hier heer en meester zijn. Het is natuurlijk haar eigen schuld. Als je een bedrijf verwaarloost, neemt het personeel op z'n minst de macht over. Als grootmoeder er nog was geweest, was dat allemaal niet gebeurd, zij wist respect af te dwingen. Maria Cristina zal sterk moeten zijn en hen moeten ontslaan. En wie zal er dan voor het landgoed zorgen? Om nog maar te zwijgen van de afrekening bij de beëindiging van het dienstverband.

Haar telefoon trilt.

NICOLA SARTI

Je bent super, Blondie. De nieuwe Maria Cristina. Perfect voor het interview. Je lijkt serieuzer maar tegelijkertijd meer een jong meisje. Heel goed gedaan. Top!

Voorovergebogen op de wc kijkt ze in de spiegel.

MARIA CRISTINA

Dank je. Aardig van je.

NICOLA SARTI

Waar ben je? Wat doe je?

MARIA CRISTINA

In de Maremma. Net aangekomen.

NICOLA SARTI

Echt waar? Ik in Cala Galera. Er zijn hier monteurs om de motor van de boot te repareren. Het is niet zo'n mooie dag, maar ik zou wel naar Giglio willen varen. Ga je mee?

Cala Galera is een halfuur rijden vanaf landgoed Bastoni. Is hij haar soms aan het schaduwen?

Met wijd open mond staart Maria Cristina naar haar telefoonscherm, de angst is nog niet verdwenen, die had zich als een adder verborgen in een of andere rotsspleet van haar geest om vervolgens plotseling zijn kop naar buiten te steken. Maria Cristina probeert in te ademen, ze trekt haar panty omhoog en kijkt in de spiegel naar haar opengesperde ogen. Ze moet zich niet door paniek laten leiden. Cala Galera is dichtbij, maar niet hier. De rijke Romeinen gaan in het weekend allemaal naar Circeo of Monte Argentario. Als hij in Manciano zou zijn, het dorp vlak bij het landgoed, dán had ze zich zorgen moeten maken. En bovendien liggen de mooie boten in de haven van Cala Galera.

Ze dept haar gezicht met water en tikt:

MARIA CRISTINA
Ik kan helaas niet.

NICOLA SARTI
Toe, we vertrekken vanavond. En morgen worden we wakker op Giglio. Er is mooi weer voorspeld.

Is hij nou echt zo stom of doet hij alsof? Hij behandelt haar als iemand die alles kan doen wat ze wil. En opnieuw op een boot? De inhoud van zijn berichtjes komt zo weinig vooropgezet over dat ze geneigd is in zijn goede bedoelingen te geloven.

MARIA CRISTINA
We krijgen vanavond een Belgische minister te eten.

NICOLA SARTI

Jammer. Er komt ook een heel aardig stel, Mauro en Rosella Singolare. Kennissen van me. Jou kennende zul je ze ook heel aardig vinden. Probeer toch te komen.

Haar kennende? En bovendien wil hij er maar geen rekening mee houden dat zij de vrouw van de premier is en niet zomaar met het echtpaar Singolare naar Giglio kan gaan. Ze begint het bijna vermakelijk te vinden.

MARIA CRISTINA

Goede reis allemaal.

NICOLA SARTI

Dank je.

Maria Cristina poetst haar tanden, spoelt haar mond met mondwater, doet lippenstift op en voegt zich ten slotte bij Luciano, die aan de slag wil. Ze brengt hem naar de oude keuken in een vleugel van de verlaten villa. Achter een grote houten deur is een stoffige schuur waar grootvader ooit zijn Maserati parkeerde en waar nu jutezakken, olijfvaten en stapels witte plastic kratten staan. Ze lopen onder een booggewelf door en komen via de enorme, donkere bijkeuken, met een heel hoog plafond dat gestut wordt door balken die zwart zijn van het roet, in de echte keuken, een ijskoude ruimte die door een te hoog geplaatst raampje wordt verlicht en met vierkante witte en zwarte tegeltjes is betegeld. Aan één wand een lang werkblad van zwart metaal met ronde openingen voor de vuren, gietijzeren deurtjes en koperen buizen, en daaronder een plompe, koepelvormige oven met een verroest deurtje waar ooit het brood voor het hele landgoed in werd gebakken.

'Maar die oven is enorm, Cri. Het duurt zeker twee dagen voordat we die warm krijgen,' zegt Luciano moedeloos met zijn handen in zijn zij.

'Denk je?'

'Dat denk ik. We moeten hem heel hard opstoken. Voor pizza moet de temperatuur vierhonderdvijftig graden worden.'

'Is dat veel?'

'Heel veel. Je moet bedenken dat je oven thuis niet boven de tweehonderdvijftig graden komt.' Luciano opent het luikje en een aswolk waait op, die glinstert in het tegenlicht. Met de zaklamp van zijn telefoon verlicht hij de binnenkant. 'Hoelang is die al niet gebruikt?'

'De laatste keer was, voor zover ik me kan herinneren, toen ik nog klein was.'

Luciano schudt zijn hoofd, pakt een krant en steekt die aan in de ovenmond.

Maria Cristina kijkt zwijgend toe terwijl de ruimte zich vult met rook.

'De schoorsteenpijp is geblokkeerd. Ik denk dat we die pizza wel kunnen vergeten.' Luciano klinkt dramatisch, als een arts die het onvermijdelijke overlijden van de patiënt aankondigt.

Ze pakt zijn hand vast. 'Luciano, ik smeek je. De minister komt eten. Wat voor figuur zal ik slaan?'

'Haal pizza's in het dorp.'

'Die zijn vies. En bovendien heeft Domenico tegen hem gezegd dat ik pizza's zal bakken. Vraag me niet waarom. Maar ik kan hem niet teleurstellen.'

Luciano glimlacht haar toe met zijn zachte ogen. 'Dan moet ik het dak op. Kan Italo me helpen?'

Vandaag is de vrije dag van de huisbewaarder, die bovendien last heeft van zijn been. Davide, de chauffeur, zou kunnen helpen, maar die kan alleen maar autorijden en voetbalwedstrijden kijken op zijn tablet, ze voelt er niets voor om hem het dak op te sturen.

'Ik ga wel mee. Geen enkel probleem, toch?' zegt ze met overdreven enthousiasme.

'Dat is gevaarlijk. Stel dat je valt?'

'Ik val niet. Ik trek even sneakers aan en dan ben ik er klaar voor.'

Luciano is weinig overtuigd.

'Vertrouw me maar,' zegt ze, hem sussend met de ogen van de tovenares Circe. 'Weet je op hoeveel daken ik ben geklommen in mijn leven?'

'Ik probeer het me voor te stellen.' Luciano steekt de drie vingers die hij nog heeft op en commandeert praktisch: 'Je moet een touw, een zaklamp en een emmer pakken, anders kunnen we niks beginnen.'

En daar zijn ze dan, de klusjesman en de vrouw van de premier, in wankel evenwicht op de nok van het dak, hij voorop, waggelend als een bruine beer, voorzichtig om geen dakpannen te breken, in één hand een emmer, en zij vlak daarachter, aan hem vastgebonden, in haar groene jurk met witte Adidassneakers aan haar voeten. De schoorsteen bevindt zich helemaal aan de andere kant van het huis.

'Hoe gaat het?' vraagt Luciano zonder zich om te draaien, alsof hij de aanvoerder is van een groep klimmers op een richel van de Lagazuoi.

'Goed.'

Vanaf het dak spreidt het panorama zich rondom Maria Cristina uit. In het zuiden, voorbij een uitgestrekt bos dat dalen en heuvels bedekt, waar rotsplaten en scherpe steenranden uitsteken, zie je de vlakke, zachte kust die zich baadt in de donkere zee, en verderop het compacte profiel van de Monte Argentario, waarachter het

Parco dell'Uccellina, Talamone en het eiland Giglio wazig te zien zijn. In het noorden, losjes op een heuvel gestrooid als poedersuiker op een taart, het dorpje Manciano met op de top de oude toren en daarna een riviertje van steeds modernere en vierkantere huizen. Haar ogen vullen zich met alles wat nog steeds van haar is, het landgoed Bastoni met de ossenbloedrode silo, de stallen met de daken van golfplaat, de lege, omheinde weilanden, de gesloten opslagschuren, en een wit paadje dat naar het door rietstengels overwoekerde meertje slingert.

'Word je niet duizelig?' vraagt Luciano.

'Vergeet niet dat ik aan polsstokhoogspringen heb gedaan. En als ik val, dan ben jij er om me vast te houden.'

'Geen grappen, alsjeblieft. Laten we verdergaan.'

Ze bereiken de schoorsteen, die hoog en indrukwekkend is als een fabrieksschoorsteen. Daarbinnen sterft het licht en is er niets te zien behalve het zwart dat zich eeuwenlang tegen de wanden heeft afgezet.

'En nu?'

'En nu laten we de emmer neer in de schoorsteen om te zien of die verstopt is.' Luciano maakt het touw los van zijn heupen, knoopt het vast aan het hengsel van de emmer en wil die net laten zakken als er in zijn broekzak een telefoon begint te trillen. Hij haalt hem uit zijn zak. Het is Maria Cristina's telefoon. Hij geeft hem aan haar.

Bericht van Nicola Sarti.

NICOLA SARTI

De monteurs kunnen de motor niet repareren. Dus Giglio gaat niet door. Zullen we elkaar morgen zien? Zou leuk zijn als je naar Cala Galera komt. Of ik kan jouw kant op komen. Hoe zit jij morgen?

'Verdorie!' verzucht Maria Cristina met haar armen om de schoorsteen geslagen.

Hij is een stalker.

Hé! Jij hebt hem zelf een uur geleden geappt, helpt Diana Brinzaglia haar herinneren, die haar werk doet en zich nooit iets laat wijsmaken. *Je hebt hem zelfs die foto gestuurd. Wat had je dan verwacht?*

Luciano ziet haar gezichtsuitdrukking veranderen. 'Wat is er? Die vent van die video?'

Maria Cristina knikt.

'Wat wil hij?'

'Me zien.'

'Waarom?'

'Hij behandelt me alsof we vrienden zijn. Wat moet ik doen, Luciano?'

'Nee zeggen.'

'Kan ik niet.'

'Waarom niet?'

'Stel dat hij boos wordt en die video openbaar maakt?'

'Dus hij chanteert je? Als jij hem niet wilt zien, zet hij het online?'

Maria Cristina's blik glijdt over de klusjesman en dwaalt weg in de oneindigheid van de lucht. 'Dat denk ik niet. Maar als ik hem tegenover me heb, zie ik misschien zijn bedoelingen en weet ik of hij het echt heeft gewist.'

'Spreek iets met hem af voor morgen. Ik breng je wel.'

'Nee. Ik moet alleen gaan.'

Luciano wrijft in zijn oog en denkt na. 'Neem het gesprek op. Dan heb je bewijs.'

Maria Cristina zet grote ogen op, ze is verbaasd over die geniale inval. 'Heel goed. En hoe?'

‘Met je telefoon. Daar zijn apps voor. Je legt hem op tafel en *tak*, je neemt alles op, *betrapt*.’

‘Perfect. Morgen bij de lunch. En Domenico is er dan toch niet.’ Maria Cristina leunt op de schoorsteen en wil juist een antwoord sturen als de lucht gevuld wordt door een hard, nerveus geluid dat gepaard gaat met veel gesis en geruis. Ze kijkt op en een wit gevederd schepsel schiet uit de schoorsteen tevoorschijn met gespreide vleugels, zo licht als sneeuw, die haar vol in haar gezicht treffen. Maria Cristina slaakt een kreet en doet een stap naar achteren, struikelt over een dakpan, terwijl de vogel tegen haar op botst en even de controle over de lucht lijkt te verliezen maar dan van zichzelf een U maakt en met één vleugelslag verandert in een N en vlak langs haar wegvliegt en zij alsof ze hem probeert na te doen, geschrokken met haar armen zwaait om haar evenwicht te bewaren en de telefoon uit haar hand glijdt en als het ronddraaiend dijbeen in *2001: A Space Odyssey* verdwijnt in het rookkanaal.

Dat alles gaat zo snel dat Maria Cristina en Luciano niet begrijpen wat er gebeurt.

‘Is er toevallig net een vogel uit de schoorsteen gekomen?’ begint hij.

‘Was het een vogel?’ vraagt zij.

‘Ik geloof een kerkuil.’

Dan, in volmaakte synchronie, brengt zij haar handen voor haar mond en hij in zijn haar. ‘De telefoon!’ schreeuwen ze, en ze storten zich op de schoorsteen, waarbij hun hoofden tegen elkaar botsen.

‘O mijn god. O mijn god. O mijn god,’ stamelt Maria Cristina.

‘Godklereklotekut,’ voegt Luciano eraan toe.

‘Nu is dat filmpje daarbinnen.’

‘Hij zal wel beneden in de oven terecht zijn gekomen.’

'Hij zal wel kapot zijn.'

'Het was een flinke val. We moeten naar beneden om te gaan kijken.'

Maria Cristina legt haar hand op haar voorhoofd. 'Bel Davide en zeg dat hij moet gaan kijken, maar dat hij hem niet mag aanraken. Hij moet hem daar laten liggen.'

Vijf minuten later komt er antwoord. Er ligt niets in de oven.

Maria Cristina kijkt naar het rookkanaal. 'Hoe kan dat? Is hij verdwenen?'

'Hij zit ergens vast. Ik zei toch dat het kanaal verstopt was.'

'En hoe krijgen we hem nu te pakken?'

'Niet met de emmer. We moeten een gespecialiseerd bedrijf bellen.'

'Ben je gek? Niemand mag die telefoon aanraken. En het is vandaag zaterdag, wie komt er nou op zaterdag?'

'Misschien de brandweer van Manciano, als je uitlegt wie je bent.'

'Geen haar op m'n hoofd. Dat komt in alle kranten.' Maria Cristina slaat met haar handpalmen tegen haar slapen. 'Wat heb ik misdáán?'

Luciano steekt zijn borstkas vooruit. 'Ik ga wel.'

'Jij?'

'Ja.' Hij steekt zijn armen omhoog. 'Ik ga zó naar beneden, met m'n hoofd omlaag. Als een torpedo.' En hij doet een onhandige poging om op het bakstenen schoorsteenblok te klimmen.

Verbijsterd slaat Maria Cristina de operatie gade, ze weet niet goed hoe ze het hem moet zeggen, maar zelfs een pompoen zou nauwelijks in dat kanaal passen. En áls het hem zou lukken, zou hij er voor de eeuwigheid in vast blijven zitten.

'Wacht. Jij kunt niet gaan. Jij past daar niet in.' Ze houdt hem tegen terwijl hij op vijftien meter hoogte boven de schoorsteenopening wiebelt.

'Niet als een torpedo. Maar wel met mijn voeten omlaag. Als een kaars.' Het gevaar trotserend neemt Luciano zijn positie in als een duiker op een springplank.

Maria Cristina grijpt zijn enkels vast. 'Nee, alsjeblieft, doe het niet.'

Luciano steekt één been in de schoorsteen, maar als hij erin is gezakt tot zijn kruis moet hij haar gelijk geven. 'Onmogelijk.'

De vrouw van de premier hangt aan een touw met haar hoofd naar beneden, armen gestrekt voor zich uit, de zaklamp tussen haar tanden, en daalt af in het rookkanaal. De wanden met aangekoekt roet slokken het licht op als de antimaterie van een zwart gat. Behalve claustrofobie heeft Maria Cristina nog een ander probleem: haar jurk die rondom haar heupen oprolt tot een worst, waardoor ze ingeklemd wordt in die nauwe, bodemloze schoorsteenpijp. En ze kan hem onmogelijk uittrekken. Het enige wat vrij kan bewegen zijn haar vingers die vóór haar rondtasten.

'Hoe gaat het? Alles goed?' Luciano's stem bereikt haar vanuit een verre wereld.

Als ze zou antwoorden valt haar zaklamp, dus bromt ze een nee, terwijl het touw in haar enkels snijdt. Er komt geen einde aan dit gat en ze stikt haast in de as en het afbladderende pleisterwerk dat verstuift. Het smaakt bitter in haar mond, het plakt op haar tong en tanden. In die doodse duisternis heeft Maria Cristina echter een lumineuze ingeving, de video is geen prioriteit in haar leven. Nog liever heeft ze dat het hele parlementaire spectrum, het kabinet, heel Brussel en de NAVO haar met Nicola Sarti zien neuken dan dat ze op deze manier eenzaam sterft in die afschuwelijke pijp. Luciano moet haar omhoogtrekken, nu onmiddellijk, maar hij blijft maar touw geven en zij blijft maar afdalen in de diepte van die put die om haar heen knelt, haar wurgt, en inderdaad, kort daarna zit ze muurvast. Door de angst ontspant ze een seconde haar onderkaak en de zaklamp glijdt uit haar mond, maar met een kameleontische reflex slaagt ze erin hem te pakken voordat hij door de duisternis wordt opgeslokt. Ze jammert, zucht, spartelt, schuift, het bloed doet haar oogbollen en haar borstprothesen die op haar ribben drukken opzwellen, ze huilt, de jurk wordt langer, rekt uit, maar ze zit nog steeds vast, nog harder, nog meer, kom op, ze duwt met haar armen tegen de wand en eindelijk geeft de stof mee en kruipt Maria Cristina eruit als een ratelslang uit zijn oude huid en kan ze verder afdalen, hoofd naar beneden, centimeter na centimeter. De lichtbundel laat iets zien, twee glimmende puntjes die zich verbreden tot enorme bollen, de ogen van een duivel die klaarstaat om haar gezicht aan flarden te scheuren. Heel langzaam wordt in het donker een nest van takjes en veren zichtbaar, er zitten eieren in en tussen de eieren haar telefoon en een kerkuil, de moeder misschien, die haar aankijkt met die crèmekleurige verenkroon die haar kop omlijst, maar zij kan onmogelijk stoppen, Luciano, de sukkel, blijft maar touw geven, een botsing is onvermijdelijk. Maria Cristina hangt nu boven de vogel die zich klein en plat maakt om het nest te beschermen en alles, nest, eieren, zaklamp, vogel, vrouw, stort door de schoorsteenpijp naar beneden. Luciano heeft het touw laten vieren maar blokkeert dan opeens, de terugslag siddert als een golf langs het touw en over de drieëndertig wervels van de ruggengraat tot aan de bovenste nekwervel van de vrouw van de premier, die haar ogen sluit en schreeuwt, en als ze ze weer opent bungelt ze met haar hoofd omlaag in de oven. Met haar vingertoppen voelt ze de as op de tegels, door het geopende deurtje filtert het zwakke licht van de keuken. De kerkuil klappert half versuft met haar vleugels en slaagt erin te ontsnappen, het touw geeft mee en Maria Cristina vlijt zich met gescheurde jurk en vastgebonden enkels neer op de bakplaat.

De schoorsteenveegster heeft haar telefoon in haar hand.

Ze heeft meer dan een halfuur onder de warme douche gestaan en zich met de badborstel geschrobd om zich te ontdoen van de as die overal terecht was gekomen. Haar haar heeft ze drie keer gewassen. Maar nu brandt de oven dat het een lieve lust is. Als de god Vulcanus zelf voedt de klusjesman het vuur met hout en controleert hij om de vijf minuten met een thermometerpistool de temperatuur. Die stijgt langzaam maar constant. De minister zal zijn pizza goed gaar eten. Helaas is er geen tijd om deeg te maken, en ze hebben besloten te doen alsof het deeg dat Luciano heeft meegebracht door haarzelf is bereid.

'Als hij je vraagt hoe je het hebt gemaakt, zeg je dat je het vierentwintig uur hebt laten rijzen in de koelkast en zes uur op kamertemperatuur. En dat je een hydratatie van vijfenzestig procent hebt gebruikt...'

'Hij is een minister, Luciano. Hij gaat dat niet vragen.'

'Nee, ik zei het alleen maar voor de zekerheid. Je weet maar nooit.' Hij legt een houtblok op het vuur. 'Heb je al op die vent gereageerd?'

'Ja. Ik heb gezegd dat hij hier moet komen.'

'Thuis?'

'Ben je gek? Nee, naar een trattoria hier in de buurt.'

'Hoe is die?'

'Niet slecht, het eten is lekker. En het is er niet druk en ik ken de eigenaren, zij kunnen getuigen, me helpen, iets doen voor het geval...'

'Voor het geval?'

'Ik weet het niet,' kapt Maria Cristina af.

'Weet je zeker dat dit het juiste is om te doen?'

'De angel moet er voor eens en voor altijd uit worden getrokken. Als hij iets van me wil, zal ik dat morgen horen. Ik neem het gesprek op en dan hangt hij.'

Maria Cristina moet het diner voorbereiden, ze heeft een paar meisjes uit het dorp gebeld om haar te komen helpen, zij zullen alles doen, koken, tafeldekken, bedienen. En gelukkig kreeg ze bericht dat de minister maar drie mensen meeneemt en dat het een informeel diner wordt.

Ze loopt over de binnenplaats. Waar zijn de honden eigenlijk? Als ze er niet is, sluit Italo ze op, iets wat zij vreselijk vindt, en als hij weet dat ze eraan komt laat hij ze los. Ze gaat naar het hondenverblijf, opent het hek, een stoet bastaardhondjes, op straat gezet door de jagers, en een paar grote Maremma's bespringen haar en overladen haar met opgewonden vrolijkheid.

Wat houdt ze toch veel van haar stinkende, blije dieren. Ze ziet dat Pippo, een grappige kruising tussen een teckel, een spinone en een hyena, opvallend mank loopt. Hij heeft een opgezette poot en de huid tussen zijn tenen is rood en gezwollen, wat op een infectie duidt.

Maria Cristina loopt met snelle pas naar een verlicht huisje. Ze klopt op de glazen deur en als er geen reactie komt doet ze die open.

De huisbewaarder hangt languit op een ligstoel voor de televisie. Op zijn schoot een bord met restjes lever op Venetiaanse wijze en bimi. Op de grond een halfvolle fles rode wijn. Zijn vrouw is de borden aan het afwassen in de gootsteen.

De ruimte, die woonkamer, eetkamer en keuken ineen is, is

een opslagplaats van ingeblikt voedsel dat het tweetal inslaat bij de Metro, een groothandel in Rome. De witte formica keukenkastjes glimmen in het genadeloze licht van de ledlampen in de Murano-lampenkap. Het ruikt er naar vocht, uien, broccoli en afwasmiddel. Italo draait zich versuft door de alcohol om en staart haar zwijgend aan. Emma is verbaasder en keurt haar een half glimlachje waardig, terwijl ze haar handen aan de vaatdoek droogt.

Omdat ze niet is uitgenodigd om binnen te komen, blijft Maria Cristina in de deuropening staan. 'Emma, heb jij de gastenkamers in orde gemaakt?'

'Ja, op de eerste verdieping. Ik heb dekbedden en handdoeken neergelegd.'

'Heel goed.' Ze zwijgt even en wendt zich dan tot de man. 'Pippo is niet in orde. Hij heeft een ontstoken poot. Is de dierenarts al geweest?'

De huisbewaarder schudt het hoofd. 'Dat is niets ernstigs.'

Kijk, zo redeneren bepaalde plattelandslui met dieren, denkt Maria Cristina. Beesten maken beesten, christenen maken christenen. Dat is de onverdraaglijke motor van deze landstreek.

'De dierenarts zei dat hij niet kon langskomen. Hij komt een dezer dagen,' voegt Italo eraan toe in een poging om het goed te maken.

Hij is altijd al een leugenaar geweest, maar nu lult hij er zó overduidelijk op los dat het op haar overkomt alsof hij haar expres uitdaagt.

Emma schiet haar man te hulp. 'En bovendien is die hond een doortrapt loeder. Morgen is hij weer helemaal beter. U hoeft zich geen zorgen te maken.'

Maria Cristina glimlacht stijfjes. Ze zal zelf de dierenarts bellen, maar barst dan los. 'Hoe dan ook kunnen de honden niet op die manier gehouden worden, Italo. Het verblijf moet elke dag worden schoongemaakt. Je moet geen voedsel laten rotten. Logisch dat ze dan ziek worden. En je weet dat ik wil dat ze vrij rondlopen.' Ze doet haar best om de deur niet achter zich dicht te slaan maar hem zachtjes te sluiten, maar ziet dan door het glas het stel druk smoezen en doet hem weer open. 'Morgenochtend moet dat verblijf schoon zijn.'

Hij kijkt haar strak aan en wendt zich mopperend af.

'Wat zeg je? Kijk me aan als je tegen me praat.'

De boer schudt zijn hoofd, alsof hij wil zeggen: het is beter als je gaat.

'Wat is je probleem, Italo? Zeg het maar. Durf je niet?'

Dát moet je nooit zeggen tegen een pure D.O.C. Maremmaan, iemand die slangen doodt met zijn hak en schapen in hun geheel kookt in vaten. Zeker niet als je een vrouw bent. Je kunt zeggen dat hij een dief is, maar niet dat hij niet durft. De boer blaast zich op als een pad, zijn door wijn benevelde gezicht lijkt net een elektrisch kacheltje. Hij zet een hand in zijn zij, brengt een voet naar voren, buigt het andere been als een boog en steekt in een mussoliniaanse pose zijn kin omhoog. 'Dat is ons werk niet. Wij zijn geen slaven.'

Hoe komt het, vraagt Maria Cristina zich af, dat die twee zo vervelend en aanmatigend zijn geworden? Ze waren zeker niet blij met de bezuiniging op personeel, nu moeten ze werken in plaats van de migrantendagloners commanderen als korporaals. Punctueel als een belastingaanslag vragen ze elk jaar om salarisverhoging en zij geeft hun dat, maar toch voelen ze zich altijd uitgebuit en dreigen ze dat ze vertrekken naar Pieve di Cadore, waar hun kinderen een winkel hebben met cadeautjes en snuisterijen van keramiek.

'En neem me niet kwalijk, wiens werk is het dan wel?' De vrouw van de premier verbaast zich over haar kalme toon.

De boer haalt zijn schouders op. Hij is een man van weinig en verwarde woorden, die als hij getergd wordt ook in staat is om te slaan. Maar vandaag heeft hij, jammer voor hem, niet de gebruikelijke Maria Cristina Palma voor zich. Ze heeft de afgelopen drie dagen te veel meegemaakt, en de video die haar boven het hoofd hangt en die haar hele bestaan kan verpulveren geeft haar de moed van een soldaat in de frontlinie. 'Jullie zijn degenen die moeten zorgen voor het huis. Of vergis ik me?'

Emma richt zich op als de heksen uit het hol van *Macbeth*. 'Inderdaad, het huis. De honden zijn niet het huis.'

Zo onbehouwen en afgesleten als hij is, zo klein en nerveus is zij, en haar strogele haar heeft de consistentie van een pruik van slechte kwaliteit. Ze lijdt aan diverticulitis en is daarom prikkelbaar, de pijn heeft de lijnen vervormd van haar mond die nu omlaag gebogen is, en daarboven heerst een uitdrukking van afkeer, alsof ze net een bord bedorven pijlinktvis heeft gegeten.

'Dus jullie zorgen er niet voor?'

'Dus wij zorgen er wel voor, maar volgens de regels is het niet onze taak.' Emma gaat naast haar man staan en pakt zijn hand. Als hij een hooivork zou vasthouden, zouden ze precies het stel op het schilderij van Grant Wood zijn.

'Vooral niet de stront opruimen. U haalt die zwerfhonden van de straat omdat u er medelijden mee hebt, maar vervolgens moeten wij alles schoonmaken,' concludeert hij, en hij spreekt het woord 'stront' met nauwverholen voldoening uit.

'En wie zou het anders moeten doen?'

'Ik weet het niet. U bent de baas. Niladri, Nikihil, de Indiërs, of Amidou, een van de zwarte mensen. Of uw vriend.'

Heel even denkt Maria Cristina aan Nicola Sarti. 'Over wie heb je het?'

'Die ene die de oven heeft aangestoken.'

'Luciano? Ben je gek?'

'Ik? U...' bromt de man.

Maria Cristina gebaart dat hij zijn mond moet houden. 'Ik zal op zoek gaan naar iemand die voor de honden zorgt. En voor het huis.'

De twee staren haar aan, ze weten niet zeker of ze het goed hebben begrepen, ze zoeken elkaars blik en ontdekken de waarheid in elkaars ogen.

Is het mogelijk dat Maria Cristina Palma, het poppetje van Italië, zoals ze haar stiekem noemen, hen net heeft ontslagen?

Maria Cristina sleept een groene slang waar ijskoud water uit komt achter zich aan en begeeft zich in het schemergebied tussen dag en nacht.

Ze is euforisch. Ze heeft hen ontslagen. Het is haar gelukt. Het was makkelijk. Het is koud, maar haar hart pompt warm bloed door haar slagaders. Hijgend komt ze bij de pups en ze begint alles schoon te spuiten, ze spuit de stront en de afschuwelijke doorweekte broodresten, het gehakte vlees en de bedorven hondenbrokken weg naar het afvoerkanaal, terwijl de honden opgewonden blaffend in de waterstraal proberen te happen. Pippo staat bij het deurtje van het hok, maar verroert zich niet.

Genoeg, zegt Maria Cristina in zichzelf, haar plaats is hier bij de honden en haar land. Genoeg met die farce van de vrouw van de premier. Ze heeft belangrijkere dingen te doen. Ze moet het bedrijf weer oppakken. Ze zal het er met Domenico over hebben. Ze zal Irene op de school van Manciano inschrijven, dan kan die weer het gezonde, zonnige meisje worden dat van dieren houdt en niet door papa wordt verwend.

Een file van koplampen nadert de villa, Maria Cristina draait de kraan dicht, de auto's staan stil voor het huis. Uit de eerste auto stappen de mannen van de beveiliging, uit de tweede de chauffeur met Greta en Irene, en uit de derde Domenico, Marina en...

Caterina.

Ze is dus toch gekomen, ondanks Maria Cristina's uitdrukkelijke verzoek om dat niet te doen.

Onder haar middenrif borrelt de woede omhoog. Ze heeft het gevoel dat ze verdubbelt, de ene Maria Cristina kijkt toe terwijl de andere met de kop omlaag in de aanval gaat. De mannen van de beveiliging zien haar aankomen als de koningin van Winterfell gevolgd door haar Maremmaanse herdershonden. Voordat ze de hel laat losbarsten, loopt ze naar haar dochter en kust haar, ze negeert haar man en stort zich dan op Caterina. 'Wat doe jij hier?'

De jonge vrouw tovert haar overbekende extatische glimlach tevoorschijn, een mengeling van meisjesemotie en blijdschap, ze is zó'n geluksvogel dat ze hier in het sprookjeskasteel is, en ze doet er net iets te lang over om die glimlach weer weg te stoppen. Weggedoken in haar winterjasje, wollen muts met rode pompon en pashmina, deinst ze achteruit. 'Hallo, Maria Cristina. Nou kijk, ik dacht dat je het wel leu–'

Vanuit de hoogte van haar één meter achtenzeventig verpulvert Maria Cristina haar tot as. 'Nee, ik vind het niet leuk. Ik had gezegd dat ik het niet wilde. Maar je moest toch komen.'

'Ik weet het... Maar...' De jonge vrouw kijkt om zich heen alsof ze naar hulp zoekt.

'Wat maar?' Maria Cristina is blind en onverzoenlijk als Dikè, de godin van het recht. 'Waarom respecteer je mij niet?'

De assistente slaat op tilt, ze kan alleen nog nerveus haar

schouders ophalen alsof ze betrapt wordt op diefstal uit een fourniturenwinkel.

De vrouw van de premier draait zich om naar de mannen van de beveiliging, die een sigaret hebben opgestoken en van de voorstelling genieten. Mirtillo, een van de Maremma's, een witte beer, blaft een donderklap vlak naast het rechtertrommelvlies van Caterina Gamberini, die kronkelt met een grimas van doodsangst.

Zonder hem zelfs aan te kijken pakt Maria Cristina de hond bij zijn halsband en duwt hem aan de kant. 'Heren, weten jullie het?'

Stilte. Ongemakkelijk zwijgen. Een van degenen die roken vanwege nicotinegebrek is Domenico, die nog een laatste trekje neemt voordat hij ingrijpt. 'Rustig, schat. Wat bezielt je? Ze kan je helpen met de voorbereiding voor het interview.'

Maria Cristina, op haar hoede als een bokser in de ring, kan haar blik niet van Caterina afhouden. 'Wat mij bezielt is dat als ik iets vraag, ik gehoorzaamd wil worden.'

'Zij kan er niks aan doen. Ik heb tegen haar gezegd dat ze moest komen.'

'Dat klopt,' stamelt de assistente, de secretaresse, Tinkelbel of wat ze in godsnaam ook mag zijn.

Maria Cristina wijst naar haar. 'En trouwens, pizzadeeg hoeft helemaal niet achtenveertig uur te rijzen.'

Caterina kijkt met grote ogen om zich heen, alsof ze wil zeggen: zie je nou wel, ze heeft haar verstand verloren.

De vrouw van de premier zwaait met haar vinger. 'Hou je maar niet van de domme. Dat heeft geen zin. Ik heb je gehoord in de toiletten, op het feest laatst. Je zei dat je medelijden met me hebt, dat ik dom ben. Frivool.'

'Ik? Dat heb ik nooit gezegd. Je moet me hebben verward

met iemand anders. Ik zweer het.' Tinkelbel, met haar klagerige stemmetje, begint te blozen, en ze legt een hand op haar hart. 'Hoe kún je zoiets denken?'

'Ik denk het niet, ik heb het gehoord.'

De blik van de minister-president schiet heen en weer tussen zijn vrouw en haar assistente.

Maria Cristina is nog niet klaar, ze draait glimlachend, hoofdschuddend en met luchtige tred om het meisje heen, ze moet haar de genadeklap toebrengen.

Geef haar een dreun op haar neus, suggereert Diana Brinzaglia. *Als je dat doet, stijg je in mijn achting.*

'We kunnen er binnen rustig over praten.' Domenico voelt zich opgelaten. 'Er is geen enkele reden om deze scène hier in ieders bijzijn op te voeren. Alsjeblieft. Irene is er ook bij.'

'Des te beter. Ze moet weten in wat voor slangenkuil ze leeft.' Maria Cristina kan zich niet langer beheersen. 'Ik wil graag dat iemand deze juffrouw terugbrengt naar Rome. Ik wil haar niet in mijn huis hebben.' En vervolgens tegen Domenico: 'Vergeet niet dat dit nog steeds mijn huis is.'

De echtgenoot doet een laatste poging. 'Weet je het zeker? Toe...'

'Ik heb nog nooit iets zekerder geweten.'

Caterina Gamberini heeft de getergde blik van iemand die onrecht wordt aangedaan. 'Geen probleem, meneer. Het spijt me. Het is allemaal mijn schuld. Maria Cristina had tegen me gezegd dat ze alleen wilde zijn en dat ik niet moest komen...'

De vrouw van de premier slaat haar armen over elkaar. 'Zo. Heel knap gedaan. En nu maken dat je wegkomt.'

'Ja, dat is beter,' zegt de ondermaatse bemiddelaar die haar man is. 'Michele, breng jij haar terug.'

Grijnzend houdt de chauffeur het portier open.

Maria Cristina hult zich als een superheldin in een wolk van energie. 'Kom, Irene. Oom Luciano is er ook, laten we hem gaan begroeten.'

Hand in hand lopen moeder en dochter naar de keuken.

'Mama, wat heb jij vandaag?' vraagt Irene.

'Niets. Die vrouw moest gewoon op haar plek gezet worden. Af en toe is dat gewoon nodig.'

'Ik zei het al.'

'Wat?'

'Dat je anders bent met dat haar.'

Maria Cristina buigt haar hoofd opzij. 'Vind je?'

'Ja. Je bent meer... Ik weet het niet. Meer zoals vrouwen van politici in films. Je hebt het goed gedaan. Ik mag Caterina trouwens niet. Weet je wat ze een keer heeft gedaan? Ze ging de badkamer in en heeft toen parfum gestolen.'

'Dat meen je niet.'

'Jawel! Ik zweer het! Weet je wat ze deed?' Irene gaat voor haar staan zodat ze niet kan doorlopen. 'Weet je wat ze deed? Ze goot het hele flesje leeg in een ijstheeflesje en daarna goot ze ijsthee in de parfumfles. Ze heeft het verwisseld, snap je? Ik weet dat omdat ik een keer parfum wilde gebruiken, eigenlijk wilde ik het niet zelf opdoen, ik krijg hoofdpijn van parfum, maar Erica wilde het en toen hebben we dat flesje gepakt en toen spoot zij dus ijsthee op en vond ze dat het raar rook. Ja, natuurlijk rook het raar, het was ijsthee. En bovendien plakt die suiker op je huid.' Ze vertelt alles in een supersonisch tempo om zo snel mogelijk bij de eindstreep te komen. Zo is Irene en dat is ook waarom Maria Cristina zo dol op haar is, ze houdt altijd haar mond, maar als ze eenmaal begint te praten kan ze niet meer stoppen. En haar verhalen zijn te ingewikkeld en te absurd om te kunnen volgen.

Ze komen bij Luciano, die weggezakt op een stoel, armen over elkaar, hoofd op de borst, zit te dommelen naast de oven. De keuken is brandschoon. De werkbank is in gereedheid gebracht met de schaaltjes met tomaat, mozzarella en Parmezaanse kaas en de deegballen liggen in de plastic bakjes.

'Ssst... We moeten hem niet wakker maken,' fluistert Maria Cristina tegen haar dochter. 'Maar maak jij dan zelf de pizza's?' fluistert het meisje terug.

'Jazeker. En jij ook.'

Irene maakt een sprongetje en kan een kreetje van blijdschap niet onderdrukken, waardoor de klusjesman wakker wordt.

De twee omhelzen elkaar alsof ze elkaar maanden niet hebben gezien.

De temperatuur in de oude keuken is gestegen en het is er nu behaaglijk warm. Als Luciano wat lampen en kaarsen brengt, kunnen ze allemaal daar eten, aan de lange marmeren tafel. Dat is heel sfeervol en huiselijk, en ze weet zeker dat de Belgische minister het zal waarderen.

Ze legt alles uit aan Luciano.

'En wanneer moet ik je dan leren hoe je het deeg moet uitrollen?' vraagt hij bezorgd.

'Ik heb een filmpje op YouTube gezien, maak je geen zorgen.'

'Ik maak me wel zorgen.'

'Mama, kom je erbij?'

Maria Cristina zit op haar knieën voor het bad en wast de rug van het meisje. 'Nee, het is al laat.'

'Toe, twee minuutjes.'

'Ik kan niet. De minister komt zo.'

'Toe, mama. Eén minuutje maar. Heel even. Net als toen ik klein was.'

Uitgeput kleedt Maria Cristina zich uit, haar kleren liggen op de grond en ze stapt in het bad. Het water verwarmt haar voeten en haar koude ledematen. 'Wat heerlijk...' verzucht ze. 'Je hebt gelijk, dit had ik echt nodig.'

'Je nagel is helemaal zwart. Hij is aan het loslaten.' Ze raakt hem aan. 'Mag ik hem eraf trekken?'

'Nee.'

'Laten we dan doen wie het langst onder water kan blijven.'

'Mijn haar mag niet nat worden.'

'Dan moet je tellen.' Het meisje knijpt haar neusgaten dicht en zakt met haar gezicht omhoog onder water, even later komt ze met opengesperde ogen en buiten adem weer boven. 'Tot hoeveel?'

'Zesendertig.'

'Is dat veel?'

'Heel veel. Maar nu moet je je gaan aankleden. Wegwezen.'

Irene stapt uit het bad en zij zakt weg in het water, ze sluit haar ogen, ze hoort haar dochter die zich bibberend afdroogt met de handdoek, haar natte voeten op de tegels.

'Trek je pantoffels aan. En laat Greta je haren drogen.'

De deur gaat dicht en eindelijk is het stil. Ze doet er nog wat warm water bij en glijdt met een lange zucht tot aan haar schouders in de kuip, maar nee, het lijkt wel een samenzwering, iemand klopt op de deur.

'Wat?' vraagt Maria Cristina.

'Ik ben het.' Domenico's stem.

'Ik zit in bad.'

'Ik wil even met je praten.'

'Ik kom er nu uit.'

'Mag ik binnenkomen?'

'Geef me vijf minuten. Ik kom eraan.'

Domenico gluurt om de hoek. 'Ik moet even met je praten. Onder vier ogen. Mag ik?'

Maria Cristina probeert in die dertig centimeter water te zinken. In een reflex sluit ze haar benen en het liefst zou ze haar borsten willen bedekken met haar armen, maar ze beheerst zich, hij is tenslotte nog steeds haar echtgenoot.

Discreet wendt hij zijn blik af. 'De Belg komt wat later. Zijn vliegtuig had vertraging.'

'Mooi. Dan hoef ik me niet te haasten.'

Domenico gaat op de wc-pot zitten en trekt de knoop van zijn das los. 'Kun je me vertellen wat er gebeurde met Caterina? Ze heeft Cafiero gebeld en Cafiero heeft vervolgens mij gebeld. Caterina had tegen haar gezegd dat ze zich slecht behandeld voelt. Ze huilt. Ze wil het met je uitpraten.'

Maria Cristina slaat haar ogen op naar het plafond. 'Arm kind.'

'Je had haar niet zo hoeven aanpakken in het bijzijn van de beveiliging. Je hebt haar vernederd.'

'Jawel, dat moest ik wel. En als je het echt wilt weten: ze heeft ook gezegd dat ze medelijden met me heeft omdat ik met jou ben en jij minnaressen hebt. En dus wil ik haar niet meer zien. Ze wordt ontslagen. Punt uit.'

Domenico staat op en staart in de spiegel naar zijn gezwollen ogen en checkt zijn bleke tandvlees. 'Ze krijgt promotie.'

'Promotie?'

Domenico leunt tegen de wastafel met zijn armen over elkaar geslagen. 'Als je zo iemand ontslaat, keert die zich tegen je. Ze kan alles schrijven en zeggen wat ze wil. Als je haar degradeert, zou het zelfs nog erger worden. Ze krijgt promotie.'

'Iemand doet haar werk slecht en krijgt promotie? Is dat hoe het werkt?'

'Exact. Het tegengestelde van hoe het zou moeten zijn. Als jij er echt op staat, ontsla ik haar. Maar wees dan niet verbaasd als je haar vuiligheid vervolgens overal rondgestrooid ziet. We liggen onder vuur. Ik heb ervan geleerd. Ik praat niet, ik spreek geen oordeel uit, over niemand, ik ben een boeddha.' Hij tikt op zijn bolle buik. 'Het zal wel even duren voor we een nieuwe baan voor haar hebben gevonden. Jij moet geduld hebben en het nog even met haar uithouden.'

'De handdoek.'

Domenico pakt de handdoek van het plankje, reikt die aan en gaat weer op de wc zitten.

'Mag ik eruit, alsjeblieft?'

'Wat is er? Schaam je je?'

'Wat wil je dat ik zeg? Ik voel me oud en lelijk.'

Domenico legt een wijsvinger op zijn slaap. 'Je bent niet wijs. Je bent een lekker ding, je bent een fantastische stoot. Je traint elke dag, je bent een beauty. Weet je wel hoeveel mannen op dit moment in mijn plaats hier met jou zouden willen zijn?'

Maria Cristina stapt uit het bad en slaat de handdoek om. 'Maar hoor je hoe je tegen me praat? "Je bent een lekker ding, je bent een fantastische stoot"... Hoe oud ben jij eigenlijk? Zeg je die dingen ook tegen Gilardoni?'

Hij registreert alleen de naam Gilardoni. 'Trouwens, hoe is het gegaan?' vraagt hij verstrooid.

Maria Cristina voelt de spanning en doet er iets langer over om te antwoorden. 'Goed.'

Domenico pakt de floss en haalt er een stukje af. 'Waar hebben jullie over gepraat?'

'De opera was bezig.'

De premier draait de floss om zijn wijsvingers. 'Was ze aardig?'

'Waarom zou ze dat niet zijn geweest?' Maria Cristina duwt

hem weg van de wastafel en kamt haar haren. 'We hebben het over jou gehad.'

'Over mij? En wat hebben jullie gezegd?'

De antennes van Maria Cristina voelen hem trillen in afwachting van het antwoord. 'Ze zegt dat je haar zo laat lachen. Je schijnt heel komisch te zijn. Dat verbaasde me. Bij mij ben je altijd serieus. Maar ze zegt dat je bij haar heel veel grappen maakt. Ze zegt dat ze dubbel ligt om jou. Haar woorden.'

'Ze is gek...' Op Domenico's gezicht verschijnt een ijdel glimlachje.

Maria Cristina zwijgt terwijl ze kamt en in de spiegel naar hem kijkt.

Maar hoeveel pret heeft hij met zijn garçonne? Garçonnes, zo noemde grootvader zijn vluchtige minnaressen altijd. Ze legt de kam neer. Ze pakt haar kleren op, haar telefoon –

Waar is die?

Hij lag naast het bad.

Ze kijkt om zich heen, zoekt op de grond, op de planken, tussen de handdoeken.

'O god, Irene.' Maria Cristina rent de badkamer uit, botst met haar schouder tegen de deurstijl, haar natte voet glijdt uit op de tegels, ze valt net niet maar de handdoek belandt op de grond, naakt pakt ze hem op, ze rent door de gang met dezelfde energie als toen ze nog atletiek deed, snelt als een luipaard door de woonkamer, vliegt door de hal en botst bijna tegen de jongens van de beveiliging, ze probeert zich niet eens te bedekken terwijl zij beginnen te applaudisseren. Ze rent met vier treden tegelijk de trap op, dan nog een stukje trap, een overloop, en schiet de gang van de slaapkamers in. Ademloos botst ze tegen de deur, ze bedekt zichzelf zo goed en zo kwaad als het kan en doet de deur open.

Irene zit op het bed en vertrekt geen spier, ze lijkt net de infante van Spanje, en Greta de dienstmaagd die haar haren droogt.

'Mijn te-le-foon –' scandeert Maria Cristina in lettergrepen.

Zonder een spoor van verbazing wijst haar dochter ernaar. Hij ligt op het nachtkastje. 'Heb je een nieuwe pincode? Ik wilde *Candy Crush* spelen.'

4

De minister is gearriveerd.

Vanavond moeten Italië en België overleggen, ze hebben morgen een belangrijke vergadering, maar gelukkig heeft Domenico besloten dat er eerst wordt gegeten. Dus zal het, zo God het wil, snel voorbij zijn.

Terwijl haar man aan de telefoon is, probeert Maria Cristina de minister te onderhouden, maar dat is niet makkelijk, hij ijsbeert door de keuken als een hyena in een kooi.

Wim Claes lijkt net een nieuwe versie van een Sovjetminister uit de jaren zeventig, voor zijn oren hangen bakkebaarden en zijn donkere haar is met een of ander smerig goedje vastgeplakt op zijn glimmende voorhoofd. Hij draag een bril met een zwaar montuur die zó ouderwets is dat hij in de mode is. De glazen maken zijn ogen klein. Als hij zijn vlezige, vrouwelijke lippen opent, wordt zijn grove, gelige gebit zichtbaar. Zijn versleten grijsblauwe pak draagt hij met nonchalance, een wit overhemd met een iel kraagje, zo uit de outlet, en een brede stropdas met schuine zwarte en grijze strepen.

Hij draagt kleren omdat het moet, maar hij zou zich net zo goed in dierenvellen kunnen hullen. Hij is ongeduldig, ondermaats beleefd en toont geen enkel respect voor Domenico of voor haar, van wie hij zegt een groot fan te zijn. Hij doet haar aan iemand denken, maar ze weet niet wie.

In afwachting van de pizza's heeft de Belg de salami, de kaas en twee kilo porchetta verslonden.

'Waar kennen wij elkaar van?' vraagt zij, zich vastklampend aan het eerste het beste onderwerp dat in haar opkomt.

'Van Parijs. Ik was chauffeur. Ik heb u naar de modeshows gereden.' Hij spreekt belabberd Engels.

'Echt waar? En vervolgens bent u minister geworden?'

'Ik heb naam gemaakt. Ik had duidelijke ideeën,' zegt hij, en hij zet zijn tanden in een plakje varkensfricandeau.

Domenico heeft haar verteld dat de Belg leider is van een rechtse partij. Hij strijdt tegen immigranten, voor België uit de Europese Unie en voor de vlaktaks. De gebruikelijke shit.

'Hebt u uw haar geverfd?' vraagt hij, terwijl hij zijn glas bijvult bij de buffettafel.

'Wat vindt u ervan?'

'Het staat u goed. Maar als u mij toestaat, ik vond het eerst beter staan, Siciliaanser.' Heel even ontmoet zijn priemende blik de hare. 'Maar u zult wel gewend zijn aan complimenten. U zult er wel schoon genoeg van hebben om de mooiste vrouw van de wereld te zijn.' Hij stelt dit met de onverschilligheid van iemand die dagelijks te maken heeft met de mooiste vrouwen van de wereld.

Maria Cristina antwoordt met een glimlach. 'Nee, het zal u verbazen, maar ik vind ze nog steeds fijn om te horen.'

Nu weet ze aan wie hij haar doet denken.

Aan professor M.

Professor M., hoofd van de afdeling orthopedie, patroonheilige van de gebroken atleten, was bevriend met haar grootvader. Hij had grote tennissers en voetballers geopereerd, en ook Maria Cristina toen de voorste kruisband van haar rechterknie was gescheurd.

Na de ingreep had de chirurg haar zonder omhaal van woorden meegedeeld dat ze de wedstrijdsport verder wel kon vergeten. Het meisje had het goed opgenomen. Ze leed onder de concurrentie en haar resultaten waren redelijk maar niet uitmuntend. Het ongeluk was een heel goed excuus om de wedstrijdsport op een waardige manier vaarwel te zeggen. De professor zou haar persoonlijk begeleiden op de lange weg van de revalidatie.

'Ik zorg wel voor dit knappe meisje,' had hij tegen grootvader gezegd, terwijl hij de röntgenfoto's bekeek. 'We krijgen haar knie weer in orde.'

En zo ging Maria Cristina elke week naar een gelikte kliniek op een met pijnbomen begroeide heuvel die uitkeek op de Via Olimpica. Ze liep de behandelkamer binnen en de chirurg zei tegen zijn secretaresse dat hij niet gestoord wilde worden. Het meisje kleedde zich uit achter een kamerscherm en ging in onderbroek en beha op de behandeltafel liggen.

M. had heel sterke handen zonder mededogen. Handen die geschikt waren om autobanden te verwisselen of muren te verven, niet om een mens te opereren. En toch was hij volgens velen de allerbeste. Hij boog haar knie, die zo stijf en van hout was als een stoelpoot, steeds iets verder terwijl zij tranen in haar ogen had van de pijn. Eerst had Maria Cristina het niet in de gaten, maar naarmate de behandelingen vorderden, merkte ze dat de professor zijn handen steeds iets dichter bij haar lies bracht. De ex-atlete had lange benen, maar ook die eindigden op een bepaald punt en het was precies dat punt waar de hand van de professor naar op weg leek. Op een dag was hij, alsof hij het beu was, met de smoes van een nieuwe oefening precies dáár met zijn vingers gaan wrijven, heen en weer, naar voren en naar achteren.

Maria Cristina was versteend. Ze kon niet geloven dat die beweging niets met de behandeling te maken had. Ze had zich afgevraagd of ze iets moest zeggen, zich moest terugtrekken, maar ze durfde niet, stel dat hij beledigd zou zijn? Of dat ze zich vergiste? Ze probeerde haar bovenbenen zo strak mogelijk tegen elkaar aan te duwen.

Na nog een paar sessies vroeg de professor haar op dezelfde onpersoonlijke toon waarop hij haar zei haar kuiten aan te spannen: 'Spreid je benen, alsjeblieft. Bied geen weerstand. Sluit je ogen en denk nergens aan. Laat je gaan. Ik voer een handbeweging uit waarmee de verklevingen zouden moeten verdwijnen. Ik leg een hand op je keel zodat je stil blijft liggen.'

Het meisje had geen woord uitgebracht.

'Doe open, open je benen nog verder, toe maar, het doet geen pijn.'

Toen had hij zijn hand recht tussen haar benen geduwd en was hij over het katoen van haar onderbroekje gaan wrijven, en met gesloten ogen en haar luchtpijp dichtgeknepen door een strakke greep kon ze nauwelijks ademhalen, en verstijfd als een bevroren stokvis, haar lippen en oogleden gesloten, had ze gewacht tot de behandeling afgelopen zou zijn, terwijl ze hoorde dat de arts met zijn neus lucht opzoog en uitperste als een pomp voor opblaasbootjes en nu en dan een geluid maakte alsof hij zijn keel schraapte.

Zelfde verhaal tijdens de daaropvolgende afspraken.

Maria Cristina sprak er met niemand over, te veel schande, te veel schaamte, en als grootvader haar vroeg hoe de behandelingen vorderden, antwoordde ze kortaf.

De revalidatie van de knie was pijnlijk en dat wrijven ter afsluiting, elke sessie opnieuw, had een vervelend vuurtje aangestoken, als de zwakke warmte van een kacheltje in een ijskoude kerk, dat stiekem binnendrong in haar vlees en dat niets moois had.

Met haar ogen dicht probeerde Maria Cristina zich voor te stellen dat het Dario was die haar aanraakte, de blonde jongen met een oorbel die in de portiersloge van het luxe villapark Olgiata zat en op Kurt Cobain leek, maar meteen veranderde Kurt Cobain in een enorme kreeft die op zijn oranje poten rechtop naast de behandeltafel stond, zijn grote antennes die het plafond van de behandelkamer aanraakten en zijn rugschild vol scherpe stekels en met oogbollen op steeltjes. Hij stak zijn schaar tussen haar benen en als ze zou bewegen, zou hij haar als een kip de nek omdraaien.

Maria Cristina liep met neergeslagen ogen de behandelkamer uit, walgend van zichzelf, vuurrood, ervan overtuigd dat de secretaresse, de verpleegkundigen en de patiënten in de wachtkamer alles wisten en om haar gniffelden zodra ze buiten was.

Op een dag had de professor Maria Cristina ontvangen met een bos bloedrode rozen en haar verteld dat het hun laatste sessie zou zijn, het ging beter met de knie en van nu af aan zou de behandeling worden overgenomen door een door hem aangewezen fysiotherapeut.

'Maar vandaag, liefje, moet je meer doen. Je hebt het goed gedaan, maar je kunt nog beter,' had hij ernstig gezegd. 'Ga liggen en sluit je ogen, dan haal ik je blokkades weg.' Hij was begonnen haar aan te raken, de gebruikelijke hand dáár en ditmaal de andere hand op haar borstbeen gedrukt alsof hij haar hart wilde laten stilstaan. 'Je moet nog meer je best doen. Laat me zien dat je het kunt.' Zij had geknikt en de kreeft met zijn scharen was begonnen aan zijn langzame, genadeloze handbewegingen.

Maria Cristina wist dat de arts niet zou stoppen en zou gaan waar zijn lichaam wilde dat hij uitkwam, waar haar vriendjes van de middelbare school nooit waren gekomen. Het vlammetje was veranderd in een vuur dat oplaaide in haar buik en dat haar bekken boog als een brandend takje, haar rug gekromd op het zwarte plastic van de behandeltafel, haar dijen die erop schudden, en omlaag, genadeloos, tot haar voeten en verkrampte tenen, terwijl de lucht tussen haar mond en borst kolkte en in een tijdsduur die zich om haar heen opende en weer sloot kwam het einde nooit (net als wanneer je door de Sint-Bernardtunnel rijdt en die zilverkleurige schemering aan het eind nooit verandert in licht). Wanhopig kronkelde Maria Cristina tussen de vingers van M., die onbarmhartig in haar wroetten totdat ze het orgasme dat aan alles een einde maakte uit haar hadden getrokken als een inktvis uit zijn hol. Met verwrongen gelaatstrekken had Maria Cristina zich rondom de pols van de man gekronkeld, ze had hem hard vastgepakt en haar nagels in zijn vlees geklauwd, smekend tot God, alsjeblieft, alsjeblieft, stop, hou op, ze had in zijn pols gebeten en alle spanning van die verschrikkelijke maanden die ze had opgestapeld in haar spieren had ze trillend uitgestrekt als een inktvis op de kraam van een visboer. Naschokkend van de postume ontladingen van die elektrische marteling was ze blijven liggen.

'Doe je ogen open.'

Nee. Te veel schaamte.

'Maria Cristina, liefje, doe alsjeblieft je ogen open,' had M. gezegd.

Ze had haar gezicht bedekt met haar armen en haar hoofd geschud.

'Ik zei: doe je ogen open!' Om haar de ogen te doen openen, was het voldoende geweest dat de stem van de dokter een hele octaaf steeg. Voor haar stond geen kreeft maar de vriend van grootvader, het genie van de scalpels, met instapschoenen zo vierkant als bakstenen, compact als een latex pop, met stompzinnige gelaatstrekken en de blik talmend op haar gericht. De dokter perste tussen de behandeltafel en zichzelf zijn dikke buik, zijn vuilgroene, versleten ribfluwelen broek, zijn neergezakte boxer met grijs-roze streepjes en het ding, donker en plomp als een mantisgarnaal.

'Doe je mond open.'

Maria Cristina's hoofd schommelde tussen de pik en het gezicht van de orthopeed.

'Jij hebt je pleziertje gehad, kutwijf, nou ben ik aan de beurt. Doe open.' Hij had opnieuw zijn hand op haar keel gelegd, en zij had haar lippen geopend en hem in haar mond laten komen en zijn gang laten gaan.

Ons organisme tolereert geen intrusies. Wanneer een doorn, een scherf, de kaak van een teek binnendringen in onze huid, herkent ons immuunsysteem die als vreemd en valt het ze aan om ze uit de weg te ruimen, en als dat niet lukt maakt het een barrière van vezelcellen eromheen, een cyste, om ze te isoleren en ons te beschermen. Ook de scharen van professor M. zijn in de loop van de tijd ingekapseld en onschadelijk gemaakt, verbannen naar een slechte jeugdervaring waaraan Maria Cristina nog maar zelden terugdenkt, zich afvragend waarom ze het nooit aan iemand heeft verteld, geen aangifte tegen hem heeft gedaan, of gewoon waarom ze niet is gestopt met naar hem toe te gaan. Wat is het geweest? Verkrachting? Misbruik? Een handeling met wederzijdse goedkeuring?

Ze heeft zichzelf daarop nooit een antwoord gegeven.

Ze is punctueel elke week naar M. gegaan en nog steeds, twintig jaar later, dreunt dat allereerste orgasme hard na, omdat het zo verachtelijk was.

Feit is dat Maria Cristina na M. altijd moeite heeft gehad om genot te voelen. Wanneer ze op het punt staat klaar te komen is het alsof ze haar concentratie verliest, ze raakt het gevoel kwijt en laat los als een pamflet dat van de muur dwarrelt. Ze kent het belang van seks bij een gelukkig stel, ze beschouwt het als essentieel om zich aan haar partner te binden en hem haar liefde te tonen, onmisbaar om nageslacht voort te brengen, maar het windt haar niet op, kort gezegd verveelt het haar en als het moet is ze een meester in faken. De zeldzame keren dat ze er echt van heeft genoten, waren de vrucht van een toevallige ontmoeting met mannen die haar tegen de muur van het toilet van een discotheek drukten of haar achteloos namen in een auto in de duisternis van een weg met bomen erlangs.

Maria Cristina volgt met haar blik de Belgische minister, die langs het buffet drentelt met de onbeschaamde, zelfverzekerde houding van iemand die zich verbeeldt dat hij God is. Hij is onverschillig voor de schoonheid van de villa en de elegant verlichte keuken, de tafel die gedekt is in de kleuren van het Maremmaanse platteland. Hij heeft de dienstmeisjes en Luciano en Greta niet begroet, hij heeft Irene over haar hoofd geaaid alleen maar omdat ze de dochter van de premier is.

Maria Cristina weet dat ze begeerlijk is in haar zwarte kokerjurkje dat haar benen amper bedekt. Ze voelt de blikken van de staf van de minister, twee jongemannen van begin dertig, niet onknap, en een weelderige en iets afgeleefde roodharige vrouw, maar hun baas keurt haar geen blik waardig. Het buffetroofdier maakt abrupte bewegingen, als een Velociraptor, zijn stem klinkt in die taal vol medeklinkers te luid wanneer hij zijn mensen van alles beveelt, en eerlijk gezegd irriteert hij haar.

'Maria Cristina?'

De vrouw van de premier draait zich om. 'Ja?'

'Moest jij geen pizza bakken?' vraagt Luciano ongeduldig. 'Ik heb alles klaargezet.'

'Inderdaad.' Maria Cristina staat op. 'Je hebt gelijk.' Ze loopt naar de minister, die nu aan tafel zit en in gesprek is met Domenico. 'Zouden wij niet samen de pizza maken?'

Wim Claes kijkt haar aan, doet alsof hij het zich niet herinnert maar antwoordt dan: 'Inderdaad.'

Domenico wijst naar de oven. 'Ik loop met jullie mee.'

De minister volgt Maria Cristina naar de keukenwerkbank. 'Wat voor pizza gaat u voor me maken?'

'Wat u wilt. Ik heb de pizza beneventana opgezocht, maar ik kon de juiste ingrediënten niet vinden. Als u me zegt hoe die gemaakt wordt, kan ik hem misschien bereiden.'

'De beneventana... Pikant. Met salami.'

'De diavola dus?'

'Precies. Die heb ik gegeten in Benevento.'

Maria Cristina werpt een blik van verstandhouding naar Luciano en bindt haar schort voor. 'Zullen we hem samen maken?'

'Mag ik?' Hij strikt de linten van het schort achter op haar rug vast, trekt zijn jasje uit en rolt de mouwen van zijn overhemd op, waardoor een paar verschoten, rommelige tatoeages zichtbaar worden. 'U beveelt, ik voer het uit.'

De twee stafleden verzamelen zich gewapend met hun telefoons om de keukenwerkbank, klaar om alles op te nemen en te posten. Irene is herrezen uit de slaap en blijft herhalen dat zij een pizza met ham wil.

'Goed. We nemen een deegbal. En rollen die uit.' Maria Cristina praat als een tv-chef. 'Het moet platter en breder worden, terwijl we de lucht naar de randen duwen.' Ze tilt het deeg op en slaat er met één hand op. 'Pizza is stout, pizza moet klappen krijgen, anders lukt hij niet.'

De minister doet haar na en geeft de pizza billenkoek terwijl hij er gemeen bij kijkt, vervolgens lacht hij smakelijk. Een triomf. Iedereen applaudisseert.

Met de pizzaschep in zijn hand controleert Luciano, verteerd door spanning, de uitvoering. Domenico glimlacht versuft door vermoeidheid zijn vrouw vanaf de andere kant van de werkbank toe.

Ze bedekken de pizza's met tomaat, mozzarella, basilicum en olijfolie. En natuurlijk plakjes pikante salami voor de pizza van de Belg.

Luciano schept ze in de oven en verklaart: 'Anderhalve minuut.'

Iedereen kijkt op zijn of haar horloge. Uiteindelijk komt die van de minister er ronder uit dan die van Maria Cristina, die eerder op Afrika lijkt.

Wim Claes zit naast haar, de pizza heeft invloed op zijn humeur, hij blijft maar met volle mond tegen haar zeggen dat het de lekkerste pizza van zijn hele leven is.

Ze zijn inderdaad knapperig en goed gerezen, met een hoge, gevlekte rand.

'Doet hij dat altijd?' De minister wijst naar Domenico, die in een hoekje van de keuken alweer aan de telefoon is naast de secretaresse die hem iets op de tablet laat zien.

'Het gebeurt vaak.'

'Wanneer ik aan het eten ben, bel ik nooit.'

'Goed voor uw spijsvertering.'

'Ze noemen u *Maria Tristina*.' Hij spreekt de bijnaam uit in belabberd Italiaans. 'Dat betekent trieste Maria, toch?'

'Ja.'

'En waarom?'

De vrouw van de premier kijkt hem strak aan. 'Omdat ik melancholieke ogen heb.'

'Melancholie is de gelukzaligheid van het triest zijn, zei Victor Hugo.' Hij wijst naar de halve pizza die nog op Maria Cristina's bord ligt. 'Geef maar aan mij als u dat niet opeet.'

'Wilt u er nog een? Ik laat hem meteen voor u maken.'

'Nee, ik wil die van jou.'

Maria Cristina kijkt hem aan en geeft hem vervolgens haar bord.

'Of misschien ben je triest omdat je een leven leidt dat je niet fijn vindt? Je man geniet meer van commanderen dan samen zijn met jou.' Hij buigt het stuk pizza met zijn handen om en hapt erin.

'"Commanderen is beter dan neuken",' citeert Maria Cristina een Siciliaans gezegde. Ze vertaalt het voor hem.

De minister moet zo hard lachen dat hij er bijna in blijft.

'En uw echtgenote?'

'Ik heb geen echtgenote,' zegt Wim Claes kauwend. 'Wat jij hebt is geen triestheid, het is verveling.'

'Ach, eerlijk gezegd verveelt het me om erover te praten,' antwoordt zij, geïrriteerd omdat ze niet scherp genoeg is om hem op zijn plek te zetten met een betere grap.

Die gretigheid van de Belg om met haar te praten nadat hij haar de hele avond geen blik waardig heeft gegund, die botte poging om haar te psychoanalyseren, die lompheid om de rest van haar pizza op te eisen, is niets anders dan een zoveelste kinderlijke mannelijke manier om haar het hof te maken.

De Velociraptor is bezweken.

En net als de vorige nacht slaapt Maria Cristina diep. Met de luciditeit die soms bovendrijft uit de diepste slaap zegt ze tegen zichzelf dat ze morgen bij Nicola Sarti rustig zal zijn, ze zal niet bang zijn en ze zal dit voorgoed afsluiten. En zo niet, dan zal ze het aan haar echtgenoot vertellen.

V

Zondag 25 februari

1

'Maria Cristina... Maria...'

De vrouw van de premier schrikt wakker en doet haar slaapmasker af. 'Ja? Wat is er?'

De kamer is donker. De dageraad gluurt stiekem naar binnen tussen de gordijnen die de ramen bedekken. Een streepje licht piept door de kier tussen de deur en de gang.

'Ik wilde je even gedag zeggen,' fluistert Domenico. 'Ik ga weg.'

'O god...' Ze droomt nog half, ze voelt op haar vingertoppen de koude huid van de kippenvleugels die ze met een draad aan elkaar naaide om er een ketting voor Irene van te maken. 'Hoe laat is het dan?'

'Kwart voor zes. We zien elkaar in Rome, morgen ben ik er niet. Dinsdag ben ik in Londen.'

Maria Cristina ziet vaag het profiel van haar man die op het bed zit, de geur van aftershave, sigarettenrook en koffie in zijn adem.

'Goed. Spreken we elkaar later?' Ze kapt hem af zonder de ergernis omdat hij haar heeft gewekt te laten doorschemeren.

'Ja, zeker.' Stilte. 'Alles goed?'

Maria Cristina gaat iets meer rechtop zitten. 'Ik sliep nog. Wat is er?'

'Italo en Emma vertelden me dat je ze hebt ontslagen.'

Maria Cristina wrijft in haar oog. 'Ja. Ik wil ze hier niet meer. Ik ga iemand anders zoeken.' Zijn hand glijdt over de deken en hij streelt haar schouder.

'Maar gaat het wel goed met je? Ik vond dat je je gisteren een beetje vreemd gedroeg.'

'Hoezo?'

'Nou, bijvoorbeeld dat je naakt door het huis rende. En de manier waarop je Caterina hebt weggestuurd.'

'Nee. Alleen...' Ze weet niet wat ze moet zeggen. 'Ik ben alleen een beetje...' De zin dooft uit.

'Je komt uitgeput over.'

'Ik moet het landgoed weer in ere herstellen. Het gaat ten onder. We moeten er een keer rustig over praten.'

'Vergeet niet dat Emma en Italo jou ervoor kunnen laten betalen.'

'Goed, ik zal betalen, maar ik ga me niet laten chanteren door die twee.'

Domenico knikt en zegt dan alsof het onderwerp is afgesloten: 'De pizza was heerlijk.'

'Ik heb niets gedaan. Het was Luciano.'

'Ik zag je met de Belg praten. Wat is jouw indruk van hem?'

Niks aan te doen, ze moet doorkletsen. 'Een lul. En geen groot fan van mij. En ook niet van jou.'

'Waar hebben jullie over gepraat?'

'Stomme dingen. Laat me alsjeblieft met rust, anders kan ik niet meer doorslapen.'

'Ja, sorry. We spreken elkaar dus later. Slaap lekker.'

Maria Cristina voelt zijn koude lippen op haar voorhoofd, maar richt zich niet op.

'Wat heb je besloten over het interview?' vraagt hij.

'Hoe bedoel je?'

'Weet je zeker dat je het wilt gaan doen?'

'Jij zei dat ik het moest doen. Wil je het nu niet meer? Is Bruco van gedachten veranderd? Alsjeblieft, zeggen jullie maar wat ik moet doen.'

'Ik krijg de indruk dat dit interview je uit je evenwicht brengt. En ik wil niet dat jij je verantwoordelijk voelt, de regering ligt niet in jouw handen, je hebt altijd gezegd dat je er niets mee te maken wilt hebben. Maak je geen zorgen, je hoeft me niet per se te helpen. Als je er liever van afziet, vertel het me dan. Goed?'

Er valt een lange stilte waarin Maria Cristina de motoren van de beveiligingsauto's op de binnenplaats hoort draaien. 'Goed. Nee, ik zie er niet van af. Ik heb Reitner mijn woord gegeven.'

'Nou, daar verzinnen we wel een smoesje voor.'

'Als jij niet wilt dat ik het doe, zeg dat dan duidelijk.'

'Ben je gek? Ik wil wel dat jij het doet. Wat dacht je! Het is goed, echt waar. Ik moet nu gaan.'

'Open de gordijnen even.' Hij doet wat ze vraagt en sluit daarna de deur achter zich.

Maria Cristina hoort de voetstappen van haar man op de vloer van de gang, de portieren die dichtklappen, de auto's die knarsend over het grind wegrijden en dan eindelijk stilte.

Ze zet haar slaapmasker weer op. Voor het eerst sinds ze getrouwd zijn heeft ze het gevoel dat ze haar man in haar macht heeft, hij is doodsbang voor dat interview maar heeft de ballen niet om haar te bevelen het niet te doen.

Hoe kon ze ooit denken dat ze hem over die video zou vertellen?

De ochtend kruipt langzaam voorbij in een deken van wazige wolken. De natuur staat stil, buiten adem, de grond ligt kaal en verstijfd te wachten op een teken om te ontwaken. De honden liggen na de opwinding van gisteravond verspreid langs de muren van de villa te doezelen. Irene slaapt. Greta slaapt.

Luciano is vertrokken, maar was bereid om te blijven. Hij vroeg haar nog een keer of ze echt niet wilde dat hij meeging naar de lunch met Nicola Sarti.

'Ik bel je als ik klaar ben,' had ze hem beloofd.

Nu hoeft ze alleen maar te wachten tot het lunchtijd is, het lukt haar niet haar gedachten op iets anders te richten. Nicola Sarti, de paranoiagod, houdt haar gezelschap.

Ze loopt naar buiten om Pippo te zoeken. De blaffende roedel volgt haar, maar Pippo is er niet bij. Ze vindt hem in de schuur tussen de wielen van de tractor, opgerold op het hooi.

'Pippo...'

De hond kijkt haar aan, kop omlaag en staart tussen de poten.

'Laat eens zien, braverd.'

Het dier trilt, zijn poot is gezwollen, de tenen rood en warm. Hij ademt vlug, zijn tong bungelt opzij uit zijn bek. Ze pakt hem op en tilt hem het huis in, maar hij wil daar niet blijven, hij drukt zich voor de deur tegen de grond. Ze laat hem naar buiten. Ze belt de dierenarts. Het is zondag, die neemt niet op.

Voor de spiegel in de badkamer, met lippenstift in haar hand, ziet ze haar afgetakelde gezicht en dat kan ze niet verhullen met poedertjes en kleurtjes. Het gif waarmee Nicola Sarti haar heeft geïnjecteerd begint naar buiten te sijpelen, haar huid heeft zijn souplesse verloren, haar ogen staan mat, ze ontdekt nieuwe rimpels die van haar neus naar haar lippen lopen. En ze haat dat blonde haar.

2

Langs de provinciale weg naar Manciano doemt na een haarspeldbocht plotseling het bord van Trattoria La Quinta Stagione op, een door de regen donkergekleurd stuk hout met ingebrande letters, volgens de voorschriften op het platteland.

Het witte weggetje dat naar het restaurant voert doorkruist rijen wijnstokken en is afgezet door een lange omheining, waarlangs drie rottweilers jankend meerennen met de passerende auto's. Aan het eind een parkeerterrein dat omzoomd is door uit boomstammen gehakte houten beelden. Het excentrieke werk van de motorzaag van een lokale kunstenaar. De oorspronkelijke boerderij is gerenoveerd. De perzikkleurige synthetische verf op de buitenmuren, de witte plastic kozijnen en een langwerpige serre van glas en aluminium hebben alle gratie van de oorspronkelijke constructie weggenomen.

De beige Defender die gewoonlijk alleen wordt gebruikt binnen de grenzen van landgoed Bastoni remt af in een wolk van rook. Het portier, aangevreten door de roest, gaat open en er stapt een vrouw uit die zich verstopt achter een sjaal en een zonnebril, de vermomming die daar in de buurt bekendstaat als de-vrouw-van-de-premier-incognito.

Er zijn geen andere auto's, Nicola Sarti is er nog niet. Maar het is ook pas kwart voor een. Maria Cristina hield het thuis niet meer uit.

Binnen in het restaurantje is het licht dat door de raampjes naar binnen komt niet genoeg om de grijze stenen muren te verlichten. Zoals ze had gehoopt, is er verder niemand.

Maria Cristina loopt langs de onvermijdelijke molensteen waarop blikjes conserven in olie, harige everzwijnenpoten, flessen Amaro en pakjes speltpasta liggen uitgestald. Aan de muren een defilé van door houtworm aangevreten zwijnenkoppen, de tafeltjes zijn gedekt met geblokte tafelkleden, in een stenen haard brandt een vrolijk knapperend vuurtje en onder het rooster ligt een tapijt van gloeiende kolen klaar om worstjes en karbonades te ontvangen. In een imposante glazen koelkast liggen biefstukken opgeslagen uit de hele wereld, Argentijnse, Deense, Braziliaanse, Mongoolse en lokale. De kleur van het vlees varieert van zwart tot wit van het vet, bloedrood en bleekroze.

Ze wordt verwelkomd door de zoon van de eigenaar, een plechtstatig type met een opvallend gebit. Vandaag is hij gekleed in een donkerblauw pak met een stijve boord, hij vraagt haar, als het niet te veel is, om een foto, voor hemzelf natuurlijk, niet om te posten, en Maria Cristina is genoodzaakt haar zonnebril af te zetten en te glimlachen.

'Ik heb behoefte aan wat privacy. Zoals ik u al vertelde aan de telefoon.'

'De hele serre is voor u, mevrouw. Niemand zal u storen.' De restauranthouder legt zijn hand op zijn hart alsof het een erekwestie betreft. 'Dana zal u naar uw tafeltje begeleiden. Mag ik u verzoeken? Intussen zal ik u een charcuteriebouquet laten brengen.'

Ze komt daar al twintig jaar, maar ze hebben nog steeds niet begrepen dat ze vegetariër is.

Een jonge serveerster met een melkwitte huid en ravenzwart geverfd haar brengt haar, geïntimideerd door haar aanwezigheid, naar het koudste maar ook het meest afgezonderde tafeltje in de serre.

'Kan ik u wat wijn brengen?' vraagt ze met een Oost-Europees accent.

Maria Cristina kijkt op haar horloge. Vijf voor een. Ze zou het niet moeten doen, maar een beetje alcohol kan haar wel moed geven. 'Goed. Een beetje. Een halve liter.'

Ze pakt haar telefoon en stuurt Caterina een berichtje.

MARIA CRISTINA
Ik heb met de premier gepraat. We spreken elkaar later.

Vervolgens bestudeert ze de app voor de geluidsopname. Het is simpel, ze hoeft alleen maar op de rode knop te tikken. Alleen moet ze dat doen als hij het niet ziet en het schermpje daarna meteen afsluiten.

De wijn, het brood en het charcuteriebouquet worden gebracht. Op lange broodstengels zijn bloembladen gewikkeld van ham, lonza, salami, *speck* en kleine, in trosjes gerangschikte worstjes.

Ze schenkt een glas in en neemt kleine slokjes van de volle rode wijn, die haar meteen naar het hoofd stijgt en de wurggreep van de angst doet verslappen.

Vijf over een.

Nicola Sarti is nu al te laat. Hij zal natuurlijk op zich laten wachten. Ze tuurt naar de parkeerplaats, alsof ze hem daarmee zou kunnen laten verschijnen. Het restaurant is bovendien niet makkelijk te vinden. Het was een vergissing om hem hier te ontmoeten. Alles om haar heen is doortrokken van vlees, alles druipt van dierlijk vet en ruikt naar dood.

Tien over een.

Ze leest het bericht op haar telefoon nog een keer. Ja, de afspraak was vandaag, om één uur. Hij zal op worden gehouden door het verkeer op de Via Aurelia.

Ze drinkt nog een glas. En dat is twee. Ze pakt een stuk brood om haar maag te vullen. Het is flauw en zij is gewend aan het smakelijke, vochtige Siciliaanse brood.

Ze checkt weer hoe laat het is. De minuten kruipen voorbij

met zenuwslopende traagheid, de serre blijft leeg en ijskoud ondanks de warmtepomp, ze sluit haar ogen en concentreert zich op het geluid van de auto's die op de provinciale weg voorbijstuiven. Geen enkele auto remt.

Twaalf over een.

Het is onacceptabel dat ze daar zit te wachten als een stom trutje, zelfs de voorzitter van de Europese Commissie heeft haar niet zo lang laten wachten.

Ze roept de serveerster, bestelt nog een halve liter, pakt een bloem van venkelsalami en steekt die in haar mond. Zodra de worst uiteenvalt komt de smaak van venkel vrij, de peper prikkelt haar tong met een psychotroop effect, voert haar terug in de tijd, naar grootmoeder, naar de picknickbroodjes in het bos met Alessio.

'Jezus, wat is dat lekker,' geeft ze fluisterend toe, maar meteen daarop is ze geïrriteerd. Dankzij die klootzak heeft ze haar onwrikbare vegetarische dieet verbroken. De president van Turkije liet ooit tijdens een galadiner speciaal voor haar grijze kaviaar serveren waarvoor hij eigenhandig de steuren had uitgeknepen, en zij vond dat zo erg dat ze de kaviaar niet aannam, waardoor ze een diplomatieke rel had veroorzaakt, en nu heeft ze door Nicola Sarti in één hap een hele venkelsalamibloem weggewerkt. Ze pakt een stuk speck en schrokt dat bijna zonder te kauwen naar binnen.

Ze schenkt zichzelf nog een glas wijn in om de kou uit de serre te verdrijven en zet haar voortanden in een everzwijnworstje. Genoeg, als die lul nu niet binnen één minuut hier is, haalt ze het hakblok tevoorschijn en bestelt ze een Black Angus saignant.

Om kwart over een springt ze op.

Nicola Sarti heeft gewonnen. Hij heeft haar vernederd. Ze trekt haar jasje aan en laat zich met haar door dierlijk vet en alcohol benevelde geest wijdbeens weer op de stoel glijden.

'Ja. Genoeg,' zegt ze tegen zichzelf, en toch houdt iets haar tegen.

Tien voor halftwee.

Ze pakt haar telefoon en tikt een berichtje.

MARIA CRISTINA

Heb je problemen? Ik moet nu helaas gaan. Sorry. Liefs.

Een diep geronk doet de ruiten van de serre trillen en op de parkeerplaats komt een auto met geknars van grind tot stilstand.

Maria Cristina gaat op haar tenen staan en ziet een zwarte pick-up met enorme wielen, in de achterbak liggen een lier en een standaard waaraan een buitenboordmotor is vastgeschroefd. Het portier gaat open en Nicola Sarti stapt uit.

Maria Cristina had hem verwacht in een Ferrari, een Lamborghini, online zeggen ze dat hij van snelle auto's houdt. En dan komt hij met zo'n bestelbusje?

Allemaal in scène gezet om haar te verrassen.

De man pakt een vierkante doos van piepschuim uit de auto met een gouden strik eromheen.

Wat heeft hij meegebracht? Maria Cristina wist het bericht, trekt haar jasje uit en haar trui recht, terwijl haar hartslag versnelt.

'Sorry, Bonenstaak.' Nicola Sarti loopt de serre in. 'Neem me niet kwalijk!'

Maria Cristina staat op.

Nicola Sarti zet de mysterieuze doos op het tafeltje. 'Ik kon het restaurant niet vinden. Een nachtmerrie. Ik had geen bereik, m'n navigatie snapte er niets meer van. Alles ging mis.'

'Het geeft niet. Je bent er nu. Ik ben alvast begonnen met drinken.' Glimlachend steekt ze haar hand uit.

Hij pakt die vast, trekt haar naar zich toe en zoent haar op beide wangen. 'Om het goed te maken heb ik een cadeautje voor je.' Hij maakt het lint los en opent de doos. 'Kijk.'

Op een bed van ijs en zeesla liggen zee-egels, roze garnalen, reuzengarnalen en twee rode langoesten.

'Wat fantastisch...' roept Maria Cristina uit. Ze weet niet meer of ze hem in het hotel had verteld dat ze vegetariër is. Waarschijnlijk niet, gezien het cadeau.

'Nou, dit is een deel van de vis die in het ruim klaarlag voor de boottocht. Maar aangezien de boot kapot is, is dit overgebleven. Dagvers, ik laat het rechtstreeks uit Mazara del Vallo komen. De zee-egels zijn trouwens fucking fantastisch.'

'Dank je. Heerlijk,' zegt ze iets té enthousiast.

'Alles rauw of gekookt met een beetje huisgemaakte mayonaise. En denk erom, de zee-egels moeten meteen worden gegeten zodra ze open zijn, met wat brood.'

'Irene zal ze heerlijk vinden.'

'Dat dacht ik al. Dochter van haar moeder.' Nicola pakt de doos, zet hem op het tafeltje naast dat van hen en gaat zitten. 'Wat drinken we?'

Het is een andere Nicola Sarti dan die in hotel Piccola Britannia. Hij is gespannener, nerveuzer, hij lijkt wel high. Het komt vast door dit nieuwe tête-à-tête, of misschien voelt hij zich alleen maar ongemakkelijk omdat hij te laat is. Hij ratelt maar door, probeert indruk op haar te maken met zijn leven dat geteisterd wordt door verplichtingen, zeikerds, zijn kinderen, zijn Braziliaanse chefs en zijn ex. Hij, arme ziel, vraagt niets anders dan luchtigheid en vermaak. Maar hij heeft tenminste wel een compliment gemaakt over haar nieuwe coupe. 'Spectaculair. Het staat je geweldig. Een ware revolutie. Een *dark lady*-versie van Maria

Cristina Palma. Ik durf er niet aan te denken wat er gebeurt als jij op tv komt. Wanneer heb je dat interview?'

'Overmorgen.' Maria Cristina zucht diep. 'Praat me er niet van. M'n benen trillen.'

'Maak je geen zorgen. Ze zullen niet eens naar je luisteren, ze kijken alleen maar naar je haar. Let maar op wat er op social media gaat gebeuren.'

'Mijn dochter Irene zegt steeds dat ik zo anders ben. Ze vindt me niet leuk.'

Hij schudt zijn hoofd. 'Niet waar, het is perfect.'

Hij heeft de huiswijn afgekeurd en een fles sassicaia besteld, een entrecote uit de streek, frietjes en gestoofde cichorei. Maria Cristina heeft gegrilde groenten en paddenstoelensoep gekozen.

De kapotte boot is een ware kwelling voor deze man. De elektrische motor wordt gevoed door zeilen die gigantische zonnepanelen zijn, het is een zwaar gesponsord duurzaam ecologisch project en zijn plan is een reis om de wereld te maken zonder ook maar een liter brandstof te gebruiken. Op alle trajecten over de oceaan zal er een zanger aan boord komen die live gaat op Instagram. Tussen Cuba en de Verenigde Staten komt Tiziano Ferro. Maar wie weet of het allemaal waar is.

'Ik kan niet wachten om te vertrekken. Want met satellietverbinding kan ik zelfs midden op de oceaan vergaderen en de hotels blijven controleren. En bovendien is Catherine er, een té gek meisje dat schipper en secretaresse tegelijk is. Echt een genie –' Hij onderbreekt zichzelf, er is iets in zijn hoofd opgekomen. 'Bonenstaak, kom óp, ga ook mee! Het zou een mooi signaal zijn, je zou een duurzaamheidsproject promoten. Doe jij het stuk van Italië naar de Balearen.'

'Dat zou leuk zijn…' antwoordt Maria Cristina stomverbaasd.

'Nou dan! Ik zeg doen!'

'Maar hoe dan? Je moet niet vergeten wie ik ben,' voegt ze er verplicht aan toe.

Nicola schenkt zichzelf een glas wijn in, drinkt het voor de helft leeg en zet zijn elleboog op de tafel. 'Oké, je bent de vrouw van de premier. Maar je bent niet de premier zelf, toch? Toen de president van Italië jouw man deze opdracht gaf, heeft hij die toen ook aan jou gegeven?'

Ze denkt even na en moet dan toegeven: 'Nee.'

'En welke verplichtingen heb je dan? Ik krijg niet de indruk dat jij het geweldig vindt om de vrouw van de premier te spelen. Er bestaat geen rol die ongelijkwaardiger, seksistischer en ouderwetser is dan die van de dienende echtgenote. Krijg je in elk geval wel betaald?'

'Natuurlijk niet.'

'Maar je bent niet vrij om met vakantie te gaan en mij te vergezellen op de boot. Dat is niet eerlijk, jij bent de prima donna en je moet doen wat je wilt.'

Maria Cristina heeft het gevoel dat hij haar onder druk zet en antwoordt gepikeerd. 'Maar niemand dwingt me, hoor. Ik heb er zelf voor gekozen om mijn man te steunen. Hij heeft me dat gevraagd en ik heb het geaccepteerd. En ik voel me vereerd dat ik Italië mag vertegenwoordigen.'

Nicola Sarti dringt niet verder aan en begint over de inhuldiging van het nieuwe resort, een werkplek met menselijke regels voor de werknemers, ze zijn allemaal jong, hij heeft vertrouwen in de jeugd, de jeugd ziet dingen, oude mensen zoals hij kunnen er hoogstens hun geld en wat ervaring in steken. Het probleem is dat niemand in Pomezia wil werken, te ver van Rome, zelfs niet als ze het dubbele betaald krijgen. De jongeren zijn gedemotiveerd en blijven liever thuis.

Maria Cristina is stil. Hoe vaak heeft ze dit verhaal al gehoord? Het lukt haar niet hem in te schatten. Is hij een afperser of gewoon een van de vele snoevers die zich met beroemdheden moeten omringen om zichzelf belangrijk te kunnen voelen? Zijn show laat haar koud. Hoe kan hij denken dat ze ook maar enigszins geïnteresseerd is in zijn elektrische boot, in zijn geld, in zijn zangers en in zijn ordinaire hotels?

Ze is teleurgesteld. Sinds de avond op de club is er geen minuut voorbijgegaan dat ze niet aan hem dacht, zich niet heeft afgevraagd of hij een bedreiging, een roekeloze aanbidder, een geile vrouwenverslinder, een nog steeds verliefde ex of een vriend is. Toen ze naar het restaurant reed, had ze in haar hoofd haar eigen pornofilm gemaakt. Nicola Sarti doet haar een voorstel. Zij moet altijd beschikbaar zijn om te voldoen aan zijn seksuele behoeften, anders zet hij de video online. En het flitste door haar hoofd dat hij haar tijdens de lunch zou bevelen zich door hem te laten neuken op het toilet. Om heel eerlijk te zijn wond die gedachte haar een beetje op. Maar zo is het niet. Ze zit tegenover de zoveelste narcist die indruk op haar probeert te maken zoals hij bij een mondhygiëniste zou doen. Hij is een knappe man, maar vandaag is hij wat groezeliger en lijkt het of hij zich niet heeft gewassen. De hoge slapen die zich uitstrekken tot voorbij het voorhoofd. Een miezerig baardje dat omhoogkruipt over zijn wangen. Hij is een mengeling van een hippie uit Formentera en een manager van Vodafone. Hij sleept nog steeds de jaren negentig met zich mee. Guns N' Roses heeft overduidelijk zijn klauwen diep in zijn hart gedrukt, dat blijkt wel uit zijn merkkleding met opzettelijke scheuren, zijn prullerige armbandjes, zijn Rolex, het pakje Lucky Strike op tafel – en dat terwijl hij toch al over de vijftig is.

'Alles in orde?' vraagt hij, alsof hij zich realiseert dat hij haar aan het kwijtraken is.

'Ja. Alles in orde,' antwoordt ze snel.

'Zeker weten?'

Maria Cristina glimlacht, het is tijd om ter zake te komen en te achterhalen wat hij van plan is. Ze pakt haar telefoon van de tafel en legt die op haar schoot, klaar om de opname te starten.

Maar als in een scène uit een cabaretvoorstelling verschijnt de zoon van de eigenaar, gehuld in een wolk van damp en met in zijn handen een gietijzeren plaat zo dik als de pantsering van een tank, waarop een kwart bloederig rund ligt te spetteren.

Ook Nicola Sarti is verrast. 'Hij is enorm. Weten we zeker dat dit één kilo is?'

'Hij is iets groter. Maar het is een uitzonderlijk stuk, de chef wilde het intact laten. En nu kan de first lady er ook van proeven,' zegt de eigenaar heel voldaan.

'Nee, dank u.' Maria Cristina schuift onwillekeurig haar stoel naar achteren.

Met een bestudeerd gebaar zet de restauranthouder de plaat op tafel. 'Hij is gloeiend heet! Raak de plaat absoluut niet aan. Denk erom. Een dermatoloog uit Frosinone heeft op die manier bijna een vinger verloren.'

De damp hangt nu in de hele serre en alles, kleren, haren, huid, ruikt naar verbrand vlees. In de dichte, hete mist is Nicola Sarti aan de andere kant van het tafeltje nog slechts een silhouet. Van de restauranthouder rest alleen nog de stem met het Maremmaanse accent, die de geweldige eigenschappen van dat gemarmerde vlees begint op te sommen.

Maria Cristina maakt gebruik van de mist om de recorder aan te zetten, ze opent de app, maar een spervuur van pop-ups vult als in elkaar passende dozen het scherm. Grasmaaiers, sneakers, sportdrankjes, spelletjes om te downloaden. Sluit je er een, dan opent de volgende en ben je als door toverkracht opeens in de appstore. Woedend en rood aangelopen door de hitte smijt ze haar telefoon op tafel. Ze kijkt tussen de flarden damp door om zich heen en ziet dat de restauranthouder weg is en Nicola Sarti als een neolithische jager het lemmet van zijn dolk slijpt op een steen die bij de schaal geleverd werd.

'Heb je het alleen met mij gedaan of ook met andere vrouwen?' vraagt ze hem met vlakke stem.

Hij trekt één wenkbrauw op.

'Ben ik de enige, of maak je met andere vrouwen ook hardcore porno?'

Nicola Sarti, die juist op het punt staat te beslissen waar hij het stoffelijk overschot van het rund zal aansnijden, is overrompeld. Hij staart haar aan, hij weet niet zeker of hij de vraag goed heeft begrepen, hij legt zijn wapen neer op tafel. 'Ja. Alleen met jou.' Zijn stem is een octaaf gestegen. 'Of nee, ook nog een keer met iemand anders. Al heel wat jaren geleden. Met mijn ex-vrouw. Een ramp.'

'Hoezo?' bestookt ze hem.

'Ik schaam me er een beetje voor. Ik vertel het liever niet.'

Maria Cristina slaat haar armen over elkaar. 'Als je niet wilt hoeft het niet.'

Hij pak het mes en snijdt een groot stuk vlees af dat druipt van het bloed en kauwt er langzaam op. Zijn adamsappel beweegt op en neer. Als hij eindelijk de hap heeft doorgeslikt, begint hij te vertellen. 'We waren in Tanzania. We hadden een jeep gehuurd om de wildparken te bezoeken. Ik reed, in een karavaan van terreinwagens over een eindeloze savanne, we waren een paar dagen daarvoor getrouwd, ik reed al uren en ik… Zij begon me…' Hij aarzelt, kijkt om zich heen en praat nu zachter: 'Te pijpen. Terwijl ze bezig was, pakte ik mijn telefoon, met Pamela Anderson in gedachten, weet je nog? Te veel dingen tegelijk, links rijden, video opnemen… Lang verhaal kort, op een gegeven moment verschijnt er een olifant met een kalfje, de eerste olifanten die we zagen. Ik schreeuw: "Sarah, kijk, een olifant!" Ik rem om ze met mijn telefoon te filmen en de auto achter ons knalt op de onze.'

Maria Cristina brengt haar hand naar haar mond. 'Heb je je bezeerd?'

'Nee, niets. Sarah wel, die had last van een halswervel. Ze moest de rest van de reis een brace dragen. Als we op safari waren, moest ik haar als een marionet omdraaien zodat ze de dieren kon zien. Ze neemt het me nog steeds kwalijk.' Nicola Sarti lacht kort, maar Maria Cristina blijft ernstig.

'Als je mij dit verhaal over je vrouw op deze manier vertelt, zo kalm, dan zul je ook wel over ons hebben verteld aan anderen.' Ze kijkt hem streng aan. 'Heb je de video aan iemand laten zien?'

Er doemt een dreigende wolk op in Nicola Sarti's blik, hij slaat zijn ogen neer op de entrecote en strijkt met zijn hand over zijn voorhoofd zonder een woord uit te brengen.

Maria Cristina moedigt hem aan. 'Kom op, vertel maar. Ik moet het weten. Het is belangrijk.' Ze gaat harder praten. 'Ik ben godverdomme de vrouw van de premier. Volgens mij heb jij een groot probleem, jij realiseert je niet met wie je te maken hebt.' En dan, met verkrampte lippen: 'Jij weet niet met wie je aan het praten bent.'

Je hebt het gezegd! zegt Diana Brinzaglia grijnzend.

'Kut!' roept Maria Cristina uit, zichzelf vervloekend. Wie heeft er bezit genomen van haar tong? Hier spreken de zo lang ingehouden spanning en angst. Rustig blijven, zegt ze tegen zichzelf. Ze had met zichzelf afgesproken haar doel geleidelijk en met zo weinig mogelijk listigheid te bereiken.

Nicola Sarti herhaalt mompelend en met een glimlach: 'Jij weet niet met wie je aan het praten bent... Is dat wat je zei? Je hebt helemaal gelijk. Ik weet het niet. Jij bent niet de persoon die ik kende. Je bent niet in orde. Je bent zo geschrokken dat je trilt. Je moest jezelf eens zien.'

Maria Cristina merkt dat haar handen beven.

'Ik wil helemaal niets van jou. Jij bent degene die mij hier heeft uitgenodigd.' Zijn toon klinkt luider, hij herstelt zich van de dreun die hij heeft gekregen. 'Wat heb ik me vergist toen ik je die video stuurde. Dat was een idiote actie, ik dacht dat je nog dezelfde was als vroeger. Ik stuurde je foto's van ons, van Alessio. Het was net alsof we elkaar nooit echt waren kwijtgeraakt.'

'Nicola, dat was twintig jaar geleden. We hebben sindsdien niets meer van elkaar gehoord. Ik heb een dochter. Sorry dat ik zo doordram. Ik ben niet zomaar een vriendinnetje aan wie je pornofilmpjes stuurt, ik ben een moeder, nog afgezien van mijn kleine institutionele rol –'

Hij onderbreekt haar. 'Neem me niet kwalijk, ik heb je niet verkracht, ik heb je niet bewusteloos geslagen, jij bent net zo verantwoordelijk voor die video als ik. En wat jouw vraag betreft, mijn ex vertelt er lachend over. Voor haar is het geen probleem. En nee, de video van Tanzania heb ik aan niemand laten zien. En de jouwe ook niet. Ik praat erover omdat jij ernaar vroeg. Wat moet ik doen? Zweren op mijn kinderen? Ik ben een nette vent en ik pronk er niet mee dat ik Maria Cristina Palma heb geneukt. Dat heb ik niet nodig. En als je me niet gelooft, is dat niet mijn probleem.' Zijn blik is zo meedogenloos dat Maria Cristina bang is dat hij haar zal slaan.

'Heb je hem verwijderd?' vraagt ze en ze slikt.

'Zoals ik je had beloofd.'

'Bewijs het.'

Hij gooit zijn telefoon op tafel. 'Kijk zelf maar. 2123. Toe maar.'

Ze blijft roerloos zitten.

Nicola Sarti schuift het vlees opzij. 'Ik kan het onmogelijk bewijzen. Ik zou de video kunnen hebben gewist op mijn telefoon maar opgeslagen op een USB-stick of een harde schijf. Of in de cloud. Overal. En ik zou de tape kunnen hebben begraven in een bos. Helaas zul je me moeten vertrouwen.' Hij glimlacht vals. 'En jij, heb jij hem verwijderd?'

Maria Cristina geeft geen antwoord.

'Nou?'

Ze schudt haar hoofd.

'En waarom niet?'

'Het is bewijs. Ik kan hem niet wissen.'

'Bewijs waarvan?'

Maria Cristina moet een golfbal doorslikken om te kunnen antwoorden. 'Voor het geval je me wilt chanteren.'

Het is alsof ze een gloeiende pook in zijn flank heeft gestoken. Nicola Sarti staat met een ruk op en smijt zijn servet op tafel. 'Verdomme, Maria Cristina...' Hij kijkt haar aan met een blik die eerder teleurgesteld is dan boos. 'Het gaat niet goed met jou. Echt. Het spijt me dat ik het moet zeggen. Laat die video aan je man zien. Heb ik geen probleem mee. Jij wel? Wat gebeurt er als je man hem ziet?'

Ze stamelt. 'Waarom maak je zulke video's?'

Nicola Sarti pakt zijn telefoon en stopt hem in zijn jas. 'Ik maak niet zulke video's. Het is twee keer gebeurd. En trouwens, toen kwam je op z'n zachtst gezegd behoorlijk enthousiast over. Weet je zeker dat je je niet meer herinnert hoe die video is ontstaan? Je was een grappig, vlot meisje, je zei dat je mijn pik lekker vond en dat je me het liefst de hele dag wilde pijpen. Herinner je je dat, of niet?' Hij praat nu hard.

Maria Cristina bloost, kijkt om zich heen en slaat dan boven de tafel haar ogen neer.

'Nu ben je een achterdochtige, gemene vrouw. Toen ik je opnieuw ontdekte op die beelden, ging ik terug naar die ongebonden tijd. Meer niet. Anders dan jij ben ik een open boek. Ik heb je niet opgezocht, ik heb niet aan je kop lopen zeuren, ik heb niets van je gevraagd. Of toch wel: ik heb je mijn excuses aangeboden. Jij hebt me hier niet laten komen om me te zien, maar alleen uit angst dat de video verspreid zou worden. Nou, het leven kan je nog steeds verbazen. Wacht maar af.'

Nicola Sarti smijt twee biljetten van honderd euro op tafel en loopt hoofdschuddend weg.

Maria Cristina rijdt terug naar huis. Haar handen trillen op het stuur. Op de passagiersstoel staat de doos van piepschuim. Ondanks de geur van brandstof die de auto vult, ruikt ze de sterke visgeur. Ze remt abrupt bij een parkeerhaven langs de weg, precies naast een rij afvalbakken voor gescheiden afval. Ze stapt uit, pakt de doos, maakt hem open en kiepert alle vis in zijn eigen vocht plus de zeesla en wat er over is van het ijs eruit. Dan loopt ze naar de container voor plastic en net als ze de doos erin wil gooien, ziet ze op de bodem een doorweekt bonnetje geplakt. Ze haalt het eraf. Het is de kassabon van viswinkel Il Veliero in Civitavecchia, honderdzestig euro, de vorige dag om zeventien uur drieëntwintig geprint.

Had hij niet gezegd dat de vis dagvers was en rechtstreeks uit Mazara del Vallo kwam?

3

Ze heeft Irene en Greta met de chauffeur naar Rome gestuurd, een paar wandelschoenen aangetrokken en is op pad gegaan om een wandeling te maken. Ze wil tot de westgrens van het landgoed komen, het wildste gedeelte. Ze loopt door de hooivelden het bos in, dan verder in zuidelijke richting, ze klautert over stenen en langs ravijnen, daalt af in rotsige afgronden, in spleten die in de tufsteen zijn uitgesleten, glijdend langs modderige grijze bergkammen waaraan varens zich vastklampen en waaruit wortels van eikenbomen tevoorschijn komen als bloedvaten, en nóg verder omlaag, langs het water, over kiezelpaadjes, tussen kerkhoven van boomstammen bedekt met smaragdgroen mos, wegzakkend in stroompjes donker, stinkend water.

Ten prooi gevallen aan een ondefinieerbare lusteloosheid draaft ze door zonder te stoppen en soms lukt het haar heel even om niet aan Nicola Sarti te denken, eerst protesteerde haar grote teen nog in de wandelschoen, maar de pijn werd na een tijdje minder en veranderde van scherp en ritmisch in zwak en continu, haar hart klopt in haar borst op het ritme van haar ademhaling. Ze gaat een bos in van door klimop gewurgde schuine boomstammen, heuvels en dalen bekleed met een tapijt van bladeren en dorre takken, bramenstruiken, scherpe stenen, vlekken van licht en schaduw, muizendoorn, opnieuw bramenstruiken en door klimop omwikkelde boomstammen, alsof ze niet zelf beweegt maar er onder haar voeten een loopband rolt die haar steeds hetzelfde landschap in oneindig veel variaties aanbiedt.

Maria Cristina blijft staan op een afgelegen, ontoegankelijke plek staan, geen spoor van mensen te bekennen, hier was het duizend jaar geleden precies zo. Ze gaat op een rots zitten, laat de vochtige geur van paddenstoelen en aarde haar neusgaten vullen en de koude lucht wervelt in haar door vermoeidheid verhitte bronchiën, terwijl haar hartslag langzaam vertraagt.

Er zou haar best iets kunnen overkomen, maar niet nu, niet hier. Het bos beschermt haar. Maria Cristina kijkt naar de mieren die in een rij marcheren, de spinnen met hun onmetelijke poten, de zilverkleurige korstmossen. Het licht schijnt van bovenaf compact door nevelspiralen heen, ze hoort de roep van onbekende vogels, de wind die blaast tussen de takken.

Hier is ze niet meer de vrouw van Domenico Mascagni, de moeder van Irene Mascagni. Hier is ze slechts een organisme dat deel is van de natuur, eindelijk zichzelf.

Ze moet alles achterlaten. Teruggaan naar India en zich verstoppen in een ashram om weer in balans te komen. Ze kruist haar benen, recht haar rug, laat haar handen naast zich hangen, sluit haar ogen, verlengt haar hals in het licht, in een pose die perfect is voor een vrouwenblad of een fitnessmagazine.

Het is de verborgen glamourregie van het freudiaanse superego die haar zelfs leidt wanneer ze zich in een bos wanhopig probeert te transformeren in een kluizenaar en die haar eraan herinnert netjes te blijven en haar bilspieren aan te spannen voor de onzichtbare toeschouwers van haar levensloop. Maria Cristina is de enige actrice in haar bestaan, in het theater van haar geest vertolkt zij alle rollen, de sportvrouw, het fotomodel, de heilige, de vrouw van de schrijver, de vrouw van de premier, het slachtoffer van wraakporno, de bleke, zwevende Ophelia van het overbekende schilderij van Millais. Geen daarvan is authentiek. De enige waarheid is de zekerheid van een nabije ramp. Dat voelt ze op haar huid, ze merkt het aan een constante druk onder haar borst, net als dieren die het naderen van een catastrofe waarnemen.

Ze heeft er een waanzinnige puinhoop van gemaakt in het restaurant. Welke rol speelde ze tegenover een ongelovige Nicola Sarti? De doortastende, starre, onsympathieke vrouw, de Thatcher van de Maremma? De hoofdpersoon in *Gone Girl*? God mag 't weten. Het resultaat is dat ze hem razend heeft gemaakt. Zijn ogen gloeiden van een wraakzuchtige woede.

Wacht maar af, heeft hij gezegd.

Wat betekent dat?

Dat betekent dat de video al online staat of daar binnenkort terecht zal komen, concludeert Diana Brinzaglia.

Ze moet hem meteen opbellen en haar excuses aanbieden. Ze moet hem zeggen dat ze zich niet lekker voelde, het goedmaken voordat het te laat is. Ze haalt haar telefoon uit haar zak. Geen bereik. Ze zit in een kutravijn uit het juratijdperk, misschien heeft hij al geprobeerd haar te bellen, zag hij in dat hij heeft overdreven, maar kreeg hij geen verbinding.

Als een neanderthaler die achtervolgd wordt door een sabeltandtijger klautert ze op handen en voeten tegen een rotsige helling op, met haar telefoon in de hand als een wichelroedeloper zich richtend op de hemel, op hooggelegen punten, op zendmasten, op het door telefoonsignalen doorkruiste hemelgewelf, maar nee, niks, niet eens één streepje.

Tussen de eiken en moseiken staat een hoge toren van rotsblokken, overblijfsel van duizenden jaren van vulkanische activiteit, ze klampt zich vast aan steenplaten, trekt zich omhoog over doornstruiken, steekt haar voeten in rotsspleten met slangenholen en klimt omhoog, steeds hoger drijft ze zichzelf, over richels, hoger, hoger, nog hoger, ze kán bijna niet meer, totdat ze de top bereikt, een goede rotspunt voor roofvogels. Als *De wandelaar boven de nevelen* van C.D. Friedrich verheft Maria Cristina zich boven de bomenzee en kijk, daar zijn de streepjes, genoeg om te bellen, maar niet om verbinding te maken.

Haastig zoekt ze het nummer van Nicola Sarti op, de telefoon gaat één, twee, drie, vier keer over en dan de stem van de voicemail. Ze verbreekt de verbinding. Hij zal zien dat ze het heeft geprobeerd. Ze gaat zitten. Handen in het haar. Ellebogen op de knieën. Dan gaat haar telefoon. Ze antwoordt.

'Hallo?'

'Hallo, Cri.'

‘Luciano…’

‘Cri. Ik heb heel vaak geprobeerd je te bereiken. Hoe is het gegaan? Heb je het gesprek opgenomen?’

‘Welnee. Ik heb alles verprutst.’

‘Hoe bedoel je?’

‘Ik heb tegen hem gezegd dat hij een afperser is. En ik heb gevraagd wat hij van me wilde.’

‘En wat zei hij?’

‘Hij werd razend.’

‘Dus hij is geen afperser.’

‘Jawel, dat is hij wel. Maar hij wil zo niet behandeld worden. Hij is niet iemand die om geld of gunsten vraagt, hij vindt het leuk om me in zijn macht te hebben. Hij is te intelligent en te slinks om me expliciete dingen te vragen, hij wil me misleiden. Hij zei dat ik een slecht mens ben en dat het leven nog niet klaar is met mij lesjes te leren. Gewoon bedreiging.’

‘Wat zou hij dan willen?’

‘Dat weet ik niet.’

‘Geld?’

‘Nee. Dat geloof ik niet. Hij maakt steeds heel duidelijk dat hij zelf genoeg geld heeft. Maar dat kan een leugen zijn. Je wilt niet weten wat een opgeblazen pad hij is. Hij is een leugenaar. Ik heb bewijs.’

Ze vertelt Luciano over het bonnetje uit Civitavecchia.

‘En op het laatst smeet hij zijn geld op tafel, alsof ik een hoer was, en toen zei hij: wacht maar af.’

Luciano zwijgt.

‘Ben je er nog?’ vraagt Maria Cristina.

‘Hij wil vast iets van je echtgenoot.’

‘Waarschijnlijk.’

‘Wat kan ik voor je doen?’

‘Niets, Luciano. Hij is in staat om de video online te zetten. Ik moet dit zelf oplossen. Ik zal erover praten met Domenico. Luister, ik ben ergens waar m’n bereik slecht is, ik bel je later.’

‘Denk erom, bel me.’

‘Goed. Ik hou van je.’

‘Ik ook van jou.’

De zon achter de donkere heuvelmassa maakt plaats voor roze, grijze en paarse slierten en strepen, terwijl Maria Cristina door de geelgekleurde hooivelden terugloopt naar huis. Haar blik recht vooruit, haar armen die bungelen, haar geest die om haar tiran heen draait als een oester rondom een binnengedrongen zandkorrel.

Nicola Sarti is niet wie hij wil doen geloven dat hij is. Óf hij heeft geldzorgen en de video is een chantagemiddel, óf hij wil iets anders. Seks?

Nee. Hij was in het restaurant veel te beledigd, hij maakte een overdreven scène, hij smeet het geld op tafel om haar een schuldgevoel te geven, haar aan hem te binden, een touw om haar nek te leggen. Maar hij zal de video niet openbaar maken voordat hij haar zal hebben gevraagd wat ze wil.

Het is tijd om alles aan Domenico te vertellen, die zal de video aan de juiste personen geven. Om te beginnen aan Bruco.

Ze blijft hijgend staan, handen in haar zij.

Vóór haar een onbegroeide helling, kaal, bezaaid met uitwerpselen, hier overleven alleen distels die zich met hun stekels kunnen verdedigen tegen de alles vermalende kaken van de schapen.

Bruco is de enige die haar kan helpen.

Als de video al online zou staan, zou hij de technologische middelen hebben om de verspreiding ervan te blokkeren, en zo niet, dan zou hij een verdedigingsplan kunnen opstellen, hij heeft de ideeën en de kennis om te voorspellen wat de impact van het filmpje zal zijn op haar leven, op het overleven van de regering en op heel Italië.

Ze moet hem spreken. Maar hoe? Ze heeft nooit rechtstreeks met hem te maken gehad. Zijn berichten bereiken haar via Caterina of de mensen van de pr, of via Domenico zelf. Maar ze kent het mailadres waarmee hij haar kledingkeuzes bevestigt. Daar zal ze iets naar sturen, in de hoop dat hij antwoordt.

Als ze weer thuis is pakt ze snel haar laptop, ze checkt haar inbox en typt een berichtje aan hem.

Beste Bruco,

Ik weet dat je alleen maar communiceert per e-mail en WhatsApp, maar ik moet je absoluut persoonlijk, onder vier ogen en zo snel mogelijk spreken. Ik heb een groot probleem dat ik met je moet delen, een probleem dat de huidige situatie van mijzelf en van Domenico en misschien zelfs het politieke evenwicht van het land in gevaar kan brengen. Ik weet zeker dat jij de enige bent die mij op dit moment kan helpen. Alsjeblieft, antwoord me en zeg me wat ik moet doen om je te ontmoeten. Dank je wel.

Maria Cristina Palma

Ze hoopt dat daarmee haar bezorgdheid en de urgentie van een persoonlijke ontmoeting duidelijk zijn.

Er is niemand meer in de villa. Emma en Italo hebben zich opgesloten in hun eigen huis. Haar voetstappen galmen door de lege, donkere kamers en de blaffende honden maken haar intens verdrietig. De villa heeft haar altijd beschermd. Maar nu niet. Nu zou ze willen dat er iemand was met wie ze kon praten, iemand die van haar houdt. Het liefst zou ze meteen teruggaan naar Rome, maar ze moet wachten tot de chauffeur terug is die Irene naar huis heeft gebracht.

Ze kookt wat venkel en eet dat staand op met een restje pizza van het diner met de minister. Haar telefoon houdt ze steeds voor zich.

Terwijl ze iets zoets zoekt in de koelkast gaat hij over. Met een bakje pistache-ijs in de hand ontgrendelt ze haar telefoon.

Mariella Reitner.

Wat wil die nou weer?

Ze is moe, uitgeput, haar zenuwen strakgespannen, maar ze neemt toch op. 'Ja? Hallo?'

'Maria Cristina.'

'Hallo, Mariella.'

'Hoe is het met je? Neem me niet kwalijk dat ik je stoor op dit tijdstip, op zondag...'

'Geen probleem. Hoe gaat het met je rug? Ik heb er helemaal niet meer naar gevraagd...'

'Beter, dank je. Ik heb ontstekingsremmers genomen en de pijn is weg. Ik wil je niet storen. Ik wilde alleen even een paar dingen bespreken voor het interview van dinsdag.'

'Vertel.'

'Bevestig je dat je het zult doen?'

'Ja, natuurlijk. Hoezo?'

De journaliste aarzelt, en dan: 'Mij hebben geruchten bereikt dat je het niet meer wilt doen. En dat ze je op het laatste moment met een of ander smoesje willen laten vervangen.'

'Geruchten? Hoe bedoel je?'

'Ik heb ze niet rechtstreeks gehoord, maar via iemand van

mijn redactie. Ze zijn afkomstig van jouw staf. Ik wil je er niet mee vervelen, maar ze zeggen dat je bang bent dat ik indiscrete vragen zal stellen over de relatie tussen je echtgenoot en staatssecretaris Gilardoni.'

'Nee. Ik heb nooit zoiets gezegd.'

'Dat dacht ik al. Dus je bevestigt dat je komt?'

'Sorry, maar wat voor relatie zou er zijn tussen mijn echtgenoot en mevrouw Gilardoni?'

'Ach, je kent die verhalen wel... Maar ik zal je daar helemaal niets over vragen, zoals ik je heb beloofd.' Stilte. 'Tenzij je er zelf over wilt praten.'

'Nee, ik wil er niet over praten. Maar ik begrijp niet goed... Zijn er soms foto's, video's, ik weet niet, nieuwe dingen die aantonen dat ze een relatie hebben?'

'Nee. Alleen maar roddels. Ik ga niet achter dat soort dingen aan. Als er gegronde bewijzen zijn, verandert dat de zaak natuurlijk, en niet vanwege het schandaal op zich, maar vanwege de invloed die een buitenechtelijke relatie op het overleven van de regering heeft. Maar ik doe daar niet aan mee. Dus wat is het probleem?'

Maria Cristina schraapt haar keel. 'Sorry, Mariella, ik begrijp je niet. Kijk, ik ben wat traag van begrip, maar wat zou er veranderen als mijn man mij zou bedriegen met een staatssecretaris? Kan hij dan zijn werk niet meer uitoefenen? Het is geen relatie tussen, ik zeg maar wat, een docent en een leerling. Ze zijn allebei volwassen en gevaccineerd, en overspel lijkt me niet voldoende grond voor een impeachment of zoiets. Ze zijn nog steeds heel goed in staat om voor het welzijn van het land te werken. Het probleem zou alleen mij en mijn dochter betreffen...'

'Nou, dat is interessant wat je daar zegt. Daar kunnen we het over hebben in de uitzending...'

'Luister, sorry, het is laat, ik moet stoppen,' onderbreekt ze haar. 'Ik kom, dat heb ik je beloofd. Maar de afspraak was dat we het gaan hebben over mij, over wie ik ben, wat ik denk, en niet over de roddels waarmee iedereen wordt lastiggevallen die ook maar een beetje opvalt. Zeg het maar, Mariella, want als dat niet zal gebeuren, dan gaat het niet door… Ik moet je kunnen vertrouwen.' En met een zucht voegt ze eraan toe: 'Iemand…'

'Mij kun je vertrouwen,' antwoordt de journaliste.

'Alsjeblieft, bedrieg me niet.'

'Dat beloof ik.'

VI

Maandag 26 februari

1

Als een zwarte vloeistof omhult de duisternis Maria Cristina, die ligt te woelen onder haar dekbed. Ze heeft licht geslapen, korte hazenslaapjes waarna ze alert wakker werd, alsof er iemand in huis was, ze dacht voetstappen te horen in de gang, het knarsen van een deur die openging, en ze verbeeldde zich dat het Nicola Sarti was om haar te grazen te nemen.

Ze knipt de schemerlamp aan, ze zou zich het liefst verdoven met slaappillen maar dat kan niet, ze verwacht een bericht van Bruco. Ze kijkt op haar telefoon. De mail is gekomen.

Beste M.C.,

Ik wacht op je bij tankstation Magliano dei Marsi bij hectometerpaal 81.6 op de A25. Om acht uur. Tegenover het damestoilet buiten. Kom alleen.

B.

Om acht uur? Dat is over vier uur. Waar is dat tankstation? Ze kijkt op Google Maps. In de Abruzzen. Meer dan drie uur rijden. Ze rent naar de badkamer, poetst haar tanden, maakt zich haastig op, maar als ze moet beslissen wat ze zal aantrekken blokkeert ze. Hoe zou Bruco haar gekleed willen zien? Ze trekt een broek en een trui aan, nee, beter een donkerrode strakke jurk met ronde hals, die komt boven de knie en accentueert haar taille, en hoge zwarte laarzen. Een parelketting, geen oorbellen.

Het volgende probleem is de auto. De Defender is te oud, alleen de Mercedes van de chauffeur is er. Ze opent de deur van zijn kamer, de man slaapt, opgerold in de dekens, hoofd tegen de muur. 'Sorry, Davide. Ik heb de autosleutels nodig,' fluistert ze vanuit de deuropening.

De chauffeur draait zich om en ziet haar in het halfdonker staan. Hij begrijpt het niet, hij knijpt zijn ogen tot spleetjes, alsof hij haar niet goed kan zien. 'Waar... Waar gaan we heen? Wat is er gebeurd?'

'Niets. Ik ga alleen. Jij kunt doorslapen. Ik waarschuw de beveiliging. Neem de Defender maar om terug te gaan naar Rome, maar denk erom, controleer wel het water in de radiator. En neem Pippo mee, dat kleine hondje dat last heeft van zijn poot, en ga met hem naar de dierenarts. We zien elkaar thuis. Waar zijn de autosleutels?'

Hij wijst naar zijn jasje. 'Ik begrijp het niet. Moet ik de hond hier terugbrengen?'

'Nee. Meenemen naar Rome.' Maria Cristina haalt de sleutelbos tevoorschijn. 'Dank je wel. Slaap maar door, het is nog vroeg.' En ze verlaat de kamer.

De chauffeur staart naar de dichte deur, de geur van de vrouw hangt nog in de kamer, lekker, zoet maar niet té, hij zou dat ook wel willen kopen voor Monica, zijn verloofde, maar hij durft niet aan mevrouw Mascagni te vragen hoe dat parfum heet en bovendien zal het wel heel duur zijn. Zijn blik blijft rusten op zijn broek en onderbroek die op de stoel zijn neergegooid en op zijn zweetschoenen naast de stinkende sokken, en moedeloos laat hij zijn hoofd in het kussen vallen.

2

Dít is pas een auto. De verwarmde leren stoel buigt zich om haar heupen als een schil. Maria Cristina leunt met haar achterhoofd tegen de hoofdsteun en haar handen liggen gespreid op het stuur. Het digitale dashboard wijst haar de weg naar Bruco. Uit de stereo klinken de pianosonates van Beethoven. De binnentemperatuur is drieëntwintig graden, de buitentemperatuur negen. De snelweg is verlaten en het enige waar ze op hoeft te letten zijn de flitspalen.

In haar eentje op de snelweg rijden geeft haar een gevoel van, ze weet niet hoe ze het moet noemen, van euforie, vitaliteit, energie, alsof ze midden in een avontuur zit.

Ze zet de richtingaanwijzer aan en passeert een lange rij vrachtwagens.

'Bel Caterina Gamberini,' beveelt ze haar telefoon.

De beltoon gaat lang over, dan hoort ze de verbaasde stem van haar assistente. 'Maria Cristina! Wat is er aan de hand?'

'Ik wilde je spreken.'

'Maar hoe laat is het?'

'Tien over halfzeven.'

'Wat is er gebeurd?'

'Domenico vertelde me dat je met me wilt praten.'

'Nu? Op dit tijdstip?'

'Komt het niet uit?'

Caterina is onzeker. 'O! Nee, ja, natuurlijk wel. Ik was alleen teleurgesteld.'

'Dat hoeft niet. Maar je moet weten dat wat ik toen die avond op het toilet heb gehoord me de ogen heeft geopend. En ik ben blij dat ik je in alle eerlijkheid heb horen praten. Je hebt gezegd dat ik ongeschikt, frivool en dom ben. Je zou het goed hebben kunnen vinden met mijn moeder. Die zei dat de Heer mij heeft gezegend met een mooi lichaam, maar er mineraalwater in heeft gegoten.'

'Wacht...' probeert Caterina haar te onderbreken.

'Laat me uitpraten. Bedenk echter dat domme mensen evengoed pijn voelen als intelligente. Of tenminste, die indruk heb ik. Ik vond het niet leuk om je zo over me te horen praten.'

'Maria Cristina, alsjeblieft –'

'Laat me uitpraten. Je zei dat ik alleen ben en geen vrienden heb behalve Luciano. Maar die klusjesman, zoals jij hem noemt, is de liefste en loyaalste persoon op de hele wereld. En vergeet niet dat jij en ik de afgelopen twee jaar elke dag samen zijn geweest en ik er in mijn domheid van overtuigd was dat jij een vriendin was, en nu heb ik ontdekt dat je me zielig vindt. Het is waar, ik ben frivool, ik ben dol op elegante kleren, sieraden, mooie huizen en comfortabele auto's. Ik ben geboren tussen frivole mensen die van het leven wilden genieten en die me dit hebben geleerd. Je voegde daaraan toe dat ik weinig boeken heb gelezen en zelfs ongeletterd ben.'

'Alsjeblieft...' jammert Caterina in een poging ertussen te komen.

'Ik bel je om te zeggen dat ik op weg ben naar Bruco en dat jij de beveiliging moet waarschuwen. Ik heb de Mercedes van Davide genomen.'

'Naar Bruco? Dat begrijp ik niet.'

'Ik ben naar hem op weg, om hem te zien.'

'Dat begrijp ik niet.'

'Ik heb een afspraak met hem.'

'Ik begrijp niet waarom.'

'Hou op met zeggen dat je het niet begrijpt, Caterina. In levenden lijve. Ik ontmoet hem persoonlijk.'

'Dus dat je hem kunt aanraken?'

'Ja, als hij zich laat aanraken.'

'En wat gaan jullie doen?'

'Bijkletsen.'

'En waar?'

'Dat kan ik niet zeggen. Ach, ik wilde je ook vragen om even langs de studio van Amelianna te gaan om de kleren voor het interview op te halen. En koop daarna voor Irene panelle bij de Siciliaanse traiteur op het Piazza Giuochi Delfici. En controleer of Davide met de hond naar de dierenarts is gegaan.'

'Goed.'

'Dank je. O, en nog iets, je zei in de toiletten ook dat ik weet, maar nooit zou toegeven, dat mijn man affaires heeft. Maar ik weet dat echt niet. Jij weet het blijkbaar wel, dus heeft hij affaires?'

'Wat?'

'Affaires. En probeer niet tegen me te liegen.'

'Nee… Ik weet het niet… Ik zweer het… Ik zweer op…' stamelt de assistente.

'Niet zweren, alsjeblieft. Dag.'

Het zwarte lint van de snelweg door de Apennijnen klimt nog steeds en voert langs droge heuvels, door stenige dalen en over rotsige bergen, glijdend over de lange bogen van de verlaten viaducten. De donkere bril beschermt Maria Cristina tegen de zon die troebel tussen de heuvels tevoorschijn komt. Verderop, nog in schaduw gehuld, de bergen met strepen van sneeuw.

Kort nadat ze het gesprek met Caterina had beëindigd, werd ze gebeld door Domenico, ze heeft niet opgenomen en hem met een spraakbericht laten weten dat ze op weg is naar Bruco om zich voor te bereiden op het interview van morgen en dat ze, zodra ze klaar is, teruggaat naar Rome.

Op de radio zingt Bryan Ferry 'More Than This'. Maria Cristina zet het volume hoger en het oude liedje van Roxy Music dringt als een projectiel door haar harnas heen en valt uiteen in scherven van leven, de transfers in de bus met het atletiekteam, de feestjes in het penthouse van Alessio, de catwalks in Parijs voor Valentino, de vliegreizen naar New York met een walkman in haar oren.

'More Than This'.

Meer dan dit. Ze moet de kracht vinden om te veranderen en bestand te zijn tegen schokken, zodat haar leven wat lichter wordt. Aan blauwe plekken is nog nooit iemand doodgegaan.

3

Maria Cristina parkeert de auto op de parkeerplaats van het tankstation. Ze kijkt in het spiegeltje, doet wat lippenstift en blush op, zet haar wollen muts en zonnebril op en stapt uit haar verwarmde schrijn. Er waait een ijzige wind, ze pakt de donsjas en wil die aantrekken, maar een windvlaag rukt hem uit haar handen en tilt hem in de lucht. Trippelend probeert ze hem te grijpen, maar de jas rolt als een plaaggeest over het asfalt. Snel als een hazewindhond strekt Maria Cristina één been uit en zet haar voet op de jas, terwijl ze bukt om hem op te rapen explodeert er achter haar een claxon zo hard als de hoorn van een veerboot.

Maria Cristina slaakt een kreetje, kijkt om en ziet de buitenproportionele voorkant van een vuurrode vrachtwagen met daarin een chauffeur met lang, blond haar die zijn vuist balt als een voetballer die net een goal heeft gemaakt, hij parkeert zijn wagen naast haar en draait het raampje open. 'Hé joh! Jij moet op de Werelderfgoedlijst van Unesco!'

Maria Cristina knipoogt naar hem. 'Dank je, schat.'

De chauffeur antwoordt met nog een dreun van zijn luchthoorn en voegt met zijn oplegger, waarvan de achterkant is beschilderd met de kop van Totti, in op de snelweg.

Met een verborgen glimlach onder de samengeknepen lippen en hopend dat Bruco het tafereel heeft gadegeslagen, gaat de vrouw van de premier de bar binnen. Er is geen levende ziel te bekennen, afgezien van een spichtige barkeeper met een ringbaardje die naast de kassa naar zijn telefoon staat te staren. De vitrine is halfleeg, er liggen nog een paar uitgedroogde punten pizza margherita in en een als een kapotte schoenzool opengesperd broodje met overjarige mozzarella. Op het tv-scherm boven de tafeltjes ziet ze heel even haar man die achter een spreekgestoelte staat te praten. Ze bestelt een cappuccino van gerst met sojamelk en een volkorenbrioche. De barman kijkt haar strak aan en zij buigt haar hoofd terwijl ze in haar kopje roert. Vervolgens loopt Maria Cristina naar het toilet achter de benzinepompen. Rillend van de kou plast ze. Wanneer ze langs de spiegel loopt, vermijdt ze haar eigen spiegelbeeld.

Het woord 'spanning' dekt niet helemaal de lading van wat Maria Cristina op dit moment voelt. Het is meer een gevoel van onrustig verlangen, een dringende noodzaak om te biechten en een objectief oordeel te horen dat zin kan geven aan deze geschiedenis.

Haar hart bonst terwijl ze verdacht rondhangt voor de deur

van het damestoilet. Waar is Bruco? Hoe kan ze hem herkennen? Ze heeft het gevoel dat ze vanuit de verte wordt bespioneerd. Maar behalve een paar auto's die langflitsen op de snelweg en het mannetje van de gesloten benzinepomp in zijn hokje naast een kacheltje, ziet ze niemand.

Ze krijgt een aanwijzing, net als in een spionagefilm. Een bericht van een onbekend nummer.

> Loop om de bar heen. Op de achterste parkeerplaats zie je een camper. De deur is open. Ga naar binnen.

Maria Cristina laat al haar behoedzaamheid varen, ze rent naar de achterzijde van de benzinepomp en ziet naast een bevroren haag een lange gammele bruine camper waar op de zijkant in het wit MALIBU 490 op staat, de raampjes zijn bedekt met zwart-groen geblokte gordijnen, die van de cabine zijn geblindeerd. De motor draait en de uitlaatpijp spuugt een wolk witte rook uit.

In vier stappen is Maria Cristina voorbij de verhoogde betonrand van de parkeerplaats, ze opent het portier van de camper en gaat naar binnen, ze heeft het portier nog niet gesloten of een meute honden vliegt blaffend, springend en kwispelend op haar af. Het zijn er een stuk of zes, zeven, in allerlei kleuren, van allerlei rassen en religies, heel oud, een paar witte, kubusvormige mopshondjes dragen kleine Schotse winterjasjes met een bontkraagje, een honingkleurige cockerspaniël met oren die als vuile dweilen langs zijn kop hangen, op de tafel een pekinees met een kap om zijn nek, en een enorme rottweiler die op het bankje ligt met ogen zo mat als de pit van een witte druif en de punt van zijn snuit zonder haar. De vrolijkste is een dikke dalmatiër die één poot mist.

Maria Cristina probeert ze rustig te krijgen en aait ze. 'Braaf...

Braaf... Jullie zijn heel braaf.' Behalve de dieren lijkt er niemand te zijn. Het chauffeursgedeelte is afgescheiden door een wandje. Aan de andere kant, achter in de camper, is een onopgemaakt tweepersoonsbed. Op een werkblad drie monitors, een computer, elektriciteitsdraden, een doos vol telefoons, geluidsbanden en een rood verlicht terrarium waarin een slang zich om een tak heeft gewikkeld.

Maria Cristina kijkt in het toiletje, niets, ze loopt naar de deur van de chauffeurscabine, probeert die te openen, op slot.

'Is er iemand?' roept ze met luide stem, terwijl de camper in beweging komt. Ze zoekt houvast om niet te vallen, terwijl de honden als door toverkracht stil zijn.

Het is een val.

Ze werpt zich tegen de deur, pakt de deurkruk vast. Geblokkeerd. Zich vasthoudend aan de meubels loopt ze terug, aan het plafond hangt een camera, ze zwaait met haar armen om aandacht te trekken. 'Stop! Stop! Waar gaan we heen?'

De honden beginnen weer te blaffen. De rottweiler op het bankje jankt. Het pekineesje, dat nauwelijks stem heeft, stoot lange jammerkreten uit.

De camper maakt vaart, de vloer en alles trilt en knarst, de borden rinkelen. Door de gordijntjes en de bekraste ramen ziet Maria Cristina dat ze de parkeerplaats verlaten en de snelweg op rijden.

'Ophouden, jullie!' roept een mannenstem door een versterker. De honden gehoorzamen. 'Hier is Bruco die spreekt.'

De vrouw van de premier draait zich trillend om, de stem komt uit een luidspreker die op de werktafel staat.

'Ga zitten. Ik breng je naar een veilige plek.'

Maar ze blijft staan, zet zichzelf klem tussen twee wanden, haar hart bonkt tegen haar borstbeen terwijl ze door haar neus in- en uitademt.

‘Heb je het begrepen?’ vraagt Bruco. ‘Als je iets zegt, kan ik je horen.’

Maria Cristina knikt. ‘Goed.’

‘Het spijt me als je bent geschrokken...’

‘Geen probleem.’

‘In de keukenkastjes liggen gemberkoekjes, die heb ik zelf gebakken. Maar let op de honden, ze zijn er dol op.’

‘Nee, dank je. Ik heb net ontbeten.’

‘Muziek dan.’

Door de luidspreker klinkt ‘Sophisticated Lady’, gezongen door een vrouwelijke jazzstem. Schuilt er een zekere ironie in de keuze van dit stuk? vraagt de vrouw van de premier zich af terwijl ze een zitplaats zoekt, elk kussen wordt bezet door een hond die haar aanstaart, ze gaat op het puntje van de bank zitten, naast de rottweiler. De pekinees met de kap om zijn nek springt in haar armen en likt haar handen.

Ondanks de hoeveelheid boeken, cd’s, videobanden en verouderde elektronische apparaten die in elk beschikbaar hoekje zijn gestouwd, is de camper tamelijk opgeruimd, maar alles, de kussens, de gordijntjes, is bedekt met hondenhaar en het stinkt er naar hond en hondenbrokken. Maria Cristina schuift de gordijntjes open in de hoop dat ze kan zien waar hij haar naartoe brengt. Na een paar kilometer neemt de camper de eerste afrit en rijdt verder over een ventweg langs de snelweg. Ze rijden langs fabrieken, loodsen, parkeerplaatsen, autosloperijen, majolicagroothandels, meubelwinkels en verwarmings- en loodgieterszaken. Ze vervolgen over een kronkeliger weggetje dat tussen de bomen omhoogvoert. Na een paar minuten remt de camper af. Het *tiktak* van de richtingaanwijzer. Ze staan stil.

De honden worden weer wakker, staan op en drommen kwispelend samen voor de deur.

Door het raampje ziet Maria Cristina een man met een zwarte motorhelm die het hangslot van een hek opent, en de angst die ze onderweg in bedwang heeft gehouden, explodeert nu en in haar geest doemen nieuwe en angstaanjagende hypothesen op. De mail waarin werd gezegd dat ze alleen moest komen. De geblokkeerde deuren van de camper. De stem door de luidspreker. De helm. Stel dat dit niet Bruco is? Het zou een gek kunnen zijn, een seriemoordenaar. Nicola Sarti. Een ontvoering. Rode Brigades. Aldo Moro.

Ze pakt haar telefoon uit haar zak. Nul bereik.

Idioot, jij hebt zelf naar Bruco geschreven, naar zijn mailadres, niet zo doordraaien, onderbreekt Diana Brinzaglia haar, maar zelfs haar oude klasgenoot kan haar niet tot bedaren brengen.

Tevergeefs probeert ze een raampje omhoog te trekken. Ze rent naar het gootsteentje waar een houtblok met een messenset staat, terwijl de camper door het hek rijdt en de honden beginnen te janken. De motor wordt afgezet.

Maria Cristina is van nature angstig, ze laat 's nachts de luiken sluiten en het alarm aanzetten, het politiebusje beneden bij haar huis stelt haar gerust, maar nu voelt ze iets anders, haar denken is verlamd, een rigor mortis heeft bezit genomen van haar lichaam en het lijkt of ze dat lichaam heeft verlaten, of ze als een geest rondzweeft door de camper zonder eruit te kunnen. Automatisch aait ze de dalmatiër, de enige die naast haar is blijven zitten.

De deur gaat open, de lucht is blauw en de meute stort zich jankend naar buiten.

Maria Cristina graait een mes uit het messenblok, terwijl de man met de helm binnenkomt en een groetend gebaar maakt. Wie hij ook is, hij is mager, bijna schriel, hij draagt een grafietkleurig flanellen shirt met Koreaanse kraag onder een kort zwart jasje en een donkerbruine krijtstreepbroek die omhoog wordt gehouden door een Gucciriem. Aan zijn voeten heeft hij zwarte sneakers zonder veters en met plateauzool. Als dit Bruco is, heeft hij niets te maken met de foto van de papzak met het T-shirt van ZZ Top die online rondgaat.

'Kom niet dichterbij.' Maria Cristina richt het mes naar hem. 'Bewijs wie je bent.'

'Amelianna schreef me dat je voor het interview van morgen hebt gekozen voor een zwarte broek met hoge taille en een grijs mouwloos coltruitje,' zegt de man met zijn handen in de lucht. 'Ik keur dat goed, precies de juiste elegantie. O, trouwens, ik vind je haar leuk.'

Het is Bruco, die dingen weet alleen hij. Maria Cristina legt het mes weg en realiseert zich dat ze niet heeft geademd sinds de man deze rammelkast is binnengekomen. 'O, god. Ik was zo bang. Fijn om kennis met je te maken.' Ze zit even aan haar haar. 'Vind je het echt leuk?'

'Ja. Heel erg jaren negentig. Je hebt het laten knippen zonder te overleggen, maar oké... Neem me niet kwalijk dat ik er zo bij loop, maar mijn identiteit moet verborgen blijven.' Hij steekt zijn hand uit en Maria Cristina schudt die, terwijl ze probeert iets op te vangen van het gezicht achter het donkere vizier.

'Hier zijn we veilig.' Bruco gaat tegenover haar zitten. 'De bomen hier verbergen ons voor satellieten. Ze kunnen ons niet afluisteren, de camper is een kooi van Faraday. En de honden beschermen ons. Nou, vertel me alles.'

Maria Cristina haalt een hand over haar gezicht. Het duurt even om het verhaal te ordenen.

Ze begint bij de avond op de club en de ontmoeting met Nicola Sarti en vertelt dan over die zogenaamd toevallige ontmoeting van de volgende dag, over de berichtjes, de foto's van Alessio, de video en ten slotte over de lunch gisteren en de puinhoop die ze daarvan heeft gemaakt. 'Ik vond het bonnetje van een viswinkel in Civitavecchia en niet uit Mazara del Vallo. En nu ben ik hier om met jou te bespreken of ik Nicola Sarti moet beschouwen als een bedreiging.'

'Ik ken Nicola Sarti.'

'Echt waar?'

'Hij heeft een jaar geleden gesproken op een congres van jonge ondernemers dat door de ministerraad was georganiseerd. Hij gaf een lezing over de kunst van inspiratie opdoen zonder te kopiëren. Het staat allemaal online.'

'Daar had ik geen idee van. En hoe kwam hij op jou over?'

'Als iemand die weet wat hij wil en die graag laat zien hoe succesvol hij is in het leven. Tijdens de lezing herhaalde hij steeds het woord "enthousiasme".' Hij zwijgt opnieuw, masseert zijn hals en zegt: 'Maar ik moet die video wel zien.'

'Welke video?'

'Jouw video.'

Maria Cristina draait zich om en ziet door het raam dat de lucht weer betrekt. 'Moet dat echt?'

'Ja, om je een antwoord te kunnen geven moet ik hem zien.'

'Eerlijk gezegd schaam ik me,' zegt Maria Cristina met tegenzin.

'Dat kan ik me voorstellen, maar je kunt gerust zijn, ik ben aseksueel. Ik voel geen enkele opwinding bij de menselijke geslachtsdaad.'

'O.' Maria Cristina haalt haar telefoon tevoorschijn, zoekt de video en laat die aan hem zien. 'Hier.'

Bruco houdt de telefoon met beide handen voor het vizier van zijn helm. 'Nee, zo kan ik niets zien. Ik moet mijn helm afzetten. Ik ga hem bekijken in het slaapgedeelte, als je het niet erg vindt. Hoelang duurt hij?'

'Achtendertig minuten.'

'Nou, toe maar!'

'Ik weet het. Dat is oneindig lang. Maar sorry, je moet hem hier bekijken waar ik bij ben. Ik vertrouw je niet. Je zou hem kunnen kopiëren.'

'Ik begrijp het probleem.' Bruco keert zijn rug naar haar toe, klapt zijn vizier omhoog en start de video.

Hij heeft hem helemaal bekeken. Het waren de zenuwslopendste achtendertig minuten in het leven van Maria Cristina, die de video uit haar hoofd kent en dus precies weet wanneer welke kreun komt, en welk woord, maar haar gêne is langzaam opgelost in verveling en wanneer Nicola Sarti eindelijk, godzijdank, klaarkomt en de Heer aanroept, ontsnapt haar een zucht van verlichting.

Bruco doet zijn vizier weer omlaag, draait zich om en geeft haar de telefoon terug.

'En?' Ze is ongeduldig. 'Wat vind je ervan?' Wat zou ze graag het gezicht van die soort van Darth Vader zien.

Bruco schraapt zijn keel. 'Inderdaad wat lang, en een beetje donker. De camera-instellingen zijn niet zo gelukkig gekozen. En de kwaliteit is verouderd, dus beslist magertjes. Er zijn een paar belangrijke momenten, maar in het algemeen is het tamelijk monotoon.'

Maria Cristina bloost. 'Ik vroeg niet of je hem leuk vond. Ik wilde weten of we hem kunnen blokkeren als hij hem openbaar maakt. En vooral of jij snapt waarom hij me dit heeft gestuurd.'

'Blokkeren denk ik niet. Er zal altijd een gap zitten tussen het moment dat hij het online zet en het moment dat de cybercrimepolitie ingrijpt, in de tussentijd zal de video zich oncontroleerbaar vermeerderen als een virus. Dit is een echte atoombom.

Ik heb nog nooit een langere en gedetailleerdere pornovideo van een beroemdheid gezien. En aangezien je de vrouw van de Italiaanse premier bent en bovendien de mooiste vrouw van de wereld en je, vergeet dat niet, meer volgers hebt dan Selena Gomez, heeft deze video een praktisch onbeperkte potentie van *global screening*.' Bruco wordt steeds enthousiaster. 'We hebben het hier over miljarden views in één dag. Een knaller!'

Om de mond van Maria Cristina verschijnt een spottende glimlach. 'Dank je, wat fijn om te horen...'

'De video documenteert een relatie tussen twee volwassenen met wederzijdse instemming. Het is geen verkrachting, en als kijker heb je ook niet de indruk dat er iets wordt opgedrongen. Je bent niet vastgebonden, je hebt geen handboeien om, er is geen zichtbare dreiging.' Bruco zwijgt even. 'Kijk, het ziet eruit alsof jullie plezier hebben. Maar mocht hij de video verspreiden zonder jouw toestemming, ja, dán zou hij natuurlijk een strafbaar feit plegen.'

Ze gebaart dat hij moet stoppen. 'Wacht, wacht even, je ziet dat we hebben gedronken en hij zou me die verkrachtingsdrug kunnen hebben gegeven...'

'Nee. De verkrachtingsdrug maakt je versuft, bijna bewusteloos, je wordt een soort zak aardappels. Maar jij wekt niet de indruk dat je gedrogeerd bent. Ja, misschien een beetje hyper, maar je handelt uit vrije wil. En bovendien waren dat soort drugs in die tijd nog niet in omloop. Vertel eens, was jouw orgasme echt?' vraagt hij op de toon waarmee ze in de apotheek om je verzekeringspasje vragen.

Ze staart hem stomverbaasd aan. 'Serieus?'

Met dat verdomde ruimtevaartpak dat Bruco aanheeft is niet te zien of hij haar stiekem uitlacht.

Maria Cristina moet een brok doorslikken voordat ze kan antwoorden. 'Ja. Ik geloof het wel. Als ik het terugzie, zou ik zeggen van wel.'

'Inderdaad, het ziet er niet uit alsof je het faket. En ook dát zullen de mensen zich afvragen, ze willen weten of het echt of fake is.'

'De mensen zullen zich dat helemaal niet afvragen, want ze zullen het niet zien.'

'Nee, natuurlijk niet. Het was maar een gedachte.'

Maria Cristina wordt steeds bozer, de blos die haar wangen kleurt breidt zich uit naar haar oren. 'Ik was geen pornofilmpje aan het maken. Ik had gewoon seks met iemand met wie ik een week samen was.'

'Voor een camera. Het is duidelijk dat jullie allebei de intentie hebben om dat te doen. Wanneer je aan het begin van het filmpje fellatio bedrijft, kijk je in de camera op een bepaalde manier, ik zou zeggen...' Voor het eerst kan Bruco niet de juiste woorden vinden. 'Wellustig. Er zijn een aantal passages en constructen die eerder typisch zijn voor professionele porno dan voor amateurporno. Sarti is in meerdere opzichten innovatief voor die tijd, twintig jaar geleden hadden de meeste pornofilmpjes nog een verhaallijn. Hier hebben we daarentegen de initiatie van een debutante die nog twijfelt tussen schaamte en schaamteloosheid.'

Maria Cristina probeert kalm te blijven. 'Sorry, maar jij was toch aseksueel?'

'Ja. Maar pornografie is een heel nauwkeurige indicator van maatschappelijke veranderingen. Die interesseren me. Jouw video zou ik definiëren als een castingfilmpje.'

'Bedoel je te zeggen dat het voor hem niet de eerste keer was?'

Bruco haalt zijn schouders op. 'Ik weet het niet. De video is opgenomen op de manier van de eerste Rocco Siffredi's, toen bestond er nog geen subjectieve cameravoering, die, zoals je weet, later de pornogrammatica omver heeft geworpen...'

Maria Cristina staat met een ruk op. 'En nou is het verdomme genoeg! Ben je helemaal gek geworden? Ik ben hier niet gekomen om te horen hoe die video in de geschiedenis van de porno past. Ik wil alleen maar weten of ik me zorgen moet maken. Dát moet je me vertellen. En verder niets.'

De driepotige dalmatiër komt hijgend en kwispelend binnen en schurkt zich tegen zijn baas aan, die hem op zijn kop krabbelt. 'Braaf, Simba. Braaf...' Dan, tegen Maria Cristina: 'Uit je verhaal begrijp ik dat Nicola Sarti jou niets heeft gevraagd. Als hij iets had gewild, had hij een manier gevonden om je dat duidelijk te maken.' Simba voelt zich nog niet voldoende aangehaald en strekt zijn hals om zich onder zijn kin te laten kroelen. 'Ik denk dat hij de video heeft gebruikt als lokkertje. En dat heeft gewerkt, je hebt hem opgezocht en je hebt hem ontmoet.'

Maria Cristina gaat weer zitten. 'Ik weet het. Ik kon de spanning niet verdragen. Maar wat wil hij?'

'Ik zou zeggen een seksuele relatie. Als hij een emotionele relatie had gewild, zou hij de nadruk hebben gelegd op de vriendschap met je broer. De video is een zet van iemand die recht op zijn doel afgaat.'

'Ik ben getrouwd.'

'Voor hem is dat geen obstakel. Wat de Italianen het meest in vervoering brengt over de regering, is de vraag of het echtpaar Mascagni echt van elkaar houdt of dat het maar een toneelstukje is. Achtenzeventig procent van de bevolking denkt dat jouw man een minnares heeft en slechts zeventien procent denkt dat jij een minnaar hebt. Ze zien jou als de trouwe, bedrogen echtgenote.'

'Nou, wat fijn, het ergste van het ergste. Domenico mag dan misschien een minnares hebben, maar sorry hoor...' Maria Cristina schudt haar hoofd. 'Hoe kan ons huwelijk een toneelstukje zijn? We hebben een dochter. We zijn al tien jaar samen. Het is waanzin.'

'De mensen ruiken, voelen een leegte tussen jullie. Jullie houden elkaars hand vast, maar jullie lichaamstaal verraadt ongemak.'

Maria Cristina strekt peinzend haar nek. 'Denk je dat Nicola Sarti de video aan iemand heeft laten zien?'

'Misschien, maar hij heeft hem zeker niet online gedeeld, dan had ik dat geweten. Wat zou hij ermee winnen? Hij zag dat je eenzaam en beschikbaar was en dacht dat hij goede kans maakte. Wat is er mooier voor een ambitieuze rokkenjager dan naar bed gaan met de vrouw van een premier, die bovendien een van de mooiste vrouwen van de wereld is? Voeg daarbij zijn nieuwsgierigheid naar hoe je nu als milf in bed bent... Nee, hij gaat niets doen, zolang jij hem niet irriteert. Volgens mij hoef je je geen zorgen te maken.'

Maria Cristina zet haar ellebogen op het tafeltje. 'Kon ik er maar mee stoppen... Ik ben zó achterdochtig dat ik niet meer slaap, ik verbeeld me dat er een groter complot is, een veel belangrijker doel dan een seksueel aantrekkelijke moeder in bed krijgen.'

Bruco pakt een koektrommel uit een keukenkastje. 'Het probleem is dat jij een marmot bent die de wacht houdt.' Hij zet de trommel op tafel. 'Marmotten leven in groepen en verstoppen zich in hun ondergrondse gangen zodra ze een gevaar opmerken. De marmotten die op wacht staan, moeten fluiten wanneer er gevaar nadert. Hoe ze worden uitgekozen is nog steeds een raadsel, maar zoölogen hebben ontdekt dat zij de meest oplettende individuen zijn, ze hebben een hoger cortisolgehalte in hun bloed, dat is het stresshormoon. Bij de minste of geringste rimpeling of verandering van het uitzicht slaan ze alarm.

Deze individuen slapen minder en leven dus korter, maar zijn noodzakelijk voor het overleven van de groep. Bij de menselijke soort gebeurt min of meer hetzelfde. Een klein percentage van de bevolking brengt het leven door met de horizon afspeuren. Individuen met een genetische aanleg om van bovenaf opgelegde waarheden niet te accepteren. Op zoek naar het verborgen geheim en het complot ontwikkelen ze een tegenvertelling die hen ertoe brengt te twijfelen aan elke gebeurtenis die voor anderen juist als collectief lijmmiddel functioneert. Ze twijfelen aan iedereen die macht heeft over hun bestaan en aan de waarachtigheid van vaststaande feiten. En dus is de aarde plat, is de maanlanding in scène gezet, zijn de Twin Towers neergehaald door aliens, worden kinderen door vaccinaties getransformeerd in robots, enzovoort. Dat soort achterdochtige figuren hebben echter wel een fundamentele rol, namelijk de bevolking alert houden, zonder hen zouden we weerloos zijn tegenover gevaar. Zij zijn de dwazen die niet geloven in het paard van Troje en die zichzelf tot taak stellen de werkmieren te alarmeren die bezig zijn bevelen uit te voeren. En jij bent, net als ik, een marmot die op wacht staat.'

Maria Cristina wijst naar de helm. 'Is dat de reden dat je die niet afzet? Ben je bang dat je brein wordt gefrituurd door magnetische golven?'

'Nee. Ik probeer anoniem te blijven. Om mijn gezicht te laten zien, zou ik zeker moeten zijn dat je te goeder trouw bent.'

Maria Cristina opent de trommel, pakt een koekje en neemt er een hapje van. 'Maar ik heb jou dat filmpje laten zien, je zou me moeten vertrouwen.'

'Ik vertrouw jou als jij mij vertrouwt.' Zijn stem, toch al gedempt in de helm, wordt zachter. 'Toen ik de video bekeek wist ik het.' Hij steekt zijn handen uit en pakt Maria Cristina bij haar pols. ‘Luister. Jouw man zal de volgende verkiezingen verliezen. Hij is wanhopig op zoek naar coalities, Sanvoisin, Imbelloni, sukkels die zijn gekocht voor een handjevol stemmen, maar rechts heeft al gewonnen. In theorie is er maar één manier om nog te winnen, en dat ben jij.’

Giechelend trekt Maria Cristina haar hand terug. ‘Je denkt toch niet dat mijn interview het lot van een hele regering kan veranderen?’

‘Het interview niet. Maar de video wel.’

‘Wat bedoel je?’

‘Luister.’ Bruco gaat naast haar zitten, pakt opnieuw haar hand vast, zijn helm op een paar centimeter van haar vandaan. Maria Cristina drukt zich tegen de rugleuning van schuimrubber, door het vizier ziet ze heel vaag het profiel van een rechte, smalle neus.

‘Als we de video op het juiste moment naar buiten brengen, twee weken voor de verkiezingen, dan hebben we gewonnen. Dat geef ik je op een briefje.’

De woorden van de socialmediamanager komen hard bij haar binnen, alsof hij haar met de rug van zijn hand heeft geslagen, ze heeft het gevoel alsof die stinkende camper schommelt, maar ze vertrekt geen spier.

Bruco wordt enthousiast. ‘Ik weet het, het lijkt waanzin, maar dat is het niet. Jouw video is de perfecte mediastorm. Niemand zal hem kunnen negeren. Jij hebt het derde geheim van Fatima op die telefoon van jou, je hebt daar een meteoriet die de aardas kan verplaatsen, belangen en waarden zullen opnieuw op het spel worden gezet, alle hypocriete intenties, gammele verkiezingsprogramma’s en electorale leugens zullen worden vergeten, want daar is de Waarheid. Vergeet niet dat de waarheid van het vlees, de naakte, onbeschroomd getoonde waarheid het altijd wint van de leugens.’ Hij wijst naar haar telefoon. ‘De effecten van de verspreiding zullen zó ongekend groot zijn dat ik me er bijna geen voorstelling van durf te maken.'

Maria Cristina pakt haar telefoon en drukt die tegen haar borst. Ze moet opstaan, maar ze heeft het gevoel of haar voeten zijn weggezakt in cement en er honderdduizend mieren in haar kuiten krioelen.

'De fouten die jouw man heeft gemaakt, zouden met één vingerknip zijn vergeten. Het effect zou mondiaal zijn, de snelheid immens, binnen zes uur zou de hele aardbol getroffen zijn en zou de video vaker bekeken zijn dan welke andere video ooit door een mens gemaakt, en daarmee alle regels en communicatiestrategieën, alle verkiezingscampagnes wegvagen. Bam!' Bruco springt op als een door een visioen getroffen profeet. De zonnestraal die door het dakraampje schijnt, zo vol van stof dat hij bijna tastbaar lijkt, hult hem in een mystieke halo. 'Mijn god, Maria Cristina, stel je voor... Alle tegenstanders uitgeschakeld en jij die verrijst als slachtoffer, als offer. Jij, madonna van een oneindige schoonheid, stille echtgenote, zorgzame moeder, verkracht en gechanteerd door de duivel, in haar intimiteit overgeleverd aan het publiek als een heilige aan marteling. De liefde zal je overweldigen en daarmee alle wonden genezen. We zouden het hele vrouwelijke electoraat aan onze kant hebben en vervolgens zou het grote LHBTQ-volk zich aansluiten en tot slot, als laatsten, de mannen, verteerd door schuldgevoel en begeerte. We hebben gewonnen.'

Maria Cristina glimlacht. Haar hoofd deint instemmend: natuurlijk, absoluut, helemaal waar, zeker.

'Ze zouden niet meer stemmen voor een partij, maar om jou terug te geven wat je is afgenomen, om je hun liefde te tonen.' Bruco spreidt zijn armen. 'Ze zouden niet stemmen voor een verschaalde negentiende-eeuwse ideologie, een hergebruikt programma, korting op de belastingen, accijnsverlaging.

Nee, ze zouden stemmen voor de liefde.'

Met een atletische sprong, beter dan toen ze sprong in Helsinki, steekt Maria Cristina een been uit en daarna het andere, en dan staat ze buiten de horrorcamper.

'Nee. Wacht. Je begrijpt het niet.' Bruco steekt zijn hand nog uit en wil de achtervolging inzetten, maar beukt met zijn helm vol tegen de rand van het keukenkastje en valt op de grond, waardoor de hele rammelbak trilt. Hij staat half versuft op, struikelt en rolt naar buiten. 'Luister. Ik smeek je. Jij bent de volgende minister-president. Jij bent de eerste vrouwelijke premier. Doe het voor de vrouwen...' schreeuwt hij haar achterna.

De immense Lucio Battista vroeg zich af hoe een rots de zee kan indammen, stel je voor dat een Bruco een gazelle zou kunnen tegenhouden. Kijk haar gaan, onze heldin, met korte boogsprongen over het veld van misticanza, distels en cichorei snellend terwijl de honden blaffend om haar heen rennen.

'Wacht! Kijk naar me! Maria Cristina, kijk naar me!' schreeuwt de socialmediamanager.

Zonder te stoppen draait ze zich heel even om, net lang genoeg om hem te zien, midden op de open plek, met gebogen hoofd, op zijn knieën, zonder helm, zijn gezicht inmiddels té ver weg. Met de kop omlaag vliegt Maria Cristina op het hek af en struikelend, armen die benen afwisselen, bereikt ze de weg en rent ze verder. Ze hoeft niet naar adem te happen.

De weg verdwijnt tussen grijze naaldbossen. Maria Cristina rent niet meer, ze loopt nu met vlugge pas, de handen in haar zij. Voorbij een kale plek ziet ze onder zich, een paar kilometer verderop, de snelweg die als een biljartkeu is neergelegd in het nevelige dal. Hoe moet ze nu terugkomen bij het tankstation om haar auto op te halen? Op haar telefoon verschijnt een streepje. Bereik.

Ze blijft staan. Ze weet niet wie ze moet bellen. De chauffeur, Caterina, het bureau van de carabinieri van het dichtstbijzijnde dorp? Hoelang zou Luciano erover doen om daar te komen? Twee, drie uur. Ze zal zich ergens verstoppen en wachten.

Ze belt, maar de klusjesman neemt niet op. Ze belt nog een keer. Ze houdt vol. En dan opeens: 'Cri.'

'Luciano! Goddank. Je moet me komen halen. Ik ben in de buurt van… Ik weet het niet. Zodra ik kan, stuur ik je de locatie. Bij Avezzano, in de Abruzzen, daar ergens. Je moet opschieten. Laat alles uit je handen vallen.'

'Cri, ik kan niet…' antwoordt hij met een zwak stemmetje. 'Ik heb een probleem…'

'Wat dan? Wat is er gebeurd?'

'Niks ergs. Maar ik kan niet komen.'

'Waar ben je?'

'In het ziekenhuis.'

Maria Cristina's stem begint te trillen. 'In het ziekenhuis? Waarom?'

'Iets aan mijn hart. Ik word morgen geopereerd. Maar niks ergs.'

'Hoezo niks ergs?'

'Geen zorgen, Cri. De dokter zegt dat ik het ga overleven.'

'Ben je alleen?'

'Ja.'

'En je vrouw?'

'Die is er niet.'

'En wanneer komt ze?'

'Ze komt niet. Maar echt, maak je geen zorgen.'

'Stuur me je locatie. Ik haal de auto op en kom naar je toe.'

'Nee. Dat hoeft niet,' brengt hij met moeite en zonder veel energie uit.

'Geen discussie mogelijk. Stuur me je locatie.' Maria Cristina verbreekt de verbinding en gaat weer rennen.

Een geluid achter haar, Maria Cristina draait zich om en ziet een vrachtwagen die boomstammen vervoert de bocht om komen. Ze gaat midden op de weg staan en zwaait met haar armen. 'Stop! Dit is een noodgeval!'

'Op dit moment luister ik naar *Lolita* van Nabokov, maar die schreef wel in het Engels,' vertelt de vrachtwagenchauffeur. De Russen, de belangrijke dan, heb ik allemaal uit, ik moet alleen nog Boelgakov lezen, maar ik vond *De Meester en Margarita* een beetje tegenvallen. Iedereen zegt dat het een meesterwerk is, maar ik vind dat niet.'

'De Russen... Dostojevski...' mompelt Maria Cristina, ogen strak op de weg, hand strak om de handgreep. De woorden van de vrachtwagenchauffeur met een nadrukkelijk zuidelijk accent zweven in haar oren. Hij is in elk geval vriendelijk en heeft aangeboden haar naar het benzinestation te brengen, wat voor hem twintig kilometer omrijden betekent. En hij heeft haar wonder boven wonder niet herkend, hoewel ze haar zonnebril had vergeten in de camper. Hij is vast een alien met een passie voor aardse literatuur. Inderdaad lijkt zijn gezicht samengesteld uit meerdere delen, een collage van ogen, neus, mond en kin, die hem geen enkel onderscheidend kenmerk geven. Ook het dunne donkerblauwe truitje met ronde hals waaruit het boordje van een lichtblauw overhemd piept, helpt niet om hem te plaatsen.

De vrachtwagenchauffeur draait aan het stuur, neemt de rijstrook van de Telepass en rijdt langs het tolhokje.

'Wat vindt u van Conrad?'

Maria Cristina zucht. 'Heel goed.'

'Hij was Pools. En hij schreef in het Engels. Net als Nabokov.'

'Twee fenomenen,' antwoordt Maria Cristina met dat kruimeltje brein dat ervoor zorgt dat ze in het heden verankerd blijft.

'Allebei Slavisch. Slavische mensen hebben meer gemak met het leren van vreemde talen. Oosterse mensen zijn goed in talen, zwarte mensen in dansen, Brazilianen in voetballen. Tenminste, dat zeggen ze. Clichés, maar soms waar.'

'Precies,' concludeert zij.

Het ziekenhuis waar Luciano is opgenomen bevindt zich in de buurt van Pomezia, in het zuidelijke kustgebied van Lazio. Santa Patrizia Kliniek. Op foto's online lijkt het een mooie plek. Hoe is hij daar terechtgekomen? Misschien dankzij zijn speurtochten langs nonnenkloosters en oude dames met huizen aan zee om te verbouwen.

'Stoort het u als ik *Lolita* weer opzet?' De vrachtwagenchauffeur kijkt haar aan. 'Het is nog een kleine tien kilometer.'

'Geen enkel probleem.'

De vrachtwagenchauffeur zet het geluid aan en de cabine wordt gevuld door een rustige, diepe stem.

'"In mijn sanitaire betrekkingen met vrouwen was ik praktisch, ironisch en kortaf. Als student, in Londen en Parijs, nam ik genoegen met betaalde dames. Ik studeerde nauwgezet en intensief..."'

Maria Cristina berekent op haar telefoon de duur van de route erheen. Als er geen druk verkeer is, kan ze over een paar uur in het ziekenhuis zijn.

De vrachtwagen houdt stil op de parkeerplaats.

'We zijn er,' zegt de chauffeur.

'Ontzettend vriendelijk van u. Ik ben u zeer dankbaar. U hebt me gered.'

De man kruist zijn vingers. 'Ik hoop van harte dat uw vriend het overleeft.'

'Dat hoop ik ook,' zegt zij, en ze bedwingt haar impuls om hem een kus te geven.

Nu fronst hij zijn wenkbrauwen en steekt een wijsvinger naar haar uit. 'Maar u, ja, sorry, u doet me aan iemand denken...'

Maria Cristina knikt glimlachend. Hoe legt ze hem nu uit waarom de vrouw van de premier in haar eentje door de bossen struinde?

'Bent u toevallig de nicht van Maurizio Tonini, die een autobandenbedrijf heeft in Portonaccio? Die knappe vrouw, Tamara, die bij de Provincie werkt?'

Hoe geweldig. 'Nee. Dat ben ik niet.' Even komt de gedachte in haar op om hem wat geld te geven, maar nee, ze zou hem kunnen beledigen, ze trekt de stoute schoenen aan. 'Mag ik u een kus geven?'

De trekken van de vrachtwagenchauffeur komen nu samen en vormen een aardig, vriendelijk gezicht. 'Jazeker.'

Niet één. Twee klapzoenen op allebei z'n wangen.

'Veel succes. Voor u en voor uw vriend,' wenst de onbekende haar toe, en hij raakt met zijn vingertoppen zachtjes zijn gezicht aan.

'Dank u wel,' antwoordt Maria Cristina als ze uitstapt.

3

Bestemming Santa Patrizia Kliniek. De navigatie geeft minder dan een halfuur aan, maar er staat een file waar geen einde aan komt. De zon is begonnen aan zijn afdaling in een heldere hemel, een paar vederwolken hebben zich spierwit neergevlijd boven de horizon.

Maria Cristina rijdt gedisciplineerd op de langzame rijstrook, haar gedachten verdeeld tussen de krankzinnige geest van Bruco en het zieke hart van Luciano.

Haar telefoon gaat. Irene.

'Liefje.'

'Mama.'

'Ben je uit school?'

'Ja. Ik ben op weg naar huis. Waar ben jij?'

'Ik ben op weg naar oom Luciano. Hij ligt in het ziekenhuis. Hij heeft iets aan zijn hart.'

'Is hij ziek?'

'Ja.'

'Gaat hij dood?'

'Nee. Wat zeg je nou? Nee, absoluut niet.'

'Wat zielig. Ik vind het heel erg. Mag ik hem opzoeken?'

'Vandaag niet. Binnenkort zal ik je meenemen.'

'Oké. Wanneer ben je weer terug?'

'Zodra ik weet hoe het met hem gaat.'

'Luister, mama, vind je het goed als ik naar oma Maria ga om daar te slapen?'

'Ja, dat is goed. Maar wel je huiswerk maken. Afgesproken?'

'Goed. Oma heeft een cadeau voor me gekocht, een perfect aquarium.'

'Wat wil dat zeggen?'

'Dat je er niets aan hoeft te doen. Het is een glazen bol met piepkleine garnaaltjes die de algen opeten en je hoeft hem alleen maar in de zon te zetten. Ze hebben niets nodig, snap je?'

'Snap ik. En wat heb jij nodig, lief garnaaltje van me?'

Irene denkt een seconde na. 'Jou.'

'En ik jou. Ik kom snel thuis. Oké?'

Maria Cristina wordt verblind door de laagstaande zon. Ze

sluit haar ogen terwijl haar hart opzwelt van liefde voor haar dochter, zó groot is die liefde en zó overwoekerend, zó onmisbaar, dat er op dit moment niet voldoende ruimte voor is in haar borstkas. Liefde die binnen in haar beweegt, er is geen barrière, geen kust, geen afgrond, geen gedachte, geen conflict, liefde die zuiver is, die ze voelt in haar botten, in haar bloed, in Irenes gladde haren, in de nieuwsgierige verlangens van die kleine biologe die al haar aandacht verdient, al haar zorg om te worden beschermd tegen dit leven vol kuilen en gevaren.

'Mama, ik had bedacht dat we samen op reis moeten, zodra jij kunt. Laten we naar de leguanen en de reuzenschildpadden gaan. Die leven op een eiland heel ver weg, maar met het vliegtuig ben je er zo, even slapen en dan ben je er al.' Irene doorspekt haar verzoek met zo veel mogelijk enthousiasme.

'Goed. Maar je weet dat we nu niet kunnen. Tenminste, niet zolang papa premier is. Daarna gaan we overal heen waar jij wilt. Dat beloof ik je.'

'Wanneer is hij daarmee klaar?'

De stem van de navigatie waarschuwt dat ze haar bestemming heeft bereikt.

'Binnenkort. Luister, schat, ik moet nu gaan. We spreken elkaar later. Doe oma de groeten van me. Ik hou van je,' zegt Maria Cristina, en ze zet haar richtingaanwijzer aan.

'Ik ook van jou. Groetjes aan oom Luciano.'

Aan de overkant van de weg staat, geflankeerd door twee cipressen, een grijs hek met daarboven een grote gietijzeren boog met de woorden SANTA PATRIZIA KLINIEK.

Maria Cristina rijdt over een bomenlaan die naar de kliniek voert en stopt voor een modern gebouw in Lloyd Wright-stijl. Blokken met veel glas, paviljoens en luifels van beton, omringd door een Japanse tuin met weinig planten die zich kronkelen volgens de bezieling van de hovenier. Naast de ingang verbreedt zich een vierkant bassin, de kiezelbodem verborgen onder het donkere water.

Voordat ze uitstapt doet ze lippenstift op. Haar jurk is bedekt met hondenhaar, ze probeert vergeefs het eraf te krijgen, ze maakt zich zo toonbaar mogelijk, loopt naar de glazen deuren die voor haar openschuiven en komt in de ontvangsthal. Dat is een lege ruimte, aan de muren blankhouten sierlijsten die contrasteren met de vloer van donker beton. Aan één kant een rij gifgroene stoelen op stalen voet. Achterin, in het halfdonker, verspreidt een balie licht. Erachter zitten twee secretaresses, ze lijken een tweeling, allebei gekleed in donkerblauw en allebei een paardenstaart.

Ze loopt naar een van de twee, die aan het werk is achter haar computer, en vraagt naar Luciano Vasile.

Het meisje, dat blond is en bezaaid met moedervlekken, als een peperkaasje, kijkt haar strak aan en antwoordt niet. Ze heeft haar herkend en haar professionaliteit komt nu in conflict met de verbazing oog in oog te staan met zo'n celebrity. Haar pupillen zijn abrupt gestopt met bewegen, zoals het pijltje van de muis bij een systeemstoring. De verbazing wint het. Het meisje maakt haar lippen vochtig. 'Bent u Maria Cristina Mascagni, de vrouw van de premier?'

'Ja. Dat ben ik. Hallo.'

'Hallo. Wat een enorm genoegen u hier te mogen ontvangen.' Ze doet een zinloze poging om te verwoorden wat ze voelt, maar vraagt dan of Maria Cristina zo vriendelijk wil zijn nog eens te zeggen voor wie ze komt.

'Luciano Vasile.'

De secretaresse zoekt op de computer. 'Daar is hij. Tweede verdieping. Kamer zesendertig. Hij heeft op dit moment onderzoeken, maar hij is zo weer terug op de kamer. Er is geloof ik ook een familielid.'

'O, mooi.' Gelukkig is zijn vrouw gekomen. 'Ik zou graag even met de arts willen spreken die meneer Vasile behandelt,' zegt ze op bevelende toon.

De secretaresse trilt als een rietstengel in de wind. 'Natuurlijk, mevrouw. Onmiddellijk. Professor Guidoni is nu aan het opereren, maar zodra hij klaar is stuur ik hem naar u toe. Intussen zal een assistent u alle informatie geven, als u dat goedvindt.'

'Perfect.' Maria Cristina loopt op haar hakken die *klak klak klak* doen naar de lift.

De liftdeuren gaan open in een lange, verlaten gang. Er dringt geen enkel geluid door, de kamers volgen elkaar in de schaduw aan beide zijden op, tot een glazen wand waardoor de zon te zien is. Maar wat doet Luciano in zo'n luxe kliniek? De hele situatie heeft iets verdachts en onwerkelijks. Maria Cristina volgt de nummers van de kamers, aan het eind van de gang, in tegenlicht, het wazige silhouet van een man die met zijn rug tegen de muur geleund naast kamer zesendertig tegen zijn telefoon praat. Wanneer hij haar hoort aankomen, draait hij zich om.

Nicola Sarti.

Maria Cristina is zó verrast en zó niet in staat te bevatten wat ze ziet, dat ze heel even denkt dat het misschien een dubbelganger is. Er is geen enkele logische verklaring voor Nicola Sarti's aanwezigheid daar. De verbazing wordt samengevat in haar ogen en belemmert haar een vraag te formuleren.

De twee staren elkaar ongelovig aan.

'Sorry. Ik bel je terug. Ik bel je later terug,' zegt Nicola Sarti in de telefoon, en hij verbreekt de verbinding. 'Hallo, Maria Cristina.'

'En...?' vraagt ze schor, wijzend naar de kamer.

‘Hij is er niet. Ze hebben hem meegenomen voor een echo.’

Het is echt Nicola Sarti.

‘Hij heeft een hartinfarct gehad. Maar het gaat nu beter. Ze gaan hem straks opereren. Professor Guidoni is een genie, hij heeft mijn vaders leven gered. Dus geen zorgen, alles komt goed.’

Maria Cristina kan het niet geloven.

‘Wacht. Ik zal het je uitleggen. Laten we naar binnen gaan.’ Nicola Sarti doet de deur van de kamer open en laat haar voorgaan.

‘Toen ik vanochtend het resort verliet, werd me de weg versperd door een Fiat Panda. Bumper tegen bumper. Ik had het niet meteen door, ik dacht aan een probleem, een ongeluk, iemand die hulp nodig had. Dus ik stap uit terwijl die ander ook uitstapt en me vraagt of ik Nicola Sarti ben. Ik knik en die ander begint als een gek te schreeuwen en me uit te schelden. Ik zeg dat hij rustig moet doen. Maar dat maakt hem nog bozer, hij bedreigt me. “Ik vermoord je.” “Haal het niet in je hoofd.” “Klootzak.” Heel even dacht ik nog dat het misschien een ex-werknemer was die ik had ontslagen. Ik vroeg wat ik had misdaan. Maar hij rent op me af en ik zie dat hij een bahco in zijn hand heeft. “Je moet Cri met rust laten,” roept hij telkens weer. “Ik splijt je kop in tweeën.” Cri? Cri wie? Ik zag niet meteen een verband met jou. Komt die vent opnieuw op me afstormen. Dus bij de volgende aanval doe ik alleen maar een stapje opzij, en gebruik zijn traagheid om hem onschadelijk te maken, ik geef hem een klein duwtje tegen z’n rug en hij valt loodrecht, kop omlaag, in de greppel naast het hek waar ze bezig zijn met glasvezelkabels aanleggen, en een tel later stort hij omlaag tussen de bramenstruiken. Het duurde alles bij elkaar misschien dertig seconden.’ Nicola Sarti haalt diep adem en krabbelt, nog steeds vol ongeloof zijn schouders ophalend, aan zijn baard.

Maria Cristina gaat op het bed zitten, ze valt bijna flauw. 'En toen?'

'Ik kijk in de greppel. Je kon niks zien door de struiken. Ik roep hem. Geen reactie. Misschien is hij dood, zeg ik nog bij mezelf. Dus ik klauter omlaag tussen de braamstruiken en daar vind ik hem op de bodem, opgerold naast de telefoonkabels. Zijn hoofd in de modder. Ik roep naar hem, hé, hé, zeg ik, hij leek wel dood, ik zweer het. Kut, ik heb hem vermoord, zeg ik tegen mezelf. Ik trek aan zijn broek in een poging hem om te draaien, maar er zit geen beweging in, hij is dik, ik pak zijn arm vast en trek eraan en dan doet hij z'n ogen open en bijt hij met een schreeuw in mijn hand. Kijk.' Hij laat haar zijn hand zien, op de rug zit een pleister.

'Ik kan het niet geloven. Ik kan het niet geloven,' mompelt Maria Cristina telkens weer. 'En wat gebeurde er toen?'

'Toen heb ik hem een schop gegeven.'

'Nee!' Maria Cristina slaat haar hand voor haar mond.

'Ja, toch wel.' Nicola Sarti spreidt zijn armen. 'Hij viel flauw. Dus ik klauter terug naar de weg, ga in de auto zitten en probeer de politie te bellen. En ik zie dat die gek tevoorschijn is gekomen en met zijn hand in zijn zij naar de auto hinkt. Ik ren naar hem toe en zie dat het niet goed met hem gaat, één arm kan hij niet bewegen, hij kan nauwelijks ademen. Infarct. Geen tijd om op de ambulance te wachten. Ik spring erbovenop en begin met gestrekte armen op zijn hart te duwen, ik heb dertig keer gedrukt en twee keer in zijn mond geblazen. Daarna heb ik hem in mijn auto gezet en hem hierheen gebracht. Waar ze zijn bloed hebben onderzocht op hartenzymen. Gelukkig maar dat ik heb ingegrepen.'

Maria Cristina is sprakeloos. 'Je hebt zijn leven gered.'

'Ik denk het wel. Gelukkig ging het daarna weer beter met

hem. Ik vroeg wie hij was en hij vertelde dat hij Luciano heet, dat hij voor jou werkt en dat jij voor hem als een zusje bent, en hij heeft me gesmeekt om dat filmpje niet online te zetten.'

Maria Cristina bedekt haar gezicht en buigt voorover. Ze heeft één enkele, krachtige behoefte: de azuurblauwe vloerbedekking losrukken en graven tot het middelpunt van de aarde en daar, in de gloeiend hete aardkern, branden als een lucifer. Maar ze richt zich op, pakt zijn hand, kijkt hem met samengeknepen lippen aan en mompelt: 'Het spijt me verschrikkelijk, Nicola. Ik ben er kapot van, verbijsterd. Je hebt geen idee hoe ik me voel, hoe schuldig ik me voel.'

'Wat heb jij hiermee te maken?'

'Het is mijn schuld. Ik had het hem niet moeten vertellen. Ik heb een fout gemaakt. Maar ik zweer je dat het zijn eigen initiatief was om jou op te zoeken, hij is gek geworden. Dat zweer ik op het hoofd van mijn dochter. Geloof je me?'

'Ja. Als je mij iets aan had willen doen, had je wel iemand gevonden die gemener is dan hij,' antwoordt hij spottend.

'Luciano houdt van me. Hij wilde me helpen. Ik had hem verteld dat ik me zorgen maakte. Ik vraag je om vergiffenis en ik dank je dat je hem hebt gered. Hij is een kwetsbare, zieke man, maar hij is als een broer voor me.' Maria Cristina knielt neer voor Nicola Sarti. 'Vergeef me. Vergeef Luciano. En vergeet ons. Je hebt het volste recht om me te haten om hoe ik je heb behandeld in het restaurant en om deze puinhoop. We zullen voorgoed uit je leven verdwijnen. Ik vraag je alleen om geen aangifte tegen hem te doen, alsjeblieft, Nicola.' En ze begint stilletjes te huilen.

Nicola Sarti pakt haar hand vast.

'Stel je voor. Sta op. Stop hiermee, alsjeblieft. Ik begrijp dat Luciano een goed mens is, hij heeft gehandeld uit liefde voor jou en gelukkig hebben we hem op tijd kunnen redden.'

'Daar zijn we weer. Mogen we binnenkomen?' Vanuit de gang klinkt een stem met een accent uit Ciociaria. 'We zijn terug.'

Maria Cristina probeert zichzelf te fatsoeneren.

De brancard wordt door twee verpleegkundigen de kamer in gereden. Luciano ligt erop. Hij draagt een roze hemd, heeft een infuus in zijn arm, zijn dikke, opaalachtig glanzende, onbehaarde benen lijken van siliconen. Zijn linkeroog is gezwollen.

De verpleegkundigen verplaatsen hem met een behendig gebaar op het bed en trekken het laken over hem heen. 'De dokter komt zo. Rust nu maar uit,' zegt een magere hein met een krulsnor op de efficiënte toon van iemand die dagelijks met zieke mensen te maken heeft. 'Bel maar als er wat is.' De ander, een gespierde Arabische jongen, heeft Maria Cristina herkend en kan zijn ogen niet van haar afhouden. De twee groeten en lopen kletsend de kamer uit.

Nicola Sarti gaat naast Luciano zitten. 'Zie je wie er is? Jouw Cri is gekomen. Ben je blij? Ze is meteen gekomen.' Hij praat uitnodigend tegen hem alsof hij een kind is.

De klusjesman knikt en wendt zich tot Maria Cristina en glimlacht. Óf hij is er niet helemaal bij, óf hij weet zich van schaamte geen raad.

'Hij is moe en ze hebben hem volgestopt met medicijnen,' zegt Nicola Sarti tegen haar. Vervolgens wendt hij zich tot de hartpatiënt. 'Ik moet nu gaan. Ik heb gesproken met professor Guidoni, die je gaat opereren. Hij is er gerust over, het is een simpele routineoperatie en hij is heel goed. En over een paar dagen mag je alweer naar huis. Je hoeft je nergens zorgen over te maken.' Hij wijst naar de kamer. 'Ik zorg voor alles hier. Begrepen?'

Luciano glimlacht als een eenogige zeeduivel naar zijn redder.

Maria Cristina staat met haar armen over elkaar bij het bed en is in de war omdat ze de twee zo samen ziet smoezen.

Nicola Sarti kijkt op zijn Rolex. 'Sorry, Luciano, maar ik moet helaas rennen. Ik zal straks informeren hoe het met je gaat. Het komt allemaal goed.' Hij groet hem en loopt de kamer uit, gevolgd door Maria Cristina, die voor hem springt. 'Nicola, dit kan echt niet, ik betaal alles voor Luciano. Jij mag dat niet doen. Absoluut niet. Ik wil het niet hebben, hij heeft je zelfs gebeten, nee, je mag het niet doen –'

Hij houdt zijn gestrekte wijsvinger voor zijn neus en onderbreekt haar. 'Maria Cristina, luister naar me. Ik heb het al gedaan. Ik ken de kliniek, het is geen probleem. Blijf jij bij Luciano, hij ziet er doodsbang uit. Maak hem duidelijk dat het niets ergs is, maar dat hij wel zijn levensstijl moet aanpassen. Ik moet nu gaan. Dág.' Hij legt met een snel en afsluitend gebaar zijn hand op haar schouder.

Maar Maria Cristina laat hem er niet langs. 'Ik sta voor de rest van mijn leven bij je in het krijt. Dat weet je. En sorry voor alles. Ik ben een kutwijf.'

'Je bent geen kutwijf.' En zonder verder nog iets te zeggen schiet Nicola Sarti langs haar heen en loopt hij met vlugge passen, kijkend op zijn telefoon, zonder zich om te draaien, naar de liften, terwijl zij daar bij de deur blijft staan totdat ze hem ziet verdwijnen.

In een kil autopsiezaallicht ligt het lichaam van Luciano languit op de rug, de armen langs de flanken, de hals gekromd door het kussen. Als er een kaartje aan zijn grote teen hing, zou je denken dat het een lijk was, maar gelukkig is de ademhaling diep en regelmatig, een teken van leven.

Maria Cristina loopt voorzichtig naar hem toe, ze wil hem niet wakker maken.

Maar de man kijkt haar met zijn bloeddoorlopen goede oog strak aan.

‘Wil je iets hebben? Een beetje water? Ik weet niet of je mag drinken.’ Maria Cristina laat hem de fles zien. ‘Heb je het koud? Er is een deken.’

Hij schudt zijn hoofd. Ze zullen hem wel een tranquillizer hebben gegeven, hij maakt een versufte indruk.

Maria Cristina gaat naast hem op het bed zitten en streelt zijn voorhoofd. ‘Wat heb je toch allemaal uitgespookt? Wil je me dat eens vertellen?’

Luciano kijkt haar ernstig aan, hij is de woorden kwijt of heeft er te veel, zijn schouders schudden terwijl hij zijn mond dichtknijpt en daarbij zijn lippen naar binnen zuigt. Zijn goede oog wordt vochtig en er drupt een traan naast zijn neus. ‘Het spijt me.’

‘Het geeft niet. Ik heb begrepen dat je me wilde beschermen, maar realiseer je je dat je had kunnen doodgaan?’

‘Dat was beter geweest.’

‘Ben je gek? Er is niets ergs gebeurd. Ze gaan je nu opereren en dan is het voorbij. Heb je gezien wat een mooie kliniek dit is? De dokter is heel goed.’

Hij spert zijn mond open en Maria Cristina denkt aan een steek in zijn hart, maar de man huilt zonder geluid te maken.

‘Alsjeblieft…’ Maria Cristina strijkt zijn haar recht, dat nog besmeurd is met aarde. ‘Alsjeblieft, Luciano. Niet doen.’ Ze pakt zijn grote hand vast, streelt een vingerstompje, draait zich om, kijkt de kamer in, door het raam ziet ze een palmboom die in een groene doek is gewikkeld. Ze ademt diep in, maar dat is niet genoeg, ze wappert met haar hand voor haar gezicht in een poging de tranen terug te dringen.

‘Nee, Cri. Nee. Niet huilen,’ mompelt Luciano zachtjes. ‘Ik ben een eikel. Je hebt gelijk. Maar ik hield het gewoon niet meer uit om je zo te zien. Je hebt het alleen aan mij verteld. Toch?’

Ze knikt.

'Vanaf dat moment heb ik aan niets anders meer gedacht.' Uit zijn neus druipt snot dat zich vermengt met de tranen en jodium. 'Ik wilde hem vermoorden, zijn kop kapotslaan. En als hij zich niet had verzet, had ik het gedaan. Daarna zou ik mezelf hebben aangegeven bij de politie. De gevangenis kan me niet schelen.'

'Maar Luciano, ben je gek geworden? Dát is niet hoe dingen worden opgelost.' Maria Cristina is geschokt. Dit nooit opgegroeide kind stond op het punt om voor haar een moordenaar te worden. Hij zou dertig jaar hebben gekregen, ze moet er niet aan denken.

Hij knijpt hard in haar hand, terwijl hij tussen de snikken door iets onverstaanbaars bromt.

Maria Cristina haalt haar neus op. 'Ik versta je niet.'

'Ik hou van je.'

Zij kust zijn hand. 'Ik ook van jou.'

'Nee. Ik écht. Zoals een man houdt van een vrouw. Al sinds we kinderen waren. Op de brommer, jij en ik samen. Ik wist dat je nooit de mijne kon zijn en dat de dagen met jou kostbaar en geteld waren. Ik wist dat jij een ster was en ik...'

'Wacht even, wij zijn broer en zus. Jij bent oom Luciano. Dit is niet...' Maria Cristina is sprakeloos, ze haalt haar vingers door haar haren.

'Ik weet het, je hebt gelijk, maar wat kan ik eraan doen dat ik ziek ben van liefde voor jou? Ik ging bij oom Franco werken omdat ik het niet meer kon verdragen jou te zien. Telkens wanneer ik je zag, ging ik dood. Ik ben naar het noorden gegaan om jou te vergeten, maar dat is me niet gelukt. Je was overal. In reclames, in kranten, in mijn hoofd.'

'Maar sorry, je echtgenote?'

'We zijn drie jaar geleden uit elkaar gegaan. Ze had een ander, maar dat kon me niet schelen. Ik was blij toen ze weg was. Ik begon jou weer te zien, en dat was voor mij voldoende.'

'Heeft ze jou verlaten? Waarom heb je me dat nooit verteld?'

'Wat moest ik je vertellen?' vraagt hij, voor de helft opgezwollen, met dat ene oplichtende oogje dat glanst als een lichtje in een donkere nacht.

Maria Cristina droogt haar tranen.

'De truien, de overhemden, de mooie jasjes die ik van jou heb gekregen draag ik niet omdat ik niet wil dat ze slijten,' vervolgt Luciano, en zijn gezicht vertrekt van de pijn. 'Ik bewaar ze in de originele verpakking. Ik zou nooit tegen je hebben gezegd dat ik van je hou, ik zweer het, maar ik krijg nu een hartoperatie. Als ik nu doodga, weet je het in elk geval.'

Maria Cristina wordt overspoeld door een golf van tederheid, ze buigt zich over de grote man en pakt met haar ene hand een lok van zijn kroeshaar en met de andere zijn oor alsof ze het van zijn hoofd wil rukken. 'Jij gaat niet dood…' fluistert ze tegen hem. 'Jij gaat niet dood, stomme idioot die je bent.' Ze glijdt met haar vingertoppen over de ongeschoren baard, ze streelt zijn hals. 'Jij leeft en daarmee basta. Begrepen? Ik zorg voor je.'

'Geef me een echte kus. Eentje maar.'

Maria Cristina slikt. 'Wat?'

'Een echte. Op mijn lippen.' Hij raakt ze even aan. 'Ik moet ze voelen voordat ik doodga.'

'Maar je gaat niet dood, Luciano. Hou daarmee op.'

'Dat is niet zeker. Ik smeek je, één kus maar.'

Maria Cristina slaat haar blik op naar het plafond, raakt even haar voorhoofd aan alsof ze haar pony moet schikken. Ze buigt voorover, in haar neus dringt een scherpe jodiumgeur binnen, ze drukt haar lippen op die van Luciano en trekt haar hoofd snel weer weg voordat hij zijn mond kan openen. 'Gedaan,' laat ze zich ontvallen, terwijl God haar bedankt met een klop op de deur.

De gang is gevuld met artsen, anesthesisten, assistenten, Vannucci, de eigenaar van de kliniek die speciaal uit Latina is gekomen en een zeilvriend is van Nicola Sarti, de verpleegkundigen en de Siamese tweeling van de receptie. Ze hebben een fles champagne meegebracht. Eén vingertje, eentje maar voor Maria Cristina Palma, de vrouw van de premier, de mooiste vrouw van de wereld die daar in hun kliniek is, in levenden lijve, en wat een verrassing, wat een vreugde. Het is een grote eer, een uniek voorrecht. Foto's? Mogen we? Niet voor de socials. Uitvoerige informatie over de grote professionaliteit waarmee wordt gewerkt in de kliniek. Professo Ninni Guidoni, lange slungel, puntsnorretje boven een mond zonder lippen, rare tic waardoor hij voortdurend de kraag van zijn jasje rechttrekt, Catanees accent, vertelt haar over de operatie die zal worden uitgevoerd op het hart van meneer Vasile. We gebruiken de meest geavanceerde, non-invasieve, nanotechnologische technieken, we gaan in één arm naar binnen, een wandelingetje, sciencefiction vergeleken met een paar jaar geleden. En minister-president Mascagni? We zouden hem heel graag hier ontvangen, al was het maar om hem te laten zien dat de realiteit van het zuiden zich heel goed kan meten met die van waar ook ter wereld en zou moeten worden uitgebaat. Want die clichés over Zuid-Italië zijn echt achterhaald…

Maria Cristina is, met haar gezwollen ogen en doorgelopen make-up, een lappenpop waar om gevochten wordt, ze glimlacht, schudt handen, knikt, vriendelijk, beschikbaar, attent, maar excuseert zich vervolgens, ze wil nog langer bij Luciano blijven totdat hij wordt geopereerd.

'Vinden jullie dat goed?'
'Natuurlijk.'
Ze loopt terug de kamer in.
Luciano ligt op zijn zij met zijn rug naar de deur.
Maria Cristina loopt om het bed heen. 'Sorry, ze lieten me niet gaan.' Ze gaat naast hem zitten.

'Luister, Cri, ik moet je iets zeggen.' De klusjesman slikt. 'Ik geloof niet dat Nicola Sarti je wil chanteren. Als hij er niet was geweest, was ik nu dood. Hij is een goed mens.'

Luciano is onder het mes. De operatie mag dan misschien een wandelingetje zijn, zoals professor Guidoni uitlegde, maar hij zei er ook bij dat het lang zal duren en dat ze hem waarschijnlijk de hele nacht op de uitslaapkamer zullen houden.

Maria Cristina zit op het bed, ze heeft haar schoenen uitgetrokken en zou graag vijf minuutjes willen slapen, maar in de onnatuurlijke stilte trapt haar geest als een wild paard in het rond. Om een beetje rust te vinden, zou ze het nirwana van de diazepam goed kunnen gebruiken, maar die heeft ze niet bij zich. En ze heeft niet de moed om er een te vragen aan de verpleegkundigen.

Diana Brinzaglia heeft besloten een praatje te komen maken. Ze heeft zich in haar fuchsiaroze body op de fauteuil geïnstalleerd, met een sigaret tussen duim en wijsvinger.

Goed. Laten we om te beginnen zeggen dat Luciano in de zekerheid dat hij tijdens de operatie zal sterven je zijn liefde heeft verklaard en zelfs een kus heeft geëist en bijna zijn tong erin had gestoken. Jij doet alsof je verbaasd bent, maar dat maak je mij niet wijs. Je hebt het altijd al geweten en het kon je, lekker makkelijk, niks schelen, sterker nog, je hebt ervan geprofiteerd. Je stuurde hem eropuit om make-up en Marsen te jatten in het winkelcentrum, hij stond voor jou op de uitkijk terwijl jij geld uit de tas van je oma pikte, en je liet je door hem op de Ciao rondrijden. En nu gebruik je hem als elektricien en vertrouweling om vervolgens berouw te hebben, en is die gek om jou te beschermen ternauwernood aan de gevangenis ontsnapt en net niet gestorven aan een hartinfarct. Bovendien komen we er nu achter dat die gevaarlijke Nicola Sarti helemaal geen afperser is, maar een gulle man die Luciano's leven heeft gered en hem niet heeft aangegeven bij de politie (stel je voor dat hij dat wel had gedaan en jouw verhaal naar buiten was gekomen). Vanzelfsprekend is hij er zeker van dat jij degene bent geweest die Luciano heeft gestuurd om hem af te tuigen en weet hij nu voor eens en voor altijd wat een enorme wanhoop en eenzaamheid er in jou huizen. Hij noemde je zelfs niet meer Bonenstaak. Als hij je niet haat, dan walgt hij in elk geval wel van je. Je bent hem voorgoed kwijt.

Maria Cristina ligt te woelen als een zee-egel in een sleepnet.

En ter afronding: morgenmiddag heb je het interview met Reitner. En je bent een dweil. Je hebt er niet over nagedacht wat je gaat zeggen, je hebt de memo niet gelezen, je hebt geen masker genomen, je hebt je outfit niet gepast.

'Zo is het,' besluit Maria Cristina, terwijl ze opstaat.

De lucht is paars, de ascetische stilte van deze vreemde kliniek geeft haar het gevoel dat ze op een verre, verlaten planeet is. Ze weet niet wat ze zal doen, wachten op Luciano of naar huis gaan en terugkomen na het interview.

Ze belt haar man, die onmiddellijk opneemt. 'Ik heb een stemming in de kamer, we staan er niet goed voor en het wordt nachtwerk. Snel.'

Ze vertelt hem over Luciano, zonder de context.

Hij luistert nauwelijks en is niet bijzonder onder de indruk. 'Met wat hij naar binnen werkt is dit het minste wat hem kon overkomen,' luidt zijn commentaar op de typisch Romeinse toon die hij ook in het parlement gebruikt.

'Ik weet niet wat ik moet doen.'

'Ga naar huis. Morgen heb je het interview. Je moet uitrusten. Het is belangrijk, Maria Cristina. Trouwens, ik heb met Reitner gesproken.'

Maria Cristina gaat weer op het bed zitten. 'Waarom?'

'Ik heb haar te verstaan gegeven dat ze haar koffers kan pakken als ze streken met je uithaalt. Ze heeft me ervan verzekerd dat ze niets over politiek zal vragen en je niet in moeilijkheden zal brengen.'

Een puntige stekel boort zich onder in de hals van Maria Cristina en stijgt op naar haar verhemelte. 'Je kon het niet laten. Je moest toch laten zien dat jij de baas, mijn meester bent. En ik jouw schoothondje. Het is sterker dan jijzelf. Was het niet genoeg wat je tegen mij had gezegd? Domenico, ik kan er niet meer tegen.' Ze zou het liefst willen schreeuwen, hem hard uitschelden, maar ze heeft de kracht niet.

'Toe, niet boos worden. Je zult zien dat je me dankbaar zult zijn. Ik wilde er alleen maar voor zorgen dat je je geen zorgen hoeft te maken. We rekenen allemaal op dat interview. Heeft Bruco je nog kunnen helpen?'

'Ja. Ik moet gaan. Dag.'

'Als ik kan, bel ik je later terug.' En dan, met gedempte stem, alsof er iemand kan meeluisteren: 'Imbelloni en de anderen hebben me een mooie loer gedraaid. Tot later. Kus.'

Maria Cristina verbreekt de verbinding, laat haar telefoon op het bed vallen, staart naar haar grote teen die donker kleurt onder haar panty. Ze trekt hem uit. Ze pakt de nagel vast tussen duim en wijsvinger en trekt. De nagel laat los, maar hij wordt nog door een dun reepje huid vastgehouden aan het nagelbed, ze trekt harder, haar tanden op elkaar geklemd, nog harder en dan ligt het donkere, gebogen plaatje in haar hand en verschijnt er op de plaats waar ze het laatste draadje heeft afgescheurd een bloeddruppel.

'Zo,' zegt ze trillend van de pijn. 'Zie je wel? Zo verschrikkelijk was het niet.' Ze hinkt naar het toilet, gooit de nagel in de wc, doet de klep omlaag, dept haar teen met een toiletpapiertje, verbindt hem en stuurt een berichtje aan Nicola Sarti.

MARIA CRISTINA

Lieve Nicola, sorry dat ik je stoor maar hier is een update, Luciano is nu onder het mes. Zodra ik meer weet, zal ik je appen. Nogmaals bedankt. Kan je niet zeggen hoe blij ik ben met je discretie en je groothartigheid. Ik ben zo stom geweest. Ik weet niet wat me bezielde. Vergeef me als je kunt.

Ze krabt nerveus in haar nek, maakt een pirouetje en voegt toe:

Ik ga nu terug naar Rome, ben jij in het resort? Misschien kom ik even langs om te kijken. Hoe lijkt je dat? (de Bonenstaak) 😂🙏

Ze verzendt het.

Ze kleedt zich weer aan, verlaat de kamer en loopt naar de liften. Na twintig meter komt het antwoord:

NICOLA SARTI

Kom vanavond eten. Dan test ik het menu van de nieuwe Braziliaanse kok. Als je moe bent geef ik je een suite, en als je liever terug wilt naar Rome en geen zin hebt om te rijden, vind ik iemand die je kan brengen. Tot straks.

Maria Cristina rent terug naar kamer zesendertig. Daar trekt ze, handen in het haar, de badkamerdeur open en zich vastklampend aan de wastafel kijkt ze in de spiegel en typt ze:

MARIA CRISTINA
Ik kom eraan. 😆

NICOLA SARTI
Dit is de locatie.

Maria Cristina kijkt op de kaart.

Twintig minuten met de auto.

'Oké,' zegt ze tegen zichzelf en ze ademt zoveel lucht uit dat er een luchtballon mee gevuld kan worden. Wat is ze blij. Nicola Sarti haat haar niet, is niet boos op haar, anders zou hij haar niet uitnodigen om te komen dineren. Zonder de angst voor chantage is het gewicht dat zo zwaar op haar borst drukte verdwenen, maar haar maag zit op slot, alsof ze een meisje bij haar eerste afspraakje is.

Ze wast haar oksels en poetst haar tanden met het borsteltje uit de gratis beautycase voor de patiënten. Zo, dat voelt iets beter.

Ze had aan de tweeling van de receptie gevraagd of er op dit tijdstip nog kledingwinkels open zijn en een kapper om zich te laten fatsoeneren.

'Nee, sorry, mevrouw,' hadden ze bedroefd geantwoord.

Ze ziet een bloemenwinkeltje langs de weg en koopt een bos poederkleurige rozen. Bij een kruising met de Strada Pontina stopt ze bij een kledingstalletje. De Arabische verkopers zijn iets met kruiden aan het koken wat haar eetlust opwekt. Het laatste voedsel dat haar maag heeft gevuld was een gemberkoekje van Bruco. Ze koopt zes witte slipjes zonder tierlantijnen voor zes euro en een zwarte panty. Dan ziet ze jurkjes aan kleerhangers hangen. Elastische stof. Universele maat. v-hals. Vijfentwintig euro. Er zijn effen zwarte, beslist de beste keus, maar ze neemt een flessengroen jurkje met een motiefje dat doet denken aan een slangenhuid. Perfect. Dan kijkt ze bij de schoenen. Ze moet die grote teen wat vrijheid gunnen, die doet haar verdomd veel pijn. Sandalen met palen van tien centimeter. Goudkleurig.

Wat een genot, tachtig euro en een compleet nieuwe look.

Ze rijdt verder. Hoe minder afstand tot het resort het schermpje van de navigatie aangeeft, hoe sneller haar ademhaling wordt, ze doet het raampje open, knijpt in het stuur alsof het onder haar bezwete handen zou kunnen wegglippen. Ze stopt langs de provinciale weg op een parkeerplaats die bezaaid is met afval, oude matrassen, bergen kalkgruis en kapotte tegels.

Links vegen de koplampen van de auto's de weg schoon en rechts, richting de zee, heeft een bevende sliert daglicht zich vastgeklampt aan de horizon.

Beschermd door de getinte autoruiten verkleedt Maria Cristina zich, als een sekswerker die zich voorbereidt op een nacht werken. Weg met de panty, weg met de laarzen, ze gooit alles op de achterbank. Het pythonjurkje sluit nauw aan als een tweede huid, ze schikt haar borsten, wisselt van onderbroek, trekt de nieuwe panty en de sandalen aan. Ze opent haar tas en maakt haar haren vet met een beetje handcrème, veegt ze naar achter en rijdt met piepende banden weg.

4

De ingang van resort Le Cupole is een geopend houten hek zonder aanwijzingen of borden, maar er staat een gele kaars op de grond, die brandt met dikke rookkringels.

De vrouw van de premier passeert het hek en rijdt over een zandweggetje verder in de richting van de zee, die schuilgaat achter een lage strook in schaduw gehulde duinen. Aan weerszijden een moerasvlakte waar het geel van de riethalmen zich vermengt met het groen van de moerasplanten en vervloeit in het azuur van bepaalde kleine, tere bloempjes en het purper van lage, vlezige doornstruiken die de laatste restjes licht absorberen. De vlakte is bezaaid met gekartelde poeltjes met laag, troebel water, en in de verte geschilderd, tegen de violette strook die gloeit aan de voet van de nacht, de donkere silhouetten van grazende runderen.

Het weggetje loopt dood op een zanderige open plek die omheind is door een palissade van grijs hout. Er staan vier auto's geparkeerd, een Fiat, een Porsche, de zwarte pick-up van Nicola Sarti en een wit bestelbusje. Op een paal zit een reiger, zijn veren asgrijs, zijn nek wit en zijn snavel geel en puntig. Zodra Maria Cristina het portier opent, vliegt de vogel weg. De wind ruikt naar zeezout, algen en nat hout en voelt ijskoud in haar hals. Ze is niet op haar gemak. Het nieuwe jurkje is te aansluitend en te elastisch en kruipt op tot haar kont, en de zwarte panty die ze had aangetrokken om haar nagelloze teen te bedekken staat verschrikkelijk bij de sandalen.

Met de bos rozen in haar armen geklemd loopt ze een paadje in dat tussen de duinen kronkelt, haar hakken zakken weg in het zand en ijskoude windvlagen wervelen tussen haar benen. Dit lijkt eerder de toegang tot een strandpaviljoen in het laagseizoen dan een resort. Nadat ze om een heuveltje heen is gelopen, wijzen twee in de grond gestoken fakkels haar de weg. Het staartje van de dag maakt, als een vergeten bruidssluier op de horizon, van de zandduinen een haast fluorescerend maanlandschap.

Maria Cristina loopt met meer energie verder, ze denkt terug aan al die kilometers die ze heeft afgelegd, de zonsopkomst boven de kale bergen van de Abruzzen, de gek met de helm op, de kus aan Luciano, en nu is ze, gehuld in die vodden van een kraampje, op weg naar een man van wie ze niets heeft begrepen.

Het hotel ligt zó verscholen in het mediterrane maquis dat ze het nauwelijks kan zien. Een halve cirkel van acht koepels (vandaar de naam), bedekt met zand en plukjes mastiekbomen en euforbia, die met elkaar verbonden zijn door transparante tunnels. Sommige zijn nog niet klaar en lijken op de rugschilden van schildpadden, met grote ramen in plaats van poten en kop.

Maria Cristina loopt naar de enige koepel die verlicht is, pal aan het strand. Het interieur is één ruimte, verdeeld in een lobby en een restaurant. Gewelfde balken van licht hout die doen denken aan ribben buigen zich onder het gewelf naar elkaar toe en vormen een soort borstkas. De architectuur heeft iets organisch. Zachte, monotone elektronische muziek verspreidt zich door de ruimte. Maria Cristina's sandalen klikklakken op de kardinaalrode gietvloer. Het laagste deel van de constructie wordt verlicht door onzichtbare spotjes, net als in een kunstmuseum, die vijvers van licht creëren in de materiële duisternis waaruit de balie van de lobby en aan de andere kant de bar met het meubilair van staal en hout opdoemen. Er hangt een droomsfeer. Maria Cristina is verbaasd dat ze geen fotonische motoren onder haar voeten voelt trillen en niet Alpha Centauri door het raam ziet.

'Welkom.' Captain Sarti verschijnt uit het donker in uniform. Levi's 501, Pumasneakers, vaalgroen poloshirt van Benetton. Gebruikelijke sigaret in de mond, gebruikelijke armbandjes.

'Hier ben ik. Sorry dat ik wat laat ben,' zegt ze buiten adem, en ze reikt hem de bloemen aan. 'Voor jou.'

Hij haalt de sigaret uit zijn mond en brengt de rozen naar zijn neus. 'Dank je. Ze zijn prachtig. Maar waarom?' En hij geeft haar een vluchtige kus op een wang.

'Hoezo waarom? Ik kan je niet genoeg bedanken. Dat Luciano niet dood is, heb ik aan jou te danken. En doe maar niet alsof je niet weet wat ik bedoel. Je hebt hem zelfs hartmassage gegeven.' Maria Cristina draait om hem heen, handen op de borst. 'En met dat gedoe over chantage heb ik echt overdreven. Het gaat niet goed met me. Ik had het helemaal mis. Sinds de video was ik de weg kwijt. Die tastte mijn hersens aan. Sorry.'

Hij gebaart dat het zo wel genoeg is. 'Luister. Jij en ik maken een afspraak. We hebben het niet meer over de video en Luciano en jouw schuldgevoelens, en jij stopt met mij te bedanken. Laten we helemaal opnieuw beginnen en genieten van deze avond.'

'Goed, maar ik denk niet dat me dat lukt. Ik schaam me zó diep dat ik om het kwartier, *koekoek*, sorry wil zeggen.'

'Doe je best maar,' houdt hij vol.

'Ik zal mijn best doen,' zegt Maria Cristina glimlachend en ze spreidt haar armen. 'Wat vind je van mijn nieuwe look? Honderd procent Via Pontina.'

Nicola Sarti's blik glijdt over het lichaam van Maria Cristina, die netjes rechtop gaat staan, net als wanneer de juf op school het schoolschort controleerde. 'Ik vind het leuk. En die sandalen en panty zijn perfect.'

Maria Cristina is heel tevreden. 'Gekocht bij een kraampje.'

Nicola Sarti maakt een handgebaar. 'Kom. Dan zetten we de bloemen in het water.'

'Wat een waanzinnige plek is dit, Nicola.' Maria Cristina loopt met hem mee en legt bewondering in haar stem. 'Je had gezegd dat ik het hier mooi zou vinden, maar zoiets had ik niet verwacht. Echt schitterend. Het lijkt net of je...'

'In een ruimteschip bent.'

'Precies.'

Hij versnelt zijn pas. 'Je moet me vanavond helpen, we gaan de chef, João, testen.'

'Natuurlijk, heel graag.' Ze trippelt met vlugge pasjes op haar gouden hakken achter hem aan. 'Ik hoop dat ik ertegen opgewassen ben, ik eet alleen maar geitenkaas en sla. En o ja, ik kan pizza bakken.'

Ze liggen op lage, ronde divans waarin je wegzakt, en kijken uit op het strand. Er branden kaarsen in matglazen bollen en discrete obers in zwart uniform hebben drankjes en kleine, lichte hapjes gebracht.

Al een halfuur kabbelt er een gesprekje voort dat niet genoeg bruist om hen ergens te brengen. Hij leidt en zij volgt met commentaar of gedetailleerde vragen uit angst voor stiltes. Een glijvlucht. Over gemeenschappelijke vrienden, vrienden die onderweg zijn kwijtgeraakt, plaatsen waar ze zijn geweest, onroerendgoedinvesteringen in Londen en Parijs. Nicola Sarti staat op het punt om een villa te kopen op een van de Cycladen en legt haar uit dat de Grieken, en dan vooral de eilandbevolking, superieure wezens zijn, kinderen van Kronos en Poseidon, ze kennen de tijd, delen die op in andere termen.

Maria Cristina transpireert en luistert nauwelijks, ze is nog steeds gejaagd, ze neemt een slok van de cocktail die is gemixt door chef João, een man met donkere huid en blauwe ogen en van hals tot voeten bedekt met tatoeages van Azteekse geometrische patronen. Het drankje heet Capeta, wat Portugees is voor duivel, zo legde João uit in het Engels, ze drinken het met carnaval, het is een mix van cachaça, gecondenseerde melk, kaneel, honing en guaranà. Zo'n smerig dik drankje dat onze heldin het met moeite door haar keel krijgt en het als verf langs de wanden van haar maag druipt. Maar, dat moeten we hem nageven, de Capeta doet zijn werk en dempt de spanning, jammer dat haar oogleden er als guillotines van neervallen.

Nicola Sarti kijkt haar nauwelijks aan, de ene peuk wordt aangestoken met de andere en af en toe, als uit plichtsbesef, glimlacht hij naar haar. Er is iets tussen hen veranderd, het heeft geen zin eromheen te draaien. Het helpt niet dat hij haar verzekert dat hij niet boos op haar is. Er is niet meer die spanning van toen in hotel Piccola Britannia. In het stoffige barretje van dat hotel achter de Via dei Condotti had Maria Cristina een volwassen, wijze versie ontdekt van het patsertje uit Parioli dat ze ooit aflebberde op het pleintje van Stromboli. Hij was die typische oppervlakkigheid van Noord-Rome-lul nog niet kwijt. Nu is hij afstandelijk, vriendelijk, ja natuurlijk, maar er knaagt iets aan hem, hij dreunt onnozele onderwerpen op en gebruikt daarbij een verwaarloosbaar percentage van zijn brein, de rest wordt in beslag genomen door zijn eigen zaken. En bovendien kijkt hij voortdurend op zijn telefoon. Hij zal wel belangrijkere dingen aan zijn hoofd hebben dan Maria Cristina, die eerlijk gezegd een beetje teleurgesteld is. Hij heeft haar waarschijnlijk alleen maar uit beleefdheid laten komen.

Ze observeert zijn ogen, twee lichtjes die onder zijn grijzende haardos stralen, zijn grote, nerveuze handen, zijn doorrookte stem, zijn brede schouders.

Maria Cristina vraagt zich af of Nicola Sarti de juiste man voor haar zou zijn. Hij is rijk. Succesvol. Hij koopt alles wat los en vast zit en geniet daarvan, in tegenstelling tot Domenico, die altijd en overal lijdt. Natuurlijk, hij zou het hele pakket moeten nemen. Haar, Irene en Luciano. En een deel van zijn vermogen investeren in landgoed Bastoni. Maria Cristina heeft er een hard hoofd in. Vijftigers zoals Nicola Sarti vallen op jonge meisjes, zij heeft er al honderdduizend kilometer op zitten, ze is zowat gereed voor de sloop en om de erosie door vrije radicalen te beheersen laat ze zich volspuiten, waardoor ze opzwelt als een pop. Om een half psychotisch opgedirkt lijk met in haar gevolg een nazaat en een moordenaar in huis te nemen, is het echt niet voldoende dat ze het skelet van de mooiste vrouw van de wereld heeft. Terwijl Maria Cristina haar existentiële balans opmaakt, blijft ze vanuit een ooghoek kijken naar het pakje Lucky Strike op het tafeltje. Ze zou er een moord voor doen om er een te roken. Jezus, ze rookt al twintig jaar niet meer. Waarom nu? Als ze ontspant, stopt ze misschien met zweten en kan ze proberen Nicola Sarti wakker te schudden uit de depressie die hem vanuit de divan aan het opslokken is.

Ze pakt een rijstkroketje van de schaal met hapjes. Het heeft het soortelijk gewicht van osmium. Het is vet en de witte rijst binnenin is een en al zetmeel.

'Hoe is dat?' vraagt hij.

'Lekker.' Maria Cristina duwt haar wijsvinger in haar wang.

'Ik vind het een beetje vet...'

'Nee. Hoe kom je erbij.' En om hem te laten zien dat ze niet liegt, neemt ze er nog een hap van. Die blijft steken tussen haar keel en luchtpijp, ze probeert de val ervan te versnellen met een druppel Capeta. Vergissing. Dat werkt als lijm. Langzaam, als een boa constrictor, lukt het om de brok door te slikken, haar oogbollen puilen uit van de inspanning.

'Laten we een witte wijn nemen,' zegt Nicola Sarti. 'Iets fris. Heb je daar zin in?'

Ze accepteert het dankbaar, terwijl er een eenzame zweetdruppel op haar voorhoofd parelt.

Een halfuur later, bij de restjes van een salade van mango, spinazie, koriander en rode aardappel, en met haar aderen verzadigd van Fiano di Avellino, is Maria Cristina eindelijk ontspannen.

De ramen dempen het geraas van de wind die is aangewakkerd en het strand schoonveegt, terwijl zilverkleurige kammen worden opgetild op de golven die breken op het zand. Het spookachtige maanlicht sijpelt door de open mazen van de loodgrijze wolken. Het *tzz tzz tzz* van de drumborstels van een zacht jazztrio kalmeert haar. Ze moet zich beheersen om niet te gapen. Gezegende alcohol, gezegende wijn, gezegende Fiano di Avellino, denkt ze. Niets werkt beter om prestatieangst van je af te schudden.

Ze heeft inmiddels begrepen dat Nicola Sarti niet boos is op haar, maar op de chef. De lamsspiesjes, in ansjovissap gemarineerd en vervolgens met dille gekaramelliseerd, waren de genadeslag. Hij is nu in de keuken om erover te praten. Maria Cristina kan hem hier zelfs horen, de toon van de hoteleigenaar is ferm maar nooit onbeleefd, hij zegt tegen de chef dat de ingrediënten bij elkaar zijn geraapt *à la bitte de chien*.

Ze barst in lachen uit, en op dat moment komt er een bericht binnen op haar telefoon. Professor Guidoni laat weten dat meneer Vasile de operatie briljant heeft doorstaan. En dat ze hem morgen mag bezoeken.

'Het gaat goed met Luciano!' roept Maria Cristina dolblij uit als ze Nicola Sarti ziet terugkomen met een fles whisky in de hand. 'Ik was zó bang.'

'Professor Guidoni is een fenomeen,' zegt hij tevreden en ook een beetje opgelucht. 'Laten we toosten.'

'Laten we toosten.' Terwijl ze het glas heft boort ze haar Gorgonenogen, die ondanks de vele kilometers nog steeds alles kunnen veranderen in steen, in die van Nicola Sarti. 'Op ons,' zegt ze vrolijk en ze neemt een slokje, haar neus krult van de rokerige, zoetige smaak. Ze vindt sterkedrank smerig, maar vanavond niet.

'Is Luciano zo belangrijk voor jou?' vraagt hij.

'Heel belangrijk. Hij was de zoon van de bedienden van mijn grootouders in Olgiata. Hij fungeerde als broer toen Alessio op kostschool zat. Je moet weten dat we maar één dag schelen.'

Hij drinkt zijn glas leeg. 'Hij zou je opa kunnen zijn.'

'Hij is inderdaad een beetje versleten,' zegt Maria Cristina peinzend. 'En hij heeft veel problemen. Maar als je je eroverheen kunt zetten dat hij je wilde vermoorden, denk ik dat je hem zult mogen.'

'Hij aanbidt je. Dat zie je zo.'

Ze kijkt naar de peilloze diepten van de koepel. 'Ja.'

Hij vult zijn glas bij. 'Net als Alessio.'

Maria Cristina fronst haar wenkbrauwen. 'Denk je?'

'Ja. Hij hield van je en beschermde je.' En dan, alsof hij het gesprek wil afkappen, verandert hij van onderwerp: 'Ben je er klaar voor? Het interview is morgen, toch?'

'Inderdaad. Morgenmiddag.'

'Ben je kalm?'

Maria Cristina bekent dat het lot van de regering lijkt af te hangen van haar televisieoptreden. 'Als rechts wint, weet je wiens schuld dat is.'

'Je zult het vast geweldig doen. Als je maar een tiende vertelt van wat je hebt meegemaakt, heb je het ergste al gehad.'

'Reitner zal alles willen weten over Alessio en Andrea. Ik vind het moeilijk om over ze te praten.' Dan zwijgt ze en kijkt ze hem aan.

Hoe vaak komt het in het leven voor dat we zo dicht bij de waarheid zijn dat we een hand kunnen uitsteken, haar kunnen vastpakken en als een vlinder in onze handpalm kunnen sluiten? Maar nee, we doen een stap achteruit, want we weten zeker dat tussen die twee gekleurde bloembladen de gruwel verborgen zit van die antennes, van die pootjes als van een vlieg, van die zuigsnuit als van een mug. En dat is terecht. Andere keren schreeuwt de waarheid, roept ze ons en smeekt ons naar haar te luisteren, vraagt ze ons om weer betekenis aan de dingen en licht aan een blind leven te geven. En dan riskeren we alles uit liefde voor die waarheid. Nu vraagt onze dappere hoofdpersoon, bevrijd van de angst Luciano te verliezen, bevrijd van de dreiging van het filmpje, opgetild door twee vleugels van alcohol, aan Nicola Sarti: 'Hoe is Alessio gestorven?'

Later zal ze zich afvragen wat haar op het moment dat de situatie ontdooid leek ertoe heeft gebracht hem die vraag te stellen. Ze zal zichzelf antwoorden dat ze al op die vraag had gebroed sinds ze hem op de club was tegengekomen en had begrepen wie hij was.

De man is overrompeld, tilt zijn kin op en gaat achterover zitten. 'Weet je dat niet?'

'Ik weet wat mijn grootvader me heeft verteld. Ik heb nooit geprobeerd om er meer over te ontdekken. Maar nu wil ik het weten.'

Nicola Sarti neemt een laatste trekje en drukt de peuk krachtig uit in de asbak. 'Hij was alleen toen hij stierf. Niemand weet wat er is gebeurd. Wij waren allemaal in de haven om proviand in te slaan toen hij het water in ging. Iemand op het eiland had hem verteld dat er op de bodem van de inham waar wij voor anker waren gegaan op dertig meter diepte een grot met een lange gang was, en hij dook met zijn adem ingehouden onder water om die te zoeken en kon er niet bij komen. Je weet hoe hij was, hij gaf niet op. Dus huurde hij duikflessen. Het kwam in niemand op om het hem uit zijn hoofd te praten, om te zeggen dat hij een expert moest meenemen. Op die leeftijd zijn we eikels, dat weet jij ook... Alessio is nooit meer boven water gekomen. Hij was niet in de grot. Zijn grootouders zijn gekomen. Ze waren er kapot van, ik heb je oma voor mijn ogen zien wegkwijnen. Ze praatte niet meer. Je opa daarentegen regelde alles, die heeft zelfs de Turkse kustwacht met helikopters in beweging gekregen. Het eiland ligt midden in de Middellandse Zee, er zijn heel sterke stromingen, hij kon overal terecht zijn gekomen. Meer dan een week later werd zijn lichaam gevonden, bijna honderd kilometer verderop. We werden helemaal gek.' Hij steekt een nieuwe sigaret op, terwijl hij het lint van herinneringen afrolt.

'En ik was er niet.' Een bitter glimlachje tekent Maria Cristina's mond. 'Ik wed dat dat is wat je nu denkt.'

Nicola Sarti schudt zijn hoofd. 'Je grootvader zei tegen ons dat hij niet wilde dat jij van streek zou raken. Dat je je moeder al was verloren toen je klein was. En volgens mij heeft hij daar goed aan gedaan.'

Maria Cristina's glas is leeg. Ze kijkt om zich heen in de hoop dat er een ober komt om het bij te vullen. 'Ik had daar moeten zijn.'

'Ik heb je een paar keer gebeld, maar je nam niet op. Ik dacht dat het niet goed met je ging en had graag bij je willen zijn.'

'Sorry. Ik kon het niet,' zegt ze veel te zacht, ze schraapt haar keel en dan iets luider: 'Ik voel me al mijn hele leven schuldig dat ik er niet was. Ik was niet zes, hè, ik was twintig. Op je twintigste ben je volwassen. Maar ik was overdonderd. En toen opa me aanraadde om niet te gaan, ben ik gevlucht. Het is nergens voor nodig om te treuren om de doden, hield ik mezelf onterecht voor. Ik dacht dat als ik het lichaam niet zag, het dan net was alsof hij niet dood was, en ik heb altijd de illusie gehad dat Alessio plotseling weer zou kunnen verschijnen. De waarheid is dat ik het niet kon verdragen. Dat...' Ze weet niet meer hoe ze verder moet gaan, ze kijkt naar haar voeten, schudt haar hoofd. 'Ik zal zijn dood altijd met me meedragen.'

Nicola Sarti vertelt verder, zijn blik afgedwaald in de duisternis aan de andere kant van de ramen. 'Toen het lichaam was teruggebracht, is alleen je opa erheen gegaan om hem te identificeren. Hij had te lang in het water gelegen. Je oma begon weer te praten. Ze zei dat Alessio daar moest blijven, op de begraafplaats van het eiland. Er is daar een uitstekende rots boven een baai, een strook land die beschut is tegen de wind, de zee eromheen is vlak en doorzichtig als een natuurbad, de bodem is rotsachtig, de grafstenen liggen op dezelfde hoogte als het water. Het is de mooiste begraafplaats van de wereld. Er is een witgepleisterd kerkje en als je er 's ochtends vroeg heen gaat, zie je de zon pal achter de graven opkomen. Ik ben er twee jaar geleden voor het laatst geweest, daar ligt het graf van Alessio, er groeit een kappertjesplant op, en wat graan. Hij ligt daar goed.' Hij knikt. 'Als ik doodga, wil ik naast je broer begraven worden.'

Maria Cristina kijkt hem zwijgend aan voordat ze hem vraagt: 'Wacht, ik begrijp het niet, ben je teruggegaan om zijn graf te bezoeken?'

'Ja. Altijd als ik daar in de buurt ben, ga ik er even langs om hem te groeten.'

'Dat wist ik niet,' antwoordt ze met een zucht. Ze glimlacht, ze zou er het liefst iets achteraan zeggen, een stomme opmerking om de afgrond die zich onder haar voeten opent te vullen. Ze probeert in te ademen, ze opent haar mond wijd, een wirwar van doornen heeft zich om haar luchtpijp gewikkeld. Een huivering verplaatst zich van haar benen naar haar buik en armen tot aan haar polsen en vingers. Alsof ze een vuistslag in haar maag krijgt, klapt Maria Cristina dubbel met haar armen om zichzelf heen geslagen, en ze verbergt schor reutelend haar gezicht in haar handen.

'Maria Cristina...' stamelt Nicola Sarti verbaasd.

Ze blijft huilen, hij kijkt om zich heen alsof hij hulp zoekt of juist hoopt dat er niemand is, hij staat op en loopt naar haar toe, gaat naast haar zitten, tilt zijn hand op en legt die op haar schouder. 'Niet huilen… Alsjeblieft.'

Ze schudt haar hoofd en bekent tussen haar snikken door: 'Vorige zomer was ik daar vlakbij. Op Kreta. En ik ben er niet heen gegaan. Elke dag zei ik tegen mezelf: ga, ga. Maar ik verzon steeds weer smoesjes om het uit te stellen. En ik ben niet gegaan.' Het huilen verandert in een reeks gesmoorde spasmen, het lijkt of ze aan het verdrinken is. 'Hij was helemaal alleen toen hij doodging.'

Nicola Sarti pakt haar armen vast en trekt haar als een zak aardappels omhoog. 'Genoeg, alsjeblieft, hou op. Laten we naar buiten gaan. De frisse lucht zal je goeddoen.' Hij ondersteunt haar alsof ze gewond is en neemt haar mee naar buiten.

Maria Cristina laat zich leiden in de wind en de kou, haar ogen gesloten alsof die nooit meer open hoeven, slap van verdriet en verscheurd door het plotselinge, flitsende inzicht dat ze nooit ergens een moer van begrijpt, dat ze mensen niet kan duiden, dat ze slechts een kurk is die heen en weer wordt geslingerd door de golven. Ze voelt zijn handen, haar ogen branden in de wind die haar de adem afsnijdt, die haar haren verwart, de kou stijgt op in de warmte van haar dijen. Ze klampt zich vast aan Nicola Sarti alsof ze bang is dat het verdriet haar met zich mee zal nemen. Hij drukt haar tegen zijn borst, een hand in haar nek om haar te beschermen.

'Ik zal je naar Alessio brengen,' fluistert hij in het geraas van de branding.

Maria Cristina opent haar ogen, vóór haar is het strand en de weinige lichten van de kust, wazig door haar tranen, verblinden haar. Ze vraagt: 'Maar wie ben jij? Wat zoek je in mij?'

'Je moet vertrouwen hebben.'

Er verschijnt een glimlach op Maria Cristina's lippen, met een vinger raakt ze zijn kin aan, streelt ze zijn mond alsof ze die wil tekenen, met de vingertop glijdt ze over de contouren van zijn tanden en vandaar voorbij de hoek van zijn lippen over zijn ruwe wang en zijn oorlelletje, haar vinger zakt weg in zijn haren, ze pakt ze vast, kronkelt ze om haar hand alsof het teugels zijn of het touw van een bergbeklimmer, en ze kust hem.

Twee zwarte, zwijgende, haast bange silhouetten lopen hand in hand door de glazen tunnel die wordt verlicht door de spotjes die zijn gemonteerd in het maquis buiten het hotel.

Maria Cristina, half bevroren en dronken van de Fiano di Avellino, heeft het gevoel alsof de benen waarmee ze loopt niet van haar zijn, alsof ze elkaar een voor een achtervolgen over de betonnen vloer. Ze voelt het warme bloed dat stroomt in de hand van Nicola Sarti om de hare. Er is iets noodzakelijks, iets wat geen uitstel duldt, iets liturgisch in deze zwijgzame gang naar de slaapkamer. Ze moet met hem vrijen, ze voelt de urgentie in haar diepste binnenste. Misschien kan alles op die manier betekenis krijgen.

Nicola Sarti blijft staan voor een dichte deur.

'We zijn er.' Hij draait de deurkruk om en doet open. 'De inrichting is nog niet helemaal af. Maar je vindt er handdoeken en alles wat je nodig hebt.'

'Dank je.' Maria Cristina leunt met haar rug tegen de deurpost zonder zijn hand los te laten. 'Waar slaap jij?'

'In de andere koepel,' antwoordt hij. Zijn adamsappel beweegt onder zijn luchtpijp als een egel onder een deken.

'O,' zegt ze verbaasd. 'Slaap je niet bij mij?'

Nicola Sarti schraapt zijn keel. 'Beter van niet... Ik zou niet willen dat je er later spijt van krijgt, gezien onze voorgeschiedenis.'

Maria Cristina zucht en trekt hem de kamer in. Met een voet duwt ze de deur dicht.

Nicola Sarti tikt een sensor aan en een streep gedempt licht verspreidt zich over de houten panelen waarmee de wanden bedekt zijn, terwijl het plafond donker blijft. Het kingsize bed, opgemaakt met zwarte lakens, staat in het midden van een povere inrichting waarvan geen enkel onderdeel zichtbaar is.

Aarzelend blijft hij naast de deur staan. 'Weet je het zeker?'

'Als je het nog één keer vraagt, gooi ik je eruit.' En ze kust hem vurig, terwijl ze hem bijna platdrukt tegen de muur. Dan, met een zucht, ogen half gesloten, fluistert ze in zijn oor: 'Nu gaan we het doen zoals jij het wilt.' Ze duwt haar hand op de gulp van zijn broek en glijdt met haar vingertoppen onder de tailleband, in zijn onderbroek. 'Alles.'

Nicola Sarti trekt zijn buik in en deinst terug. 'Alles?' vraagt hij een beetje bezorgd.

'Ja.'

Hij maakt een knoopje van zijn boord los en zonder zijn blik van haar af te houden, opent hij de minibar en pakt een flesje wodka. Dan gaat hij in de fauteuil zitten, strekt zijn benen en draait de dop los. 'Kleed je uit.'

'Doe het licht uit,' zegt Maria Cristina en ze wijst naar het lichtknopje.

Nicola Sarti drinkt het halve flesje leeg. 'Je zou toch alles doen?'

'Alles,' beaamt zij. 'Maar in het donker.'

Nicola Sarti schatert het uit, maar schraapt vervolgens zijn keel en zegt ernstig: 'Kleed je uit en doe wat ik zeg.'

Hou daar toch mee op, zegt Diana Brinzaglia vermoeid. *Je beult jezelf af met trainen met die eikel Mirco Tonik en nu schaam je je?*

Maria Cristina trekt het jurkje uit en bedenkt dat het wel zal stinken. Ze gooit het op de grond en blijft staan in onderbroek, beha, panty en sandalen. Ze zet haar handen in haar zij. 'Zo goed?'

'Nee.'

Maria Cristina trekt haar schoenen en panty uit. 'Er is een nagel af.' Ze wijst naar haar grote teen.

'Die groeit weer aan,' kapt hij haar af. 'Trek je sandalen weer aan.'

Ze moppert, maar gehoorzaamt vervolgens zuchtend.

'Onderbroek.'

Maria Cristina trekt haar onderbroek uit zonder haar blik van hem af te wenden, spreidt dan een beetje haar benen terwijl ze haar bilspieren aanspant en Mirco dankt voor de miljoenen squats die hij haar heeft laten doen. 'Zo goed?'

'En je beha?'

Ze schudt haar hoofd en vouwt haar handen samen. 'Dat niet, alsjeblieft.'

'Waarom niet?'

'Omdat ik mijn tieten heb laten doen en ik vind ze niet mooi.'

'Laat zien,' beveelt Nicola Sarti zonder ruimte te laten voor repliek.

Ze draait haar ogen omhoog en maakt aarzelend de sluiting los, de beha valt op de grond. 'Kijk maar. Ze zijn te rond en mijn tepels zijn altijd hard. Je mag zeggen dat je ze niet mooi vindt, ik ben niet beledigd. Kijk.' Ze tilt haar armen op en toont haar onthaarde oksels. In het midden daarvan de dunne lijn van een litteken. 'Daar hebben ze de prothesen ingebracht. Die hebben een hele reis gemaakt.'

Vertel hem dan ook maar meteen over je facelift, nu je toch bezig bent. Diana Brinzaglia is moedeloos.

'Ik vind ze mooi,' stelt hij haar gerust.

'Geloof me. Als je ze aanraakt, vind je ze niet mooi.' Maria Cristina raakt ze ontevreden aan. 'Ze zijn hard en een beetje koud.'

Hij komt overeind uit de fauteuil en gaat voor haar staan. 'Mag ik?'

Maria Cristina tilt haar armen op. 'Ga je gang.'

Nicola Sarti sluit zijn handen eromheen. 'Ik vind ze schitterend.'

'Echt waar?'

'Echt waar.' Nieuwsgierig geworden laat hij zijn vingers over haar zij glijden, daar waar haar huid verbrand is. 'Voel je dit?'

'Nee.' Maria Cristina likt langs haar lippen, bijt erop. Ze haalt diep adem en kust hem. Hij legt een hand in haar nek, maar ze trekt zich terug. 'Ik moet je nog één ding vertellen. Daarna zal ik mijn mond houden. Dat zweer ik.'

Hij schudt verbaasd zijn hoofd. 'Wat is er dan?'

'Ik heb al vijf jaar geen seks meer gehad.'

Nicola Sarti's mond valt open. 'Nee. Dat geloof ik niet. Je houdt me voor de gek. Hoe kan dat? Kan je man...'

'Jawel, hij kan het nog, maak je geen zorgen.'

'Heeft hij een ander?'

'Het is goed zo.'

'Wat een absolute dwaas. Hoe zeg je dat ook alweer, wie brood heeft, heeft geen tanden en wie tanden heeft... Vijf jaar?'

'Ik zweer het. Het lukt me niet meer met mijn man. En ook niet in m'n eentje. Dus...'

'Dus?'

'Dus...' Met een diepe zucht overwint de vrouw van de premier haar gêne. 'Ben ik een beetje verroest, ik heb onze video heel vaak bekeken en ik ben een beetje bang dat...'

Hij brengt haar tot zwijgen door zijn tong in haar mond te steken.

Nu kan ik me voorstellen dat jij, beste lezer, wilt weten of onze heldin in staat zal zijn de roest weg te vegen en of ze erin zal slagen de verlangens van Nicola Sarti te bevredigen en zichzelf enig genot toe te staan.

Maar helaas zul je moeten wachten, want ik heb een paar regels nodig om je iets te vertellen wat mij persoonlijk is overkomen en wat de wegen van de geest van de vrouw van de premier doorgrondelijker maakt.

Als kleine jongen wilde ik koste wat het kost een boomhut, ik las de *Topolino* en was dol op Kwik, Kwek en Kwak die inderdaad een boomhut hadden. Met de vasthoudendheid van grillige jongetjes smeekte ik mijn ouders om er een voor me te bouwen. Een kleine hut zou al goed zijn, een studiootje in Villa Ada of in het plantsoentje in de buurt. De waarheid gebiedt mij erbij te vermelden dat geen van mijn ouders ooit een geweldige doe-het-zelver is geweest, wij noemden het 'een-ander-doet-het', waarbij we met 'een ander' Rino bedoelden, bijgenaamd De Snor, hun vertrouwde klusjesman, zeg maar à la Luciano, die allerlei onderhoudswerkzaamheden uitvoerde.

Op een ochtend waren we op het platteland en verraste mijn moeder, bevangen door een kortstondige oprisping van energie, het hele gezin door aan te kondigen dat zij de boomhut zou gaan bouwen, in haar eentje, zodat ik voor eens en voor altijd zou stoppen met zaniken. Ik zou haar assistent zijn en haar vanaf de grond de spullen aangeven die ze nodig had. Een eikenboom was de geschikte boom, want die was, samen met een kastanjeboom, de mooiste en de statigste. We kozen een grote, dikke eik uit met lage takken, pal achter de kapschuur. Zij klom op de ladder en ik gaf haar vanaf de grond hout, schroeven, spijkers en hamers aan.

Gezien de urgentie van het project duurde de hele onderneming kort. Het werd niet zozeer een hut als wel een grote, ietwat scheve kooi van planken en balken die waren vastgeschroefd op de dikke, golvende takken, het gammele kraaiennest van een zeilschip vanwaar ik het dak van ons huis en een stukje grasland kon zien. Eerlijk gezegd was daarboven weinig te doen, het was te klein om er met z'n tweeën in te zitten, je kon er alleen maar staan of in kleermakerszit zitten. De volgende zomer was ik te veel gegroeid, ik klom er een paar keer in en dat was het requiem voor de boomhut.

Sindsdien zijn er vijfenveertig jaar verstreken, en altijd wanneer ik op bezoek ben bij mijn ouders kijk ik even naar mijn hut in de eikenboom. Hij is er nog steeds, op zijn plaats, in het bos, steeds groener door het mos, omzoomd door het bleke kant van korstmos, gewikkeld in klimop, er zijn een paar balken gevallen maar de constructie houdt wonderwel stand. Ik zie de vegetatie groeien, veranderen, ik zie de braamstruiken zich om de boomstam klemmen totdat ze weer verdwijnen door het toevallige passeren van de bosmaaier, ik zie dat de scheuten van de jonge boompjes zich uitrekken om hun plek onder de zon te zoeken en dat de oudere bomen uitdrogen en hun takken verliezen.

Afgelopen zomer besloot ik na een veel te overvloedige lunch, met wijn in mijn lichaam, de krekels in mijn oren en de zon die het land roosterde, een wandelingetje te maken in de koelte van het bos en opeens stond ik onder de hut. Iets verderop zag ik de ladder die de boer gebruikt om de olijfbomen te snoeien. Ik pakte de ladder en klom met enige moeite in de boom. Me vasthoudend aan de takken klom ik over de balustrade en voorzichtig ging ik de hut binnen. De vloer kraakte, maar hield het. Er was weinig te zien, het gebladerte was gegroeid en er was geen ruimte meer voor de hemel, ik wilde alweer naar beneden gaan toen ik in een hoekje een rode vlek zag. Ik veegde bladeren, eikels en aarde weg en ontdekte een rubberen varkentje met ski's, skistokken, een groene trui en een muts met pompon in dezelfde kleur. Dat was daar al die jaren blijven liggen en nog nagenoeg intact, als je een gat in zijn achterste waar een pluk synthetische vulling uitstak, aangevreten door een of ander knaagdier, niet meetelt. Hitte, kou, regen en soms sneeuw hadden hem doen barsten, verbleken en stijf gemaakt als karton. Ik kneep er met beide handen in en het bracht een soort knorrend geluid voort dat bij mij binnenkwam als een ruimtesonde die in het zwarte gat van mijn hippocampus werd gelanceerd en een door de jaren verkalkt en met de aanslag van psychofarmaca en alcohol bedekt klontertje geheugen raakte. Ik had een zogenoemde *agnitio*, terwijl ik in mijn oude boomhut stond kwam als een *gnocco* in kokend water het beeld bovendrijven van het gezicht van een lang meisje met kort haar, een ver nichtje uit het noorden dat een paar dagen bij ons op vakantie was geweest. We waren acht, negen jaar, daarna nooit meer gezien of gehoord, Isabella misschien, ik wist niet eens meer zeker of ze zo heette. Ze kon het geknor van het skiënde varken tot in de perfectie nabootsen door met haar mond en neus tegelijk in en uit te ademen. En wij, mijn zusje en ik, waren verrukt en vonden haar een fenomeen. Ik heb Isabella opgezocht op Facebook, ze woont nu in Boston met een man en twee prachtkinderen. De kracht van het knorren van het skiënde varken.

Zo, dat was alles, ik heb dit verhaal alleen maar verteld om te zeggen dat Maria Cristina, wanneer Nicola Sarti met die luchtige, geamuseerde Romeinse tongval beveelt 'doe wat ik zeg', een vergeten muntje van honderd lire hoort rinkelen in het spaarvarken van het geheugen en ze tussen de nevels die haar verleden verduisteren heel vaag iets meer ziet van de tijden van de zeiltocht.

Die eerste dagen van de bootreis maakte Nicola Maria Cristina het hof op de brutale manier van onervaren jongens. Hij hield haar voor de gek, plaagde haar en zocht de hulp van de anderen om haar te provoceren. Het bootspel was om Alessio's zusje, het enige meisje aan boord, lastig te vallen. Nicola was de hardnekkigste van allemaal. Hij haalde grappen uit en maakte aan de lopende band geestige opmerkingen die haar op den duur gingen vervelen. Veel te veel macho schouderkloppen, ongewenste tikken op haar billen, een inktvis op haar buik terwijl ze lag te slapen. Maria Cristina kon niet op het dek staan of hij duwde haar in het water en op een gegeven moment had ze er echt genoeg van en was ze beledigd en boos op hem, en hij reageerde daarop door overdreven vriendelijk te doen. Smeer je in, want je verbrandt. Ik heb een broodje voor je gemaakt. De twee waren net magneten die, afhankelijk van de polen, elkaar afstoten of aantrekken. Maria Cristina raakte ervan in de war en beantwoordde zijn grappen door achter hem aan te rennen, hem te slaan, hem kopje-onder te duwen. Telkens wanneer hun lichamen contact maakten, stroomde er van de een in de ander een sensuele energie die hun beiden de adem benam. De behoefte om dicht bij hem te zijn bracht haar zelfs op de krater van de Stromboli, zij die voor geen goud met haar luie kont van de bank kwam, of stimuleerde haar om mee te doen aan wedstrijdjes en spelletjes die uitmondden in dubbelzinnige stoeipartijen en aanrakingen.

De beroemde kus van San Lorenzo als een vredesverklaring tussen twee duellerende partijen was de bekrachtiging van het einde van de vijandigheden geweest en had fysiek contact toegestaan gemaakt. Ze mochten elkaar aanraken, kussen, elkaar overal vastpakken en aan zichzelf en de rest van de wereld laten zien dat ze een stel waren. Het verlangen naar de ander werd nooit gestild, zelfs niet wanneer ze in omhelzing sliepen, in beslag genomen als ze waren door een spel van ontdekkingen, experimenten die soms gênant waren, van geuren, boeren, lachbuien, bevelen en weigeringen, geknuffel en gekietel, handen vasthouden, schaamteloos zoenen op het pleintje en seks in de hitte van de hutten.

Toen ze op een dag in de haven voor anker lagen en eindelijk alleen waren en naast elkaar op de tweepersoons couchette lagen, had Maria Cristina tegen hem gezegd dat ze pizza wilde. 'Toe, ga jij alsjeblieft pizza voor me halen.'

'Nee. Het is veel te warm. Daar heb ik geen zin in,' had hij geantwoord, terwijl hij in een boek van Stephen King bladerde.

'Alsjeblieft?' had zij gemiauwd.

Hij had het boek dichtgeslagen. 'En wat doe jij in ruil?'

'Ik was je kleren.'

'Nee, dat is niet genoeg.'

Hij had even de camera aangeraakt die op het nachtkastje lag. 'Zullen we een video opnemen?'

'Wat voor video?' Maria Cristina wist heel goed wat hij bedoelde.

'Je weet wel.'

Zij had een wijsvinger naar haar slaap gebracht. 'Stel je voor. Ben je gek geworden? Voor een pizza...'

Er werd al dagenlang gesproken over het idee om een horrorfilm op te nemen die later dus, heel toevallig, een pornofilmpje was geworden.

'Dan neem ik ook bier mee. En ijs. Drie smaken. Met slagroom.'

'Welke? Eens luisteren. Als je het goed raadt...' Zij had haar armen achter haar nek geslagen en zich iets opgericht.

Nicola had zijn duim opgestoken. 'Chocola.'

'Oké.'

Hij had zijn wijsvinger opgestoken. 'Pistache.'

'Oké.'

Nicola had onzeker geaarzeld, haar aangekeken, op zijn lippen gebeten. Vervolgens waagde hij het erop. 'Koffie? Nee, wacht, stracciatella.'

'Goed! Maria Pijpina accepteert de deal.'

Nicola had een T-shirt aangetrokken. 'Ik ben zo terug. En jij doet wat ik zeg.'

Allemaal voor een ijsje met drie smaken en een pizza.

VII

Dinsdag 27 februari

1

Maria Cristina Palma ligt naakt op een meer van zwarte lakens. De zon schijnt de kamer in en valt op de wasbleke huid van haar rechterarm, die over haar gezicht ligt. Haar haar is een veld vol wilde, bleke lokken en glinstert in het ochtendlicht. Haar pols gebogen in een rechte hoek, de vingers lijken naar een punt op het plafond te wijzen. Van haar gezicht, verborgen onder de biceps, is alleen een stukje kin te zien, haar lippen, iets geopend over de regelmatige rij tanden, worden bewogen door haar ademhaling. Onder de fijne krulletjes in haar nek splitst de hals zich in de bogen van de schouderbladen en de magere schouders die bedekt zijn met goudkleurig dons. De oksel is een iets donkerdere vallei waaruit als een opkomende zon het ronde borstimplantaat oplicht dat rust op de door de ribben gegroefde borstkas die zich onder haar borstbeen terugtrekt in de strakke, witte buik. Niets verduistert de albasten huid. Haar gedraaide bovenlichaam vernauwt in de taille, om weer te verbreden bij de heupen. Op de rechterheup verliest de huid zijn gepolijste monotonie en daar begint een anarchistisch, gehavend gebied waar de opperhuid zich, brandend, heeft gehergroepeerd in lichte, eeltige, strakke stroken en strepen als elastieken over rozerode valleien en gevoelloze kraters. De littekens stoppen bij een heel precieze grens en de huid wordt daar voorbij, op de onderbuik, weer glad, omringt de holte van de navel, verdwijnt onder een dun bosje zijdezacht zwart schaamhaar, als van oriëntaalse vrouwen, en rimpelt boven de donkere welving van de clitoris, die iets uitsteekt tussen de koraalkleurige plooien van de grote schaamlippen. De lange bovenbenen raken elkaar ter hoogte van de knieën en de ronding van de kuiten versmalt bij de enkels en in harmonische aaneenschakeling volgen de iets gelige hielen, de gewelfde voeten, de pezige tenen en de grote teen zonder nagel, die heel licht beweegt bij het naderende ontwaken.

Het is de warmte van de zon die haar wekt. Terwijl haar lichaam stilligt, komt haar geest boven uit de slaap als vanaf de bodem van een lauw zwembad. Ze is in het resort van Nicola. Ze reconstrueert hoe ze in dat bed terecht is gekomen. De stilte wordt benadrukt door haar ademhaling. Ze tilt haar hoofd op en wordt verblind door het licht, ze schermt haar ogen af met de holte van haar arm. De zon staat hoog aan de heldere hemel, een teken dat het al laat is. Nicola ligt op de andere helft van het bed te slapen zonder een geluid te maken. Met één oog observeert Maria Cristina de minimalistische vijfsterrenhotelkamer die nog moet worden afgewerkt, er ontbreken nog wat deurtjes en plankjes, naast het raam staat een vierkante bloempot en op de grond staat een groot abstract schilderij te wachten om te worden opgehangen. Op het plafond een kluwen van snoeren en peertjes.

Hoe voel je je? vraagt Diana Brinzaglia nieuwsgierig.

Goed, antwoordt ze.

Ze moet lachen als ze op de vloer, naast haar sandalen, twee gebruikte condooms ziet liggen.

Schuldgevoelens?

Ze inspecteert de krochten van haar psyche, zoals je in het voorjaar na een wandeling je kleren uittrekt om te controleren of er teken zijn die zich in een of ander spleetje van je lichaam hebben genesteld. Geen enkel schuldgevoel. En geen spanning, geen zorgen, geen angst.

Ze is gelukkig en verliefd.

Maria Cristina is niet zo goed in houden van, maar heeft een bijzonder talent voor verliefd worden, ze kan als geen ander haar hoofd verliezen. Ze voelt opnieuw de oude diepgewortelde, opwindende behoefte aan de ander.

Ze vindt Nicola heel erg leuk. Dat vertelt haar lichaam, een fijn gevoel van blijdschap en opluchting sluimert in haar ledematen, die nog loom zijn van de extase van het orgasme.

O mijn god, ik ben zelfs klaargekomen, constateert ze verbaasd. Ze was er zeker van dat ze het onderwerp seks had afgesloten, dat ze inmiddels pathologisch frigide was en immuun voor lichamelijk genot.

Maar nee…

Ze wist een obscene flashback uit. Dit is niet het moment voor herinneringen. Op de terugweg naar Rome zal ze tijd genoeg hebben om te blozen en te giechelen en betekenis te geven aan deze memorabele nacht.

'Ja, memorabel,' fluistert ze zacht.

Maar nu moet ze opstaan, iets eten, ze sterft van de honger. Vandaag is het interview. Ze moet opschieten. Gelukkig heeft ze de beveiliging gewaarschuwd dat ze niet thuis sliep.

En wat doet ze met Nicola?

Een romantisch krabbeltje aan hem schrijven en dan verdwijnen? Of hem wakker maken en naar behoren afscheid nemen?

Ze strekt haar rug terwijl ze naar haar minnaar kijkt. Hij is gebruind, een beetje behaard, maar het haar is zacht, blond en goed verdeeld. Ze vindt het profiel van zijn doorleefde gezicht, als van een poolreiziger, aantrekkelijk, ze houdt van zijn gebogen neus, de rimpels om zijn ogen, zijn kleine oren en die lichte onderbeet die ze niet eerder had opgemerkt. De adamsappel die eenzaam uitsteekt op de door baardgroei gevlekte hals. Hij heeft wat vet op zijn buik en flanken, maar zijn armen zijn gespierd, een rood-blauwe Japanse tatoeage van een inktvis omhult zijn rechterschouder. Zijn pik ligt slap op zijn bovenbeen. Die heeft zich tijdens de slaap niet teruggetrokken en zijn genereuze afmetingen zelfs nu behouden. De gladde, donkere voorhuid omwikkelt de eikel als een tulpenknop die zich opricht in de bek van een tandbaars.

O god!

Batanga!

Nu weet ze het weer. Zo werd hij op de boot genoemd door die stomme vrienden van hem. Vanwege zijn afmetingen.

Batanga en Maria Pijpina. Hun artiestennamen.

Ze glimlacht terwijl er een verdorven plannetje in haar opkomt.

De losbandige Maria Pijpina (die trouwens intussen de vrouw van de premier, die de leider van de meerderheidspartij is, én de mooiste vrouw van de wereld is geworden) zal de slapende Batanga als cadeautje pijpen om hem een onvergetelijk ontwaken te bezorgen.

Geil door haar eigen moed bijt ze op haar lippen om niet te lachen.

Wacht, stel dat hij wakker wordt en haar van schrik een kniestoot geeft?

Maar onverschillig voor het gevaar kruipt ze naar Nicola, die nog steeds slaapt, ze buigt zich over zijn lid, kijkt op naar zijn ontspannen gezicht, heel goed, pakt hem heel voorzichtig met haar vingers vast en opent haar lippen. Hij is van haar, net als twintig jaar geleden. Ze werpt een laatste blik op zijn ogen om er zeker van te zijn dat hij slaapt, opent haar mond, klaar om te…

Wat is dat?

In een hoek van de kamer, schuin boven Nicola's hoofd, hangt iets wat haar aandacht trekt. Wat is dat ding daar aan het plafond? Ze sluit haar mond en knijpt haar ogen iets dicht om het beter te kunnen zien. Een vierkant, zwart, glad doosje met afgeronde zijkanten en in het midden een transparant koepeltje.

Maria Cristina houdt haar adem in, ze strekt haar hals, richt zich op en deinst terug tot de rand van de matras. Al haar gedachten zijn gestopt. Ze stapt van het bed en gaat kijken. Haar schedel, haar oogkassen, haar trommelvliezen kloppen op het ritme van haar hart, dat een uitzinnige circusmars tegen haar borstbeen bonkt.

Ze gaat eronder staan en buigt haar hoofd om het beter te kunnen bekijken. Aan de achterkant steekt er een grijze kabel uit, die in de muur verdwijnt. Ze krijgt een zure oprisping van gal en merkt dat ze zweet, het is hels heet in die kamer, de vloerbedekking brandt onder haar voeten, haar oksels zijn drijfnat en er loopt een stroompje zweet langs haar heupen. Ze pakt de stoel waarop hun kleren zijn neergegooid en loopt ermee naar de hoek van de kamer. Ze klimt erop, gaat op haar tenen staan, pakt het doosje vast en wipt het los van de bevestigingsbeugel. De elektriciteitsdraad komt strak te staan maar breekt niet af, ze trekt nog harder, wint een paar centimeter, net genoeg om te zien dat er in dat transparante koepeltje een piepklein ringetje zit. Jankend als een dodelijk gewond dier zet Maria Cristina met beide handen nog meer kracht en trekt ze nog harder, ze verliest haar evenwicht en belandt op de vloer, waarbij ze eerst met haar heup en vervolgens met haar bil neerklapt, maar ze geeft geen kik terwijl ze de camera, waar de afgebroken draad uit bungelt, in haar hand klemt.

‘Wat gebeurt er?’ klinkt de slaapdronken stem van Nicola Sarti. ‘Maria…’

Op handen en knieën voor het voeteneind van het bed zittend fluistert ze: ‘Jij smerig stuk stront dat je bent.’

‘Maria Cristina?’ Hij zoekt haar.

En alsof ze wordt opgetild door de duivel zelf doemt ze in al haar een meter achtenzeventig op voor het bed, naakt, woedend, haar haren rechtop en haar Medusa-ogen als gloeiende houtskolen. ‘Vuil stuk stront.’ Haar lichaam heeft alle zachtheid verloren, het enige wat nog rond is zijn haar tieten, de rest is een doolhof van rechte lijnen en uitsteeksels: benen, knieën, ellebogen, armen, jukbeenderen, kin, kont. ‘Wat is dit?’ zegt ze en ze laat hem de camera zien.

Nicola Sarti kijkt ernaar, rug tegen het hoofdeinde, versteend.

‘Zeg op, eikel,’ briest Maria Cristina en ze smijt de camera naar hem toe, die hem met een ronde *tok* vol op het voorhoofd raakt alsof dat van massief hout is.

Nicola Sarti schreeuwt het uit van pijn en brengt zijn hand naar zijn gezicht.

‘Je hebt me gefilmd, jij vuile klootzak.’ Met één sprong zit Maria Cristina boven op hem. ‘Je hebt me opnieuw besodemieterd.’

Instinctief duwt hij haar met een been weg en de vrouw van de premier vliegt met haar rug tegen de muur tegenover het bed, landt op handen en knieën op de grond om zich vervolgens zonder aarzeling opnieuw op hem te storten. Weer trapt hij haar weg, maar zij grijpt hem bij een enkel vast en brult: ‘Het was allemaal gepland. Daarom wilde je het licht niet uitdoen. Daarom heb je me…’

Maria Cristina hoort dat haar stem steeds hoger en scherper en waanzinniger klinkt. Ergens in haar geest houdt nog steeds een vleugje rationaliteit stand, dat haar waarschuwt dat ze buiten zinnen raakt, dat ze haar zullen opsluiten in een inrichting, denk aan gedwongen opname op de afdeling psychiatrie, denk aan voorpaginanieuws, het herinnert haar eraan dat als het monster eenmaal los is het niet kan worden teruggefloten. Maar daar heeft Nemesis, de godin van wraak en vergelding, lak aan. Als een kat waarvan de kittens zijn afgepakt, grijpt ze zich vast aan zijn enkels, omklemt ze hem en probeert ze hem te krabben, in zijn bovenbeen te bijten, en de naakte lichamen die een paar uur geleden nog samensmolten in een kolkende omhelzing zijn nu verwikkeld in een meedogenloos gevecht.

Nicola Sarti kan haar niet van zich afschudden, hij grijpt haar haren vast en smijt haar op haar rug op het bed, zij schreeuwt en spartelt heen en weer. ‘Luciano. Het bonnetje van de vis uit Civitavecchia. De ontmoeting voor het wellnesscentrum. De Chinese vrouw. Lul!’

Happend naar adem springt de man boven op haar, hij zet zijn kont op haar buik en knijpt haar keel dicht terwijl zij kronkelt, sist en spuugt als een slang, haar borstkas zwelt en zwelt alsof hij in tweeën zal splijten, met haar vingers probeert ze de klem om haar nek los te krijgen, maar ze wordt verstikt door de schaar, dezelfde schaar die haar aan de behandeltafel van professor M. vastpinde.

Nicola Sarti tilt een arm op, klaar om haar met de rug van zijn hand te slaan.

‘Doe dan. Sla me dan. Laat maar zien wat je kunt, vuil stuk schijtstront dat je bent,’ hitst Maria Cristina hem op met ogen die bijna uit hun kassen rollen. ‘Laat maar zien wat voor klootzak je bent. Vermoord me maar.’

De hand van Nicola Sarti blijft daar, gestrekt in het zonlicht.

Met haar laatste krachten zwaait Maria Cristina met haar armen, ze raakt hem met haar knokkels in het gezicht en strekt zich dan met een grom uit en pakt zijn pik vast. ‘Ik ruk ’m eraf, klootzak! Wat wil je van me?’

Hij spert zijn mond open en schreeuwt: 'Cleopatra!'

Maria Cristina's greep verslapt.

Terwijl hij haar stevig vasthoudt, kijkt hij haar aan met twee lege spleetjes, zijn haar doorweekt van bloed, en hij herhaalt: 'Cleopatra.'

'Wie is verdomme Cleopatra?' vraagt Maria Cristina half gewurgd. 'Stuk stront dat je bent.'

'Je bent gefilmd vanaf het moment dat je deze kamer in kwam. Alles is opgenomen. In 4k,' legt Nicola Sarti met kalme stem uit, terwijl hij nog steeds zijn hand om haar hals houdt.

Maria Cristina zoekt in haar mond naar wat speeksel om hem in het gezicht te kunnen spugen. 'Ik wist wel dat je een eikel was.'

'Als je niet wilt dat de video online komt, moet je vanavond tijdens het interview met Reitner "Cleopatra" zeggen.'

Maria Cristina kijkt hem stomverbaasd, hijgend aan, ze begrijpt het niet. 'Cleopatra? Hoezo? Waarom?'

'Daarom. Van nu af aan verandert jouw leven. Je bent nu van mij. Voortaan doe je wat ik zeg. Zo niet, dan zal de wereld zien hoe de vrouw van de premier wordt geneukt. Van voren en van achteren.'

Heel even vraagt Maria Cristina zich af of hij een grapje maakt. Maar nee, zijn blik is te ernstig en te gedecideerd. Een ijzige toon die ze nog nooit van hem heeft gehoord.

Ze ligt op het bed, verblind door de zon, de hand van de beul nog steeds om haar hals. 'Wat betekent Cleopatra?'

'Je hebt niet het recht dat te vragen. Je moet Cleopatra zeggen tijdens het interview met Reitner. Als je het niet zegt, als ik het niet duidelijk hoor, zal de video na de uitzending meteen online staan. En pas op, als je hier met iemand over praat, over de video of over Cleopatra, met je man, met Luciano, met wie dan ook, met de geheime dienst, als je me op welke manier dan ook probeert te besodemieteren, als je niet naar het interview gaat, als je naar me toe komt, me opbelt, als je ook maar iets doet wat mij niet aanstaat, dan zal ik het filmpje online zetten. Eén klik is genoeg.' Hij buigt voorover en laat haar zijn tanden zien. 'Als je ons probeert te verneuken, zullen we dat meteen weten en achter je aan komen. En dan zal de video openbaar worden gemaakt.'

Maria Cristina staart hem aan met een afwachtende blik, alsof ze op de rand van een ravijn staat dat boven een zwarte, pulserende afgrond instort.

Nicola Sarti laat haar hals los en raakt zijn voorhoofd aan, hij legt zijn vingertoppen op het bloed en bekijkt ze. 'Wát moet je zeggen?'

Ze schudt haar hoofd. 'Dit is vuile kutchantage.'

'Ik vroeg wat je moet zeggen.'

Maria Cristina probeert hem tegen te spreken, maar het lukt niet, ze probeert het nog eens en antwoordt met een zucht: 'Cleopatra.'

'Goed zo. En nou je spullen pakken en wegwezen.'

Maria Cristina kijkt hem onderzoekend aan, ze speurt naar een straaltje licht, een plooiing om zijn lippen, een teken dat dit een van zijn rare spelletjes is. Maar ze kan niets vinden, er is geen onzekerheid, geen enkel barstje op Nicola Sarti's gezicht.

Dan staat ze op en met haar blik steeds op hem gericht pakt ze haar kleren en loopt ze de kamer uit.

2

Het is moeilijk om te vertellen over Maria Cristina's terugreis naar Rome. Om de juiste woorden te vinden die de draaikolk in het middelpunt van de geest van de vrouw beschrijven waarin de eenvoudigste redeneringen, de elementairste veronderstellingen, de duisterste hypothesen worden opgeslokt.

Haar hoofd weegt zwaar als een watermeloen, haar hersenvlies wordt geplet in een wurggreep, haar hart blijft bonken, ze voelt nog steeds de vingers van Nicola Sarti om haar halsslagader en ze kan niet stoppen met trillen. Ze is bang dat ze flauwvalt. Ze slaagt er maar net in het stuur vast te houden, haar voeten op de pedalen te bewegen, de richtingaanwijzer aan en uit te zetten.

Het is een reis zonder tijd. Haar telefoon gaat continu. Iedereen belt haar op, vandaag is de dag van het interview en zij antwoordt iedereen ja, goed, ik kom eraan, goed, geen probleem, we zien elkaar straks, tot zo, terwijl ze in de achteruitkijkspiegel controleert of ze gevolgd wordt.

Thuisgekomen rent Maria Cristina naar haar slaapkamer zonder met iemand te praten. Ze wast zich, kleedt zich aan, maakt zich in stilte op en probeert rustig te worden.

Als ze in de werkkamer van Domenico komt, treft ze daar Caterina en de complete communicatiestaf aan: medewerkers, stagiaires, Marina, de secretaresse van haar man, en Dino Berti. Zo'n twintig mensen. Ze hebben een briefing voor haar georganiseerd, met slides en al. Marina zal de vragen illustreren die worden verwacht en de juiste strategieën om te ontkomen aan de hinderlagen van de journaliste. Berti daarentegen zal haar geheugen opfrissen over wat de regering tot nu toe heeft gedaan en over de stappen die zullen worden gezet tot de komende verkiezingen. Misschien zal Domenico meepraten vanuit Londen.

'Vergadering afgelast.' Maria Cristina stuurt ze allemaal weg.

'Hoezo afgelast?' vraagt Caterina stomverbaasd.

'Nergens voor nodig. Jullie kunnen gaan. Ik doe het alleen.'

'Maar hoezo? Wij zijn hier voor jou. We hebben alles voorbereid.' Met gestrekte arm duidt de assistente op de genodigden van de surpriseparty, er staan zelfs drankjes op tafel, thermoskannen met koffie, sandwiches. 'Het is heel belangrijk, Maria Cristina –'

'Hoelang heb ik nog tot het interview?' onderbreekt de vrouw van de premier haar.

'Nog zes uur. Maar we moeten minstens anderhalf uur van tevoren in de studio zijn.'

'Ik moet uitrusten,' zegt Maria Cristina, en de woorden klinken zo uitgeput uit haar mond dat er niets tegen in te brengen lijkt.

'Natuurlijk, Maria Cristina,' zegt Dino Berti inschikkelijk. 'We hebben gehoord over Luciano. Hoe gaat het nu met hem?'

Plotseling heeft het hele stel tragische maskers opgezet.

'Beter. Dank je. De operatie is goed verlopen.'

'Wil je anders nu een uurtje rusten en dat we het daarna even snel doornemen?' haast Caterina zich eraan toe te voegen. 'O, wat ik nog vergeten was, Amelianna komt speciaal terug van de Malediven om je te helpen met je outfit.'

'Geweldig.' En zonder verder iets te zeggen verlaat de vrouw van de premier de kamer.

'Wat doe jij thuis?' vraagt Maria Cristina, terwijl ze de kamer in loopt van Irene, die op bed ligt te knuffelen met Pippo, het hondje dat door de chauffeur naar Rome is gebracht.

Het meisje springt op om haar moeder te omhelzen. 'Je hebt hem hierheen laten brengen! Dank je! Dank je wel!'

Maria Cristina drukt haar dochter stevig tegen zich aan, duwt haar neus in haar hals en snuift die heerlijke geur op. 'Waarom ben je niet op school?'

'Omdat ik bij jou wilde zijn voordat je het interview gaat geven.'

Maria Cristina is verbaasd, dat had ze niet verwacht, ze zou graag glimlachen, maar haar lippen zitten vastgeplakt. 'Goed. Dank je.'

'Mag Pippo bij ons blijven?' vraagt Irene.

'Ja,' antwoordt de moeder zuchtend, terwijl ze haar dochter nog steeds tegen zich aan drukt. Ze zou willen zeggen dat ze voor hem zal moeten zorgen, hem zal moeten uitlaten, al die dingen die ouders tegen hun kinderen zeggen wanneer ze een huisdier nemen, maar een stompzinnige angst maakt haar sprakeloos.

In haar hoofd blijft de stem van Nicola Sarti maar herhalen: *Van nu af aan verandert jouw leven. Je bent nu van mij.*

'Hoera! Hoera!' Irene draait zich om naar de hond. 'Pippotto, je mag bij ons blijven. Heb je dat gehoord? Je bent nu een Romeinse hond.'

Maria Cristina gaat op de gekreukelde sprei met rode sterren liggen. De hond springt kwispelend boven op haar met zijn verbonden poot en overlaadt haar met vlugge, kinderlijke likjes, terwijl zij haar ogen sluit en de tong vochtig over haar jukbeenderen en daarna op haar oorlel voelt glijden. Ze aait hem met haar vingers diep in de dikke vacht van zijn nek.

'Goed zo, mama,' zegt Irene tegen haar. 'Blijf maar hier, wij drietjes, we doen net of deze kamer een onderzeeboot is.'

Maria Cristina knikt met gesloten ogen. Haar lichaam en geest vragen om rust, een wapenstilstand, maar dat is nu onmogelijk.

Waarom wil hij dat ze Cleopatra zegt? Wat zou dat betekenen?

Het moet een geheim woord zijn, een teken als startsein van...

Ze heeft geen idee.

We zullen het meteen weten. En dan zal de video openbaar worden gemaakt. Dat zei die klootzak. En hij gebruikte de meervoudsvorm. Dus hij is niet alleen. Hij maakt deel uit van een criminele, terroristische organisatie. Ze hebben Nicola Sarti gebruikt om dicht bij haar te komen, hij bezat de video waarmee zij benaderd kon worden en zo heeft hij een nieuwe video gemaakt die nog duizend keer compromitterender is. Alles is duidelijk. De kliniek zonder patiënten, de hotels die worden verbouwd, de condooms binnen handbereik, het verhaal over Alessio om haar te vertederen, de lichten in de kamer die aanbleven voor de camera. En ze heeft aan hem bekend dat Domenico haar bedriegt, dat ze al vijf jaar niet vrijen, en ze heeft zelfs gezegd dat ze alles zou doen om hem genot te geven. En die klootzak heeft met de vrouw van de president van de Italiaanse ministerraad, een moeder, anale seks gehad voor een camera die alles opnam. Dat in de zeilboot was nog maar het voorgerecht, wat er gisteren gebeurde was de hoofdschotel, het chantagemiddel.

Maria Cristina staat op en gaat naar de badkamer naast Irenes kamer, sluit de deur, buigt zich over de toiletpot en braakt zure gal uit.

'Mama, ben je oké?' vraagt Irene vanuit de kamer.

'Ja, lieverd. Wacht even,' mompelt ze.

'Zeker weten?'

'Ja.' Ze spoelt haar mond en kijkt in de spiegel. De huid van haar gezicht is strak over haar schedel gespannen. Haar ogen puilen uit hun donkere kassen die worden omzoomd door blauwe kringen. Haar lippen droog, haar hals gerimpeld, haar haren verwilderd. Nicola Sarti is erin geslaagd haar verstand en elk spoor van schoonheid van haar af te nemen.

Ze moet het interview niet doen. Ze moet een smoes verzinnen.

Nee, dat kan niet. 'Als je niet naar het interview gaat, zal de video online gezet worden,' heeft hij gezegd.

Ze komt uit de badkamer en Pippo en Irene zitten naast elkaar bezorgd op haar te wachten.

'Heb je zin om mee te gaan om mijn haar te laten verven?' vraagt ze aan haar dochter.

'Wat goed van je. Ik vind dit eigenlijk niet zo mooi,' bekent Irene. 'Mag Pippotto dan ook mee?'

De hond kijkt haar oplettend aan, terwijl hij keurig netjes zit en met zijn staart de vloer veegt. 'Ja.'

Irene is nog niet tevreden en vraagt door. 'En mag ik ook mee naar de tv om te kijken terwijl je het interview doet? Ik zal heel braaf zijn, superstil, stiller dan een vliegje, ik zweer het. En ik zorg wel voor Pippo.'

Maria Cristina glimlacht moeizaam en knikt nogmaals.

Was Caterina eerst nog bezorgd, nu is ze doodsbang. Als ze een bewijs zocht dat de vrouw van Mascagni gek is geworden, dan heeft ze het nu. Alleen een overspannen vrouw in een ernstige mentale crisis gaat helemaal naar Casal Bertone om daar haar haar te laten verven door een Indiase kapster. En straks zal die vrouw, die psychiatrische behandeling behoeft, een interview moeten geven aan Mariella Reitner en moeten praten over zichzelf, haar man en de regering. Haar toekomst hangt af van een vrouw met het IQ van een schubdier. Dat geloof je toch niet? Terneergeslagen zit de assistente op de pruimkleurige bank naar adem te happen. Misschien had ze er beter aan gedaan om in plaats van binnen te stappen in dit gekkenhuis van de politiek het voorstel van haar ex te accepteren om een fastfoodrestaurant voor pasta met rauwe tomaten te openen in Alessandria. Shari doet fantastische zaken. Hij heeft zelfs een Nigeriaanse verloofde gevonden. Wat zal er van haar worden nu ze de verkiezingen gaan verliezen? Wrijvend over haar pijnlijke heup staat ze op voor een gesprek op het terras met de pr en de beveiliging.

Terwijl Maria Cristina haar koffie drinkt in de serre, observeert ze de twee stafleden die discussiëren, telefoneren, hun hoofd schudden, de armen over elkaar slaan. Caterina knikt en loopt weer naar haar terug, kromgebogen alsof ze een kledingkast op haar rug draagt. Ze gaat tegenover haar zitten, de handen in elkaar geslagen, en terwijl ze zich voorbereidt op wat ze gaat zeggen, verandert haar pafferige gezicht van ernstig in beminnelijk in smekend. 'Luister, Maria Cristina, luister naar me, de beveiliging vindt het niet haalbaar om met deze kleine marge door Rome te rijden, we lopen het risico te laat aan te komen voor de live-uitzending. En bovendien zijn er de foto's van jou in de Opera met blond haar, nu wil je ze kastanjebruin laten verven, wat zullen de mensen wel niet denken? Ze zouden het misschien, nou ja, ik zeg maar wat, verkeerd kunnen opvatten en er een beslissing van de regering in kunnen zien, als een boemerang, zeg maar.' De assistente kijkt haar ernstig aan. 'Zou je op z'n minst in overweging willen nemen om naar Diego Malara te gaan? Of hem hier te laten komen?'

'Nee.'

Caterina bijt op haar lip. 'Alsjeblieft, Maria Cristina, doe niet zo kinderachtig.' Vervolgens houdt ze even verbaasd haar adem in en raakt ze haar borst aan. 'Ben je boos op me om wat je in de toiletten hebt gehoord? Het spijt me, ik schaam me rot. Dat was niet goed van me. Vergeef me.'

'Ik vergeef je. Laten we met de escorte gaan, dan zijn we er eerder.'

De jonge vrouw slikt. 'Ik voel me niet zo lekker.'

Maria Cristina zit op de bank en slaat haar benen langzaam over elkaar, de sandaal balanceert op haar tenen. 'Wat vervelend.'

'Alsjeblieft...' Het is een wanhopig verzoek. 'De premier is nu bezig met Meyer. We kunnen hem niet spreken.'

Maria Cristina pakt haar telefoon uit haar handtas. 'En Bruco, hebben jullie het aan hem gevraagd?'

Caterina hijgt door haar neus als een otter die zijn adem onder water heeft moeten inhouden en glimlacht haar uitgeput toe. 'Nee. Hij reageert nooit meteen. Het duurt altijd even. Dat weet je.'

Maria Cristina tikt een nummer in, wacht een paar seconden. 'Hallo. Goedendag.'

De assistente staart haar aan, terwijl ze met haar snijtanden aan de nagel van haar middelvinger knabbelt. Dan vormt ze de woorden met haar lippen om zich niet te laten horen. 'Is hij dat? Brucooooo?'

'Alles in orde. Alles in orde.' De vrouw van de premier knikt. 'Ik wilde je vragen of het een probleem is als ik mijn haar laat verven voor het interview... Ja, donker, kastanjebruin, net als eerst, ietsje korter... Prima. Dank je wel. Ik weet dat het niet je gewoonte is, maar zou je het erg vinden om dit even tegen Caterina te zeggen? Ik geef je haar.' Ze overhandigt de telefoon aan haar assistente, die hem vastpakt alsof het een ratelslang is en hem voorzichtig tegen haar oor houdt. 'Hallo? Ja, bent u dat? Is dit Bruco? Bruco in eigen persoon? Wat een grote eer. Ja. Goed. Ja, natuurlijk. Dank u. Uitstekend. Ja, goed. Uitstekend.'

En zo komt het dat Davide, Irene, Pippotto en Maria Cristina in de Mercedes onder escorte van een paar politiewagens op weg zijn naar de Via di Casal Bertone.

Maria Cristina leunt met gesloten ogen tegen de hoofdsteun en voelt de stad om zich heen vibreren. Rome is vandaag een hel, ondergelopen door de nachtelijke regens en overspoeld door Duitse voetbalfans, er is een Europacupwedstrijd, het verkeer perst zich door de smalste steegjes, auto's staan dubbel, driedubbel geparkeerd, vuilniswagens blokkeren de doorgang als cholesterol in de aderen en ondanks de sirenes en de brutaliteit van de politiewagens duurt de rit eindeloos.

Ze zou haar hoofd graag vrijmaken van de kwellende gedachte aan chantage. Michael Mantler, de deprogrammeur van Andrea, zei dat de geest een kamer is die leeggemaakt moet worden. Alles wat je niet nodig hebt, moet je eruit gooien. Het lichaam zorgt er zelf voor dat het ademt, slaapt en zich voedt. Maar Maria Cristina's geest is een hermetische kubus waarin Nicola Sarti rondwaart.

Wat is hij voor een verschrikkelijk wezen? Een Oscar-acteur, een monster, een terroristische pornoster die zich voor een of andere revolutionaire zaak schaamteloos toont in hardpornovideo's.

Het is je evengoed gelukt om verliefd wakker te worden, treitert Diana Brinzaglia.

Met de hak van haar schoen drukt ze op de nagelloze grote teen. Een elektrische zweepslag stijgt op door haar been, beneemt haar de adem, ze perst haar lippen samen om niet te schreeuwen.

Cleopatra. De koningin van de oude Egyptenaren. Beeldschoon. Verliefd op Marcus Antonius. Waarom juist Cleopatra? Omdat ze ook mooi is, net als zij? Omdat ze zelfmoord heeft gepleegd uit liefde? Is ze een symbool? Ze wil graag meer informatie zoeken, erachter komen of het een codenaam is, een revolutionair symbool, of het geheime betekenissen heeft. Ze wil haar telefoon pakken, maar houdt zichzelf tegen. Die zal allang zijn gehackt. Ze is zo bang dat ze vreest dat ze haar gedachten kunnen horen. En dat er afluistermicrofoontjes in de auto zijn geplaatst. Als er een veilige manier was om in contact te komen met Botta, het hoofd van de Veiligheidsdienst, zou ze hem om hulp kunnen vragen en Nicola Sarti kunnen laten arresteren.

Als je hier met iemand over praat, dan zal de video op internet terechtkomen. We zullen het meteen weten.

Ze kijkt naar buiten, naar het verkeer, de rij scooters. Ze wordt ongetwijfeld nu al gevolgd. Ze opent haar tasje en pakt er Xanax uit. De warme, olieachtige, bittere vloeistof verdooft haar tong. Ze pakt haar telefoon. Ze wil Luciano bellen om te vragen hoe het met hem gaat.

Nee, beter van niet.

Stefania Subramaniam staat in een groene sari en met een kapsel als een panettone bij de ingang van haar kleine schoonheidssalon die is ingeklemd tussen een dierenwinkel en een groente- en fruitwinkel op de vrouw van de premier te wachten. De kapster staat tussen de stijlen van de deur als een standbeeld in een nis van een hindoetempel. Achter haar staan drie dunne Indiase meisjes die nieuwsgierig boven haar uitsteken.

Zodra Stefania Maria Cristina uit de Mercedes ziet stappen, vouwt ze haar handen samen als begroeting. Het bericht van de komst van de vrouw van de premier moet zijn doorgedrongen in de hele wijk, want overal verschijnen bewoners met hun telefoon in de hand bij de ramen en op de balkons van de moderne woonblokken. De Indiase fruitverkoper heeft een schaaltje met schijfjes mango en papaja klaargemaakt dat hij aanbiedt aan Irene en de nieuwsgierige toeschouwers die het trottoir vullen. Het is een feestelijke ontvangst, er zijn geen demonstranten. De mannen van de beveiliging lopen voorop om een doorgang te creëren voor Maria Cristina, die een groetende handbeweging maakt en dan de kapsalon binnengaat.

De kapster doet de deur op slot en hangt een bordje op waarop GESLOTEN staat. 'Zo valt niemand ons lastig.' Ze trekt de gordijnen dicht en verbergt de straat, het verkeer en de nieuwsgierige menigte die door de ramen gluurt.

Het interieur met een laag plafond en neonlichten is eenvoudig. Zwart linoleum op de vloer, aan weerszijden spiegels, hemelsblauwe stoelen, foto's van familie en beroemde Indiase monumenten, de Taj Mahal, uitzichten op besneeuwde bergen en bidprentjes van hindoeïstische godheden.

De assistentes glimlachen continu en schudden daarbij hun hoofd naar links en naar rechts, terwijl twee oudere klanten, opgesloten in hun zwarte kapmantels als twee oude gieren, haar verrukt aanstaren.

De kapster loopt naar het kleine meisje met haar aangelijnde hondje en kijkt haar ernstig aan. 'Ik wed dat jij Irene bent.'

'Ja. Dat ben ik.'

'En wie is dit schatje?' De kapster bukt zich om het hondje te aaien dat vrolijk heupwiegt.

'Dat is Pippotto.'

'Weet je dat je heel mooi bent, Irene? Sommige mensen vinden dat je zelfs mooier bent dan je moeder.'

Het meisje buigt argwanend haar hoofd. 'Wie dan?'

'Heel veel mensen.'

'Dat kan niet.' Zachtjes fluistert ze de kapster in het oor: 'Als je haar haar weer in orde maakt, is mijn mama de mooiste van de wereld.'

'We maken het weer in orde. Maar hoe dan ook, jij mag er ook zijn. Jullie zijn twee kleuren van de schoonheid, en die heeft er duizendzesendertig.' Stefania tilt een haarlok van Irene op. 'Ik zou je punten laten bijknippen, wat vind jij?' En ze kijkt naar Maria Cristina om toestemming te vragen.

'Mag dat, mama?' vraagt het meisje opgewonden.

'Ja, dat is goed.'

Stefania vertrouwt Irene toe aan haar meisjes en gebaart Maria Cristina haar te volgen naar een tweede ruimte, waar nog meer stoelen staan. Hier zijn de muren oranje geschilderd en er hangen, verenigd in een theologisch syncretisme, een zwart-witfoto van een oude Indiase heilige, een gesigneerde foto van Maria De Filippi en een foto van paus Pius.

Stefania gaat op een hoge kruk zitten, zet een leesbril op, gebaart dat Maria Cristina bij haar moet komen en bekijkt zwijgend haar haren.

'Ik heb er een puinhoop van gemaakt, hè?' vraagt Maria Cristina schuldbewust.

'Het zal niet makkelijk zijn om dat blond weg te krijgen, maar het gaat ons lukken. Het belangrijkste is dat het niet is binnengedrongen in je ziel.'

Maria Cristina observeert de buizerdogen van Stefania Subramaniam en vraagt verlegen, met een zacht stemmetje: 'Mag ik je omhelzen?'

De Indiase vrouw spreidt haar armen en Maria Cristina glijdt ertussen. Ze voelt hetzelfde effect dat ze ervoer toen ze haar ontmoette in de toiletten van de Circolo, maar vandaag, nu ze banger is dan ooit en haar leven aan een zijden draadje hangt, is dat gevoel nog krachtiger en heilzamer. Ze beweegt niet, haar ogen gesloten, dankbaar, als herboren in die weldadige warmte.

Stefania Subramaniam fluistert in haar oor: 'Maak je geen zorgen. Je bent sterk en mooi als een tijger. Je kúnt het.'

Maria Cristina legt haar voorhoofd op Stefania's schouder en stamelt: 'Ik ben bang.'

De Indiase vrouw duwt haar kin omhoog om haar in de ogen te kunnen kijken. 'De angst eindigt waar de waarheid begint.'

De ogen van de vrouw van de premier vullen zich met tranen, ze haalt haar neus op. 'Ik wil alleen maar wat rust vinden.'

'Jij moet de rust zoeken die goed is voor jou. Iedereen heeft zijn eigen rust.'

'Maar ik...' Maria Cristina begrijpt niet wat de kapster bedoelt. Al die wijsheid maakt haar altijd onzeker. Ze heeft haar hele leven wanhopig gezocht naar meesters, filosofen om van te leren, als een nachtvlinder aangetrokken door hun licht, maar zodra ze dichter bij hen kwam absorbeerde ze niet hun wijsheid maar voelde ze juist nog sterker de leegte die haar vult.

Stefania legt haar handen op Maria Cristina's slapen. 'Alles gaat voorbij. Alle dingen, zelfs de ergste, worden overwonnen en nemen de plaats in ons verleden in die ze verdienen. Maar laten we het nu hebben over serieuze zaken. Wat wil je dat we doen met je haar? Ik zou het weer in je natuurlijke kleur verven en korter knippen in de nek, maar wel wat lengte houden aan de voorkant en dan zou ik het in een scheiding kammen, als een man. Je zult nog steeds heel vrouwelijk zijn, maar het zal je de juiste autoriteit geven voor het interview.'

Maria Cristina drukt de handen van de kapster. 'Ik vertrouw helemaal op jou, Stefania.'

De kapster wijst haar een stoel aan waarin ze moet gaan zitten. 'Ik vind het fijn als mensen dat tegen me zeggen.'

3

De vrouw van de premier draagt een mouwloos grijs coltruitje en een zwarte pantalon met hoge taille. Een paar rode schoenen met hoge hakken. Haar zachte, glanzende nieuwe kastanjekleurige haar maakt haar hals nog langer en haar ogen stralen onder de wenkbrauwbogen als ronde barnstenen. De rest is te danken aan de make-up, die zo zwaar is aangebracht dat zelfs de blauwe kringen en de rimpels zijn weggewerkt. De felrode lippenstift definieert de contouren van haar lippen nog beter waardoor haar mond groter lijkt.

Een assistente heeft gezegd dat ze over vijf minuten naar de studio wordt gebracht en dat ze in de reclamepauze kan plaatsnemen voor het interview.

Door de deur van de kleedkamer klinken gedempte stemmen van assistenten, technici, grimeurs, fotografen, de hele pr-staf van Domenico, plus de schelle stem van Irene die Pippo leert dat hij moet blijven zitten.

Maria Cristina tiktakt op haar hakken heen en weer tussen de versleten donkerblauwe bank en het lange witte formica werkblad onder de spiegel, waar een fruitmand op staat. 'Het belangrijkste is dat je kalm blijft. Luister goed naar de vragen en neem de tijd om na te denken voordat je antwoord geeft,' fluistert ze tegen zichzelf, terwijl ze haar oksels droogt met een tissue en de motor van het koelkastje met een zenuwslopend gepiep aan- en afslaat. Haar longen vullen zich met de bedompte lucht van de kleedkamer, maar het lijkt of ze stikt. Haar middenrif is verkrampt. Haar hart bonkt gelukkig niet meer.

Lichte regenspetters slaan tegen het raam, dat op de parkeerplaats uitkijkt. Het water valt regelmatig en goudkleurig in de lichtkegel van een lantaarn en stuitert in een plas die zich uitbreidt op het asfalt en wordt opgeslokt door een afvoerput. Naast een uitpuilende afvalbak staat een meeuw in de uiteengevallen resten van een hamburger te pikken.

De meeuwen hebben haar steeds gevolgd, in Rome, op het platteland, bij Bruco, zij zijn de ware metgezellen van dit avontuur, soms verdwenen ze, om vervolgens weer op te duiken wanneer haar blik, heel even vrij van gedachten, afdwaalde in de lucht. Misschien kennen de vogels de zin van het leven. Vechten voor elke hap die God je gunt.

Haar telefoon trilt op tafel.

Domenico.

Niet nu, het is al laat. Hij maakt haar alleen maar gespannen.

Met haar handen in haar zij, in- en uitademend, staart ze naar het scherm tot de naam van haar man verdwijnt.

Een minuut later wordt er aangeklopt.

'Ja?' vraagt ze zachtjes en ze knijpt haar bezwete handen samen.

Caterina kijkt om de hoek. 'De president wil je graag succes wensen.' Ze laat haar telefoon zien. 'Hij is net klaar met de vergadering. Wil je hem spreken?'

Maria Cristina trekt haar neus op en pakt de telefoon aan. 'Domenico.'

'Schat, sorry dat ik je vandaag niet heb geantwoord, maar ze gunnen me geen ogenblik rust. Hoe gaat het? Hoe voel je je?'

'Goed,' liegt ze, terwijl ze een weemoedige, kalme stem opzet.

'Ben je er klaar voor?'

'Ik ben er klaar voor.'

'Ik ben furieus, er is vanavond een diner voor me georganiseerd met Meyer en de minister van Buitenlandse Zaken. Ik denk niet dat het gaat lukken om naar je te kijken. Maar Caterina zal me op de hoogte houden. Denk erom, hou het luchtig, want je hoeft niet de wereld te redden.' Lachje. 'Misschien alleen mij.'

'Oké.' Maria Cristina heeft haar spraak verloren en kan alleen nog dank je, goed, oké, ja en nee zeggen.

'Ze hebben me foto's gestuurd van je nieuwe coupe. Perfect. Heel elegant. Heb je heel goed gedaan. Blond past niet bij je.'

'Dank je.'

'Als Reitner je vragen stelt waar je geen antwoord op weet, moet je van onderwerp veranderen, iets persoonlijks vertellen. Heb je je voorbereid met het team?'

Maria Cristina loopt naar het raam. De meeuw is verdwenen en het regent minder hard. 'Nee.'

'O!' Stilte. 'Waarom niet?'

'Ik ging naar de kapper.'

'Oké.' Domenico's toon verandert. 'Zal ik wat zeggen? Beter. Veel spontaner. Snap je? Afleiden. Als ze iets vraagt over de politiek of over mij, zeg dan dat jij niets te maken hebt met mijn keuzes of met die van mijn regering. Dáárom ben je daar niet heen gegaan. Jij bent de hoofdpersoon.'

Maria Cristina gaat heel beheerst en netjes op de bank zitten. 'Ja.'

'Pak ze. Het gaat vast heel goed.'

'Ja.'

'Ik hou van je. Ik bel je later.'

'Oké.' Terwijl Maria Cristina het gesprek afsluit met een angst die het kritieke niveau heeft overschreden, zwaait de deur open en verschijnt er een jonge assistente met een roze bob. 'Bent u zover?'

Met haar benen over elkaar geslagen, handen op de armleuningen, rechte rug, zit de vrouw van de premier op een ongemakkelijke stoel die gemaakt is van oude telefoonboeken. Ze straalt van bekoring onder de schijnwerpers van de studio. Buiten de ring van licht die haar omhult, verborgen door de duisternis, mompelt het rumoerige publiek. Maria Cristina zoekt haar dochter die daar ergens moet zitten, maar ziet haar niet.

Het aftellen is begonnen, de reclame is in de lucht.

Tijd om te beslissen.

De hele dag heeft ze de gedachte eraan weggedrukt, maar nu begint het over een paar seconden. Ze neemt een slok water die met moeite haar dichtgeknepen keel passeert. Ze spreidt haar armen en knijpend in de armleuningen kijkt ze strak naar de op haar gerichte camera, daarachter ziet ze het grijzende haar van de cameraman met een koptelefoon op.

Laten we eerst, zegt ze tegen zichzelf, duidelijk stellen dat ik niets verkeerds heb gedaan. Ik heb niemand vermoord. Ik ben het slachtoffer. Ik ben misleid en gechanteerd om iets wat ik zelf niet eens snap.

Als ze toegeeft aan de chantage van Nicola Sarti en degenen achter hem, brengt ze zichzelf, de regering en het land in gevaar. De video zal het intieme leven blootleggen dat ze heeft gegund aan een man die ze vertrouwde. Ze zal doodgaan van schaamte, maar ze zal zich weer oprichten. Ze zal een andere intimiteit vinden, een die meer van haar is, en geheimer.

'De angst eindigt waar de waarheid begint,' had de kapster tegen haar gezegd.

Haar beslissing is helder, haarscherp, onmiskenbaar. De angst is op haar gekristalliseerd als zout op de huid, maar innerlijk is er een onverschrokken moed aan het groeien.

'M'n reet dat ik Cleopatra ga zeggen,' mompelt ze binnensmonds.

Voor het eerst is ze er zeker van dat ze geen fouten zal maken. Irene zal zien dat haar moeder seks heeft met een monster, maar als haar dochter intelligent is, wat ze vermoedt, zal ze het later begrijpen. Domenico zal haar even verdedigen en dan verlaten. Hij is geen type om astronomisch vreemdgaan soepel te accepteren.

Ze zal trotseren wat er te trotseren is. Maar ze zal niet buigen voor chantage.

Een aanmatigende glimlach krult om haar mond, terwijl het scherm vermeldt: nog drie, twee, een.

Actie.

'Goedenavond, mevrouw Mascagni, het is ons een groot genoegen u te verwelkomen.' Mariella Reitner is gekleed in een wijde blouse van roze zijde die haar vormen verhult, om haar hals hangt een koord met een hanger in de vorm van een zon. Ze heeft een belegen bob en draagt een donkerblauwe haarband. Ze lijkt net de page van de ridder in een tekenfilm.

'Mij ook,' antwoordt Maria Cristina met een klein stemmetje.

Reitner zet een rood brilletje op het puntje van haar neus en werpt een blik op haar spiekbriefje. 'We kennen uw tegenzin om op tv te zijn, uw beroemde terughoudendheid, en toch hebt u ingestemd met dit gesprek. Daarvoor wil ik u persoonlijk bedanken.'

'Het is me een genoegen.' Maria Cristina knijpt haar ogen iets dicht om haar gesprekspartner te kunnen zien. Ze wordt verblind door de schijnwerpers die op haar gezicht gericht staan om elke imperfectie af te vlakken. Op het scherm bij haar voeten vermeldt de countdown zesendertig minuten tot het eind van de uitzending. Een eeuwigheid.

Het is muisstil in de studio en ze heeft het gevoel dat ze alleen is in een immense ruimte. Maria Cristina schuift naar de rand van de stoel en spant haar benen in afwachting van de eerste vraag.

De journaliste kijkt haar langdurig aan. 'We hebben gezien dat u een andere look hebt. Een paar dagen geleden, in de Opera, hebt u iedereen verrast met een kort, blond kapsel, wat voor u ongebruikelijk is en op social media uitvoerig is becommentarieerd, en vandaag zien we u weer met kastanjebruin haar, dat nóg korter is. Waarom is dat?'

Onbewust schuift Maria Cristina de lok op haar voorhoofd opzij. 'Ik vond het niet leuk. Ik heb het geprobeerd. Ze zeggen dat blond zijn een gave is. Ik heb ontdekt dat ik die gave niet heb. Ik herkende mezelf niet.' Haar stem trilt een beetje en de woorden komen er met moeite uit. 'Mijn dochter Irene zei steeds dat ik niet mezelf was. Dus…'

'Ik vond het niet slecht staan,' onderbreekt Reitner haar. 'Maar misschien heeft uw dochter gelijk, het leek niet op uzelf. Vond uw man het leuk?'

Maria Cristina schudt haar hoofd. 'Niet echt. Dus toen ik vanochtend zenuwachtig werd voor het interview, dat moet ik bekennen, heb ik besloten weer mezelf te worden. Maar wel iets korter en luchtiger.'

'Het staat u heel goed.' De journaliste glimlacht. 'Dus ik voer dit gesprek met de brunette, de echte, luchtige Maria Cristina Palma, de mooiste vrouw van de wereld?'

Kijk, nu zou ze kunnen zeggen: nee, u praat met Cleopatra. Maar ze zegt: 'Ja, met de mooiste vrouw van de wereld, tenminste, zolang er nog geen nieuwe is gevonden. Ik hoop dat dat snel gebeurt. Ik kan niet wachten om de scepter door te geven aan een andere vrouw, zodat ik in alle rust oud kan worden. Ik moet toegeven dat het me zwaar begint te vallen om deze rol te vervullen.' Maria Cristina merkt dat ze een droge mond heeft.

Het publiek is de hele tijd stil.

Niet aan denken, hoe meer je praat hoe eerder het voorbij is, fluistert Diana Brinzaglia behulpzaam. Het lijkt alsof ze haar oude klasgenoot pal achter Mariella Reitner ziet staan, met haar fuchsiakleurige topje, de sigaret tussen haar vingers, net zoals toen ze haar midden op straat tegenhield.

De journaliste heeft verteld over de jeugd van de vrouw van de premier in Palermo, haar vader die bergbeklimmer was en het gezin heeft verlaten, het vroegtijdige overlijden van haar moeder, de verhuizing naar haar grootouders in Rome, de dood van Alessio, haar carrière als atlete en model, het huwelijk met de schrijver Andrea Cerri, het ongeluk, de brandwonden, en daarna Domenico en de geboorte van Irene. Ter illustratie worden op een scherm achter hen foto's vertoond van Maria Cristina's leven.

'U hebt beslist veel rouw gekend en veel verdriet gehad. U zult hebben geleerd hoe daarmee om te gaan. Er zin aan te geven. Áls het al mogelijk is om zin te geven aan verlies,' filosofeert de journaliste, waarbij ze telkens op haar aantekeningenbriefje kijkt.

Voor onze hoofdpersoon lijkt het alsof ze tegenover een politieagent zit die haar verhoort terwijl hij het proces-verbaal bestudeert. Ze zoekt opnieuw haar dochter in het donker, maar ziet haar niet. Misschien is ze samen met de hond in de kleedkamers gebleven. Ze zou graag een momentje nemen om na te denken, maar haar tong is sneller dan haar brein. 'Ik kan er geen zin aan geven. Ik leef met de doodsangst dat iemand van wie ik hou kan lijden, verdwijnen of plotseling sterven. Misschien vind ik het daarom moeilijk om vriendschappen te sluiten, om me aan mensen te hechten, ik ben bang dat ik ze kwijtraak. Soms word ik wakker en dan controleer ik of Irene wel in haar kamer is. Of kijk ik of het goed gaat met Domenico. Maar ik hoop van harte dat ik wanneer het mijn beurt is om te sterven wakker zal worden bij mijn dierbaren en bij mijn honden, die dolblij zullen zijn als ze me weer bij zich hebben.'

'Dus u gelooft?' vraagt de journaliste.

De vrouw van de premier schudt haar hoofd. 'Ik hoop. Dat is een beetje anders. Ik denk niet dat dat hetzelfde is.'

'Ik weet het niet,' zegt Reitner. Dan voegt ze er binnensmonds aan toe: 'Ik ben zelf ook geen groot expert.'

Het interview vordert snel, over een veilig spoor, zoals Domenico waarschijnlijk heeft bedongen. De vragen gaan over haar dagelijkse verplichtingen, over de veranderingen in haar leven en over de campagne die ze heeft gevoerd ter bevordering van onderwijsvoorzieningen voor kinderen van asielzoekers, over de indrukken die ze heeft van de president van de Verenigde Staten en de first ladies die ze heeft ontmoet.

Er is een Maria Cristina die bijna op haar gemak antwoord geeft (nu ze de beslissing heeft genomen, heeft ze niets meer te verliezen) en een andere die onrustig is en niet kan wachten tot de uitzending voorbij is, de video online komt en alles is wat het is.

Reitner bekijkt voor de honderdste keer haar aantekeningen, alsof ze een scherpere vraag zoekt.

Maria Cristina strekt haar benen en heeft spijt dat ze geen rok heeft aangetrokken. Haar look is niet goed. Ze had sexyer, hoeriger moeten zijn, met een bloesje dat precies ver genoeg openstaat.

'Uw man heeft zijn baan als advocaat moeten opgeven, hij stond aan het hoofd van een van de belangrijkste advocatenkantoren van Italië. Een rijk, succesvol man met een beeldschone vrouw en een dochter. Waarom denkt u dat hij is ingegaan op het aanbod om de regering te gaan leiden?'

Maria Cristina haalt haar schouders op. 'Dat zou u aan hem moeten vragen.'

'Hebt u daar niet samen over gesproken? Heeft hij dat in zijn eentje besloten?'

'Natuurlijk niet.'

'Kunt u ons vertellen hoe dat is gegaan?'

'We waren in Sabaudia, aan zee, we lagen al in bed. De partijleider belde op met het voorstel hem bij het Quirinaal naar voren te schuiven om de regering te formeren. Ze hadden haast. Domenico wilde er die nacht over nadenken.'

'Was u bij hem toen hij die beslissing nam?'

'Nee. We slapen in aparte slaapkamers.'

Gelach uit het publiek. Applaus.

Daar is de eerste leugen. Ze sliepen in Sabaudia wél in dezelfde kamer. En zij sliep naast hem, beschermd door haar slaapmasker vanwege het licht, door oordopjes en door tien druppels slaapmiddel. Ze hervat haar verhaal. 'Bij het ontbijt had Domenico zijn besluit genomen, hij zei dat hij het zou doen. Het moment was gekomen om zich persoonlijk in te zetten voor het land.'

'Voelde hij de ethische burgerplicht om zich in het strijdperk te begeven?'

'Ik denk dat er ook een beetje ijdelheid meespeelde,' voegt Maria Cristina eraan toe, en ze kijkt naar haar handen.

De journaliste lijkt weer wakker te worden. 'In welke zin? Legt u eens uit.'

Maria Cristina strijkt met haar vingertoppen over haar achterhoofd. 'Stelt u zich eens voor... De meerderheidspartij belt je plotseling op en zegt dat jij de juiste man bent, de enige die de problemen van Italië in zo'n complexe periode kan oplossen, dan is het duidelijk dat je je belast voelt met een grote verantwoordelijkheid, maar ook gevleid bent. Daarna heeft hij met onze president gepraat, die de laatste twijfels bij hem heeft weten weg te halen.'

Reitner grinnikt geamuseerd. 'En wat uzelf en uw gezin betreft? Uw gezinsleven zou veranderen als hij de baan zou aannemen. Wat hebt u tegen uw man gezegd?'

Maria Cristina denkt aan de afspraak die ze met zichzelf heeft gemaakt. De waarheid. 'Domenico zei dat hij de baan alleen zou accepteren als ik het ermee eens was naast hem te staan als de vrouw van de premier. Ik had mijn man nog nooit zo euforisch gezien als die ochtend. Nee, sorry, verkeerd woord, ik kan beter zeggen: opgewonden en overtuigd. Hij zei dat hij al het mogelijke zou doen voor het welzijn van Italië. En dat je je door iets voor een ander te doen zelf ook beter voelt. Wat kon ik zeggen? Had ik ooit nee kunnen zeggen?'

'Een echte idealist. Dat had ik niet gedacht. Mooi om te horen.' Er klinkt lichte spot in de stem van de journaliste.

Maria Cristina kijkt haar ernstig aan. 'Ja. Zo zei hij het. En ik geloofde hem.'

Maar Reitner blijft aandringen. 'Heeft hij niet gezegd dat hij misschien ook door de partijbazen in overweging was genomen vanwege u, een beeldschoon, beroemd model, de perfecte partner van een advocaat die zich ter beschikking stelt van de politiek maar die relatief onbekend is?'

'Nee,' antwoordt de vrouw van de premier kortaf.

'En als u het er niet mee eens was geweest?'

'Dan had hij het niet gedaan. Dat is wat hij zei.'

Reitner jaagt haar op. 'Denkt u dat dat waar is? Zou hij het echt niet hebben gedaan?'

Maria Cristina neemt de tijd voordat ze verder praat. 'Ik weet het niet. Ik weet dat ik Domenico Mascagni heb gekozen als echtgenoot en vader van mijn dochter omdat hij een volwassen, verstandige, eerlijke en vastberaden man is.' Ze zwijgt even. 'Ik hou van eerlijke, vastberaden mannen.'

'En omdat hij rijk was?' merkt Reitner op.

'Ook.'

Het publiek is geamuseerd.

Een-nul, bal op de middenstip, vuurt Diana Brinzaglia haar aan.

'Hij gaf me veiligheid en ik kon op hem leunen in de zekerheid dat hij het beste voor mij wilde,' vervolgt Maria Cristina. 'Na de dood van Andrea, mijn eerste echtgenoot, heb ik een moeilijke periode doorgemaakt, ik was depressief en Domenico heeft de scherven gelijmd, als een gebroken theepot. Hij heeft me op een discrete en elegante manier het hof gemaakt, zonder zich ooit op te dringen, en toen we een stel werden gaf hij me een fantastisch leven.' Maria Cristina zoekt in het donker de gezichten van degenen die naar haar luisteren en eindelijk ziet ze Irene, die naar haar glimlacht en haar duim omhoogsteekt. 'Helaas is mijn man veranderd sinds hij in de politiek is. Het ontbrak hem aan niets, er was een mogelijkheid dat we naar Londen zouden verhuizen. Hij heeft alles achter zich gelaten en zich met energie en misschien een beetje naïviteit in deze onderneming gestort.'

'Uw man naïef? Echt waar?'

'Ja. Hij dacht dat hij iets goeds kon doen voor het land. Hij kende de paleisintriges nog niet en was ervan overtuigd dat hij dankzij zijn onafhankelijkheid in vrijheid een politiek project kon realiseren om het leven van de Italianen te verbeteren. Maar in Italië is het niet makkelijk om te helpen. Ik heb gezien hoe hij vocht als een leeuw, maar vervolgens dag na dag meer zijn vuur verloor. Zijn enthousiasme veranderde in frustratie, hij voelde zich machteloos en misleid, hij sliep niet meer, hij had het alleen nog maar over de valkuilen en de obstakels die hem tegenhouden, hij werd bang voor zijn partijvrienden, dezelfde die hem toen hadden gebeld.' Ze knijpt haar lippen samen in een bittere glimlach. 'De waarheid is dat hij door het Quirinaalpaleis is opgeslokt. Thuis is hij niet meer zichzelf. Hij is altijd somber, bezorgd, afwezig. Ik geef toe dat het niet makkelijk is om met hem te leven. Ik spreek hem nauwelijks, ik zie hem nooit, hij kan nog niet vijf minuten rustig met zijn dochter doorbrengen. Hij voelt zich alleen en verraden. Ik weet niet... Het spijt me heel erg voor hem, ik weet niet hoe ik hem kan helpen. Maar ik zie dat hij er ondanks alles nog steeds in gelooft. En dat siert hem. Hij geeft niet op. Hij is sterk.'

Applaus barst los in de studio. Het is niet duidelijk of dat bedoeld is voor de vrouw of voor de echtgenoot. Reitner kijkt haar zwijgend aan en vraagt dan: 'Zeg eens eerlijk, hoopt u dat hij de verkiezingen verliest zodat u hem terugkrijgt?'

'Nee. Dat nooit.'

Leugen, zegt Diana Brinzaglia afkeurend.

'Domenico is een leeuw. Ik denk dat hij, als hij wordt herkozen en gemachtigd wordt door de stemmen van de Italianen, grootse dingen zal doen. En in dat geval zal ik degene zijn die opzijstapt.'

'Hoe bedoelt u? Wilt u dan niet meer de vrouw van de premier zijn?' vraagt Reitner, om er vervolgens aan toe te voegen terwijl ze haar bril afzet: 'Of bedoelt u misschien dat u hem wilt verlaten?'

'Waarom zou ik? Dat is niet het punt. Maar om de vrouw van de premier te zijn ben ik mezelf, mijn dochter en de dingen waarvan ik hou kwijtgeraakt. Deze rol is niet geschikt voor mij. Voor mij is het voldoende om de vrouw van Domenico Mascagni en de moeder van Irene te zijn,' zegt ze, en ze ziet voor zich hoe ze zich in het buitenhuis verschanst terwijl haar pornovideo over de aardbol raast.

'Sorry, ik begrijp het niet. Waarom hebt u het dan geaccepteerd? U had in Sabaudia ook nee kunnen zeggen.'

'We zijn een stel, en bij stellen komt er altijd een moment dat de een beslist en de ander volgt. En het zijn bijna altijd de vrouwen die volgen. Zo is het sinds het begin der tijden overal op de wereld, ook al is het niet terecht. Toch zeg ik jullie dat echtgenote zijn, moeder zijn, je partner helpen zich goed te voelen, een beroep is dat soms zelfs, het lijkt misschien ongelooflijk, bevredigend is.'

Reitner spoort haar aan met haar blikken, maar onze heldin heeft geen aansporing nodig. 'Ik hoop echter met heel mijn hart dat er in Italië vroeg of laat een vrouw komt als premier, dan zal haar man ontdekken wat het betekent om… Hoe zal dat heten? First gentleman te zijn. Die man zal begrijpen wat het wil zeggen om de zwijgende ruggensteun te zijn. Altijd vriendelijk, mooi en elegant te zijn, te leven met de eeuwige angst verkeerde of ongepaste dingen te zeggen, kortom, hij zal begrijpen wat het betekent om de echtgenote te zijn van een man die te veel ruimte inneemt.' Ze verschuift op haar stoel. Haar maag is ontspannen, ze zweet niet meer, de woorden zweven uit haar mond. 'Weet u waarom ik niet op tv wil? Omdat ik mezelf niet intelligent, scherp, grappig genoeg vind. Politiek begrijp ik niet en het interesseert me ook niet. Ik ben als de dood dat ze me slecht behandelen en me kapotmaken op social media en me uitschelden. Ik vind het fijn om me mooi te kleden voor belangrijke gelegenheden, te worden bewonderd, een goed figuur te slaan tegenover mijn land. Het heeft geen zin om te ontkennen dat ik het leuk vond om naar het Witte Huis te gaan, dat ik genoten heb van het privilege om Petra in Jordanië bij zonsondergang te zien of te dineren met de dalai lama. Trouwens, ze zeggen dat ik frivool ben. Maar nu is het genoeg. Het is mooi geweest, maar zo is het genoeg.'

Maria Cristina is vergeten dat ze in een nationale liveuitzending zit.

Die duivelse Nicola Sarti heeft haar de moed geschonken.

De tijd is omgevlogen. Nog een paar minuten tot de uitzending is afgelopen.

'Dank u wel, mevrouw Palma,' zegt Reitner, en ze buigt haar hoofd. 'Ik ben zó blij dat u mijn uitnodiging hebt aangenomen. Het was een verhelderend gesprek, u hebt zich geopend zonder angst en ik weet zeker dat de kijkers waardering hebben gehad voor uw eerlijkheid, uw moed, de waarheid die u hebt meegebracht naar deze studio, eigenschappen die tegenwoordig zeldzaam zijn.'

'Dank u.'

'Komt u nog eens terug?'

Maria Cristina moet lachen. 'Nee.'

Het publiek is enthousiast. Iemand roept haar naam. Ook Reitner staat op om te applaudisseren.

'Maar ik moet bekennen dat ik het fijn vond,' voegt de vrouw van de premier er glimlachend en zwaaiend aan toe.

De journaliste legt haar spiekbriefje neer. 'Ik ook.'

Het is haar gelukt. Maria Cristina recht haar rug en staat op, terwijl de lichten in de studio aangaan.

Reitner kijkt om zich heen en brengt met een handgebaar het applaus tot bedaren. 'Mag ik u nog één laatste vraag stellen?'

'Natuurlijk.'

De journaliste maakt een haast onzichtbare beweging naar voren, haar tot dan toe hartelijke gezicht verliest elke uitdrukking. Ze slikt. 'Als u een beroemde vrouw mocht kiezen, een historisch personage, wie zou u dan willen zijn?'

Maria Cristina knijpt haar ogen dicht. 'Ik begrijp de vraag niet.'

'Als u een personage mocht kiezen, wie zou u dan willen zijn?'

Ze heeft het gevoel dat ze gaat flauwvallen, haar benen kunnen haar niet ondersteunen, haar longen schrompelen als lege zakjes ineen, terwijl een vuur haar nek en gezicht in vlammen zet. Ze gaat weer zitten. Ze stamelt. 'Hoe bedoelt u?'

Reitner schraapt haar keel. 'Een belangrijke vrouw die voor u van betekenis is. Wie zou u willen zijn?'

'Ik?'

'Ja. U.'

In de studio is een doodse stilte neergedaald.

Maria Cristina kijkt om zich heen, ze ziet nu honderden gezichten die haar aanstaren, met in hun ogen allemaal dezelfde vraag.

Wie wil je zijn?

Mannen en vrouwen van alle leeftijden, de meisjes met koptelefoons op, de technici, de assistenten, de cameramannen achter hun camera's en voorbij de op haar gerichte lenzen de miljoenen mensen in hun huizen, allemaal wachten ze op haar antwoord.

Je hoeft maar Cleopatra te zeggen en je bent gered. De video zal verdwijnen. Niemand zal je zien. Zeg het, Maria Cristina. Vooruit. Waar ben je bang voor? Het lijkt alsof ze de mensen kan horen fluisteren. Je hebt het eindelijk begrepen. Nicola Sarti is een van ons. Zeg het. Het is makkelijk. Bevrijd jezelf. Zeg het, doe het voor jezelf. Lever deze laatste inspanning.

De vrouw van de premier zoekt Diana Brinzaglia, maar die is er niet. Ze is alleen. Ze kijkt omhoog naar het plafond, ademt diep in, de lucht zet uit in haar borstkas, ze slaat haar ogen neer en is ontsnapt uit die doos.

Het is niet koud, het waait niet. Ze heeft de nachtelijke hemel boven haar hoofd, de wolken zijn verdwenen en de maan is daar als het overblijfsel van een afgeknipte nagel en nog hoger fonkelen de sterren als scherpe diamantjes tegen de koepel van het zwarte firmament.

'Wie zou Maria Cristina willen zijn?' vraagt Mariella Reitner glimlachend. 'Heeft ze geen naam?'

De vrouw van de premier draait zich om naar haar dochter. 'De astronaute. Samantha Cristoforetti.'

VIII

Een week later

MARIA CRISTINA

Hallo, Nicola. Sorry als ik je stoor. De video bestaat niet, hè?

NICOLA SARTI

Hallo, Maria Cristina. Nee, die bestaat niet, wat je naar mijn kop smeet was een bewegingsmelder.

MARIA CRISTINA

En Cleopatra?

NICOLA SARTI

Ik wist niet hoe ik je moest kalmeren. Het is de naam van mijn moeders kat.

MARIA CRISTINA

😂😂😂

IX

Twee jaar later

En als elk zichzelf respecterend verhaal is ook dit verhaal tot een einde gekomen.

Ik, mijn beste lezer, als je tenminste nog steeds hier bij me bent, zal me afzijdig houden en geen commentaar leveren, niet filosoferen, ik zal de beelden laten spreken als in een film. Ik zeg je alleen maar dat er twee jaar voorbij is sinds het interview, en dat onze heldin met een strohoed onder de arm haastig een weggetje van okerkleurige aarde af loopt dat naar zee kronkelt. De zolen van haar platte sandalen glijden over het grint. Droge, lauwe windvlagen doen de oleanders buigen die de heuvel met groen bedekken en strelen haar zongebruinde benen, blazen door haar lange haren die bijeen worden gehouden door een rode sjaal met witte stippen. De hemel is helder, laagjes dunne wolken volgen elkaar tot aan de horizon, waar ze zich vermengen met het donkerblauw van de Egeïsche Zee. Een paar bruine geiten met gekrulde hoorns en een sikje staan haar balancerend op een stenen muurtje aan te staren, terwijl zij een sluiproute neemt via een pad dat slingerend tussen de rotsen uitkomt op het strand, een smalle strook donkere kiezels waar het doorzichtige water van de baai stilletjes overheen klotst. De bodem van stenen en zeegras is zo ondiep dat het een natuurbad lijkt.

Er is geen levende ziel te bekennen, afgezien van de kippen achter een hek en de krekels die tjirpen in de toenemende hitte. In de verte de scheepshoorn van een veerboot die aan de andere kant van het eiland aanmeert.

Op een verstevigd stukje strand liggen een paar witte bootjes met de bodem omhoog naast een leeggelopen rubberboot, en waar het beton ontbreekt worden scheurtjes hemel weerkaatst in de door zout omzoomde waterplasjes. Een eenzame meeuw rommelt tussen de resten van ansjovissen die in de zon liggen te rotten, het weggegooide aas van een hardervisser. De geur van vis vermengt zich met die van de hars van de pijnbomen langs het strand.

Maria Cristina loopt nu met snelle pas over een verhard paadje tussen het strandje en een weg die nog een paar eilandjes van asfalt in het stof heeft behouden. De boog van de baai verliest zijn volmaaktheid en rekt zich uit tot een smalle vinger van land waarop een kleine begraafplaats ligt die afsteekt tegen het water dat zo kalm is dat het een meer lijkt. De grafstenen betwisten elkaar de weinige ruimte en worden beschermd door een laag, hemelsblauw geschilderd hekwerk, maar waar het ijzer kaal is gebleven, heeft de roest het oranje gekleurd. Het kerkje in het midden is een witgekalkte kubus waarop de toren is gebouwd. De deuren van donker hout zijn zoals altijd gesloten. Maria Cristina opent het hek dat is afgesloten met een ketting zonder hangslot en loopt tussen de rijen grafstenen waarop hoopjes zand liggen dat is meegevoerd door de continentale regens. De meeste graven worden verdrongen door verdroogde geraniums, grote agaves, vergeeld graan, buxussen die elke vorm hebben verloren. Ze blijft staan voor een graf dat grenst aan de zee. Het is een simpele vierkante steen van met grijsachtige strepen geaderd marmer. Na al die jaren heeft de steen zijn glans nog niet verloren. Aan de bovenkant is Alessio's naam gebeiteld.

Maria Cristina knielt neer, pakt een flesje water uit haar tas, een wit linnen tafelkleedje, in folie gewikkelde broodjes en een bosje viooltjes. Ze zet de bloemen in de vaas van mat aluminium. Ze giet er wat water in. Een smaragdgroene hagedis glijdt over het marmer en laat met zijn staart een spoor achter in het stof terwijl hij verdwijnt in een kappertjesstruik die tussen de spleten van het graf groeit. Maria Cristina spreidt het tafelkleed uit op de steen en legt de broodjes erop. Een windvlaag voert het geluid van een fietsbel naar haar toe. Ze draait zich om en met een hand voor haar ogen tegen de zon tilt ze de andere arm op.

Daarboven, op de top van de heuvel, tekent zich in tegenlicht het silhouet af van Irene op haar fiets. Kort daarna verschijnt een blaffende Pippo, en dan ook Nicola op de fiets. De man en het meisje wijzen en zwaaien naar haar. En dan rijden ze verder, de hond voorop, omlaag richting de zee.

Noten

Het motto voorin is afkomstig uit Antoine De Saint-Exupéry, *De kleine prins*, vertaald door Laetitia de Beaufort-van Hamel, Ad. Donker bv, Rotterdam 1999, p. 67.

De songtekst op p. 63 is afkomstig uit 'Yes Sir, I Can Boogie'. Tekst: Frank Dostal. Muziek: Rolf Soja. © Edition Magazine Music, courtesy of Peer Musikverlag GmbH.

De tekst ('zwaartekrachtstromingen') die wordt geciteerd op p. 112 verwijst naar de song 'La cura'. Tekst: Franco Battiato en Manlio Sgalambro. Muziek: Franco Battiato. © 1996 Universal Music Publishing Ricordi Srl / L'Ottava Srl. Alle rechten voorbehouden voor alle landen. Gereproduceerd met toestemming van Hal Leonard Europe BV (Italië).

Het citaat op p. 252 is afkomstig uit Vladimir Nabokov, *Lolita*, vertaald door Rien Verhoef, De Bezige Bij, Amsterdam, 2018, p. 21.